理学视域下
明末清初话本小说研究

杨宗红　著

暨南大学出版社
JINAN UNIVERSITY PRESS

中国·广州

图书在版编目（CIP）数据

理学视域下明末清初话本小说研究 / 杨宗红著. —广州：暨南大学出版社，2016.12
　ISBN 978 - 7 - 5668 - 1768 - 6

　Ⅰ．①理…　Ⅱ．①杨…　Ⅲ．①话本小说—小说研究—中国—明清时代　Ⅳ．①I207.41

中国版本图书馆 CIP 数据核字（2016）第 042822 号

理学视域下明末清初话本小说研究
LIXUE SHIYU XIA MINGMOQINGCHU HUABEN XIAOSHUO YANJIU
著　者：杨宗红

出 版 人：徐义雄
策划编辑：杜小陆　刘　晶
责任编辑：刘慧玲
责任校对：颜　彦
责任印制：汤慧君　周一丹

出版发行：暨南大学出版社（510630）
电　　话：总编室（8620）85221601
　　　　　营销部（8620）85225284　85228291　85228292（邮购）
传　　真：（8620）85221583（办公室）　85223774（营销部）
网　　址：http：//www.jnupress.com　http：//press.jnu.edu.cn
排　　版：广州良弓广告有限公司
印　　刷：佛山市浩文彩色印刷有限公司
开　　本：787mm×960mm　1/16
印　　张：18.5
字　　数：330 千
版　　次：2016 年 12 月第 1 版
印　　次：2016 年 12 月第 1 次
定　　价：48.00 元

（暨大版图书如有印装质量问题，请与出版社总编室联系调换）

目　录

绪　论

　　明末清初话本小说是中国古典小说的一种重要形态，其兴盛、繁荣和衰弱都处于思想意识形态占主流地位的理学氛围之中。宋代初期，小说开始发生巨大变化。与唐传奇小说作者多是"精英文人"，作品主要反映精英阶层的生活状态、思想观念与情感，读者多为精英阶层的人不同，宋代白话小说更多面向民间。当理学成为官方哲学后，对社会意识形态所产生的巨大影响也波及文学领域。李时人教授指出："在政治、经济与文学之间还存在一个重要的'中介'，那就是'思想文化'。而'思想文化'是有着多层次结构的，那些在特定经济、政治条件下群众精神生活中自发形成的不稳定的情绪、感情、愿望、要求、风俗习惯、道德风尚、价值观念和审美情趣等，是它的低级形态；系统的哲学理论、学术观念、政治思想、宗教义理则是它的高级形态。如果我们从历史思想文化状况及其发展来考察文学，将会得到一些更深入的认识。"① 所以，研究明清之际的话本小说不能不知理学。

　　明代理学大致可以分为三个阶段：中前期是程朱理学，中后期是阳明心学，末期是对二者的反思与总结。

　　明太祖朱元璋建国后，将理学视为国家正统。洪武十七年（1384）规定，乡会试四书以朱熹集注为准，经义以程颐、朱熹之注为准。永乐十二年（1414），成祖下诏修《五经大全》《四书大全》《性理大全》，程朱理学成为明朝的治国思想。与此相适应的是，科举考试以八股文作为程式，内容以程朱为宗。至明中叶，整个思想界"以言《诗》、《易》，非朱子之传义弗敢道也；以言《礼》，非朱子之家礼弗敢行也；……言不合朱子，率鸣鼓而攻之"②。程朱理学的独尊必然导致其僵化，为挽救程朱之弊，王阳明高倡人的主体价值，将外在的天理化为自我意志，使空泛的天理走向活泼的当下。这种对自我、对当下的关注极大地吸

---

① 李时人：《元代社会思想文化状况与杂剧的繁盛》，《光明日报》，1985 年 12 月 31 日。
② 朱彝尊：《曝书亭集》（上册），国学整理社出版，世界书局发行，1937 年，第 434 – 435 页。

引了世人。"正、嘉以后，天下之尊王子也甚于尊孔子。"① "嘉、隆而后，笃信程、朱，不迁异说者，无复几人矣。"②

然而，王阳明与程朱、心学与程朱理学并非二元对立。恰恰相反，二者在尊孔孟、扶持名教上有很多共同之处。郑玉比较了朱熹与陆九渊思想之同，反对学者不求其同而求其异的做法："陆子之质高明，故好简易；朱子之质笃实，故好邃密，各因其质之所近，故所入之途不同。及其至也，仁义道德，岂有不同者？同尊周、孔，同排佛、老，大本达道，岂有不同者？后之学者，不求其所以同，惟求其所以异。……此岂善学者哉？"③ 刘宗周指出，"先生教人，吃紧在去人欲而存天理"，"天理人欲四字，是朱、王印合处"。④黄宗羲认可老师的观点，云："二先生同植纲常，同扶名教，同宗孔孟。"⑤ 在主观上，阳明心学是对孔学和程朱理学的发展而非反动，对于心学的重视并非否定孔子与程朱。将明清之际的心学思潮贴上对程朱理学的"反动"或者"反理学思潮"的标签有些欠妥。

明末，虽然世俗社会普遍认同王学（即阳明心学），但程朱理学仍是官方意识形态，程朱理学的势力依然很大。对此，罗宗强这样表述：

> 世人常常将晚明看作重自我、重个性、重情欲之时代。以为此种之重自我、重个性、重情欲，乃是其时之思想主潮。颜钧之下狱，何心隐、李贽之死，却说明着此种之思想潮流，其时并非处于正统之地位。无论在朝还是在野之士人，都有反对此一思想潮流之言说。从政权运作，从合法性而言，程、朱理学仍然处于正统之地位。重自我、重个性、重情欲之成为思想潮流，是在世俗生活中，在市民社会与自我边缘化的士人中。
>
> ……
>
> 自思想之发展言，明代后期亦处于巨大之变动中。自发展脉络之大

① 顾宪成：《泾皋藏稿》，见《文津阁四库全书》（第431册），商务印书馆，2006年，第666页。
② 张廷玉等：《明史》，中华书局，1974年，第7222页。
③ 黄宗羲等编：《宋元学案4》，见沈善洪主编：《黄宗羲全集》（第6册），浙江古籍出版社，1992年，第680-681页。
④ 黄宗羲著，沈芝盈点校：《明儒学案》，中华书局，1985年，第184、199页。
⑤ 黄宗羲等编：《宋元学案3》，见沈善洪主编：《黄宗羲全集》（第5册），浙江古籍出版社，1992年，第279页。

体言，明前期是程、朱理学，中间是阳明心学，最后又回归程、朱理学。但这只是大体，其中之交错纠结，非三言两语所能说清。

……

王学的出现事实上并没有取代程、朱理学之正统地位。即使在阳明于征战平叛中弦歌讲论创立此一学派的声望极高之时，在王门子弟四处讲学，王学之发展声势浩大之时，亦未曾动摇程、朱理学在思想领域之地位。除了徐阶为首辅的很短一段时间王学公然进入朝廷之外，王学一直以在野之姿态存在着，无论它当时在士人中有多么大之影响。①

明末清初，世人主要处于两种哲学思潮之中，一是程朱理学，一是阳明心学，融合朱陆成为主要的学术风向。这种学风直接影响到了话本小说的书写。通常而言，受某种思想的影响，并不意味着一定有相应的、系统的文学观，或者围绕着这种思想展开文学理论的思辨。传统文化、世俗伦理、个体人格及经历都在一定程度上影响到个体对这种思想接受的向度与深度。只有对这种思想产生共鸣，才会在其作品中有所体现。作为官方学术与社会主流文化思潮，程朱理学对士人的影响毋庸置疑。阳明心学作为亚文化，是对程朱理学的修补与建设，处于次要地位。如果说对圣人人格的追求唤起了士人对超越精神的向往，其拘束之病引起了士人的反感与反思的话，那么阳明心学以其体认当下与自心、关注日常等则激起了市民阶层的兴趣。当言说心学的影响时，并不意味着对程朱理学的否定或悖逆。无论是出于教化的心态，还是愉悦人或者是商业化的心态，小说家都受时代文化的影响，他们无论对程朱理学还是阳明心学，一概采用"拿来主义"。

当然，如此一来，主观与客观会出现一定程度上的疏离。如妇女的家庭地位、贞节观，商人的价值等。严格按照程朱理学来说，小说中的很多"人欲"是该灭的。但是细究这些故事，仍与程朱有一致之处。所以，以阳明心学言其反程朱，无论从心学的发生还是目的考虑，都不符合实际。研究话本小说，应该兼顾小说的主观向度与客观效果。事实上，小说家既肯定真情、物欲追求，也肯定社会道德秩序。前者是对个体生命的关注，后者是对社会生命的关注。个体与社会的张力影响了小说的张力，也进一步影响了程朱理学与阳明心学的论争。体现在小说中，则是情与理的颉颃，是程朱与陆王的复杂交织。因此，在具体研究

---

① 罗宗强：《明代后期士人心态研究》，南开大学出版社，2006年，第343、525－526页。

中，除了某些非常明显地表现出某派理学思想特征的小说篇目外，其他虽然受到各种理学思想影响，但其流派特征模糊的篇目不应该，也不需要硬性贴上某理学派别的标签。

理学与小说的影响是相互的。一方面，理学的基本精神及各种不同的观点直接影响到明末清初的话本小说，使之呈现出多彩斑斓的审美形态："传统儒学在明清时期的变革与进展，亦即理学的发展与演变，对其时中国的方方面面都有或大或小或浅或深的影响，尤以对小说的影响为突出和显著。它显著地体现在理学与小说思潮的关系上，这就是理学复辟与小说尚理思潮、阳明心学与小说浪漫化思潮、泰州学派与小说世俗化倾向、乾嘉学风与小说炫耀才学风尚。"① 另一方面，小说又反过来促进理学的传播。宋明理学之所以在社会上能够产生深远影响，"其中一个重要原因是宋元以后戏曲和小说在社会中广泛流传，一些封建文人往往通过这些文艺形式来宣扬理学。由于戏曲和小说多是以形象化的形式表现故事内容，故在社会上一经传播，就易家喻户晓，深入人心"②。话本小说篇幅的短小性，题材的多样性，表达方式的灵活性，使之既具有世俗性，又具有一定程度的文人性。相对于文言小说与长篇白话小说，话本小说更贴近民众生活，也更适用于将深奥的义理化为生动形象的故事来教化民众。由于话本小说"文备众体"，从中也就更能窥见理学与文学的复杂关联。

20 世纪 80 年代，已有探究理学与明清小说关系的论著，如马积高的《宋明理学与文学》第十章"明代中后期的反理学思潮与小说"、许总的《宋明理学与中国文学》第九章第四节都谈到明代四大奇书的反理学意蕴。宋克夫的《宋明理学与章回小说》、朱恒夫的《宋明理学与古代小说》、赵兴勤的《理学思潮与世情故事》以长篇小说为研究对象，探究理学对它们的影响。朱恒夫认为古代小说真正反理学的"为数极少，且影响甚微"，大多数小说家都是通过形象化、平民化的创作，自觉地做起了理学的传声筒。理学导致小说"理念先行与主题提前定位"，人物性格结构单一，情节结构动静相依。话本、明清历史演义与英雄传奇、幻想小说与世情故事、理学小说都是在理学的笼罩下演绎的。赵兴勤全方位地剖析了理学异端学说对世情故事的引发、情节构筑的作用以及对世情故事内容

① 张次第：《明清儒学的发展与其时小说思潮嬗变》，《沈阳师范大学学报》（社会科学版）2007 年第 2 期。
② 李锦全：《"命"与"分"：从清代小说的几个事例看宋明理学对后期封建社会的思想影响》，见《论宋明理学　宋明理学讨论会论文集》，浙江人民出版社，1983 年，第 525 页。

的制约，详细梳理了《金瓶梅词话》对艳情小说、才子佳人小说以及《红楼梦》的深远影响。总体来说，学界关于理学与小说关系的研究主要集中在长篇小说方面，而在话本小说方面研究相对不足。

关于理学与明末清初话本小说的关系的探讨，有以下几个方面：一是"反理学"论调及其质疑。受学界将宋明理学视为正统而将阳明心学视为程朱理学的"反动"的影响，一些研究者把小说中属于市民新思想、新观念的内容当成是"反理学"或对宋明理学的否定，如袁行霈的《中国文学史》认为"三言二拍"中的许多故事是对正统儒学"存天理，灭人欲"的叛逆。此观点忽视了阳明心学对程朱理学的继承及发展。亦有对"反理学"提出质疑者。易小斌撰文指出，程朱理学与阳明心学在核心问题上是相同的，"三言"更多地受到程朱理学思想的影响，并没有跳出理学思想的樊篱。事实上，话本小说对这两种思想都有接受。然而遗憾的是，学人对此论析不够。二是从道德关怀的角度论述，这是研究的主要倾向，如全贤淑的《明代白话短篇小说中诚信观念研究》可算此方面的专著。此外，张勇、朱海燕、林开强、胡莲玉、段江丽等学者的作品部分论及于此。三是理学对小说艺术形式的影响。陈铭认为，宋明理学使得人物形象概念化、公式化和脸谱化，艺术结构程式化，创作主旨训诫化，理学对小说的影响主要是消极的。①

理学对话本小说本身的影响是多方面的，对话本小说的观照既要将其放到当时主流文化——理学的语境中，也要放到民间的亚文化的语境中及话本小说叙事场景中综合考察，兼顾话本小说创作及刊刻、接受者所处的理学场域。明末清初，程朱理学、阳明心学、明清实学相互交融，共同对话本小说产生影响，但学界在对话本小说的多元文化的解读中，关于理学对话本小说的影响多集中在道德伦理关怀的层面，缺少对理学与话本小说关系的全面深入的探讨。

理学对话本小说的影响是通过小说家实现的。而且，一部分话本小说家理学修养很高，像冯梦龙就编有一些理学著作，如《春秋衡库》《麟经指月》《四书指月》等；凌濛初所著的理学著作有《诗逆》《言诗翼》《诗经人物考》《圣门传诗嫡冢》《左传合鲭》；陆云龙也刊刻了《合刻繁露太玄大戴礼记》三卷等，并对之校辑、评释、加序。目前学界关于话本小说家的研究以冯梦龙、凌濛初、

① 陈铭：《宋明理学与明清小说的程式化和教训化》，《浙江学刊》1982年第4期。

李渔、陆云龙兄弟为主。但是，这些研究却甚少涉及他们的理学环境、理学论著表现出来的理学思想，而且对小说家除了话本小说之外的其他文学样式创作所体现的理学之思亦少关注。这不利于总体把握话本小说所体现的理学意蕴。此外，话本小说的民间信仰题材非常丰富，这些题材并不只是简单地为了增加小说的趣味性，在一定程度上，也传达出小说的理学思考。然而目前学界却缺少对这些理学方面题材的关注。

第一章 话本小说的理学空间研究

文学是社会生活的产物，不能超越时代而存在。研究明末清初话本小说，必然要探寻其理学背景。"艺术整体中每一个有价值的成素，都得放到两个价值语境中去理解，一个是主人公的语境，它是认知的伦理的生活的语境，另一个是作者的最终定论的语境，它是认知的伦理的，又是出为形式的和审美性质的语境。而这两个具有价值的语境，是互相渗透的，不过作者语境总想囊括和收束主人公的语境。"① 话本小说的主题意蕴、人物形象、情节结构等所表现出来的理学因子，都不是偶然的。"文学研究者不必去思索像历史的哲学和文明最终成为一体之类的大问题，而应该把注意力转向尚未解决或尚未展开充分讨论的具体的问题：思想在实际上是怎样进入文学的。"②

空间与时间一样，都是人类认知问题的重要向度。按照哲学定义，空间是人们根据事物呈现形态特征所建立的一个概念，体现在物质的长宽高等外部形态，以及物质形态之间普遍的相对稳定的联系。由此，空间有客观的，也有主观的（如艺术空间、文学空间等）；有外部的（如地理空间），也有内化的（如心理空间）。将"空间"这一概念引入，可以更好地考察话本小说生产的理学地理分布。

第一节 话本小说地域空间分布与理学地域空间分布

宋元以来江南商品经济的发展与话本小说的生产、繁荣有莫大关系。其中一个有趣的现象是，话本小说、商品经济、理学的兴盛几乎同步。此现象似乎提醒研究者，话本小说的生产空间与理学空间的并存并非巧合。

---

① 凌建侯：《话语的对话本质——巴赫金对话哲学与话语理论关系研究》，北京外国语大学博士学位论文，1999 年，第 41 页。

② ［美］雷·韦勒克、奥·沃伦著，刘象愚等译：《文学理论》，生活·读书·新知三联书店，1984年，第 128 页。

一、拟话本小说地理分布及相关问题

明末清初话本小说的作者主要集中在江浙一带。从刊刻（包括翻刻）地看，现存明刊本拟话本小说中，浙江 23 部，江苏 24 部，福建 4 部，江西 1 部，安徽 1 部。小说刊刻地、小说作者（或编者）籍贯，都以浙江杭州、江苏苏州为主，一些不署作者真实姓名的艳情小说，如《欢喜冤家》《弁而钗》《宜春香质》等，也多在苏杭刊刻。福建、江西、安徽等靠近苏杭的地区则数量很少。

东南之地是文人聚集的地方，据统计，明代文人中，江苏、浙江、江西、福建、安徽、上海五省一市共有文人 1055 人，占明代籍贯可考的著名文学家总数 1342 人的 78.61%。其中，江浙二省文人又占总数的 61.15%。清代文人中（截至 1840 年），这五省一市共有文人 1272 人，占清代全国著名文学家总数 1744 人的 72.94%，其中江浙二省占 70.13%[①]。仅从明代考中进士的人数看，江苏以 3667 名位居首位，浙江以 3391 名居第二位，次之是江西籍进士，共 2690 名，福建籍进士共 2192 名[②]。

按照经济发展及科举比例所显示的文化教育状况来看，江浙两地出现众多话本小说家理所当然。但有几个问题有待探究：

其一，虽然江西、安徽、福建三省经济相对落后，但教育并不落后，且都离江浙二省很近，其刻书亦很精良（如徽州刻书），但话本小说极少。

其二，福建在明万历、泰昌时，通俗小说的刊刻最多、最繁盛。建阳书坊中，历史演义、神魔、公案题材最多，世情题材少，苏、杭书坊中世情题材较多。

其三，明嘉靖到万历前期，是福建书坊最为繁盛的时期，以建阳为中心的刻书区成为全国刻书中心，众多通俗小说在此刊刻（如《三国志通俗演义》《大宋中兴演义》《水浒传》《唐书志传通俗演义》《列国志传》《包龙图判百家公案》等）。万历、泰昌时期，福建所刻通俗小说有 26 种[③]，却没有一种是情色小说。

---

① 梅新林：《中国古代文学地理形态与演变》，复旦大学出版社，2006 年，第 97 - 98、162 - 164 页。

② 王玉超、刘明坤：《明清小说作者的地域差异与科举及小说创作的关系》，《兰州学刊》2011 年第 12 期。

③ 陈大康：《明代小说史》，人民文学出版社 2007 年版，第 518 页。汪燕岗统计这一时期的通俗小说有 40 种 [汪燕岗：《论明代通俗小说出版中心的变迁及成因》，《上海师范大学学报》（哲学社会科学版）2006 年第 2 期]。

当其他地方大量刊印情色书籍以追求利润时，一向对市场把握准确，并以劣质刊刻来追求利润的福建刻书家并没有跟风而上。

解答上述问题，应从理学思想影响入手。有学者指出："建阳是以朱熹为代表的闽学的故乡，是深受理学影响的地方，他们出版书籍时，还有一条道德的底线，既要盈利又要承担教化的任务，所以大量出版历史演义等宣传'忠义'思想，表彰忠臣义士的小说，不敢去刊印那些有露骨的色情描写的作品。"① 此说乃为至论，可惜没有展开。明清理学的两大阵营在东南之地根基各有不同，对小说刊刻的影响也有所差别，尤其对刻书种类与题材选择影响较为明显。

二、福建理学与拟话本小说刊刻

福建理学以朱子学为主。朱熹生在新安，却在福建长大，是闽学开创者。朱子闽学提倡居敬穷理、反躬践行，崇四书。他以讲学传道为己任，讲学时以经学义理教育为主，要求人们明人伦、晓义理。朱熹利用刻书，或宣传自己的学术著作及传播学术思想，或整理前辈理学家如周敦颐、程颢、程颐等人的著作，并将其作为自己的教学用书。② 朱熹门人也以福建籍为多，这些闽学者的后代多为刻书者。如建阳刻书家刘氏、魏氏、熊氏、黄氏、蔡氏、叶氏等，都是闽学者的后代，且书林人物之间也多存在姻亲关系。③ 建阳书坊林立，刻书丰富，刻录了不少理学著作。据林应麟《福建书业史：建本发展轨迹考》统计，福建官刻书籍407 种，经部66 种，占16%，史部70 种，占17%，二者共占33%。在建宁府1603 种刻书中，经部234 种，占14.6%，史部295 种，占18.4%，经史类共占总数的33%。④ 很多书坊往往同时兼刻通俗小说与科考书籍。如余氏书坊共刻书235 种，经部40 种，史部46 种，小说38 种；刘氏书坊共刻书297 种，经部32 种，史部64 种，小说13 种。⑤ 总之，福建刻书很重视经史一类的书籍，这在一定程度上促进了理学在福建的广泛传播。

---

① 齐裕焜：《明代建阳坊刻通俗小说评析》，《福建师范大学学报》（哲学社会科学版）2006 年第1 期，第108 页。

② 方彦寿：《建阳刻书史》，中国社会出版社，2003 年，第65 页。

③ 方彦寿：《闽学人物对建刻发展的影响》，《福建论坛》1988 年第2 期。

④ 林应麟：《福建书业史：建本发展轨迹考》，鹭江出版社，2004 年，第284、309 页。

⑤ 《福建书业史：建本发展轨迹考》，第309 页。后文引自相同书籍时，为避免繁杂，只在引用时指明书目（或篇目）和页码。

　　福建王学学者不多。黄宗羲《明儒学案》虽设"粤闽王门",但言及闽之王学学者只有马明衡、郑善夫。王学福建籍弟子主要分布在泉州、福州地区,"闽中学者中即使有个别来越师从阳明者,后来也大都转向了朱学"①。即便是马明衡、郑善夫,也没有摆脱朱子学的影响。可以说,在明代福建地区,朱子学占据主导地位,阳明之学显得冷清。晚明福建的文化巨人谢肇淛(1567—1624)自27岁调任湖州司理,此后绝大部分时间在外辗转做官。他与心学人物袁宏道等颇有交往,但对阳明心学却有所保留,认为"良知""止修"之说只是拾人唾余,欺世盗名而已,对于信奉李贽学说之人,"甚恶之,不与通",听闻李贽之死,其评价是"此亦近于人妖者矣"②。

　　明嘉靖年间(1522—1566),杭州出现了话本小说《清平山堂话本》(原名《六十家小说》),其中不乏世情题材,如《柳耆卿诗酒玩江楼记》《风月瑞仙亭》《刎颈鸳鸯会》《戒指儿记》《风月相思》等。谢肇淛万历三十四年(1606)评《金瓶梅》,1607、1608两年都待在福建老家③。在此期间,他完全可以将此书交给书坊刻印——那时,正是福建书坊繁盛时期。与《金瓶梅》同时代的,还有署名为兰陵笑笑生的1606年刊出的《玉娇李》④。万历三十八年(1610),《金瓶梅词话》在其他地区刊出。据嘉靖《建阳县志》载,当时崇化里"比屋皆鬻书籍,天下客商贩者如织"⑤,书市盛况空前,与外界商贾往来甚为频繁。对于外界情况及需求,福建书坊坊主应有所了解。

　　明代福建刊刻的话本小说只有《熊龙峰小说四种》。四种小说中,《张生彩鸾灯传》《苏长公章台柳传》《冯伯玉风月相思小说》《孔淑芳双鱼扇坠传》均属于婚恋题材。建阳熊龙峰刊刻过的婚恋题材的作品还有《重刻元本题评音释西厢记》⑥。建阳刻书中双峰堂的《万锦情林》、世德堂的《绣谷春容》所选内容有《钟情丽集》《天缘奇遇》《李生六一天缘》《娇红记》《吴生寻芳雅集》《三妙传》《刘熙寰觅莲记》等,属于世情乃至艳情题材。建阳书坊坊主余象斗所刻的《万用正宗不求人》中设有"风月门",录有很多情书套话和关于春药、房中术

①　钱明:《闽中王门考略》,《福建论坛》2007年第1期,第61页。
②　谢肇淛:《五杂俎》,上海书店出版社,2001年,第159页。
③　陈庆元:《谢肇淛年表》,《闽江学院学报》2009年第1期,第21页。
④　李忠明:《17世纪中国通俗小说编年史》,安徽大学出版社,2003年,第26页。
⑤　嘉靖《建阳县志》卷三《封域志》。
⑥　陈旭耀:《现存明刊〈西厢记〉综录》,上海古籍出版社,2007年,第30-37页。

乃至其他风月的知识。可见，建阳小说并非不懂得采用世情题材，更不是找不到新的题材，而是不愿意使用这些题材继续编撰话本小说。否则，以福建人之才华，建阳书坊坊主之精明及职业敏感，建阳书坊编写、刊刻更多的话本小说不是难事。话本小说先在福建刊刻，当话本小说盛行时却没有继续刊刻，除了没有专业人才从事话本小说创作外，或许与话本小说的题材多涉及婚恋有关①。受程朱理学的影响，福建书坊刊刻小说时有意识地弱化世情题材，进而束缚了话本小说在这一地区的刊刻。谢肇淛评而不传播《金瓶梅》，也当与其作为福建士人固有的观念相关。

三、江西、安徽理学与拟话本小说编撰

话本小说在江西及安徽也很寂寥。早在明嘉靖时，徽州歙县刻铺比比皆是，有"时人有刻，必求歙工"之说。万历以后，"雕工随处有之，宁国、徽州、苏州最盛，亦最巧"②。胡应麟说："余所见当今刻本，苏常为上，金陵次之，杭又次之。近湖刻、歙刻骤精，遂与苏常争价。"③ 谢肇淛也说："宋时刻本以杭州为上，蜀本次之，福建最下。今杭刻不足称矣，金陵、新安、吴兴三地，剞劂之精者不下宋板，楚、蜀之刻皆寻常耳。"④ 徽州官刻、坊刻、私刻颇盛。刻书种类繁多，谱牒、经史子集、日常用书都有刊刻，"以数量而言，明代徽州私人刻书数以千计种次"，"清代前期，徽刻承明代遗风，还较兴盛，比较有影响的刻铺仍有三十多家，刻书仍有数百种之多"⑤。然而，这众多的刻书中，通俗小说却极少。究其原因，当也与理学有关。

徽州号称"东南邹鲁""朱子阙里"。徽州民众"读朱子之书，服朱子之教，秉朱子之礼，以邹鲁之风自待，而以邹鲁之风传之子若孙也"⑥。"其学所本则一以郡先师子朱子为归。凡六经、传注、诸子百氏之书，非经朱子论定者，父兄不以为教、子弟不以为学也。是以朱子之学虽行天下，而讲之熟、说之详、守之

① 《万锦情林》《绣谷春容》虽然也是白话，却属于通俗类书，不是专门的话本小说集。《天缘奇遇》《李生六一天缘》篇目较长，属于"文心"者居多。
② 钱泳：《履园丛话》，中华书局，1979年，第324页。
③ 胡应麟：《少室山房笔丛》，中华书局，1958年，第59页。
④ 《五杂俎》，第266页。
⑤ 叶树声：《徽州历代私人刻书概述》，《徽州师专学报》1996年第4期，第29页。
⑥ 吴翟辑撰：《茗州吴氏家典》，黄山书社，2006年，第3页。

固，则惟新安之士为然。"①"新安为程子之所从出，朱子之阙里也。故邦之人于程子则私淑之，有得其传者；于朱子则友之、事之，上下议论，讲劘问答，莫不充然，各有得焉。嗣时以还，硕儒迭兴，更相授受，推明羽翼，以寿其传。"②徽州刻书中，理学书籍众多，如休宁陈若庸刻《性理字训讲义》百篇，休宁倪士毅刻自撰《四书集释》，歙县郑玉刻自撰《春秋经传阙疑》四十五卷，徽州路总管郝思义刻《朱文公语类》等。逮至明代，新安理学更为兴盛，刻书繁荣。其中直接研究和传播朱熹本人学说的有官刻图书《文公年谱》《晦庵语录》《四书集解》《朱子语录》等。私家刻书有歙县汪正刻朱熹辑《上蔡先生语录》三卷、休宁程至远刻朱熹撰《孝经勘误》一卷、婺源朱崇沐刻《重浸朱文公奏议》、新安金氏问玄馆刻朱熹撰《四书集注》十七卷等。吴勉学与吴养春合刊的收录朱熹著作的《朱子大全集》就多达一百余卷。同时，明代理学家的著作也广为刊刻，较重要的有程敏政的《心经附注》《新安文献志》，程曈的《新安学系录》，汪应蛟的《汪子中诠》等③。在底蕴深厚的理学熏陶下，徽州人有一种自觉的理学精神。不过，明中后期的心学也影响到徽州地区。据大略统计，投身到心学门下的徽州学者达24人④。这些弟子学成归来，即在本地推行讲会，传播心学思想。湛若水、邹守益、王艮、钱德洪、王龙溪、罗汝芳等都先后到过徽州，主讲盟会。心学讲会多样，有月举、季举、岁举。正德十年（1515）至天启元年（1621）新安大会"会讲大旨，非良知莫宗；主教诸贤，多姚江高座"⑤。在程朱理学与心学的颉颃中，朱子学说的阵营遂有所压缩，但仍屹立不倒。嘉靖以来徽州讲会在汪应蛟、余懋衡的推动下，与东林讲学相呼应。户部尚书汪应蛟在家乡徽州居留十九年，主持徽州六邑大会并参与各县的讲会，在正经堂、富教堂、三贤祠、福山书院频繁出席讲学活动，以朱子学为其宗旨。清初程朱理学重兴，徽州学者讲会亦以朱子学说为尊。正因为如此，徽州书坊也刻过《第一奇书金瓶梅》《觉世明言十二楼》《牡丹亭》《西厢记》等小说、戏剧，但数量远远低于江浙一带书坊所刻的。

　　江西也是理学家汇集的大省，甚至有人认为宋明理学就是"江西之学"，因

①　赵汸：《东山存稿》，见《文津阁四库全书》（集部第408册），商务印书馆，2006年，第99页。
②　程曈辑撰：《新安学系录》，黄山书社，2006年，第1页。
③　李涵：《新安理学对徽州刻书的影响》，《安徽史学》2008年第5期，第117页。
④　李琳琦：《明中后期心学在徽州的流布及其原因分析》，《学术月刊》2004年第5期。
⑤　施璜编：《紫阳书院志》，黄山书社，2010年，第293页。

为江西不仅是理学的发源地，也是理学集大成之地。朱熹、陆九渊、王阳明等理学大家都曾在江西为官讲学。周敦颐在江西南安创立了理学，讲学于濂溪书院。二程在江西受学于周敦颐。江西也是朱熹的主要讲学之地，他兴复白鹿洞书院，并在此讲学。与朱熹关系密切的书院有白鹿洞书院、鹅湖书院、丰城县的盛家洲书院和龙光书院、安福县的竹园书院、新城的武彝讲堂、玉山县的怀玉书院和草堂书院及刘氏义学、余干县的忠定书院和东山书院、德兴县的银峰书院和双佳书院。①"程门四大弟子"之一杨时在赣州任职时讲学，一时弟子如云。陆九渊本是江西人，在江西金溪槐堂书屋和贵溪书院讲学多年，"鹅湖之会"使其名声大噪。明中期两个重要的理学家吴与弼、胡居仁都出身于江西。吴与弼一生授徒讲学不辍，弟子众多，著名的有胡居仁、陈献章。吴与弼认为要成圣，需要"静时涵养、动时省察"。胡居仁以传承程朱理学为己任，以"主敬"为其学术主旨，倡导慎独、力行。娄谅、胡九韶以及罗伦、张元祯等学者，也共创讲会、聚集门徒，宣传程朱理学。在江西诸多学者中，罗钦顺是坚守朱学的中坚力量。"时天下言学者，不归王守仁，则归湛若水，独守程、朱不变者，惟柟与罗钦顺云。"②罗钦顺对朱学的坚持，对阳明心学的批判，推动了朱学的发展，"大有功于圣门"。

　　江西王学极盛。王阳明江西籍的学生有邹守益、欧阳德、何廷仁、魏良弼、刘阳等。"当是时，士咸知诵'致良知'之说，而称南野门人者半天下。"③然江右王学代表之主张，与吴与弼、胡居仁的主张有很多相似之处。如邹守益、欧阳德的"主敬""慎独"，聂豹、罗念庵的"归寂"与"主静"等。江右王门的这一派被誉为王学修正派，其观点与程朱理学有很多相似之处。黄宗羲称："姚江之学，惟江右为得其传，东廓、念庵、两峰、双江其选也。再传而为塘南、思默，皆能推原阳明未尽之旨。是时越中流弊错出，挟师说以杜学者之口，而江右独能破之，阳明之道赖以不坠。"④江右理学的这些特征，直接影响到文人的思想。"在小说类型的选择上，江西、福建籍的作者仍倾向于历史演义和文言杂俎，有所依本，具有很强的史实性，完全虚构的内容很少。……言情一类相对较少……福建只有 2 部世情小说，江西一部也未发现。""原因就在于：福建书坊大

① 雍正《江西通志》卷一。
② 《明史》，第 7244 页。
③ 《明儒学案》，第 358 页。
④ 《明儒学案》，第 331 页。

量刻印历史小说，而当时很多科举不得意的江西文人，都被聘请到福建书坊进行创作。"①

四、江浙理学与拟话本小说编撰

通俗小说的崛起与阳明心学关系密切。王阳明倡导良知说，认为"良知良能，愚夫愚妇与圣人同""四民异业而同道"，以向下的姿态拉近了士与农工商之间的距离，也改变了人们的通俗小说观念。王阳明在浙中讲学时，"诸友皆数千里外来"②，四方鸿俊，千里负笈，"当时及门之士，相与依据尊信，不啻三千徒"③。王阳明在浙中讲学不仅次数多，而且规模大、影响广。《万历野获编》云："自武宗朝，王新建以良知之学，行江浙、两广间，而罗念庵、唐荆川诸公继之，于是东南景附，书院顿盛。虽世宗力禁，而终不能止。"④ 然而，阳明心学对通俗小说的影响主要是通过王学左派——泰州学派、浙中学派讲学实现的。"阳明先生之学，有泰州、龙溪而风行天下。"⑤ 王阳明去世后，其弟子王畿、王艮之讲学，将其推到极致。"自闻阳明夫子良知之教，无日不讲学，无日不与四方同志相往来聚处。"⑥ 王艮大肆发挥阳明学的良知学，很注意对下层民众的宣传，鼓吹"愚夫愚妇未动于意欲之时，与圣人同"⑦。"真性""天则""真性流行，自见天则"是其常说之语。王畿主张真性流行，反对虚假做作："是非本明，不须假借，随感而应，莫非自然。""良知是天然之灵窍，时时从天机运转，变化云为，自见天则。不须防检，不须穷索。"他认为"性是心之生理"，味、色、声、嗅安逸于口、目、耳、鼻、四肢乃是自然之性，把人性归结为自然本性。⑧ 王畿在王阳明之后传播其学说达四十年之久，无日不讲学，在江苏、浙江、安徽徽州、江西讲学达 36 次之多⑨。这对明清之际的自然人性论直接产生了

① 《明清小说作者的地域差异与科举及小说创作的关系》，第158、159页。
② 《尤西川纪闻》，见沈善洪主编：《黄宗羲全集》（第7册），浙江古籍出版社，1992年，第686页。
③ 王宗沐：《敬所王先生文集》，见四库全书存目丛书编纂委员会编：《四库全书存目丛书》（集部第111册），齐鲁书社，1997年，第31页。
④ 沈德符：《万历野获编》，中华书局，1959年，第608页。
⑤ 《明儒学案》，第703页。
⑥ 吴震编校整理：《王畿集》，凤凰出版社，2007年，第648页。
⑦ 《王畿集》，第132页。
⑧ 《王畿集》，第82、79、187页。
⑨ 《王畿的讲学活动》图，见方祖猷：《王畿评传》，南京大学出版社，2001年。

影响。

泰州学派是阳明后学中最有影响力的一个学派。学派创始人王艮"多指百姓日用以发明良知之学","言百姓日用即是道","以日用现在指点良知"。(王艮《年谱》)又提出明哲保身论,呼唤对生命与自我价值的尊崇,把人的主体精神发展到一个新的高度。其后王襞、王栋、徐樾、颜钧、赵大洲、罗汝芳、何心隐等,都得王艮真传,他们多能"以手搏龙蛇",乃"名教之所不能羁络"者。泰州学派的影响也最广。据袁承业《明儒王心斋先生师承弟子表》载,当时泰州学派中王艮弟子及其再传弟子可考者487人,江西35人,安徽23人,福建9人,浙江10人,江苏本省数百人①。如韩贞讲学"秋成农隙,则聚徒谈学,一村既毕,又之一村,前歌后答,弦诵之声,洋洋然也",听韩贞讲学者"农工商贾,从之游者千余"。②王襞继承其父衣钵,在家乡,每三个月在东淘精舍举行一次大型讲会;在外地讲学,其所至,"士庶辄百十为辈,群聚讲下,吴、楚、闽、越之间,信之尤笃,感孚既众,德誉日腾。一时缙绅、督学币檄交驰,或本郡师帅构室敦延"。③泰州学派是"中国封建专制社会后期的第一个启蒙学派",其"离经叛道"的"异端"思想对民众思想的启蒙是多方面的,尤其是其关怀平民、不泥古、不盲目迷信权威的怀疑精神,对独立主体精神品格的构建影响最为明显。

深受王畿、王艮影响的李贽尤为"离经叛道"。他倡言"穿衣吃饭,即是人伦物理;除却穿衣吃饭,无伦物矣"④,把饥来吃饭困来眠等最自然的要求都看作是"道",肯定人的自然本性和生命欲求。其"童心说"对小说影响巨大。他认为《水浒传》《西厢记》都是天下至文,把小说与经史并提,极大地提高了小说地位。

要之,浙中王学与泰州王学的传播本来就影响极广。加上江浙的经济发达、文士辈出,有一大批人从事小说的编撰与创作,最终促进了通俗小说的繁荣。

无论阳明心学是否受到官方的推崇,讲学运动毕竟使其在民间得到传播。程朱理学作为官方意识形态,始终居于主流地位;阳明心学作为下层民众的意识形

---

① 俞樟华:《王学编年》,吉林大学出版社,2010年,第261-262页。
② 《明儒学案》,第720页。
③ 王襞:《新镌东厓王先生遗集》,见四库全书存目丛书编纂委员会编:《四库全书存目丛书》(集部第146册),齐鲁书社,1997年,第678页。
④ 李贽:《焚书　续焚书》,中华书局,1975年,第4页。

态，在民众中盛行不衰。无论程朱理学与阳明心学之消长如何，它们对于人们的影响都不可忽视。二者对于伦理道德的关注，是社会化的人们的必然追求。阳明心学对个体人格的认同、对个体生命的关怀必然受到民众欢迎。程朱理学与阳明心学在本质上都是为构建和谐社会服务的，有很多共通之处，对民众而言，同时接受二者并不难。

文学创作相对于社会思想而言，有同步性，也具有一定的滞后性。嘉靖、隆庆时期是阳明心学高涨之时，但细观这一时期的通俗小说，刊刻数量并不多，且以历史演义、神魔、公案为主。通俗小说的繁荣时期在万历后。据陈大康《明代小说史》统计，嘉靖至隆庆的 51 年，全国共有通俗小说 9 部；万历至泰昌的 48 年，共有 52 部；天启至弘光的 25 年，共有通俗小说 67 部①。汪燕岗统计的数据为嘉靖、隆庆时通俗小说 5 部，万历、泰昌时 76 部，天启、崇祯时 80 部②。世情故事到万历后发展迅猛。这一时期，色情小说大量刊行，如《如意君传》《痴婆子传》《花神三妙传》《天缘奇遇》《寻芳雅集》《素娥篇》《绣榻野史》《金瓶梅》《浪史》等。究其原因，固然与成化、嘉靖时盛行房中术有关，也与嘉靖、隆庆时王学的讲学之风为艳情小说提供了理论上的支持——对人欲的肯定有关。程朱理学的官方地位及深厚土壤，阳明心学与程朱理学在本质上的一致性，令小说在肯定人伦物欲之际，仍坚持伦理教化。甚至在色情小说中，作者往往再三表明其中的教化意味。《绣榻野史》篇首《西江月》："都是贪嗔夜帐，休称风月机关。防男戒女破淫顽，空色人空皆幻。"③ 并以果报之说劝人警醒。《浪史》的作者在序中宣称"情先笃于闺房，扩而充之，为真忠臣、真孝子，未始不在是也"④。《肉蒲团》的作者在第一回中称："凡移风易俗之法，要因势而利导之……不如就把色欲之事去歆动他，等他看到津津有味之时，忽然下几句针砭之语，使他瞿然叹息……又等他看到明彰报应之处，轻轻下一二点化之言，使他幡然大悟。"⑤

自《熊龙峰小说四种》《清平山堂话本》刻出之后，直到天启元年（1621）以后话本小说才重新抬头。话本小说家经过程朱理学、阳明心学、东林党争、复

---

① 《明代小说史》，第 518 页。

② 《论明代通俗小说出版中心的变迁及成因》，第 66 - 71 页。

③ 《绣榻野史》，远方出版社，1999 年，第 1 页。

④ 《浪史序》，见《思无邪汇宝》（第 4 册），台湾大英百科股份有限公司，1994 年，第 37 页。

⑤ 李渔：《肉蒲团》，春风文艺出版社，第 3 - 4 页。

社运动的洗礼，其创作必然会打下时代的烙印。明末清初话本小说中，或有言情乃至艳情之作，如《欢喜冤家》《一片情》《龙阳逸史》《弁而钗》《宜春香质》等，即便是凌濛初这样的正统文人，在"二拍"这样的充满告诫之作中也有许多色情描写。但总体而言，明清之际的话本小说中，艳情题材的数量仍然是比较少的，色情描述的篇幅也不多，作者常常跳出来对故事进行干预者比比皆是，其教化色彩相对于中长篇小说更普遍，也更浓郁。

概言之，话本小说虽然较早就在刊刻小说盛行的福建刻出，但在整个明代及清代，福建刊刻话本小说都比较少，这与福建刻印通俗小说要讲究题材的要求相一致。其原因在于福建程朱理学的底蕴深厚。而在安徽、江西一带程朱理学原来的阵地，虽然也是阳明心学流派活动频繁之地，得阳明心学精髓的却是江右学派，这些王学传人在宣传阳明心学时，也在不断修正阳明心学，使之与程朱理学更趋于一致。江浙一带则不然。其经济更发达，思想更活跃，加上科举考试之盛、王学左派之长期讲学、东林之活动、复社之广泛，使这一地区长期浸润在程朱理学与阳明心学的土壤中，正是这诸多因素导致明末清初话本小说具有世俗性与教化性的特征。

第二节　话本小说与理学劝善的关系

儒家本有劝善传统，后来又吸收释道文化精神，然后再纳入佛道二教的劝善思想，劝善蔚为大观。尤其是明清时期，程朱理学被置于官方地位后，劝善遂变成一种"运动"，在社会各个阶层大兴。

明末清初的劝善活动灵活，善书林林总总，既有敕撰的善书，如圣谕，也有民间的善书，如家训、功过格、阴骘文、乡约等。在形式上，有图说善书、劝善文、劝善诗，劝善对象囊括了社会各阶层、各行业的民众，既有帝王的参与，也有士大夫、乡绅、普通民众的参与，劝善活动在全国范围内展开。对此，吴震的《明末清初劝善思想研究》、日本学者酒井忠夫的《中国善书研究》、包筠雅的《功过格——明清社会的道德秩序》等都有相关论述。虽然这些劝善活动不乏佛、道二教的因素，但它仍主要属于理学劝善的一部分。在统治者及众多的儒者看来，儒释道三教在劝善本质上是一致的。朱元璋著有《三教论》《释道论》，大谈三教"济给之理"。朱熹、王守仁、王畿、李贽等众多的儒者，其思想无不兼具三教特征。在这场劝善运动中，大量的儒者参与善书的制作及宣传，从训诫到道德内容的引导再到行为实践无不涉及。劝善运动促进了儒家伦理的民间化。明清的劝善活动，无不被打上理学的烙印。

劝善思想及劝善运动波及小说创作。一位日本学者指出，"虽然中国明清小说的创作中也有不完全是遵循儒家思想的，但其劝世作用是不可忽略的，明清小说与'善书'有着很深的渊源，在这些作品中，根据善书的主旨起到了劝善戒恶的作用"①。明末清初的话本小说有一大特征，即在人伦物欲的描写中融入劝善思想，从小说的主旨、形式，到题材、叙事模式，劝善意图非常明显。自《熊龙峰小说四种》刊刻后，到天启元年，由于冯梦龙《古今小说》的成功，话本小说空前繁荣起来，成为当时劝善运动的重要组成部分。

一、明清之际儒者的劝善活动

阳明心学的核心是"良知"，良知内在于心，但常被蒙蔽，需要"致良知"于事事物物，知行合一，恢复良知。王阳明非常注重道德劝善。正德十三年（1518），针对基层盗贼横行，他感叹"破山中贼易，破心中贼难"②。除了尽力为国家破"山中贼"之外，他还努力寻找"破心中贼"的方法并不断付之于实施。阳明心学围绕"致良知"的讲学运动，"道德劝善"是其中重要的内容。

王阳明相信人性善，认为天下无不可化之人。当他意识到"心中贼"之危害后，特别注重治"心"，以灭"心中贼"。"民俗之善恶，岂不由于积习使然哉……自今凡尔同约之民，皆宜孝尔父母，敬尔兄长，教训尔子孙，和顺尔乡里，死丧相助，患难相恤，善相劝勉，恶相告戒，息讼罢争，讲信修睦，务为良善之民，共成仁厚之俗。"③《南赣乡约》将朱熹的《劝谕榜》和朱元璋的《圣谕六言》融合在一起，推行最基本的道德教化——从家庭伦理的孝悌慈到社会伦理的和睦、仁爱、诚信。其"治心"方式多样，如立社学、讲学、立乡约等，力图通过立社学教以儒家六艺与基本道德规范，立乡约以教劝礼让、睦亲邻、醇风俗。泰州学派围绕百姓日用等问题讲学，"愚夫愚妇"是其主要对象。其中，将"孝弟慈"成为泰州学派对"百姓日用即道"思想内涵的规定，阐发"圣谕

---

① 全贤淑：《明代白话短篇小说中诚信观念研究》，东北师范大学博士学位论文，2006 年，第 11 页。
② 王守仁撰，吴光等编校：《王阳明全集》，上海古籍出版社，1992 年，第 168 页。
③ 《王阳明全集》，第 599 - 600 页。

六言"是其对"百姓日用即道"的落实。①

晚明思想界有一股表彰朱元璋《圣谕六言》的思潮。罗汝芳治理地方有三大法宝："圣谕""讲规""乡约"。他所撰的《宁国府乡约训语》融合了朱元璋的圣谕六言。王艮有《孝弟箴》《孝箴》。《孝弟箴》讲父子兄弟之间的孝悌爱敬，言语朴实，与传统儒家伦理相一致。《孝箴》则从形气、天人感应入手，告诫孝道应该是"外全形气，内保其天。苟不得已，杀身成天"，"敬身为大，孔圣之言"②，是他"淮南格物"中的明哲保身之说的发挥。王艮指出，太祖的《教民榜文》"以孝弟为先"，的确是"万事之至训"，父母即天，事亲如事天，孝悌所至，强调"尧舜之道，孝弟而已"。推而广之，则可"通于神明，光于四海，无所不通"。因而，"上下当以孝亲为本"。颜钧作《劝忠歌》《歌修省》《歌修齐》《歌安止》《歌乐学》《歌经书》《劝孝歌》等演绎儒家的忠孝思想。又有《箴言六章》，阐发圣谕。受《南赣乡约》的影响，泰州学派还积极推行、宣传乡约。其中较为著名的有邹守益、聂豹、罗洪先、罗汝芳等。如邹守益的《新昌乡约序》《南赣乡约跋》《叙永丰乡约》等，聂豹的《永丰乡约后语》《永新乡约序》等，罗洪先的《刻乡约引》等，基本内容都是圣谕六言。

除了泰州学派外，许多儒者留下的家训乃至乡约出现大量演绎、诠释《圣谕六言》的内容，高攀龙家训中告诫后人牢记"太祖高皇帝《圣谕六言》"，"时时在心上转一过，口中念一过，胜于诵经，自然生长善根，消沉罪过。在乡里中作个善人，子孙必有兴者，各寻一生理，专守而勿变，自各有遇。于毋作非为内，尤要痛戒嫖、赌、告状，此三者不读书人尤易犯，破家亡身尤速也"③。

清人入关，因循明代。朱元璋的圣谕以朝廷政令颁行，到康熙，圣谕六言变成圣谕十六条，令各州县遵行。在朝廷的训导下，儒者的劝善更是不遗余力。各种善书更多，也更广泛。如《文昌帝君阴骘文》《太上感应篇》《太微仙君功过格》《关圣帝君觉世真经》等，注释之广，流传之众，大大超过明代。

在讲学中，儒者常常用通俗语言或有节奏感、朗朗上口的韵文，以或歌或词或歌谣等形式传播儒家义理，如王阳明的《训儿篇》、吕坤的《好人歌》、王艮的《孝弟箴》《孝箴》等。泰州学派倡导"仁"，万物各得其所，具有强烈的社

---

① 徐春林：《儒学民间化的内在理路——以泰州学派"百姓日用即道"思想的演进为轴线》，《江西社会科学》2007 年第 2 期。

② 王艮撰，陈祝生等校点：《王心斋全集》，江苏教育出版社，2001 年，第 54 页。

③ 高攀龙：《高子遗书》，见《文津阁四库全书》（集部第 431 册），商务印书馆，2006 年，第 840 页。

会责任感。"夫仁者，以天地万物为一体，一物不获其所，即己之不获其所也，务使获所而后已。"① 颜钧认为，要救"天下大溺，赤子大众"，必须"大赍以足民食，大赦以造民命，大遂以聚民欲，大教以复民性……如此救溺，方为急务"②。但他们并不只清谈良知心性。除了讲学活动外，他们立身行善，以身为教，积极投身到改造社会的活动中。王艮在救灾方面不遗余力③。颜钧在家乡建立萃和会，于农隙宣传孝悌之道。何心隐以宗族为单位，"捐赀千金，建学堂于聚和堂之旁，设率教、率养、辅教、辅养之人，延师礼贤，族之文学以兴。计亩收租，会计度支，以输国赋。凡冠、婚、丧、祭，以迨孤、独、鳏、寡失所者，悉裁以义"④。总之，"不论是阳明王门还是泰州王门，其中颇有一批人热心于地方的教化活动、规划和整顿区域社会的基层建设、参与丈田等经济事务，以及兴讲学、办乡约、建义仓、修族谱，在各种地方事务中形成了广泛的影响"⑤。

除了泰州学派，其他儒者也积极参与到社会慈善活动中。如高攀龙创办同善会，士大夫按季捐资，赈贫助善。东林人陈龙正（1585—1645）精通理学，"以生生为宗，以人伦为重，以躬行实践为功夫。至于用世，大意盖为民而事君"⑥，他提出"回天变，莫如结人心；结人心，莫如救人命。而消弭挽回，非愚贱事，全赖富贵人，首在当道，次即乡绅"⑦，设置义庄、义田救济族内贫人，赡养老人，设社仓、同善会救济其他鳏寡孤独及贫人。倘遇荒岁、灾害之年，则煮粥散粮，或者施药、掩埋曝尸遗骨、建丐房、收养弃婴等。晚明自杀殉国的儒者祁彪佳（1602—1645）与黄淳耀（1605—1645）分别在家乡创立育婴社和药局等，收置弃婴，救济贫病之人。顺治年间的进士许缵曾在松江建育婴堂，收养弃婴5 000 多名⑧。

二、明末清初儒者对善书的参与

善书可以分为两种，一为儒家善书，一为宗教善书。前者为纯粹的儒家善书

① 《王心斋全集》，第30页。
② 颜钧：《颜钧集》，中国社会科学出版社，1996年，第53 - 54页。
③ 宣朝庆：《泰州学派的精神世界与乡村建设》，中华书局，2010年，第90 - 92页。
④ 何心隐著，容肇祖整理：《何心隐集》，中华书局，1960年，第120页。
⑤ 吴震：《十六世纪心学家的社会参与》，《云南大学学报》（社会科学版）2007年第3期。
⑥ 陈龙正：《几亭全书》，见《四库禁毁书丛刊》（集部第11册），北京出版社，2000年，第570页。
⑦ 陈龙正：《几亭外书》，见《续修四库全书》（第1133册），上海古籍出版社，1996年，第356页。
⑧ 游子安：《善与人同——明清以来的慈善与教化》，中华书局，2005年，第125页。

内容，如《孝经》《女诫》《孝子传》，主要由儒者编撰；后者内容以佛道思想为主，由宗教人士制作，如《文昌帝君阴骘文》《太上感应篇》《太微仙君功过格》《关圣帝君觉世真经》《玉历宝钞》等。"著述之最易感人者，莫如多著善书。"①据李晋华《明代敕撰书考》一书记载，明朝由官方敕撰的善书达五十六种之多②。不过，明清的善书，主要以袁黄及王学左派集团的乡绅、士人阶层及三教归一（归儒）派为中心，与朱子学派、实学实政派亦有关系③。"在明末，正统的儒家道德价值具有的吸引力比我们可能或乐意了解的要大得多。"④明末后的儒者将重点放在道德实践上，他们举办了善书《太上感应篇》的注解及善书讲读实践会，开展了《太上感应篇》《文昌帝君阴骘文》《关圣帝君觉世真经》等善书的集成运动，使儒学道德向民众道德接近⑤。概言之，"三教归一"的社会背景以及理学的普及，使即便是纯宗教的善书，也被现世化和儒家化。

先看儒者制作的善书。除了乡约，"不费钱功德例"是善书中的一种。酒井忠夫认为，"不费钱功德例"一般由泰州学派所作，是泰州学派中士庶一体之体认学问下的产物，是功过格在心学发展的顶峰⑥。包筠雅指出，阳明心学与泰州学派的理论在功过格产生与盛行中起到一定作用，很多泰州派学者都曾使用过功过格。然而，作为善书传承下来的，主要还是袁黄的《立命篇》《祈嗣真诠》，刘宗周的《人谱》，颜茂猷的《迪吉录》等。

袁黄自传性著作《立命篇》详细记录了他一生行善而获得善报的过程，宣称行善可以改变命运，"吾于是而知，凡称祸福自己求之者，乃圣贤之言；若谓祸福惟天所命，则世俗之论矣"⑦。《立命篇》讲立命之学，告诫儿子"命由己作"。《改过》《积善》讲述改过之法、积善之方。此外，还有《科第全凭阴德》《谦虚利中》两篇。袁黄认为，人要有"耻心""畏心""勇心"，天地之间鬼神难欺，有过须改，为善须积。积善方法有十种：与人为善、爱敬存心、成人之

---

① 郑观应著，夏东元编：《郑观应集》，上海人民出版社，1988 年，第 1162 页。

② 李晋华：《明代敕撰书考》，燕京大学哈佛燕京学社引得编纂处，1932 年。

③ ［日］酒井忠夫著，刘岳兵等译：《中国善书研究》（增补版），江苏人民出版社，2010 年，第 531 页。

④ ［美］牟复礼、［英］崔瑞德著，张书生等译：《剑桥中国明代史》，中国社会科学出版社，1992 年，第 578 页。

⑤ 《中国善书研究》（增补版），第 544 – 545 页。

⑥ 《中国善书研究》（增补版），第 410 页。

⑦ 袁啸波编：《民间劝善书》，上海古籍出版社，1995 年，第 14 页。

美、劝人为善、救人危急、兴建大利、舍财作福、护持正法、敬重尊长、爱惜物命。除了"护持正法"外，其余皆与儒家传统道德相一致。《了凡四训》还附有他自己修行的功过格条款。以科举为主的《游艺塾文规》特意将"科第全凭阴德"作为要目。袁黄的善书在明清之际影响深远，"了凡既殁百有余年，而功过格盛传于世。世之欲善者，虑无不知效法了凡"①，"学究者流，相沿用了凡《功过格》，于是了凡之名，盛传于塾间，几于无人不知"②，"万历以来，袁黄、李贽之说盛行于世……家藏其书，人习其术，莫知非也"③。

　　崇祯年间福建大儒阴骘进士颜茂猷（？—1637）所撰善书《迪吉录》，被誉为救世之宝书。颜茂猷深谙儒家经典，以五经中进士，著有《五经讲宗》《六经纂要》《经史汇编》等，继承了程朱理学（是复社成员之一④），又受王学、释道思想影响。他主张乡绅多行善，"乡绅，国之望也，家居而为善，可以感郡县，可以风州里，可以培后进，其为功化，比士人百倍"⑤。颜茂猷甚至提议将《迪吉录》纳入到"讲乡约"活动中，在他组织的云起社实施。

　　明末大儒刘宗周（1578—1645）以慎独为旨归，以诚意为根基，其学说站在心学的立场而又融合朱王二家，批评心学末流的现成良知。他所著的《人谱》是一部"儒门劝善书"⑥，其主旨乃是对袁黄《功过格》的反拨。其中《人谱续编二》由《纪过格》《讼过法》《改过说》组成。《讼过法》主要是静坐仪式，《改过说》分析了人生有过的原因及改过的方法。

　　此外，明末清初还出现过《劝戒全书》《圣功格》《圣学入门书》《广功过格新编》《汇编功过格》《汇纂功过格》等。无论是编撰还是整理，其内容都是三教归儒的儒教道德。"很明显，善书类的制作编纂中有儒学知识分子的大力参与。"⑦

　　再看儒者对宗教善书的注释、讲解及实践。明末清初，儒者常常从儒学的角度注解宗教善书。其中，关于"三圣经"——《太上感应篇》《文昌帝君阴骘

---

①　《袁了凡》，见彭绍升编：《居士传》传四十五，江苏广陵古籍刻印社，1991年，第634页。
②　《袁了凡斩蛟记考》，见孟森：《心史丛刊》，中华书局，2006年，第194页。
③　张履祥：《杨园先生全集》，中华书局，2002年，第888页。
④　《善与人同——明清以来的慈善与教化》，第110–111页。
⑤　颜茂猷：《迪吉录》，见四库全书存目丛书编纂委员会编：《四库全书存目丛书》（子部第150册），齐鲁书社，1995年，第323页。
⑥　吴震：《明末清初劝善运动思想研究》，"国立"台湾大学出版中心，2009年，第179页。
⑦　《中国善书研究》（增补版），第404页。

文》《关圣帝君觉世真经》的注解尤其多。清人有言："天下善书不一而类，而劝善惩恶之意皆本于《太上感应篇》《文帝阴骘文》《武帝觉世经》等训。"①

《太上感应篇》自诞生起就一直受到重视。为之作序的皇帝有宋理宗、嘉靖帝、顺治帝等。一些著名的儒者也多有作序。南宋理学家真德秀序云："顾此篇（即《太上感应篇》），指陈善恶之报，明白痛切，可以扶助正道，启发良心。"②明代为《太上感应篇》作序并刊印、分发之人有李贽、焦竑、屠隆、周海门、陶望龄等。清代《太上感应篇》被翻译成满文加以刊刻，以教化满、汉民众，为之序跋、注释、刊刻者更众，如康熙三年徐天行刊刻的《太上感应篇注疏》及康熙三十三年许缵曾的《太上感应篇图说》；康熙五十七年，一些儒者集成《太上感应篇》《文昌帝君阴骘文》及其他明末善书，编著的《同善录》；乾隆年间惠栋的《感应篇笺注》等。据相关研究显示，《太上感应篇》的版本可能较西方圣经或者莎士比亚著作的版本更多③。

《文昌帝君阴骘文》在明代就已出现，内容涉及家族伦理道德、社会道德、为人处世原则等，其中有专门针对官僚士大夫阶层的道德要求。《文昌帝君阴骘文》的注释在清代很流行。据酒井忠夫考证，有关其注释的诸书几乎都是清代版本。《丹桂籍注案》乃是颜生愉在康熙二十八年编之《丹桂籍灵验记》，而所谓《丹桂籍注案》，就是"阴骘文注案"④。许缵曾也曾为《丹桂籍注案》作序。康熙年间进士彭定求既有《太上感应篇》的序，也有诸多关于文昌帝君的文章，如《重刻文昌化书序》《文昌孝经书后》《书文昌阴骘文石刻后》《梓潼山墨刻文昌像颂》等。成书于金元之际的《太微仙君功过格》影响也很大。从 1620 年到 1670 年的半个世纪之中，受《太微仙君功过格》影响，至少出版了十套新的功过格⑤，如袁黄的《了凡四训》、颜茂猷的《迪吉录》、莲池大师的《自知录》、陈智锡的《劝戒全书》、胡振安的《汇编功过格》等。王门后学很重视功过格。罗汝芳曾撰有《克己日录》《癸酉年日记》，据吴震先生考察，这是罗汝芳功过格的实践。胡直撰写《困学日记》的目的就是"日书己过以自箴"。北方王门孟

---

① 瑞五堂主人：《几希录续刻》，民国十六年（1927）重镌木活字本，孟薪主人"武帝觉世经序"。

② 真德秀：《感应篇序》，见《西山先生真文忠公文集》，商务印书馆，1937 年，第 471 页。

③ 杨联升著，段昌国等译：《报——中国社会关系的一个基础》，见 ［美］费正清主编：《中国思想与制度论集》，台北联经出版事业公司，1985 年，第 360 页。

④ 《中国善书研究》（增补版），第 416－418 页。

⑤ 游子安：《明末清初功过格的盛行及善书所反映的江南社会》，《中国史研究》1997 年第 4 期。

化鲤不仅自己实践，还倡导周围的人"纪过""讼过"。①

明清有很多通俗类书，它们除了用于指导具体事务，还有道德劝善的意味。如李晋德的《新刻客商一览醒迷天下水陆路程》载有148条道德语录，商业类书《事林广记》载有"涉世良规门""训诫嘉言门""立身箴诲门"等，不离儒家修身齐家处事之道。一些日用类书将乡规民约纳入其中，从道德指引到日常行为的规定无不有之，兼具实用性与劝诫性特征。

儒者自己制作善书或给宗教类善书作注释、写序跋，不但使善书中的道德劝善儒家化，也使道德劝善走向实践化。三教归儒的道德劝善，促使道德实践世俗化、现世化。正是儒者的参与，使世俗社会的道德似儒非儒而终归于儒。

第三节　明末清初小说的理学价值取向与善书

中国古代小说与善书关系密切。对此，目前已有部分文章论及。段江丽的《善书与明清小说中的果报观》主要从司命信仰和伦理规范两方面探讨善书与明清小说中果报故事之间的联系，万晴川的《明清小说与善书》指出善书对小说的思想内容、艺术形式和创作理论进行全面渗透。上述研究以整个明清小说为研究对象，视野较开阔。日本学者小川阳一的《明代小说与善书》《三言二拍与善书》《西湖二集与善书》则专以话本小说为研究对象，提到圣谕、善书对小说的渗透，功过格、命运观在小说中的体现等，指出作者的劝世意识与态度在很多善书中都有体现，研究较具体细致。小说与善书具有近似性，并不意味着它定然受到善书影响。上述研究先将小说置于受善书影响这一大前提之下，却未能回答善书何以能影响小说这一问题。本部分从题材、叙事模式、主旨入手分析话本小说与善书的一致性，揭示其亲缘关系，结合明末清初的劝善语境，探究善书对话本小说的影响以及话本小说的劝善性特征。

一、话本小说题材及叙事模式等与善书的一致性

当审视话本小说与善书的关系时，不能不注意这样一个现象：话本小说在题材、叙事模式、主旨上与善书具有很大的一致性。

善书可分叙事性文本与说理性文本两类。叙事性善书为话本小说提供了题

---

① 《明末清初劝善运动思想研究》，第93页。

材，亦提供了相应的叙事模式。就题材而言，一是将劝善故事引入到小说中，或作为小说的头回，或作为小说的正话；二是善书所倡导的善、所斥责的恶成为小说书写的母题。

一是话本小说题材及叙事模式与善书的一致性。

模式一：贫贱者拾金不昧得官。在这种模式中，主人公贫寒卑微，但因拾金不昧改变了自己的命运，登上了仕途。裴度还带之事广为流传，在《为善阴骘》中，基本情节为：裴度屡困场屋，相者言他"若不贵，必饿死"——裴度还带——位至将相，福禄罕匹。《拍案惊奇》卷二十一中，每一个情节单元都与裴度还带的情节单元相吻合。

模式二：无子短命者因积阴德得子添寿。窦禹均三十无子，祖考托梦："尔早修行，缘尔无子，又寿不永。"窦乃不断行善，焚借券、嫁贫女、救困顿、助孤寒。复梦祖考曰："汝今数年以来，名挂天曹。阴府以汝有阴德，特延寿三纪，赐五子，各荣显，仍以福寿而终。后当留洞天充真人位。"生五子俱显，自己亦寿八十二。《为善阴骘》中刘弘敬故事的叙事模式与窦禹均的相同。《拍案惊奇》卷二十乃刘弘敬故事的演绎，叙事模式不变。

上面两种叙事模式中，都有一个提示者，或相者，或祖考（神灵）。他们在一定程度上揭示了主人公现有的生命状态及其潜在的命运轨迹，给主人公指引了以后的行动方向，成为促使主人公命运轨迹发生转变的契机，而解释之语则补充说明了主人公命运改变的原因。

模式三：救无辜者寿永且生子贵。叙事性善书仁心爱民，并将其作为一种善行予以褒奖。《了凡四训》载康僖公为刑部主事时，宿狱中，得知无辜者多人，密书其事给堂官，"释冤减刑"，"减刑之议，深合天心"，无子的他被赐三子，皆"衣紫腰金"。杨自惩"存心仁厚，守法公平"，县宰挞囚而跪解之，囚人乏粮救济之，生二子，皆为名臣。《醉醒石》第一回叙事模式与此同。至于拒绝被救者以妻女为谢者，其叙事模式与此同，只不过中间加上被救人之妻"以身相报"这一情节，人物命运略有改动而已。如《了凡四训》中的嘉善支立之父事。这种书写模式对话本小说影响很大，《西湖二集》中的商提控故事，《二刻拍案惊奇》卷十五中的顾芳故事，《型世言》第三十一回中的徐外郎故事与此故事相类。

上面的叙事模式虽各有不同，但都不离善恶报应的框架。主人公最初的身份与最后的结果大都相似，并且几乎都有神灵参与。所不同者，在于行善的内容与方式。

二是话本小说人物命运走向与善书理论训诫的一致性。

说理性劝善文本强调"应该"如何,"不应该"如何,善恶属于陈述性的,如《太上感应篇》;或者阐述何为"善""恶",怎么算"功"与"过",善恶具有可计算性,如《太微仙君功过格》。功过的计算首先建立在善恶评价之上。为善记功,为恶记过。天地有司过之神、北斗神君、三尸神、灶神等监察人的行为,录人善恶,为恶则减算,算尽则死,"死有余责,乃殃及子孙";为善则"人皆敬之,天道佑之,福禄随之,众邪远之,神灵卫之。所作必成,神仙可冀"。《太上感应篇》[①] 的善恶标准是:

善:是道则进,非道则退。不履邪径,不欺暗室。积德累功,慈心于物。忠孝友悌,正己化人。矜孤恤寡,敬老怀幼。

恶:以恶为能,忍作残害;阴贼良善,暗侮君亲;慢其先生,叛其所事;……虐下取功,谄上希旨;……轻蔑天民,扰乱国政;赏及非义,刑及无辜;杀人取财,倾人取位;诛降戮服,贬正排贤;陵孤逼寡,弃法受赂;……以恶易好,以私废公;窃人之能,蔽人之善;……强取强求,好侵好夺;掳掠致富,巧诈求迁;……斗合争讼,妄逐朋党……

《文昌帝君阴骘文》要求有:正直代天行化,慈祥为国救民,忠主孝亲。

上述善书没有提到功过的具体计算方法,而《太微仙君功过格》则比较明确。其设功格三十六条,过律三十九条。在《救济门》中,凡救人性命,减免各种刑者,大至一百功,小至三功不等,赈济鳏寡孤独亦有功。《用事门》中,"举荐高明贤达有德之士用事一人为十功"。《不仁门》中,凡谋人罪者,十到百过不等。纵然只是举意,其过也在三至十过之间。《自知录》中的《善门》指出"事君王竭忠效力,一日为一善",利一人、一方,利天下、后世,从一善到百善不等。"遵时王之制"与真实不欺,一事为一善。在《过门》中,知冤不伸,非法用刑,杀降屠城等,其过大小不等。

云谷禅师传给袁黄的《功过格》载,救免一人死,完一妇女节,准百功。而失一妇女节则准"百过",破人婚姻、谋人妻女则准"五十过"[②]。《文昌帝君功过格》指出,"代人写离书,五十过","曲全一妇女节,二百功,拒一私奔妇女,三百功"。

---

① 《民间劝善书》,第4-5页

② 袁了凡著,净庐主人译:《了凡四训》,百花文艺出版社,2007年,第151-154页。

　　话本小说中人物命运的走向在一定程度上与善书善恶标准及功过计算方法相符。若官吏们忠于本职，又拒绝他人以妻女相报，全人妻女节操，其"功"大，所受之报也大。因此，吴知县还妾而官至吏部，并连生三子（《喻世明言》第一卷）；陆仲含谢绝了馆主之女的挑逗，本该下科中试，"因有阴德，改在今科，还得连捷"（《型世言》第十一回）。无论是有意还是无意，拆散人家夫妻、破人婚姻即为大过。吴江秀才萧王宾"胸藏锦绣"，本应中状元，只因替人写了纸休书，"上天鉴知，减其爵禄"，丢掉了状元（《拍案惊奇》卷二十）。淫人妻女亦是大过。举子刘尧举赶考之时，在船上与一名女子有私，因作此"欺心事"被压下一科（《拍案惊奇》卷三十二）。潘遇应试，与店主女有私，"因做了欺心之事，天帝命削去前程"，与状元无缘（《醒世恒言》第二十八卷）。李生本当十八岁做乡荐，十九岁做状元，三十三岁做宰相，因偷窥邻女，淫人妇，被削籍（《贪欣误》第六回）。

　　善书认为救人一命百功，不义而取人财物，百钱为一过；错断人死刑成，一百过；明知事枉，而不与申雪，死刑成，八十过。取人财物又谋害其人，其过加倍。话本小说中亦有同样的内容，例如：魏推官本立意做好官，但妻子与家人勾结，受人钱财六百金，捉生替死成为事实。魏推官本"异日该抚全楚，位至冢宰"，因这事被神所罚，不得"抚楚"，后病弱，不数年身故（《醉醒石》第十一回）。徐谦受人五百金，枉杀七十命，上帝减其寿三十年（《贪欣误》第六回）。县令与县吏得人钱财，枉诬良人，县令被削去官爵，县吏被火焚其居并削阳寿一半（《二刻拍案惊奇》卷十六）。

　　《太上感应篇》云："欲求天仙者，当立一千三百善；欲求地仙者，当立三百善。"《至言总》第五卷[①]《功过》亦云，五十善则子孙繁息，五百善到一千善则后代寿长、贵孝、智慧、道德、贤圣、神真，两千善则身为圣真、仙灵、将吏，三千善则为国师、圣真、仙曹局。涉及国家大事，涉及人命之行，行善则功更大。"天上神仙，皆是人间孝子忠臣。"[②] 所以，小说中很多清正、清忠的官员原应无子而有子，且子孙能光耀其门楣，还有些官员被授城隍之职或其他仙职：沈青霞与奸臣做斗争而死，上帝怜其忠直，授北京城隍之职（《喻世明言》第四

---

① 《至言总》，见《道藏》（第 22 册），文物出版社、上海书店、天津古籍出版社联合出版，1988 年，第 868 页。

② 闵一得：《金盖心灯》，见《藏外道书》（第 31 册），巴蜀书社，1994 年，第 193 页。

十卷）；上帝因县尹石璧清廉，赐他为本县城隍（《醒世恒言》第一卷）；刺史裴习、县令李克让因清忠，死后一为天下都城隍，一为天曹判官（《拍案惊奇》卷二十）；周新忠直，得为城隍之神（《西湖二集》第三十三卷）。

三是话本小说主旨与善书劝善的一致性。

以地狱游历为例。"地狱"之词来源于佛教。自六朝始，地狱描写逐渐进入小说领域，宋辽时出现的《玉历宝钞》即是以地狱场景来惩恶的善书。《玉历宝钞》有图像，有文字。图像逐一展示了地狱里的主要人物，如普贤大士、幽冥教主、东岳大帝、酆都大帝等。从一殿到十殿分别由秦广王、楚江王、宋帝王、五官王、阎罗王、卞城王、泰山王、都市王、平等王、轮转王等主管，还有其他地狱官员与士卒如土地、城隍、黑白无常、牛头马面、日游神、夜游神、赏善罚恶使、鬼王判官等。十殿各有刑罚，如二殿的铜斧、寒冰，三殿的刮脂、钳肝、铲皮，四殿的沸汤浇手、断筋剔骨，六殿的磨推流血、腰斩，七殿的拔舌穿腮、抽肠、油釜滚烹，八殿的车崩、闷锅、碎剐、断肢、煎脏、炙髓等。每层都依据一定标准审视人的各种行为。值得注意的是，在《玉历宝钞》中，世俗伦理道德成为善恶评价的主要标准。凡是不符合世俗伦理道德，不忠不孝、不仁不义、杀生害命、坑蒙拐骗、奸诈欺心者，都会在地狱受到各种酷刑。

明清之际的话本小说中，《西湖二集》第二十四卷之《认回禄东岳帝种须》、第十五卷之《文昌司怜才慢注禄籍》、《喻世明言》第三十二卷之《游酆都胡母迪吟诗》对地狱的描写较为详细。小说通过周必大、罗隐、胡母迪冥游地狱，见证地狱酷刑，指出世人应有的行为规范，其地狱的场景描写与《玉历宝钞》所述的相似。冥游所见，既有对恶劣、残暴士绅的刑罚，也有对忠臣良将的奖赏。有关地狱的描写不再是"释氏辅教之书"的需要，而是对现世伦理道德教化的苦心。周必大入冥，见到了同榜进士赵正卿在地狱受刑。小说借东岳帝君之口揭露赵正卿"并无阴德及于一民一物，妄尊自大，刻剥奸险，一味瞒心昧己。欺世盗名，假刻诗文，哄骗天下之人，障天下之眼目"，"奸淫室女，破败寡妇，罪大恶极而不可赦"，欺世盗名，盗取朝廷名器，胡作非为"以济其不仁不义之念"。罗隐原本有半朝帝王之相，因生杀人恶念被勾入冥，"贵骨"被剔。胡母迪冥游地狱，见闻了秦桧、万俟卨、王俊等历代奸党恶徒，以及贪财枉法、刻薄害人、不孝不友、悖负师长、不仁不义者交替在地狱遭受各种酷刑。作者让主人公游历地狱，其目的在于惩恶扬善，主旨与善书一致。

二、话本小说劝善性原因考察——关于善书

话本小说的劝善性，与古代的文言志怪小说中的劝善故事有关。考察善书与话本小说共同出现的故事，可以发现它们多从在其之前的具有劝善性质的文言志怪故事或史传中发展而来。以明成祖所编善书《为善阴骘》为例，该书10卷共165个故事。其中，与话本小说正话故事一致者，有"弘敬延寿"（《拍案惊奇》卷二十一）、"许逊升真"（《警世通言》第四十卷）、"必大免吏"（《西湖二集》卷二十四）、"孝基还财"（《醒世恒言》第十七卷）、"林积还珠"（《清平山堂话本》第三卷）。出现在话本小说的头回部分，作为故事或议论出现者，有"杨宝救雀"（《醒世恒言》第六、十八卷）、"裴度仁恤"（《喻世明言》第二、九卷，《醒世恒言》第十八卷，《拍案惊奇》卷二十一，《西湖二集》第二十四卷）、"禹钧行善"（《醒世恒言》第十八卷、《拍案惊奇》卷二十一）、"宋郊渡蚁"（《警世通言》第十五卷）、"林积还珠"（《拍案惊奇》卷二十一）。话本小说提到者，还有"冯商还妾""魏颗从治"等。

早在《为善阴骘》之前，上述故事就已出现在文言志怪小说或史传中。"弘敬延寿"见于《太平广记·刘弘敬》，《为善阴骘》改动较少，话本小说则增添了李克让达空函事。许逊故事见于《太平广记·许真君》，"许逊升真"略有改动。"必大免吏"见于《湖海新闻夷坚续志·益公阴德》。"孝基还财"载于宋代李元刚的《厚德录·使其自新》。《厚德录》所载者，还有"杨宝救雀""裴度仁恤""禹钧行善""宋郊渡蚁""林积还珠"等。可见，以这些故事为题材的话本小说与善书有亲缘关系。

不少文言志怪小说中的劝善故事因具有劝善性，而被纳入专门的善书中，于是出现了这种现象：善书具有小说因素。《为善阴骘》先讲故事，再评论，以诗赞结尾。其主旨皆与"阴骘"相关，叙述、议论、诗赞相结合。《为善阴骘》对晚明善书影响颇大。明末颜茂猷作有善书《迪吉录》，其中神鬼仙佛、善恶报应比例较大。《迪吉录叙》提到《为善阴骘》，将其等同《太上感应篇》。明末另一本善书《劝戒全书》所采书目有明成祖的《阴骘录》（即《为善阴骘》）。这些善书的小说因素已为人所关注。吴震指出，《迪吉录》所引稗史野乘浩繁庞杂，如《太平广记》《酉阳杂俎》《还冤记》《报应录》《搜神记》《宣室志》等笔记小说、佛道书籍。引经据典的内容多属于轶闻传说、鬼狐仙异一类，也有出于正史的典故。其叙事策略——故事传闻的构架方式、传述方式，应属于历史上的稗

官传统，与中国古代"小说家流相似"，具有怪僻审美意味①。"其实说穿了，《迪吉录》作为一部道德善书，它所借用的正是'稗官小说'及'志怪小说'的传统，其中贯穿着种种将历史典故神秘化的传闻。""(《迪吉录》)在很多地方颇似二胡（胡文焕，胡应麟）所说的'小说家流'。茂猷之书的特别之处在于夹叙夹议，既讲历史，又谈道德，其讲鬼怪，意在劝善，其关心仍在道德，即应麟所谓为'覃研理道'而'务极幽深'。"② 晚明另一著名劝善活动家袁黄的《了凡四训》既有论断，又有故事，叙议结合。其《立命之学》与《谦德之效》中，用多个故事说明善恶之报，具有明显的神异性，与《迪吉录》很相似。明代其他善书同样有小说意味。刘龙田本的《日志故事》除了二十四孝，还收录一些明人孝行故事。此外，还有"异政类""臣道类""清介类""俭约类""德报类""宽厚类""廉洁类""远色类""辟邪类"等，从各个方面宣传传统美德。该书以孝悌忠信礼义廉耻作为全书之骨，运用因果报应模式，将正面故事与负面故事对比。酒井忠夫指出，《太上感应篇》的注释、注解中作为事例被引用的民间故事，与明末短篇小说的内容有相似之处，事件也都是明末以后民间常见的事件。但是，酒井忠夫并未对此展开说明，只提出要对明末以后的短篇小说予以留意③。酒井忠夫之说，点明了善书与短篇小说的相互关系。

话本小说的劝善性，还与明清时期以善书进行劝善教育有关。明代教育以传统儒家经典为主，但一些御敕善书却是教学内容的一部分。据酒井忠夫统计，明代御敕善书有 57 种，朱元璋三次颁布大诰，要求官吏熟读，并以此作为考课标准。从洪武十九年起，陆陆续续颁布命令，要求家传人诵，乃至于以之为科举考试的内容。从朱元璋开始，明代皇室收集历代善恶典型事例，制成善书颁行给王公大臣或民众。明成祖时，被昭而颁行天下者，有《仁孝皇后内训》《仁孝皇后劝善书》《为善阴骘》等，宣宗时有《帝训》《官箴》，英宗时有《五伦书》，景宗时有《历代君鉴》，宪宗时有《文华大训》，世宗时有《女训》，神宗时有《宝训实录类编》等。清代继承明代传统，也注重以善书教化民众。雍正帝作《圣谕广训》时，要求刊示律条，明白宣讲，使之家喻户晓。

---

① 《明末清初劝善运动思想研究》，第 157－158 页。

② 《明末清初劝善运动思想研究》，第 161、163 页。此外，据韩国《中国小说绘模本》，中国传到韩国的古典小说中，就有《迪吉录》。可见，韩国人把《迪吉录》看成是小说（朴在渊编：《关于完山李氏"中国小说绘模本"》，见《'93 中国古代小说国际研讨会论文集》，开明出版社，1996 年，第 495 页）

③ 《中国善书研究》（增补版），第 481 页。

上述善书中，《为善阴骘》流行较广。明成祖将其颁给诸王群臣及国子监、府州县学，作为民众教化的教材或资料，又命吏部在科举之际以大诰之例为标准出题。万历时要求宗室弟子入学要诵习《孝顺事实》《为善阴骘》等书。[①] 一些地方乡约、社学、宗室弟子入学，也要诵习之，甚至一些官吏、地方劝善活动的推行者，在讲学中也颇为重视《为善阴骘》。明末陆世仪《治乡三约》云："按：讲约从来止讲太祖《圣谕六言》，习久生玩。宜将《大诰律令》及孝顺事实与浅近格言等书，令社师逐次讲衍……"[②] 晚明社会地方乡约演讲《为善阴骘》甚为普遍。如阳信知县张志芳"躬临约所亲自讲解，加意劝诫并刻《圣谕图解》以及《感应篇》《为善阴骘录》等书颁布民间"[③]。隆庆进士方扬担任随州州守期间，主张在讲乡约时，可以辅以《为善阴骘》之类宣扬果报思想的善书。[④] 明末清初劝善运动风起云涌，伴随着这股劝善思潮，大量的善书也流行于世间。

可以说，早在儿童时期，人们就已经接触到一些善书，对善书故事及其传达的理念颇为熟悉。后来当阅读面扩大，重遇善书教育中曾接触过的故事或思想时，两种影响便发生重合。从受教育年龄、教育的内容、当时小说的社会地位、流传过程中善书与小说的不同费用等方面综合考虑，善书中的劝善故事及劝善思想对民众的影响当先于文言志怪小说或史传。

三、话本小说劝善性考察——关于小说劝善传统

话本小说的劝善性也是小说劝善传统的影响使然。自理学兴起，劝善就成为一大宗。宋及宋以后的小说观念中，始终不离劝善。《湖海新闻夷坚续志》首列"人伦门"，其中有"君后""忠臣""父子""夫妇"之伦，有"庄重""宽容""勤俭"之美德，也有"贪忌"之告诫。后面还有"报应门"，涉及很多伦理。明代刻书家胡文焕编有《稗家粹编》八卷六册二十一部，分"伦理""义侠""神""仙""鬼""妖""报应"等部。其序云："余恐世之日加于偷薄也，日流于淫鄙、诬诞也，不得已而有是选焉。乃始自'伦理'，终自'报应'……俾知伦理之为先，而报应之必在者，何莫而非劝惩也耶！且是书，世既喜阅，则阅必

---

① 《明史》，第 1689 页。
② 陆世仪：《治乡三约》，见《丛书集成三编》（第 21 册），新文丰出版公司，1997 年，第 562 页。
③ 《阳信县志》，见《清代孤本方志选》（第 2 辑 3 册），线装书局，2001 年，第 117 页。
④ 方扬：《方初庵先生集》，见四库全书存目丛书编纂委员会编：《四库全书存目丛书》（集部第 156 册），齐鲁书社，1997 年，第 683 – 684 页。

易得，阅必易得，则感必易生，故因其喜与易也，藉是书以感之，又何莫非劝惩者之一道也耶！"① 虽然神怪色彩浓郁，但胡氏认为其小说选编乃为救世之目的，神怪等内容只为增加小说的趣味性，报应则有劝惩之用，特设"伦理"部与"报应"部，以强化劝诫色彩。即便是今天，掺杂因果报应的故事，也常常被视为小说（如《劝善录》《乐善录》《劝戒录》），宁稼雨的《中国文言小说总目提要》、李剑国的《宋代志怪传奇叙录》，就将其列为志怪小说。

明代小说理论家胡应麟把古今小说分为志怪、传奇、杂录、丛谈、辨订、箴规六种。"箴规"列举有《家训》《世范》《劝善》《省心》等。将"箴规"视为小说，似乎是小说文体观念不明，却反映了时人的小说观。陈平原说："六类之中，后三类（丛谈、辨订、箴规）没有多少文学色彩，不过时人确实将其视为小说，不能怨胡氏选择不当。"② 胡氏分类的依据不是文体，而是小说形态及功用，即小说与善书在劝善问题上具有一致性，在讲道理与说故事的形式上具有相似性。《劝善》虽未明所指，但从题名及与《家训》《世范》《省心》并举来看，或指托名为秦观的《劝善录》。胡氏特意说道："说（即小说）主风刺箴规，而浮诞怪迂之录附之。"③ 小说的主要特征是"主风刺箴规"，凡具备这方面功能的文体，似乎都可以归之于说部。胡氏虽举"浮诞怪迂之录"以附之，但从"箴规"条下所举的三类看，非"浮诞怪迂"之言（如《家训》等非小说性文体）也可以进入说部。这在某种程度上说明，在明人心中，具有劝善意味的某些门类，无论其文体特征如何，都可以纳入小说。联系《直斋书录解题》小说类中收录的《鉴诫别录》《乐善录》，《郡斋读书志》小说类收录的《褒善录》《吉凶影响录》《劝善录》《劝善录拾遗》，《湖海新闻夷坚续志》中的《人伦门》《报应门》等，胡应麟将"箴规"视为小说虽未有多大突破，却再一次表明宋明理学对道德劝善的重视直接对文学形式所产生的影响。

明代其他一些小说类书如《国色天香》《绣谷春容》，也多将箴言、劝善故事纳入其中。《国色天香》除了劝善故事《卖妻果报录》外，还有"士民藻鉴""规范执中""名儒遗范"等部分，都是劝善箴言或论述，如《安分吟》《劝孝歌》《节妇歌》《阴德延寿论》《厚德录》《训善录》《垂训文》《太上感应篇》

---

① 胡文焕编：《稗家粹编·序》，中华书局，2010 年，第 18 页。
② 陈平原：《陈平原小说史论集》，河北人民出版社，1997 年，第 1345 页。
③ 胡应麟：《少室山房笔丛》，上海书店出版社，2001 年，第 261 页。

及其《感应篇跋》等。《戞玉奇音》则有《今夕歌》《明日歌》《勉学歌》《乐学歌》《劝懒歌》等。《绣谷春容》有"节义类""贤行类"，有嘉言、微言，涉及夫妇、兄弟、德量、节义、志警、宏志、劝业等。《父子箴》《夫妇箴》《兄弟箴》《朋友箴》《自警箴》《陈白沙忍箴》在这三部书中均有。《国色天香》第四卷"规范执中"篇标题下注释云："此系士人立身之要。"第五卷"名儒遗范"篇标题下注释云："士大夫一日不可无此味。"由此可见"规范执中""名儒遗范"乃是专门针对士人、士大夫的善书。上述小说类书中的各个部分虽不符合现在的小说标准，但按照以胡应麟为代表的明人的小说观，它们仍然是小说的组成部分。

善书主张垂训教人，劝人为善。《文昌帝君阴骘文》将"垂训以格人非"作为善行。《了凡四训》在解释"劝人为善"时，引韩愈"一时劝人以口，百世劝人以书"语，劝导人们以书劝人为善。在《太微仙君功过格》中，特有一条为"以文章诗词诫劝于众，一篇为十善"。《自知录》称"劝化人改过从善，一人为十善"。在《文昌帝君功过格》中，"以德行文章劝勉，一次一功"，"以果报劝人，一功"。话本小说无论是语言、题材、叙事模式、主题思想无不承载着劝善理念。再回过头看理学家对通俗文学劝善功能的重视。王阳明十分重视通俗文学，他认为，只要通俗文学的内容健康，选材适当，对于良知形成非常有益，"只取忠臣孝子故事，使愚俗百姓，人人易晓，无意中感激他良知起来，却于风化有益"①。他高度评价目连戏："词华不似《西厢》艳，更比《西厢》孝义全。"② 王阳明看重的，不是通俗文学的艺术形式，而是其思想内容。凡是彰显儒家忠孝节义者，比那种只是艺术形式高妙的文学更有价值。刘宗周的《人谱》中，有"警观戏剧""警作艳词"两个条目，录有张横渠、王阳明、陶石梁、张缵孙等人关于"淫词"、戏曲的言论，对通俗文学所载之"道"非常看重。袁黄与石成金既是话本小说家，又是善书制作者。他们将善书观念化入话本小说中，利用话本小说传播善书思想。在劝善一途上，话本小说在自觉地向善书靠拢。

四、话本小说中的劝善

在劝善风气下，话本小说甚至成为善书的传声筒。据笔者统计，"三言二

---

① 《王阳明全集》，第 113 页。

② 徐宏图、王秋桂编著：《浙江省目连戏资料汇编》，财团法人施合郑民俗文化基金会，1994 年，第196 页。

拍"中，出现"阴德"30 次，"阴骘"12 次，"阴功"14 次。"阴德""阴功"
"阴骘"在《西湖二集》中分别出现了 9 次、6 次、6 次，在《型世言》中分别
出现了 6 次、3 次、4 次，在《石点头》中分别出现了 10 次、3 次、3 次。"福善
祸淫，昭彰天理""福大量也大，机深祸亦深""举心动念天知道，果报昭彰岂
有私""人间私语，天闻若雷。暗室亏心，神目如电""作恶恐遭天地责，欺心
犹怕鬼神知"等亦多次在话本小说中出现。甚至有的小说命名中亦有"阴功"
"阴德"字眼，如《清夜钟·阴德获占巍科》《型世言·阴功吏位登二品》等。
很多篇目都或多或少重复了《圣谕六言》《太上感应篇》《文昌帝君阴骘文》中
的劝善内容。如《石点头》第六卷中长寿姐依照人们的要求，依次唱"孝敬父
母""尊敬长上""和睦乡里""教训子孙""各安生理""毋作非为"的六言歌，
正是朱元璋"圣谕六言"的发挥。再如《西湖二集》第三十卷《马神仙骑龙升
天》中的马神仙升天前向人们宣示《太上感应篇》：

> 人不可不看《太上感应篇》，若是恶口两舌，造言生事，好说人家
> 闺门私事，鬼神之所深恶，断要减福减寿。总之光明正大，便是阳明天
> 上之人，若是刻剥奸险，便是阴暗酆都之鬼。天堂地狱，只在面前。

《型世言》第二十八回写张秀才夫妻为求子行善，则是功过格在日常生活中
的体现：

> 遂立了一个行善簿，上边逐日写去：今日饶某人租几斗，今日让某
> 人利几钱，……一千善立完，腹中已发芽了，……不期立愿将半年，已
> 是生下一个儿子。

《七十二朝人物演义》卷五《孔文子何以谓之文也》中引支立之父一事，文
中写道："这故事却也不近不远，出在本朝。那袁了翁所著的《立命篇》
上……"，并且后面又附了一首夸赞袁黄的五言古诗。支立之父一事，在《孔文
子何以谓之文也》中只是为白话而适当有所添加而已。《七十二朝人物演义》卷
五引支立之父一事，点出袁黄的《立命篇》。明清之际小说家将自己的小说视为
劝善警世的善书者比比皆是。丁耀亢作《续金瓶梅》，公开宣称是"借小说作
《感应篇》注"。《醉醒石》题词云："古今尽醉也，其谁为独醒者！……是编也，

盖亦醉醒之石也。"冯梦龙将《石点头》视为高僧说法："小说家推因及果，劝人作善，开清净方便法门，能使顽夫伥子，积迷顿悟，此与高僧悟石何异?"①小说命名或直言或暗示小说的喻世、醒世、警世、觉世、型世等功能。

　　分析话本小说的劝善性，应当注意以下事实：话本小说反复申诉的劝诫话语；袁黄与石成金作为话本小说家和善书制作者的双重身份；袁黄在当时的影响；冯梦龙在《四书指月》中多次引用袁黄语；明末清初风起云涌的劝善运动中上至帝王，中至在当时广有影响的士大夫，下至一般民众的参与；善书在民众中广泛流行。由此观小说题材、叙事模式、主旨等与善书的一致性，很多疑问都可以解决。

---

①　丁锡根：《中国历代小说序跋集》，人民文学出版社，1996 年，第 1119、798、796－797 页。

第二章　明末清初话本小说家的治经活动及理学思想

——以冯梦龙、凌濛初为例

明末清初的大多数话本小说家最初的理想不是从事通俗小说的写作，而是科举入仕。科考经历使其浸泡在儒学之道里，经书所传达的"天理"影响深入骨髓。然而，他们却屡次被排除在科第大门之外，这种痛苦的经历让其不断反思现实的黑暗、反思程朱理学与阳明心学的利弊。科举用书常常因缺乏创见而被四库馆臣极力排斥，更何况小说家们的小说创作的影响远远大于经史著作的影响，他们治经史的经历及著作也多被忽视，关于他们的经史之学的研究也就更加有限——即使治经史的活动在话本小说家的生命历程中占有重要地位。因此，无论话本小说家在其经史著作中有无创见，他们的治经活动及经学著作都应当被了解、被探究，以便进一步了解其人生观、价值观，进而深入探究他们的小说创作。

第一节　冯梦龙的治经活动及理学思想

冯梦龙早年为了科举，治《春秋》颇勤。他治《春秋》，既为科举之用，也为治世之需。冯梦龙的小说编撰深受春秋学的影响：小说救世之精神是对春秋治世精神的继承，各种题材的故事是对《春秋》"微言大义"的具体阐释；征实的治经倾向不仅使他获得了很多小说创作的历史素材，而且也使其小说编撰具有史实的眼光；春秋学文法、技法及炼词被运用到小说编撰中，影响了小说的标题、结构体式、语言和审美风格。

一、冯梦龙的春秋学

冯梦龙早年为科举功名所驱，治《春秋》颇勤，编有《麟经指月》《春秋衡库》《春秋定旨参新》《别本春秋大全》等。

　　《麟经指月》十二卷，有泰昌元年（1620）梅之焕等人作的序。"麟经"即
《春秋》，"指月"原为佛家用语，以指譬教，以月譬法。其《发凡》十则，云
"拔新汰旧，摘要芟烦，传无微而不彰，题虽择而不漏"。书中的重要事件被编
成"便记歌诀"以便记忆。该书以《春秋》经为主，为科举考试服务，偏重程
式，其中多有冯梦龙自己的研悟。《麟经指月》在当时影响颇大。苏州书林叶昆
池说道："犹龙先生以《春秋》负重望，其经稿久传海内，兹书则帐中秘也。本
坊恳请刊行未允，适麻城耿克励先生至吴，遂从臾出之。在本坊如获拱璧，愿海
内共宝夜光。"①《吴县县志》《苏州府志》《江南通志》评价曰："才情跌宕，诗
文丽藻，尤明经学，所著春秋指月、衡库二书为举业家正宗。"②

　　《春秋衡库》三十卷，其中《附录》二卷，《备录》一卷。署名冯梦龙辑，
张我城参，天启五年（1625）李长庚序。《附录》载春秋以前事，《备录》记孔
子获麟以后事。《四库全书总目》谓："其书为科举而作，故惟以胡传为主。"
《春秋衡库》将《五经大全》、胡安国的《春秋传》全部录入，用做标准解释，
并采《左传》《国语》《公羊传》《谷梁传》及其他子史之说供参考。据《发
凡》，《春秋衡库》体例取朱熹《四书集注》，收集百家之说，"采其切中情理，
不涉穿凿附会者，定为正注"。冯氏自己创见较少。

　　《春秋定旨参新》三十卷，冯梦龙编。该书与《麟经指月》观点大致相同，
但不是简单重复，很多地方有增添，阐释更细致具体。

　　《别本春秋大全》三十卷，佚。其凡例与《春秋衡库》凡例同，怀疑是同书
异名。

　　郑振铎指出，以文学名世的冯梦龙与凌濛初，他们的春秋学与《诗经》学，
在最不受世人重视且流失严重的明代经解中得到流传，堪为"明末的双绝"③。
然而，冯梦龙的经学著述并未受到相应的重视。龚鹏程在《晚明文学思潮》第
八章涉及冯氏的春秋著述、经世思想等，主要从文学解经的角度对冯梦龙的春秋
学作了阐述。展菲的硕士论文《冯梦龙的经学思想对情教观的影响》虽名为
"经学思想"，但所论观点似未从经学文本本身出发，有隔靴搔痒之感。④ 考察冯
梦龙的著作，不难发现，从《智囊》到《情史》，再到"三言"的创作，几乎都

① 转引自冯梦龙：《麟经指月·影印说明》，上海古籍出版社，1993 年。
② 聂付生：《冯梦龙研究》，学林出版社，2002 年，第 45 页。
③ 郑振铎：《西谛书跋》，生活·读书·新知三联书店，1998 年，第 4 页。
④ 展菲：《冯梦龙的经学思想对情教观的影响》，青岛大学硕士学位论文，2011 年。

与他治《春秋》同时。《春秋》是经，也是史。他一方面潜心专研《春秋》，由经而史，治成《纲鉴》；一方面搜集、整理、编撰通俗文学。研究冯梦龙，不能忽视他倾注半生心血的经学著作。研究冯梦龙的小说编撰，不能不重视春秋学对其的影响。

二、冯梦龙春秋学特色

（一）治世的治经原则

在诸多经学中，春秋学尤其侧重经世致用。司马迁曾说《春秋》"贬天子，退诸侯，讨大夫，以达王事"，"故有国者不可以不知《春秋》，前有馋而弗见，后有贼而不知。为人臣者不可以不知《春秋》，守经事而不知其宜，遭事变而不知其权。为人君父而不通于春秋之义者，必陷首恶之名。为人臣子而不通于春秋之义者，必陷篡弑之诛，死罪之名。……故《春秋》者，礼义之大宗也"。[①]《春秋》亦经亦史，极有用于世。冯梦龙"志在《春秋》"，他不畏其难，倾力治之，主要在于《春秋》能救世、用世。《麟经指月·序》云："今天下镐京磐石，邈禾黍之离；辩琛叩关，绝金缯之耻，似无所用其忧患愤发。然而纪纲之隳瘰也，形式之单靡也，夷狄之侵陵也，则亦儒臣专以《春秋》入侍时也。"[②]梅之焕指出，《麟经指月》不仅有助于"功令"（科举考试），还有助于人成为"天子不倍之臣"，成就"中兴太平之业"[③]。"社弟"张我城指出，在内忧外患的情况下，"犹龙氏作《指月》以救之，弗止也，复于诸说靡所不参"，"欲使学人收旁营之力，汇于体研本旨"[④]。在众多经学中，《春秋》经甚难治，冯梦龙却自童年起就致力于此，一个重要的原因就是救世。冯氏曾说，"凡读书，须知不但为自己读，为天下人读；即为自己，亦不但为一身读，为子孙读；不但为一世读，为生生世世读。作如是观，方铲尽苟简之意，胸次才宽，趣味才永"[⑤]。

---

① 司马迁：《史记》，中华书局，1982年，第3297、3298页。
② 冯梦龙著，李廷先等校点：《麟经指月·序》，见魏同贤主编：《冯梦龙全集》（第20册），江苏古籍出版社，1993年，第2-3页。
③ 高洪钧编著：《冯梦龙集笺注》，天津古籍出版社，2006年，第17页。
④ 冯梦龙著，田汉云、李廷先校点：《春秋定旨参新·叙》，见魏同贤主编：《冯梦龙全集》（第22册），江苏古籍出版社，1993年，第2页。
⑤ 《冯梦龙集笺注》，第22-23页。

冯梦龙治《春秋》虽是服从科举需要，但也有创见。据《发凡》，此著是鉴于当时"学者专精四书，故于《集注》每起疑义，而五经则斤斤不遑也"的偏狭，乃致力于《春秋》的抉微发隐，欲阐潜德之幽光。他说："不佞童年受经，逢人问道，四方之秘策，尽得疏观；廿载之苦心，亦多研悟。"围绕《春秋》，冯梦龙读书广，历时久，其研究成果颇受同行推许。他自己也颇为得意："纂而成书，颇为同人许可。顷岁读书楚黄。与同社诸兄弟掩关卒业，益加详定，拔新汰旧，摘要芟烦，传无微而不彰，题虽择而不漏。非敢僭居造后学之功，庶几不愧成先进之德云耳。"① 就《麟经指月》各种序言看，冯梦龙的春秋学颇受推崇："海内言《春秋》家，必以君为祭酒。"② 其弟冯梦熊说道：

> 余兄犹龙，幼治《春秋》，胸中武库，不减征南。居恒研精覃思，曰："吾志在《春秋》。"墙壁户牖皆置刀笔者，积二十余年而始惬。其解粘释缚，则老吏破案，老僧破律；其劈肌分理，则析骨还父，析肉还母。其宛折肖传，字句间传神写照，则如以灯取影，旁见侧出，横斜平直，各得自然。（《麟经指月·序》）

其友梅之焕也很推崇他的春秋学：

> 敝邑麻，万山中手掌地耳，而明兴独为麟经薮。……故四方治《春秋》者，往往问渡于敝邑，而敝邑亦居然以老马智自任。乃吾友陈无异令吴，独津津推毂冯生犹龙也。王大可自吴归，亦为余言吴下三冯，仲其最著云。余拊髀者久之。无何，而冯生赴田公子约，惠来敝邑。敝邑之治《春秋》者往往反问渡于冯生。《指月》一编，发传得未曾有③。

从冯梦熊、梅之焕对冯梦龙所治《春秋》的评价看，冯氏《春秋》有以下特点：其一，成就颇高，颇为时人推崇，其弟甚至将他与西晋著名春秋学者杜预作比；其二，明白而不晦涩（"解粘释缚，则老吏破案，老僧破律"），条理分明

① 《麟经指月·发凡》，第 1 页。
② 杨晓东编著：《冯梦龙研究资料汇编》，广陵书社，2007 年，第 132 页。
③ 《麟经指月·叙》，第 1 页。

（"劈肌分理，则析骨还父，析肉还母"），具有一定的文采（"宛折肖传，字句间传神写照，则如以灯取影"，"横斜平直，各得自然"），且多自己见解（"旁见侧出"，"发传得未曾有"）；其三，有所寄托（"胸中武库，不减征南"）。

冯梦龙治《春秋》颇下功夫，但其治经并不仅仅是为科举。冯梦熊、梅之焕等曾论及冯梦龙治《春秋》的原因。冯梦熊认为其兄有杜预一样的胸怀与才能，颇希望能像杜预一样建功立业，待到举业受挫，则希望借《春秋》传世。

《春秋》乃孔子删定的史书，"今天下镐京磐石，遏禾黍之离；辨琛叩关，绝金缯之耻，似无所用其忧患愤发。然而纪纲之隳瀛也，形式之单靡也，夷狄之侵陵也，则亦儒臣专以《春秋》入侍时也"①。龚鹏程认为冯梦龙于《春秋》情有独钟，用意在于经世资治。编写《春秋》指导书，不仅为了获利，更为了传播治《春秋》所体会到的经世之学，以及对《春秋》文学经验上的理解②。"中国思想，虽有时带有形上学的意味，但归根到底，它是安住于现实世界，对现实世界负责；而不是安住于观念世界，在观念世界中观想。"③ 在诸多经学中，春秋学尤其侧重经世致用。《春秋传》转引董仲舒的话，云："有国者，不可以不知《春秋》，前有谗而不见，后有贼而不知；为人臣者，不可以不知《春秋》，守经事而不知其宜，遭变事而不知其权。为人君、父而不通《春秋》之义者，必蒙首恶之名；为人臣、子而不通《春秋》之义者，必陷篡弑之罪。"④ 胡安国的春秋学有几个特点，即重视大一统，正人伦，恤民固本，尊君抑臣，诛讨乱臣贼子，严夷夏之防等⑤。正是以义理之学为风格，《春秋传》才备受推崇。以此观冯梦龙之重治《春秋》，《春秋衡库》选胡安国之《春秋传》，不仅是为科举，而是治世需求。冯梦龙指出，"经志内弱外强之事，经世之虑也"。"圣人有感于内外，示治御之道焉。自圣人经世意发。上三国自谓知惧，而圣人已预为之伤。……下中国尚谓无事而圣人已早为之虑。……以安内攘外作骨。"⑥

晚明之际，由于实学思想的推动，史学的经世致用越来越受到重视。"史学

---

① 《麟经指月·序》，第2-3页。
② 龚鹏程：《晚明思潮》，商务印书馆，2005年，第236页。
③ 徐复观：《两汉思想史·三版改名自序》（第1卷），华东师范大学出版社，2001年，第1页。
④ 胡安国：《春秋传·卷首述纲领》，岳麓书社，2011年，第3页。
⑤ 章权才：《宋明经学史》，广东人民出版社，1999年，第160-175页。
⑥ 《春秋定旨参新》，第147页。

之在今日倍急于经，而不可以一日而去者也。"① "所贵乎史者，述往以为来者师
也。为史者，记载徒繁，而经世之大略不著，后人欲得其得失之枢机以效法之无
由也，则恶用史为？"②《春秋》在科举考试中极为难考，而冯梦龙倾力治之，主
要在于其救世、用世心理，而非仅仅"狂"之个性使然。

（二）征实的治经倾向

冯梦龙治《春秋》的具体方法，梅之焕在《麟经指月·序》中有所论及。
他先批评部分时人治《春秋》的方法，指出"古嗤信传遗经，今并传遗之，虽
吾麻亦季世耳。本根不足而蔓衍，其指乱；揣摩不足而剽窃，其指游；睹记不足
而影响，其指亡"。梅之焕赞成"因《经》信《传》，借《传》尊《经》"，而冯
氏《麟经指月》做到了这点。冯梦龙的学生周应华指出，《春秋衡库》"主以经
文，实以《左》《国》，合以《公》《谷》，参以子史，证以他经，断以胡氏，辅
以群儒，删繁取精，针芒不失"③。虽不排除二人因与冯梦龙的特殊关系而对冯
氏春秋有谀美之词，但关于冯氏治经方法的论述仍是比较客观的。聂付生将冯梦
龙治《春秋》的方法归纳为三方面：探究本源，广泛搜罗；刻意融合，熟玩传
旨；证以实据，反对臆测④。

冯梦龙治《春秋》时，广收博览，资料丰富，编撰灵活。对于一些史实，
冯梦龙或考证比较，或以事实证明。《春秋衡库》先录经文，然后在经文下每年
附录某君元年，崩卒之类及此年大事，以备查阅。如桓公"十有七年"附"卫
惠公五年"事，隐公八年"无骇卒"附《左传》"公命以字为展氏"之注，宣公
十五年对"初税亩"胡氏论税法进行补充，宣公十六年"楚子伐陆浑之戎"引
《全杜氏》解释"戎"号之由来等。《春秋定旨参新》在胡传基础上的增补部分，
也有许多训诂，如隐公元年三月"公及邾仪父盟于蔑"对"盟"方法的增补。
这些增补，可令人更好地了解史实。

《春秋衡库》解经，常常将胡传与其他经传位置互换。其中，征引《左传》
比例最大，所附的《史记》《国语》也颇多。《春秋衡库》与《春秋定旨参新》
均有《两周事考》《列国始末》。《两周事考》简载春秋以前的十三件大事，其

---

① 王世贞：《纲鉴会纂·序》，上海经香阁石印，1903 年，第 3 页。
② 王夫之：《读通鉴论》，中华书局，1975 年，第 350 页。
③ 《冯梦龙集笺注》，第 22 页。
④ 《冯梦龙研究》，第 47 - 48 页。

中，取自《国语》者八，《朱子纂要》者二，《史记》者二，《尚书》者一。《列国始末》简介周、鲁、齐、晋、宋等二十六国之始末，包括姓氏、爵位、封地、历代君王、王朝始末等，有利于对列国的总体把握。书后附录"获麟"以后哀公十四年至二十七年事，其采自《左传》者十一，《国语》者六，《史记》者四，其他四。冯氏治《春秋》所参考的经书之作有《诗经》《左传》《公羊传》《谷梁传》《礼记》《周礼》等，子书之作有《管子》《晏子》《穆天子传》《吴越春秋》《孔子家语》《吕览》《史记》《文献通考》《通典》《韩诗外传》。他指出，"《左传》不可不熟。若熟，则融化成词，自然出人意表，不独人其事实已也"①。

（三）文学之春秋学特色

冯梦龙既是文学家，又是经学家，其《春秋》兼具一定的文学性。"学经以传为按，则当阅《左氏》，玩辞以义为主，则当习《公》《谷》。"② 冯氏追求春秋大义，故多玩《春秋》之辞。其中，既有考辨，也有训诂，又有体例，还有对辞采的关注。《春秋定旨参新》之《春秋秘诀》《春秋要法》③ 论及治《春秋》之题目、体例、方法等。在题目上，有"经题四诀"（合宜开发，比要相形，单须抉要，传莫离根）、"题有四贵"（传题贵员，合题贵方，拟题贵简，看题贵精）。

冯梦龙将《春秋》体例分为十四种，分别为"断例体""传心体""公世体""发明体""辨疑体""重教体""重戒体""征验体""感慨体""属望体""正本体""揄扬体""虚实体""结正体"；"识格"十六种，如"笼络题意格""枝干轻重格""主客照应格""回顾本体格"等。他强调"识格"，"有是格，方有是遣词，有是遣词，方有是词华格之"④。"识格"领会《春秋》之法，也是作文之法。《麟经指月》中涉及"书法""文法"者甚多。在"遣调"中，强调《春秋》之文字重波澜起伏，讲究长短参差之"错综"，行文之中的"开阖"以及避免重复（"忌合掌"）。具体论述时，随时因文而论章法和文法，或论行文结构，或论字词在文中的作用，或论行文方法。冯氏强调文章的起、承、转、合，

---

① 《春秋定旨参新》，第19页。
② 《春秋定旨参新》第48页。
③ 《春秋定旨参新》，第25－49页。
④ 《春秋定旨参新》，第35页。

常用"逆""点""对""倒""串""应"等提起注意,其中,尤详于文章的起与收。"惟收书法处,是推圣人之心。故书法最重,须要收得不较弱庸腐,又要收出圣人书法的意思,方是高手。"① 在治《春秋》歌诀中讲作文新格与老套时,都讲到起承转合及谋篇布局。以八股作文之法论读《春秋》,既具文学意味,又顾及经学风格。

冯梦龙的春秋学重视炼句、炼词。"有是格,方有是遣词,有是遣词,方有是体。""识格"的归类是领会《春秋》之法,也有作文之法之意。在词句章法上,则有"五略",即"铺张""判断""遣词""咏叹""炼词"。冯梦龙指出,"(经文既断以后)若非咏叹以取之,便觉寂寥,不见意趣。如美女不搽脂粉,不甚精采,故必咏叹,然后意趣悠扬。起人眼目,全在于此"。"众善咸备而不炼词,是为美而不文,非至善也,故亦不可缺。""炼词"包括"浑化""老成""错综""雄健""忌浮"。冯梦龙重视从词见义,但有时却难舍美辞。《春秋定旨参新·发凡》云其取材的经书子史,"或事详于一时;或语详于一事;或连篇而夸富,或片语而佐遗;或典故于焉取徵,或事实借之旁印,并收萃盘,不遗玉屑"②。《春秋秘诀》又论及文字及经题,"经为文字贵浑化,……其浑化如毕松坡、赵解元者,不可多得。次贵笔力。若陶新谷窗稿,王育泉墨卷,可谓大家"。"经题最重起伏","认传如看风水","经义须要庄重严谨,读之凛然,方是高手"③。《春秋定旨参新》中"无关事实而辞采璀璨可助笔花者"未被载入,而在《春秋衡库》中,则"亦备录其文"。"或诵或览,惟资性是视,不令嗜古者有遗珠之叹。"④ 以八股作文之法论读《春秋》之法,既具文学意味,又顾及经学风格。

龚鹏程曾这样概括冯梦龙的春秋学特征:

> 治经学且志在经世资治的冯梦龙,毕竟又是一位文人,文人治经,自有其文学性的追求。因此冯氏之《春秋》学,其实又充满着文学观点,既重词气文章,要从词气文例书法文势上看出《春秋》的大义、圣人的用心;也要让读《春秋》的人由此揣摩出作文之法,以便应试。

---

① 《春秋定旨参新》,第 19 页。
② 《春秋定旨参新》,第 3 页。
③ 《春秋定旨参新》,第 20 – 24 页。
④ 冯梦龙:《春秋衡库》,凤凰出版社,2007 年,第 2 页。

在这种情况下，文学性的追求、文学式解经法，遂与其经世资治结合为一体。①

三、冯梦龙春秋学之义理举隅

冯梦龙的春秋学所探究的义理体现在以下方面：

（一）以天理约束君臣，要求君臣培德修己尽职

诚如冯梦熊所说，冯梦龙志在《春秋》，以《春秋》发忧患之思。晚明内忧外患的社会现实令人忧心。万历帝后期根本不理朝政，朝堂党争不断，边务废弛，诸多的社会问题是明朝迅速灭亡的重要原因。"逆珰权焰如汉，黄雾四塞天下，而吴中逻调尤密，士大夫饮食言笑将罹罪案"②，"势豪既吮血磨牙，虎豺遍地，而小民亦揭竿斩木，烟焰涨天"③。有鉴于此，冯梦龙指出，君主只有自己正心，尽到君王之职，然后才能让大臣尽职。他说："'用'字固重，'职'字亦重，必到朝廷百官远近，莫不一于正，方是尽职。而其所先在正心，则是元也，安可不体备于我而用之哉！……只为当时人君，但求正人而不求正己之心，把君职都废了，……元者，天地生物之心，人君体此为心，便是正心，无缺经纶，总不外此。"④ 他批评人君只求臣尽职而自己不尽君职的做法。他认为，人君要养德、修德，做到天人相和，天人一理。"《春秋》备时月，而知天人之理一矣。书时，见天之四德备；书月，见人君当行此四德。德，即理也。则天人合处，分明是德合，德合而行政自与岁功合矣。"⑤ 德即理，人君养德即循理，以德行政，以理立政，如此自会有实效。人君若自身正，又能尽君职，"法天立政"，则可君相一心。"观经纪时事，而知天人一理，君相一心也。……《春秋》示君道，法天运而同民情也……圣人修经有欲君法天以立政，政有欲君奉天以谨礼。上德不可阙，下礼不可废。"⑥ "君奉天以谨礼""上德不可阙"均是对君主德行方面

---

① 《晚明思潮》，第238页
② 《冯梦龙集笺注》，第276页。
③ 《冯梦龙集笺注》，第274页。
④ 《麟经指月》，第1页。
⑤ 《麟经指月》，第42页。
⑥ 《麟经指月》，第43页。

的要求。

在冯梦龙看来，君主是上天在人间的代表，是"天心"的落实者。"人君之心极重，乃体天地立君养民之心。"① 因此，人君要注意自己的身份，言行举止都要与"天"的地位相符，德合于天，否则与匹夫无异："惟以天自处，而后可系王于天。不然，则以匹夫议礼矣。称天，不但尊之，望其合天也。"② 倘若君主言行违理，违礼，不仅惹人讥笑，还会危害国家，危害政治："内君举动违礼法，《春秋》两讥之也。""违忠言而听辨言，其害政一也。"③ 君主要明察秋毫，君明，则臣有所畏惧，贵戚专权行为，更应早察早辨，"贵戚专兵，深示早辨之戒焉。不义犹然敢强，正以能辨不能辨尝试我处。此时能辨，只须罢其兵权便使奸人丧胆矣"④。贵戚有不义之行，起初乃是试探，看君王是否明辨，君主能辨，罢其兵权，能使奸人（包括贵戚及其他奸人）丧胆。

冯梦龙主张君主爱民恤物，反对人君骄奢淫逸。他认为人君应役民以时，否则，就是"无人君之心"。倘若骄奢淫逸，则非仁而败礼，最终导致国乱："内君弃政而远游，《春秋》特讥之也。……大抵人君以礼制欲则治，以欲败礼则乱。""逸游与淫猎，皆《春秋》所讥也。""君不轻出，惟王事、民事可也。"在桓公"焚咸丘"条又说道："圣人欲推爱物之心，而纪淫猎以寓意焉。古者昆虫蛰而后火田，但只去其莽翳以逐禽兽，非尽焚之也。……而人君当推此心（爱物之心）以及物，不宜有淫猎之过。""《春秋》讥淫猎而贬殄夷，仁爱之心见矣。"⑤

在用人上，人君要客观公正，也要讲究实效。"圣心恕而公，不令善恶相掩也。上不以恶掩善，进退之法，圣人乐与人为善，明此可以治远迩矣。下不以善掩恶，命讨之权，圣人心无毁誉，明此可以司赏罚矣。""不令善恶相掩"是人君用人的一个重要原则，人君自己心中无毁誉，不以恶掩善，则下级也不会以善掩恶，如此，才能赏罚公正。善恶的标准不是人君自己的喜恶或者成败，而是"理"："但顺是逆非，自有个一定之理，以常理论之，王命自是可申，……圣人所据者理而已。理所当为则褒之，而成败非所计也。"在取人用人过程中，要依

---

① 《麟经指月》，第 45 页。

② 《麟经指月》，第 9 页。

③ 《麟经指月》，第 33 页。

④ 《春秋定旨参新》，第 84 页。

⑤ 《麟经指月》，第 31、31、32、105、105 页。

据实际，采取变通方法，不必拘泥于死理，也不必以"道德"作为固定标准："有正伦扶弱之善者，皆不苟责其贪也。""有正伦恤患之功者，皆不必计其心也。"①

冯梦龙还以"感应"论劝导人君。"经纪天象之变，示感应之理也。"其释"无冰"云："经纪常燠之变，谨微意也。"又云："重'天人一理'一段，发人君当'慎微'意。'微'字，指雨雹冰雪，与'人微事小'对看。以为阴阳寒暑之偶忒，若微而不足介意，苟察其盈虚消息之所自来，则关于治乱者不啻巨矣。""经略人事而独详天变，昭王事也"一句又有新解："盖天象者，人君之镜。阴阳寒暑，一一与政事相应。而或变其常，此必有何气消、何气息、何气盈、何气虚。察其气之所召而修其理之所亏，斯燮调事备而乱无自生也。"②"特纪物异，寓爱民之心也。"③冯氏还认为，《春秋》记载的种种灾异，在于警示人君，希望人君借此自我反省，重新修德："《春秋》纪天象之变，儆君心也。""《春秋》特纪天下之异，欲人君修实德也。""经两纪灾异之变，而深责内君之不自省焉。""禽鸟得气之先，雨阳为气之感。物异天灾，总天心仁爱处，而昭不悟也。"④

作为人臣，勤于王事是其本职，也是"大义"所在。"平国者正以人臣之大义，勤王者待以人臣之常职。"冯梦龙认为，人君行天道，大臣职责重大："经以天道望人君，尤重相君者之责焉。"忠于职守者自有其功，而渎职甚至悖逆臣职者自有其过。因此，考察臣职的方式之一是看其功绩（《春秋》贵王事）："近王事者序其绩，戾王政者著其罪。"臣职是多方面的，其要求也很高。冯梦龙从"修心"与"事功"两方面论述，要求为人臣者加强自我的道德修养，不为非作歹，不贪图高官厚禄，正己、正人："内卿奉使以济恶，虽贤行不足取矣。""蔡季之贤，只在以道以礼上，而所以能'以道去''以礼归'者，则以志超于爵禄之外，而不以是縻其心也。"大臣为非作歹也是失职，他在"四人伐宋"篇指出，"经于列卿纵恶，而深罪其失职焉"。"经重卿职。"冯氏特意指出要看重"职"字。⑤

冯梦龙还强调将相的职责。他解释"桓公八年，天王使家父来聘"道："贬

① 《麟经指月》，第214、156、479、480页。
② 《麟经指月》，第417、511、511页。
③ 《春秋定旨参新》，第93页。
④ 《麟经指月》，第22、531、702、702页。
⑤ 《麟经指月》，第9、282、433、139、426、499页。

王臣宠恶，专责相也。……立君相互贬之文，示一心也。说君相一心，正见相之重任。……迭纪宠恶，深明君相一心之义焉……君相一心，故人主之职在论相，君民一体，故君国之道在子民。……经之责人，加意于任之重，人之贤者焉。……重将相之任，皆专其责焉。"① 君主之责在选相，相之职责重大，要通观全局，不畏权贵，即便是王之宠臣，一旦犯过或行为有所不当，也要谨慎处理。如此，才是忠于君，也即"君相一心"。君主越重视将相，将相责任也就越大（重将相之任，皆专其责焉）。因此，论责任时，权位越重者与贤能者，往往也就越受苛责。在此，冯氏强调"一心"二字，主要指将相对君主之忠，以君主之事为己之事。他反对将相明哲保身之举："不贬宠恶私交者，罪有所归焉。"②

（二）重视以名分等级阐发《春秋》大义

胡安国治《春秋》，重视上下尊卑，以"理"释"礼"，以春秋大义强调伦理纲常，在对夏夷之辨、君臣、父子、夫妇纲常的阐释中凸显天理。在春秋科考独尊胡的大背景下，冯梦龙的春秋学继承了胡安国将春秋义理化的方法与精神，注重对"微言大义"的阐发。"历观《春秋》所削，皆裁以大义也。"③ 其春秋学围绕"大义"多方阐发，"义""理""心"等词多次出现在其论述中，义理色彩比较浓厚。

《春秋》主写天子事，"尊王"是《春秋》的主旨，在"尊王"的大旗下，君臣、父子、夫妇、夏夷之别都纳入《春秋》大义中。冯梦龙治《春秋》，多次以"名分"之别倡言"尊王"。"《春秋》正储君之分，而全伯主之忠，无非尊王意也。""《春秋》纪信好，有殊词以明嗣君之尊者，有讳词以全大君之尊者。""《春秋》深美伯信，以正伦之功大也。"冯氏认为，孔子对"尊王"的表达方式不一，正储君名分，以殊词、讳词等写嗣君、大君，都含"尊王"之意。《春秋》也通过肯定诸侯大臣尊王之行以尊王。"《春秋》示尊王扶伯之意，道其当也。"君弱臣强时，《春秋》抑臣尊君，"使上有常尊而下不敢抗"；夏弱夷强时，《春秋》抑夷扶伯，"使内有常治而外不敢横"④。

---

① 《春秋定旨参新》第 180–181 页。
② 《春秋定旨参新》，第 181 页。
③ 《麟经指月》，第 20 页。
④ 《麟经指月》，第 291–292 页。

　　尊王实为尊常、尊正，使天下大事、各种关系得其正。名分为表，社会秩序、社会等级尊卑为实。其尊王有三个目的，一为攘夷，二为抑强，三为示常。冯梦龙所谓"尊常"，即含有纲常之意。他说："《春秋》正人伦之本，于乱法变常者均贬焉。"以《春秋》大义强调纲常，等级名分不可不正。他补充"观守常尽变之事，而见圣贤之量矣"道："守常尽变，传原就父子君臣兄弟上论。"并在具体论述《春秋》名分时，涉及君臣、夫妇、嫡庶等，如"《春秋》录内女之全节，以妇道劝天下也。……经纪大夫之殉难，励臣节也。……三取与难之臣，劝天下以事君之义也。""春秋于妾母，两因事而正其名焉。""《春秋》抑贵女以训妇道，录贤女以劝妇道。"①

　　冯梦龙以等级名分阐释《春秋》大义，触及"名"与"分"二者的关系。有其名则有其分，有其应为、当为之事，如前文涉及的君职与臣职。"分"有两个基本义项，一是身份或职守，二是原则与原理。名与分是统一的，每个职位有其应为之事，每事有其应守之理、应得之效。换用理学的术语，"分"理即是天理。冯氏常用"义"说理，主张"合义"之功，"尊常之分"，"《春秋》之法，功惟以合义者为美，分惟以常尊者为隆"②，反对不行其职而文饰的做法。论"经纪大夫之殉难，励臣节也"时，冯氏指出，"凡避死者，多托言杀身无益以自免。圣人取牧，全在'不畏强御'，明知无益而不敢爱死"。牧民者执国正，国君不以其私而杀之，但不得不死者，即是"义"。又说道："义宜死，则生轻；义不宜死，则生重。"③ 生与死的选择，关键是"义"，义之所在，"虽明知无益而不敢爱死"。

　　"分"中有功，成功之途有异。冯梦龙认为考察职位与功绩，不能只看功绩结果，要考察心、力等因素。"两不计恤患者之功，论理而原心也。以王灵伯业立说，重理命心力字议论。""天理""性命"是他治《春秋》常用的词。"经罪以利复国者，而性命之理正矣。"补充解释曰："理一也，在天为命，在人为性，由是而行即为义。性岂以国之得不得为加损？命岂以赂之用不用为得失？参透性命，自能安义了。若赂而可以得国，则义不为荣，利不为辱。义利无别，尽人皆顾利害而不顾是非。虽得天下，不能一朝居也。"即便复国大事，也需重视义利

────────────────

① 《麟经指月》，第19、294、184、35、183页。
② 《麟经指月》，第292页。
③ 《麟经指月》，第184－185页。

之辨、性命之理。他认为，"取灭之道，以理言；谋国之善，以事势言"。取灭随道义，而为国谋事则依靠形势与事理，"功惟以合义者为美"① 是他评价事功的最高标准。

纲常即天理，辨名分，尊王道，是天理，也是王法。尊天理即是尊王法，违天理也就是违王法。在隐公七年"宋人取长葛"中，冯梦龙云："大国玩法兼地，《春秋》本天理以诛之也。"② "要知天理王法，原非两截。理所不容，即是法所不赦。"③ 胡安国在该事件中言及天理王法，冯氏也专拈天理王法言之，但与胡安国的不同之处是冯氏特意指出"天理王法原非两截"，此论则比胡氏所言更深一层。桓公七年，"谷伯绥来朝"，《春秋定旨参新》解云："经于远国修礼，诛党恶而伤乎刑焉。名二君所以立人道，去二时所以彰天道。"④

四、冯梦龙春秋学对小说编撰之影响

考察冯梦龙的著作，不难发现，从《智囊》到《情史》，再到"三言"的创作，几乎都与他治《春秋》同时。《春秋》是经，也是史。冯梦龙一面潜心专研《春秋》，由经而史，治成《纲鉴》，一面搜集、整理、编撰通俗文学。长久的治《春秋》活动对其文学编撰活动影响深远。

首先，由重《春秋》之义理到重小说之"义理"。冯梦龙春秋学治世的思想观念直接影响到他的小说编撰。冯氏指出，"《六经》《语》《孟》，谭者纷如，归于令人为忠臣、为孝子、为贤牧、为良友、为义夫、为节妇、为树德之士、为积善之家、如是而已"⑤。在论述通俗小说的治世之功后，再指出通俗小说具有经史之用，可作为经史的有效补充："六经国史而外，凡著述皆小说也……明者，取其可以导愚也；通者，取其可以适俗也；恒则习之而不厌，传之而可久。三刻殊名，其义一耳。……以《明言》《通言》《恒言》为六经国史之辅，不亦可乎？"⑥ "经"重视教化人心，通俗文学也可以教化人心，因此，经书之外的其他文学样式完全可以为"六经国史之辅"。他意识到"文心"与"里耳"的区别，

① 《麟经指月》，第 157、369、424、292 页。
② 《麟经指月》，第 44 页。
③ 《春秋定旨参新》，第 99 页。
④ 《春秋定旨参新》，第 177 页。
⑤ 《冯梦龙集笺注》，第 82 – 83 页。
⑥ 冯梦龙编，顾学颉校注：《醒世恒言》，人民文学出版社，1956 年，第 895 页。

愈加重视发挥通俗文学"经史之辅"的功能。他编撰《情史》是为了以情化众生；汇编《智囊》是为了益智，以便"以羊悟马""执方疗疾"①；编辑《古今谭概》是为了"正欲后学大开眼孔，好做事业"②，让人们在笑声中"疗腐""破烦蠲忿，夷难解惑"③；编撰传奇是为了让人"朝夕照自家面貌"，发挥传奇的"衮钺"之用④；编辑《太平广记钞》是将其视为疗俗"圣药"的大方剂，以"引学者先入广大法门，以穷其见闻"，然后可以更加深入领会《春秋》《四书》等经典的真正旨意。⑤

春秋笔法讲究"微言大义"，冯梦龙的春秋学也注重对"微言大义"的阐发。胡安国的《春秋传》以及《公羊传》《谷梁传》论其义理，又有《左传》《国语》之史实以求圣人之旨。《春秋衡库》《春秋定旨参新》录《春秋》经及胡之《春秋传》全文。《春秋衡库》在《春秋》经文后，列胡之《春秋传》以及《左传》《公羊传》《谷梁传》，或分载，或合载，或附载，以发明和证实经义。

冯梦龙在小说编撰时也多用春秋之笔。《智囊》《情史》采用《春秋》"善善恶恶，贤贤贱不肖"的史家笔法。《新列国志·叙》道及小说的鉴戒功能："鉴于褒姒、骊姬，而知嬖不可以篡嫡；鉴于子颓、阳生，而知庶不可以奸长；鉴于无极、宰嚭，而知佞不可以参贤……"⑥冯梦龙认为，"史官论谓：有幽、厉，必有东迁；有东迁，必有春秋、战国，虽则天运使然，然历览往迹，总之得贤者胜，失贤者败；自强者兴，自怠者亡。胜败兴亡之分，不得不归咎于人事也"⑦。得贤与失贤，关键在人君。人君正，则贤人至、百官正。

《喻世明言》第五卷指出：

　　　太宗皇帝仁明有道，信用贤臣。文有十八学士，武有十八路总管。真个是鸳班济济，鹭序彬彬。凡天下有才有智之人，无不举荐在位，尽

① 《冯梦龙集笺注》，第 125 页。
② 《冯梦龙集笺注》，第 114 页。
③ 《冯梦龙集笺注》，第 112 页。
④ 《冯梦龙集笺注》，第 201 页。
⑤ 《冯梦龙集笺注》，第 133 页。
⑥ 《冯梦龙集笺注》，第 100 – 101 页。
⑦ 《冯梦龙集笺注》，第 103 页。

其抱负。所以天下太平，万民安乐。……三道征书络绎催，贞观天子惜
贤才。朝廷爱士皆如此，安得英雄困草莱？

冯梦龙十分重视人君之职，他讴歌君主圣明的举动，批判他们失职越礼的行
为。以《喻世明言》为例，其中直接写君主骄奢淫逸而导致亡国的篇目有《金
海陵纵欲亡身》《隋炀帝逸游遭谴》。其他篇目也或多或少揭露了昏君的丑行。
如第三十一卷中卖官鬻爵的汉灵帝，第二十二卷、第三十二卷中昏庸盲视、不明
是非、任用奸险、不思进取的吴王夫差、宋高宗。

冯梦龙也刻画了一些能臣，如坚定忠贞、不为利禄所诱惑的畿尉李勉（《醒
世恒言》第三十卷）；清廉干练有吏才的江西赣州府石城县鲁廉宪（《喻世明言》
第二卷）；设立义学教育人才，开义仓赈济孤寡，每至春间亲往各乡劝农，将县
中治理得夜不闭户、路不拾遗的青城薛少府（《醒世恒言》第二十六卷）。同样，
冯梦龙也描写了很多奸臣，如仗着贾贵妃而飞黄腾达并为非作歹、祸国殃民的贾
似道（《喻世明言》第二十二卷），"以柔媚得幸"而"外装曲谨，内实猜刻"，
"招权纳贿，卖官鬻爵"，结党营私、把持朝政的严嵩（《喻世明言》第四十卷）。
这种善善恶恶的方法与孔子作《春秋》而乱臣贼子惧的笔法有一致之处。

冯梦龙的通俗文学普遍继承了《春秋》的"微言大义"与善善恶恶的精神。
其社弟梅之熉甚至认为《古今谭概》"罗古今于掌上，寄《春秋》于舌端"①，
显然是看到了冯氏笑话所集中体现的善善恶恶的春秋精神。冯梦龙认为张凤翼
《灌园记》"未足垂世"，便大加改编，使"忠孝志节种种具备，庶几有关风化而
奇可传也"②。他在《太平广记钞·老子》眉批中说："字字有意，莫但作奇事看
过。"在总评中说："阅《神仙传》等书，须知借文垂训，若认作实事，失之千
里。"③ 这也说明他十分注重微言大义。"三言"将儒家的观念或直接或间接地植
入其中。赞节孝兼全的有《李秀卿义结黄贞女》《刘小官雌雄兄弟》；赞孝的有
《任孝子烈性为神》；赞孝悌的有《三孝廉让产立高名》；赞义夫节妇的有《范鳅
儿双镜重圆》《宋小官团圆破毡笠》《陈多寿生死夫妻》《白玉娘忍苦成夫》；赞
忠诚的有《徐老仆义愤成家》；赞朋友有信的有《羊角哀舍命全交》《吴保安弃

---

① 《冯梦龙集笺注》，第 113 页。

② 《冯梦龙集笺注》，第 200 页。

③ 冯梦龙：《太平广记钞》，见魏同贤主编：《冯梦龙全集》（第 8 册），江苏古籍出版社，1993 年，
第 2 页。

家赎友》《范巨卿鸡黍生死交》;谴责忘恩负义的有《金玉奴棒打薄情郎》《王娇鸾百年长恨》等。"三言"之"喻世""醒世""警世","明""恒""通"所体现的用世精神与冯梦龙治《春秋》以救世的精神完全一致。

其次,由征实的治经倾向到重小说的史实性。冯梦龙治《春秋》的经历使其熟知历史史实与故事,这为他编撰小说提供了不少素材。他认为余氏《列国志传》有许多疏漏之处,如人物颠倒、制度考失等。《凡例》中指出:"旧志事多疏漏,全不贯串,兼以率意杜撰,不顾是非。"对此,他极为不满,重新修订。重新增删《新列国志》的标准是"本诸《左》《史》,旁及诸书,考核甚详,搜罗极富,虽敷演不无增添,形容不无润色,而大要不敢尽违其实"①。"以《左》《国》《史记》为主,参以《孔子家语》《公羊》《谷梁》《晋乘》《楚梼杌》《管子》《晏子》《韩非子》《孙武子》《燕丹子》《越绝书》《吴越春秋》《吕氏春秋》《韩诗外传》、刘向《说苑》、贾太傅《新书》等。"② 为了让小说符合历史,冯梦龙广泛参考古代史书,重新考证了人物姓名、时间、事件、地名等,对错误的史料进行纠正。如第五回齐景公同晏子前去恭贺晋平公即位,根据《左传》,冯梦龙改"晋平公"为"晋昭公";再如弦高退秦之事,《新列国志》所叙述与史载更一致;第五十九回关于杀屠岸贾之事,冯梦龙有一段注,该注引《史记》,考《左传》《国语》,辨明诛杀屠岸贾者非晋武公,而是晋悼公。与余劭鱼《列国志传》相比,《新列国志》篇幅由二十八万字扩展至七十六万字,根据史料增添了很多回数或敷演。根据历史实事增添的有《卫宣公筑台纳媳》(第十二回),《宋国纳贿诛长万》(第十七回),《管夷吾病榻论相》(第二十九回),《诛斗椒绝缨大会》(第五十一回),《败长平白起坑赵卒》(第九十八回),《俊甘罗童年争高位》(第一百四回),《茅焦解衣谏秦王》(第一百五回),《田光刎颈荐荆轲》(第一百六回)等。

因为熟知先秦史迹,冯梦龙还鉴定过一些上古史小说。如《按鉴演义帝王御世盘古至唐虞传》,正文首题"景陵钟惺伯敬父编辑""古吴冯梦龙犹龙父鉴定";《按鉴演义帝王御世有商志传》题"景陵钟惺伯敬父编辑""古吴冯梦龙犹龙父鉴定"。冯梦龙重视史实的精神在其他通俗小说的编撰与评点中也得到体现。"三言"取自春秋战国故事者如《羊角哀舍命全交》《晏平仲二桃杀三士》(《喻

---

① 《冯梦龙集笺注》,第101、100页。
② 《冯梦龙集笺注》,第101-102页。

世明言》第七、二十五卷），《俞伯牙摔琴谢知音》（《警世通言》第一卷）等。除了历史小说外，他还编撰了其他文言小说或通俗短篇小说，其中不少是从六经或史传中摘取题材。如《智囊》以智为主题，所辑的先秦智慧人物有孔子、子贡、箕子、周公、管仲、晏子、子产、孙膑、田单、范蠡等，取自于《战国策》的有 17 条，《史记》的有 45 条，还有取自《太平御览》《资治通鉴》的。《术智部》之"武王"条，作者明白指出出自《管子》。《情史》"征求异说，采摭群言"，从史书中取材者也不少。《太平广记钞》"仙部"《老子》篇谈及老子出关时，冯梦龙加眉批道："按，出关在昭王二十四年。一云骑青羊，故眉州有青羊桥。"① 他加工、增补《忠义水浒全传》征田虎、王庆二十回部分，将一些地名与上古尤其是春秋时期的事件联系起来。如第九十四回增补田、王故事之"大伾山"："原来这座山叫做大伾山，上古大禹圣人导河，曾到此处。《书》经上说到：'至于大伾。'便是这个证见。"第九十八回介绍"绵上"："那绵上，即春秋时晋文公求介之推不获，以绵上为之田，就是这个绵上。"② 《智囊》之"诸葛亮惜赦"条后，编者引证《左传》子产与太叔议论治政的史料以阐述宽猛相济的治政方针；又在"明智部"之"智过絺疵"条补曰："按《纲目》：智果更姓，在智宣子立瑶为后之时，谓瑶多才而不仁，必灭智宗，其知最早。"③ 增补、评点小说重视史实的习惯，乃是冯梦龙春秋学家和历史学家的身份使然。

再次，对春秋文学性的追求直接影响到他的小说编撰。冯梦龙从"经义题目，最重冠冕"④ 出发，扩展到重小说标题的"冠冕"。"三言"注重关键词以强调小说之要义，如《裴晋公义还原配》突出"义"，《杨八老越国奇逢》《陈御史巧勘金钗钿》强调"奇"与"巧"，《张道陵七试赵升》突出次数多等。这种标题讲究炼字既加强题目本身的圆和精要，又介绍了题材，展示了整个故事的前后联系，颇能激起读者的兴趣。他又由重《春秋》的八股体式扩展到重小说的结构与体式。"三言"大多改编自宋元话本，但有很多创新，其中之一就是话本小说的体式。"三言"正式确定了话本小说的入话（包括头回和入话诗词）、正话与结尾三部分，这种体式与八股文关系密切，显示了八股文对拟话本小说文体的

① 《太平广记钞》，第 1 页。

② 傅承洲：《冯梦龙与〈忠义水浒全传〉》，《明清小说研究》1992 年第 4 期。

③ 冯梦龙：《智囊补》，见魏同贤主编：《冯梦龙全集》（第 13 册），辽海出版社，2002 年，第 136 页。

④ 《春秋定旨参新》，第 40 页。

影响。① 有论者以《七十二朝人物演义》为例指出，小说的布局与八股文固定结构存在着对应：每卷的题目后都有一首诗或一首词，是为破题，然后解释这首诗词，这部分相当于承题。解释过后照例安排一个小故事或一番议论，主旨与正文故事相映或相对比，这是起讲。针对这个主旨，会有一首诗加以总结，相当于八股文的缴结。紧接着的正文故事有散有韵，散文部分叙述主体故事即主体部分，类似八股正文。最后有一篇诗歌作为总束，相当于八股文的大结。② 这段论述，也适合"三言"。《智囊》《古今谭概》每一类前有总论，一些故事后有结论，这种结构与体式也与八股文相关。冯氏认为"经文既断之后，正意已完，若非咏叹以取之，便觉寂寥，不见意趣。如美女不搽脂粉，不甚精彩，故必咏叹，然后意趣悠扬。起人眼目，全在于此"，他言及《春秋》的"咏叹"之法有五：一曰《诗》，二曰《左传》，三曰其他经书或圣人之言，四曰典故，五曰以己意发词的"平语"。③ 他所编撰的小说中有不少地方插入诗词或议论以渲染气氛，或点染主人公心态，或点明说书人（或作者）的情感态度，或点明创作主旨，这也极类似于冯氏所说的"咏叹"。

冯梦龙重《春秋》之辞，由此扩展到重通俗小说之炼词。《喻世明言》第十二卷《众名姬春风吊柳七》改编自《清平山堂话本》中的《柳耆卿诗酒玩江楼记》。在《古今小说·叙》里冯梦龙指出《柳耆卿诗酒玩江楼记》"又皆鄙俚浅薄，齿牙弗馨焉"④。《众名姬春风吊柳七》将《柳耆卿诗酒玩江楼记》中描述柳永与京师三个行首相好时的诗词改为《西江月》，既考虑到声律，又点明了柳永对官名的态度和对闲雅生活的追求。描写柳永与三个行首惜别时，增加了《西江月》与《如梦令》二首词以突出柳永的文学才华。《蒋兴哥重会珍珠衫》中以"光阴似箭，不觉残年将尽"写时间流逝，以"腊尽愁难尽，春归人未归。朝来慎寂寞，不肯试新衣"写王三巧的孤寂，显得极雅；又将市井俗语引入小说中，如"常言道：做买卖不着，只一时，讨老婆不着，是一世""常言道：一品官，二品客"，显得极俗。孙楷第道："犹龙子以一代逸才，多藏宋元话本，识其源流，习其口语，故所造作摹绘声色，得其神似，足以摩宋人之垒而与之抗衡，不

---

① 张永葳：《八股文对拟话本文体的塑造》，《福建师范大学学报》（哲学社会科学版）2010 年第 1 期。
② 田子爽：《八股文与小说的嫁接——以〈七十二朝人物演义〉为考察文本》，《求索》2011 年第 4 期。
③ 《春秋定旨参新》，第 44 页。
④ 《冯梦龙集笺注》，第 80 页。

仅才子操斛染翰，足为通俗文生色而已。"①

五、冯梦龙的四书学

崇祯三年（1630），冯梦龙任丹徒训导时编纂了敷衍四书大义的《四书指月》一书，其中《大学》《中庸》部分已佚。《四书指月》针对科举八股而作，对四书的每章字词句都有讲解，重点多指其生发处。他任寿宁知县时又"立月课，且颁《四书指月》亲为讲解"②。冯梦龙的四书学广泛参寻时人之作并参证己意，会合朱王，阐释心性，时及考证，虽为广大学子指点科考门径之作，却活泼灵动。陈仁锡说："犹龙氏灵心慧解，以镜花水月之趣指点道妙。"③

因服务于科考，冯梦龙的四书学以讲章形式为主，字词句讲解较多。对一句话中的重点词语，常一一指明，对全文关键句也不厌其烦地分解，并在题目下面申述章旨，然后分节串讲大义，迎合章旨。如《子路问君子章》中，既有对关键语句的分析，又有对重点词语的点拨，也有对章句主旨的阐发，对解读文义多有帮助。他还重视名物介绍、考证，字词训诂。《子曰为政以德章》中，对"北辰"及"众星拱之"进行了详细注释："天圆而动，包乎地外。半覆地上，半绕地下，而左旋不息。其枢纽不动处，则在南北之端焉。南极低入地三十六度，常隐。北极高出地三十六度，常见。北极有五星，在紫薇中，其正中为太乙。居所，如天之磨心，然其旁则经星随天左旋，日月五纬右转，更迭隐见。天形运转，昼夜不息，而此为之枢，自然不动。"④ 此外，冯氏在《子曰禘自既灌章》中，就禘前、禘日相关礼仪作了考究；在《孟子尊贤章》中，考证"里布"；在《滕文公问为国章》中探析井田制；在《佛肸召章》中引袁黄、焦从吾、苏紫溪的成果辨析匏瓠等。

冯梦龙对四书的阐释综合朱王，不盲目否定程朱，也不以程朱之是非为是非。《四书指月》多次引用朱熹语以证己意。如《子曰加我章》《子曰苟有用我章》《子夏曰博学章》《孟子曰牛山章》等，《四书指月》还多处引《注》（即朱熹的《四书集注》），对其精当之处大加赞同。如《子曰攻乎异端章》云：

① 孙楷第：《沧州集·三言二拍源流考》，中华书局，1965 年，第 152 页。
② 冯梦龙：《寿宁待志·风俗》，福建人民出版社，1983 年，第 48 页。
③ 《冯梦龙研究资料汇编》，第 126 页。
④ 冯梦龙著，李廷先等校点：《四书指月》，见魏同贤主编：《冯梦龙全集》（第 21 册），江苏古籍出版社，1993 年，第 13 页。

"《注》：'专治而欲精之'句，重看。盖不穷极其异中之趣，则人之蛊惑，犹未甚也。"又如《季氏旅于泰山章》云："朱子曰：天子祭天地，诸侯祭国内山川，只缘他属我，故我祭得他。若不属我，则气便不与之相感，如何祭得他？此论甚精。"

对程朱之说不当之处，冯梦龙则直言之。《林放问礼章》评朱熹《注》"俭戚，则不及而质"曰："亦欠分晓。"原因在于礼本于人心也。"人心未雕未琢，真实自然处，乃礼之所自起。"《子曰为政以德章》评朱熹《注》"天下归之"句"似蛇足"。以"欠分晓""似蛇足"评价朱熹对《论语》的解释，在程朱理学成为官方话语的情况下，冯梦龙此论调足见其大胆质疑的精神。再如放郑声，他认为郑声乃声调而非歌词，反对朱熹认为郑声为淫奔之词而改郑风之序：

> 雅与郑声，皆其声调，非指其词。朱子认作男女淫奔，而轻改郑风之序，冤哉。王圣俞说"淫"，只论其声荡，殆只指佞人心术危险，未说到淫人心志、殆人国家，似不必拘。（《颜渊问为邦章》）

此外，还有《子曰道千乘章》引《注》"云未及为政"，评曰："谬。"评《子曰吾十有五章》之《注》"守之固，便无所事志"云："谬矣。"

对于心学思想家的部分观点，冯梦龙也不盲从。在论孟子《尽其心节》中，他认为旧说谓尽心由于知性，新说谓尽心处即为知性都是"未融"，"性之神明处即是心，心之万理毕备处即是性，心性一也。……天命之谓性，知性便是知天，有何先后？"认为要将心、性、天"说成一事"。

《四书指月》对理学诸多问题进行了探究，时有一己之得。

（一）心、性、气、情

心、性、气、情是理学核心问题，也是《四书指月》探讨的重点。

冯梦龙认为心、性、天、命四字相通，"人具之为心，心之灵处为性，性之自出为天，天之一定为命"。他认为《孟子曰尽其心章》是谈论以人合天之学，其要紧处在于提醒人"知性"。他说，仁义礼智四端只有"知"后才能扩而充之，不然，只是一个端而已。知性即是知天，心性之所在，即是天之所在。存养心性，即是事天。因此，要把"知"与"事"打成一片，见得透彻，则做得透彻。"命"以一定言，"天"以不测言，天即命所自出。冯氏认为理与天、命相互关联，在《齐宣王问曰交邻章》中指出，天即上天之天，而其主宰，乃是理。又说道："以理言之曰天，自人言之曰命，非有二也。'有命'，是已定了。'在天'，言不在我。"（《司马牛忧章》）

在心性关系上，冯梦龙继承了"心统性情"之说。他指出，仁义礼智信都是性，性即心，"非心不显性之妙耳，……不可说仁、义、礼、智之性又根于心也……根须有栽培灌溉工夫"①。其本体论多从阳明心学，以心为本体，认为天理本在心中，生而有之，"天命"是天理，曰命，乃是"指赋与之初言"。（《子曰君子有三畏章》）又指出，"生同具良知，何分上次"（《子曰生而章》），亲亲、敬长等在孩提时就已有之，乃不学而能、不学而知者。真心可达之天下，将此良知良能为仁义，则"大人仍是赤子"，由此而为学为虑，则"工夫仍是本体耳"（《孟子曰人之所不学章》）。人都有善性，"必有邪说糊涂了理义，然后暴行始作"。即便是乱臣贼子之惧与不惧，也不是因为《春秋》书其恶，而是邪说迷了良心。但由于有"真心"，一旦有人指明其罪，指点是非，"中其骨髓，则不觉回心"（《公都子曰外人章》）。冯梦龙还指出，人原本有诚，诚乃天赋，至诚要从心上论，而非从物上论。所谓"思诚"，要落实在事亲、取友、治民上，否则就是空思（《孟子居下章》）。

在《子曰君子无所争章》《子曰加我章》《孟子曰伯夷章》《林放问礼章》《颜渊季路侍章》中，冯氏指出心体、性体清净，明亮，真实自然，不着情识，不落意见，毫不遮蔽，圆融无碍，活泼自然。性体具有如上特征，则"恭""慎""勇""直"当然而然，皆生心之所不能已，不须强求。冯氏认为这些都是"吾心之天则"。"战""兢""临""履"乃"性体流行"。至于礼，只是天则恰到好处而已。性体流行处，则不会有些许放松（《子曰恭而章》《曾子有疾召章》）。至于礼，本于人心，是天则恰到好处，"人心未雕未琢，真实自然处，乃礼之所自起。……凡行一礼，必有一段真心实意"②。

倘若性体无遮蔽，则灵光自显。事实上，因为气、情等因素，性体的灵光被遮蔽了。冯梦龙指出良知生来就有，其本身并未有上次之分。然因禀气不同，便有了蔽与不蔽之分，蔽又有轻重。只有通过学，通过闻见功夫才能恢复未遮蔽的状态。气、情等是诸多遮蔽天真本性的重要因素，在《公都子曰告子曰章》中，

---

① 《四书指月》，第519页。
② 《四书指月》，第31页。

他又指出，情动性静，情是检验性的方式。"此章重因情以验性上。……性不可见，故以情徵之。情者，性之动，如形影相似，若分体用寂感，便似两层。此情，是无意发出者。情即是性，才有作为，便不是乍见孺子的光景，便是私情了。"① 情性本不分离，情即性，性即情，性凭借情来体现。"德本诸性，惑生于情。"情幻出无端变化，性则至诚无妄。冯梦龙认为，可以用"崇"还其所固有之性，"辨"在究其所本无，都是治心功夫（《子张问崇德章》）。

冯氏也看到了性与心气的相互关系，他说《孟子曰牛山章》乃是"在气上论心"，"气之清浊，乃心存亡之侯。而心之动静，又气清浊之侯"。气之清浊影响心，"气听命于心"则"操而存"，而"心听命于气"则"舍而亡"。"使旦昼之气常如夜，则心为政，使夜气常如旦昼，则气为政。心为政，则气化为心，而气之所动即是才情。气为政，则心化为气，而心之所动皆为斧斤。"此意即说，倘若使旦昼因为繁华喧嚣而起的浊气如静夜沉寂之清明之气，则是"以心为政"，若夜气变成旦昼之气，清明之气为浊气所占，浑浊之气盛，则是"以气为政"。以心为政，只是表象为情，而以气为政，则若斧斤，危害极大。因此，养心当养气，气又当养静，不能使气夺心之权，血气即人身，是性之所凭。阐释"三戒"时，他说道："天性，即在血气中。"少、壮、老三个阶段常为不同的外物所遮蔽，如少爱美色（色），壮好在人上（斗），老好功名利禄（得）。戒色、戒斗、戒得，都是定性功夫。

在理、气关系上，冯梦龙受王阳明"礼字即是理字。……约礼只是要此心纯是一个天理"② 的影响，以礼释理，又以气释理。他说，理便是礼，理从礼见。"不曰理，而曰礼者，理不可见，故借可见之节文，影出自心之条理。""礼"是心中"天理"的外显，即本于"内心之条理"。接着，又从气的角度对此做了进一步的补充："如人一身，自顶至踵皆一团元气充周，是'仁'，其间肢节筋骨，处处有个脉络，是'礼'。若脉络壅塞，则元气便不能贯通矣，故克即复，复即归。如不合条理，自心亦必不安，即就言一端看。"③ 气充塞于身，其中有"仁"、有"礼"。人之所以"口中嗫嚅，脸上发赤"，是因身中本有条理，没有气充实，故条理不贯通。气充，则条理顺，进而化为天理。气无条理则不能充之

① 《四书指月》，第466页。
② 《王阳明全集》，第6页。
③ 《四书指月》，第157页。

于身，身无气则条理不通，从这点意义而言，理气一体，理是气之理，气是理之气，理气不相离。

（二）理与欲

受晚明思想的影响，冯氏并不认为天理与人欲对立。其《子曰富与贵章》云：

> 仁者人也，使人之所欲而不欲，人之所恶而不恶，是远人为道矣。从来无人情外之天理，……若以道而得富贵，何妨于处……若以道而得贫贱，何可勿去，……君子之欲恶犹人，而独于不当处者，决不处，与不当去者，决不去。由道理一烂熟，毫无粘带，此便是人情中之天理，此便是仁。

"从来无人情外之天理"，即是天理寓于人情。关键在于，天理与人情之间，究竟以什么样的方式让二者契合。如富贵等，若得之以道，则天理就是人情。"当"与"不当"才是天理与人欲的分界线。凡当，人欲即是天理；凡不当，则去人欲。富贵只要合理，可以理所当然地接受。"圣人自有大中至正之理，理苟当，虽尧、舜以天下相授受，可也。否则一介不轻取与，……弟于师有服勤之谊，粟原不必与。君于臣有养廉之典，禄原不必辞。"（《子华使于齐章》）富贵，无论其程度如何，凡所当，虽大不辞，凡不当，虽小不取。但这不意味着应有一个求利的心思，而是当临利时，关键是察其当与不当、义与不义："利非必不取，危非必定死，也须徐察其当取当死与否。只是一见利时，便想着义上，而不为利所动，一见危时，便把命舍着，而不为危所怵。"（《子路问成人章》）

仁义礼智信等乃上天赋予的"性"，"欲"是七情中之一端，有性便有情，虽上智也不能无欲，更不可绝欲。但欲不能多，否则，就桎梏了心。"圣人无欲，非无欲也，即欲即理，不可言欲也。学者不能使欲化为理，权且提理为主，使欲不得以胜之。如此，则念头日渐淡泊，灵明日渐清爽，此心不为欲所打搅，岂有不存？"（《孟子曰养心莫善章》）欲人人都有，圣人也不例外。不同之处，在于圣人之欲合理，故即欲即理。为学者若不能化欲为理，则应当以理为主。心统性情，"仁，性也；心，管性情者也。性其情，便不违仁，情其性，便违仁"（《子曰回也其心章》），若不违仁，在情与性二者间，应以性化情，"性其情"，而不是由情做主，"情其性"。在《子贡问为仁章》中，他直接指出情欲不善，需要与仁贤相处以除去，从而显现本心。"人之情欲，譬如瑕类一般，瑕类非利器不去，情欲非仁贤不销。人只捺下这心，终日与仁贤相处，只就这副心肠，还容得别念夹带否？自不觉情刊欲化，本心现前矣。"他认为本心本性也许会被遮蔽，但不会缺失，物质需求不但不妨碍本心，反而可以使此心恒久，"生养既足，民自不失其本心。所谓有恒产者有恒心也"（《孟子曰易其田畴章》）。

（三）本体与功夫

功夫即本体，本体即功夫是晚明普遍流行的观点。这个本体，即是心本体。陆王心学认为，心即理，心为主体的精神，兼具良知、良能、良心。冯氏此说，主张心上用功，如"举念才向天理路上去，恶自然参不入来。非理欲消长之说，亦不可分心与事看"（《子曰苟志章》），"工夫仍是本体耳"（《孟子曰人之所不学章》）（敏行慎言、忠信笃敬），"都在心上做工夫"（《子张学干禄章》）（养气、知言），"总在心上做工夫。一得于心，则气不期养而自养，言不期知而自知矣"（《公孙丑问曰夫子加齐章》）（恭、宽、信、敏、惠），"须实实落落在心里做"（《子张问仁章》）。有时，他也以其他方式言说心上用功，如"工夫须勿忘勿助，到养盛后，自然滚滚不离，常在目前。'忠''信''笃''敬'总是个理，理不离心，只此心常惺惺，'忠''信''笃''敬'便都在了"（《子张问行章》）。

冯梦龙特重日常功夫。《子曰兴于诗章》中，冯氏指出，对学者而言，"经学之重"不是《诗》《礼》《乐》本身，"兴于诗""立于礼""成于乐"的重点在"兴""立""成"，这三者都是"心学"。"兴""立""成""三者得手有深浅，但工夫无先后"。"工夫无先后"，要求随时随处体认天理。"圣门论学，原只在人伦日用上做功夫，非另一种闻见之学。"在具体的纲常坚守中即可见到真正的功夫。"纲常之外无名理，实践之外无讲究。"（《子夏曰贤贤章》）他极为赞同随处体认天理之说："良知本体，万理一贯，似不消日日求知。湛甘泉云：此随处体认天理，极好。盖本体随事物为触发，如触于亲则知孝，触于长则知弟，不专属闻见，而闻见亦在其中。……'好学'在日月上看出心体无间，方与他处好学有别，此便是时习工夫。"（《子夏曰日知章》）良知在心，本体功夫无二，故而只消随事物触发，孝悌礼仪自在其中。圣人教人，也是"从各人身上日用事物间，逐一理会也，随理会到心体上来"（《颜渊喟然章》）。"仁""义""智"

"礼""乐"，并不是至大而不可及，而是"不外此家庭日用之理"。他解释道："顺亲而天下化，徐行而尧舜足，道理实落如此。若孝弟上稍为玷缺，虽日驰骛于'仁''义''智''礼''乐'，不过名而已矣。"以此，"在寻常日用处指点着，落与人看，要人认真一路探讨"（《孟子曰仁之实章》）。他批判那种高谈性命，而忽略于庸言庸行者"其病不浅"（《子罕言章》）。

冯梦龙还很重视"磨炼"功夫。（但就处贫富一事）"不知从前费多少磨炼工夫得来"（《子贡曰贫而无章》），"吾人实地学问，必须从世味磨炼过来，方有得力处。处贫处富，只是一个道理"（《子曰贫而无怨章》）。他对格物致知、慎独也有所论述："凡致知格物，躬行实践，皆是'学'。'思'即思其所学之理也。'思'与'学'原是一块工夫，开做不得。"（《子曰学而不思章》）"饶双峰曰：事君不欺甚难，须平日于慎独上实下工夫，表里如一，方能如此。"（《子路问事君章》）

冯氏心性论述颇丰富，他在《四书指月》中多处将儒者的学问和修养概为"心学"。可惜其中的《中庸》《大学》章已佚亡，不能窥见全貌。

（四）经与权

经权问题是中国古代哲学中的重要范畴。"经"原意是丝织，引申为普遍存在的义理、规范、规则，具有恒常性、原则性。"权"原意为黄桦木、秤锤，引申为度量、权衡、比较、变通等，具有临时性、灵活性。

儒者论"经"，多指儒家伦理道德、纲常名教。《左传·昭公二十五年》："礼，上下之纪，天地之经纬也。"《淮南子·氾论训》："仁以为经，义以为纪，此万世不更者也。"[1] 朱熹也说："君臣父子，定位不移，事之常也。君令臣行，父传子继，道之经也。"[2] "三纲五常，……三代相继，皆因之而不能变。"[3] 可见，在儒者心中，礼、仁义、忠孝、三纲五常等都是"经"，或为天地之经纬，或为万世不变之大法。

"权"相对于"经"而言。孔孟均有守经行权的观点。孔子说"可与共学，未可与适道；可与适道，未可与立；可与立，未可与权"（《论语·子罕》）。孔

---

[1]　刘安等编著，高诱注：《淮南子》，上海古籍出版社，1989年，第138页。

[2]　《晦庵先生朱文公文集》（第1册），见朱熹撰，朱杰人等主编：《朱子全书》（第20册），上海古籍出版社、安徽教育出版社联合出版，2002年，第666页。

[3]　朱熹：《四书章句集注》，中华书局，1983年，第59页。

子强调仁，也注重权变，并认为行权乃是一门艺术。孟子在《孟子·离娄上》举嫂溺援手事，阐明行权的重要性。又在《孟子·梁惠王上》以杨朱、墨子为例批评那种"执一""无权"的不切实际以及对道的危害，提出行权反经的主张："君子反经而已矣。经正，则庶民兴。"（《孟子·尽心下》）

在汉儒观念中，经权关系主要是对立的。《公羊传·桓公十一年》云："权者何，权者反于经，然后有善者也。"此"反"非"返"，而是反对之反。至宋，"反经"说受到批评。伊川说："汉儒以反经合道为权，故有权变权术之论，皆非也。权只是经也。"① 朱熹赞同程子的观点，但又认为应当对"经""权"有所辨别。"权与经，不可谓是一件物事。毕竟权自是权，经自是经。"② 明儒高拱进一步发展了经权思想，认为经权是辩证统一的关系。

冯梦龙的经权观受明人影响比较大。在《子曰可与共章》中，冯梦龙对经权作了比较详细的说明。

其一，经与权是对立统一的。"经与权，是一非一"，所谓"一"者，犹如"定盘星"与"锤"，相用而不相离。所谓权，乃是经中之权，经不离权，权不在经外。"无权非经"，"权之当然处，总是经"，权对经有补充、相济之功。"特就经之中"句，指出经中之权自有其妙。所谓"非一"，经"常行不易"，而权则"遇变而通"，经权的内涵不一。因此，高中立、葛屺瞻之说各有所偏，只有二者合而言之，才符合经权的真意。

其二，经主权从。经居首位，经后乃有权。只有"常守此道而不变，方'可与立'，学到极熟，随事合宜，不拘一定，方'可与权'。'立'者，贤人固执之功，'权'者，圣人神化之用"。也就是说，必须将儒家之道烂熟于心后，再随事合宜，灵活处理各种事情。理（礼）必须坚守，而"权"又不可废弃。圣人不废权，且极善于权变。但若参经不透，则"用不得权"。"未能用权，于经犹有歉也。"冯氏认为"学者须从本根上立脚"，所谓"本根"，即是"男女授受不亲"之礼，"父母恶之劳而不怨"之仁孝。善行权处，则更能全礼。在《淳于髡曰男女章》中，他认为须辨"权"与"道"合一处。"'权'者，权此道也，道外无权也。援溺救嫂亦是道，故谓之权，权在道中也。"道为哲学的最高范畴，经是载道之体，在某种程度上，经就是道。权在道中，行权须守道。若只

---

① 《四书章句集注》，第116页。
② 朱熹撰，黎靖德编，王星贤点校：《朱子语类》，中华书局，1986年，第987页。

讲权而枉道，则道失，道失则无权。"若枉道以援天下，道已失矣，安所得'权'乎？"他以权与礼的关系说明权与道的关系："权以济礼之变，则权乃所以为礼。"

其三，经权在日常生活中。冯梦龙以惊天动地事比喻日用饮食，不是说其易，而是说其熟。"道理烂熟"处则"随事合宜，不拘一定"。正是在日常中经权相用配合，守经而能用其权，最后能"经纶天下"，经权合用，乃是大经。经为常，但并非只能死守。"权之当然处，总是经"，即经中有权，"权"只要合情理，是"当然"行，自然也就与经无异。在具体问题中，或"疑轻而实重"，或"疑重而实轻"，当此之时，需要权衡度量，只守经、言经，则不足以尽经之妙。男女授受不亲为礼，但当他人生命遭遇危险时，则须仁勇。仁是人之为人的依据，这是更大的道，在此道面前，"手援"这一具体行为看似悖礼，实则是经之权，以权行道。同样，不孝有三，无后为大，全身为大孝，当此，受杖责虽陷亲不义则为轻。"只言经，似不足以尽之，故又叫做权"，此说，尽合孟子"君子反经"之精髓。他在《孟子曰杨子取章》中又指出，子莫"执中"之害如同杨、墨。杨、墨害道易见，而子莫"害道难知"。子莫的"执中"是不杨不墨的学问，是"无权"，因为子莫将"中"当"死物事"，与杨、墨并没有什么区别。而"中不可执，不可执处即是权权者"。子莫的"执一"实为害道。

其四，用权亦有艺术，即"执其两端，用其中"。冯梦龙强调用权，"天下理一分殊，随时变化而不穷"，如孔子之仕止久速，当仕时便仕即为用权。但是，用权处不废道，"止久速之理，依先还在"（《孟子曰杨子取章》）。"孟子平生守不见诸侯之义，而劈头就见梁王，此正学孔子之从权处。"（《孟子见梁章》）用权有艺术。虞仲、夷逸"废中权"也只是隐逸放言这一事"合乎权"。后世处事有不拘常格者。处得妙的，又似乎权，"然都是一事偶合"，并不是事事都是善用"权"。只有如舜一样，"执其两端"，并"用其中于民"，才是"万世用权之法"。冯梦龙特意强调"民"，即强调公心、公理。也就是说，用权之道，在于经中，经中有权，权中有经，才是用权高妙处。

冯梦龙还论述了经权、常变的关系。通常说来，经即常，权即变。说经权，包含了常变关系。但他认为这二者是有区别的。《子贡问政章》云："此章可说常变，不可说经权。兵食可去而信，不可去正是立万世之经，如何说权。李衷一曰：'兵可去，食亦可去，只为有个信在。'"足食，足兵，民信是为政的基础，在夫子看来，三者中民信至关重要。故而，去兵、去食虽重要，却不是"经"，只有"民信"才是经。如此看来，冯氏的"经"侧重于道德层面而非物质层面，以此，去兵、去食与经无关，自然也与权无关。

冯梦龙在《四书指月》中，还提到"用世""经世""实学"等词。《子路曾皙章》中，冯氏认为，曾点也有用世热肠，但世无知己，为眼前实在受用而已，并认为曾点此言唤醒了孔子的"周公大梦"。《樊迟清学稼章》中，他指出，"此章见圣学以经世为主，须在万物一体处打叠，不可小用其道"。在《子曰诗三百章》中他又说道："六经皆圣人治世之书。"简言之，冯梦龙治四书，与其治《春秋》一样，都源于将经学视为经世致用的实学。就此而言，与明清之际的实学思想颇有一致之处。

第二节　凌濛初的诗经学研究及理学思想

凌濛初不仅是晚明著名的通俗小说家，也是著名的出版家。其刻印的书籍达20多种，以经书、前贤诗文为主。凌氏刊刻的经书有《诗经》、《周礼训笺》、《圣门传诗嫡冢》、《言诗翼》、《诗逆》、《诗经人物考》（佚）、《左传合鲭》（佚）等。其中，前两种是经书原典，后几种则有选编之意味。目前，学界对凌濛初的关注多集中在他的通俗文学成就上。由于明代《诗经》学"无甚精义"，学界对凌濛初现今传世的《圣门传诗嫡冢》《言诗翼》《诗逆》也就缺乏相应的研究。这对深入了解凌濛初的思想造成了障碍。从凌濛初的《诗经》研究出发，发掘其中的经学、诗学思想，并进一步探讨其经学思想如何拓展到其通俗小说创作中，是本节研究的重点。

一、《圣门传诗嫡冢》——凌濛初的《诗经》经学观

《圣门传诗嫡冢》[①] 十六卷，《附录》一卷，书辑《诗序》及《毛传》《郑笺》，以丰坊《诗传》冠各篇之首，而互考其异同。《诗序》旧称出自子夏，《诗传》出于子贡，二者皆为孔子弟子，故以"圣门传诗嫡冢"为名。其末《附录》一卷，为丰坊所作的申培《诗说》。按照刘毓庆的观点，《圣门传诗嫡冢》属于汇辑派研究，"不是引来理论是非，而是于所引不置一词，最多只是于所引之外，

---

① 凌濛初：《圣门传诗嫡冢》，见魏同贤、安平秋主编：《凌濛初全集》（壹），凤凰出版社，2010 年。

别树己见，并没有引他人之说以证己见的迹象"，"纯属汇编旧著"①。任何人在选编、汇编其他的著作时，即便没有注解，也必然有其自身的价值取向。也就是说，选编者所选编的书籍，不仅仅是原书作者思想的反映，也有编者的情感与审美，以及其价值观、人生观的参与。倘若有编者的评论，则此种倾向也就更为明显。

《圣门传诗嫡冢》尊《诗序》。自朱熹弃《诗序》言《诗经》，自成一家后，弃《诗序》说《诗经》之法颇为流行。当朱学成为官学后，其影响更大。然《圣门传诗嫡冢》先《诗传》后《诗序》，将"圣门"嫡传弟子的《诗传》《诗序》置于诗前。《诗序》《诗传》按照儒家话语模式对《诗经》进行阐释，将其与社会治乱、国家兴衰、政教得失相联系，大旨不离阐发圣人重视以政教为核心的诗论观。如《关雎》《桃夭》《葛覃》等均与后妃相关，而《麟趾》《螽斯》《卷耳》则被认为是文王求多子，《樛木》为诸侯慕文王之德而归，《汝坟》是商人苦于商纣王之虐而归心文王，《汉广》是文王化江汉而男女知礼等。"学《诗》而不求《序》，犹欲入室而不由户也。"② "风雅之盛在昔周室初兴，《二南》之诗播诸弦歌，用之乡人，用之邦国，诚以王化所首被，为雅颂所肇基。而当时国史题为《小序》，后之学者宗焉。"③ 由于将子夏的《诗序》与子贡的《诗传》视为圣门弟子嫡传，故凌濛初对于《诗序》《诗传》甚为认同。

凌濛初辑录《诗序》《毛传》《郑笺》，目的是"使学者自证其异同，自析其短长"。其所辑录者只选《毛传》《郑笺》，偶杂《诗测》《续说》，不时还将上述人的观点与朱说相比较，再论其短长，这是《圣门传诗嫡冢》的一大特点。

在每一类诗歌的结尾处，凌濛初多以按语形式阐释诗篇安排的合理性，以呼应《诗序》阐发的主旨。如《桃夭》，凌濛初《按》云：

> 《传》以此为后妃之宜家，故篇次在此。下即以《螽斯》多男，《麟趾》多仁承之矣。《传》之篇次，有伦有序，大率皆然。

《鸳鸯》一诗，凌濛初《按》云："此篇《笺》解兴义，皆有意味。若朱注

---

① 刘毓庆：《从经学到文学——明代〈诗经〉学史论》，商务印书馆，2001年，第411页。
② 程颐、程颢著，王孝鱼点校：《二程集》，中华书局，1981年，第1046页。
③ 卢见曾：《国朝山左诗钞·凡例》，转引自宫泉久：《清初山左诗歌研究》，中国社会科学出版社，2009年，第9页。

混过而无所取义，殊觉诗人每章异语为无谓矣。"该诗中《郑笺》有五处，其中四处为下：

（1）交于万物有道，谓顺其性，取之以时，不暴天也。

（2）匹鸟，言其止则相耦，飞则为双，性驯耦也。此交万物之实也，而言兴者，广其义也。獭祭鱼而后渔，豺祭兽而后田，此亦皆其将纵散时也。

（3）君子，谓明王也。交于万物，其德如是，则宜寿考福禄也。

（4）鸳鸯休息于梁，明王之时人不惊骇，敛其左翼，以右翼掩之，自若无恐惧。

此处，《郑笺》着重阐发《诗序》"思古明王交于万物有道，自奉养有节"，而弃"刺幽王"，将万物之性、鸳鸯之性这一"物理"兴而广之，言及人类之理。依诗而细品其理，乃为有味处，否则，即便是"异语"，亦可能无味。此"兴"之义，确为有味之解。

在《邶风·静女》章末，凌濛初《按》云：

愚按：邶诗篇次，总以管叔之叛，康叔忧，大夫谏，国人风，仕者苦，伶人思，士民去，极至于良妇弃，寡母淫，而终之陈古以风尚德焉。次第如此，可谓井井，与毛之错举杂见者殊别矣。

按照《圣门传诗嫡冢》，《邶风》的诗篇顺序与朱熹《诗集传》中的顺序不同。《圣门传诗嫡冢》中的顺序是《柏舟》《雄雉》《匏有苦叶》《北门》《简兮》《北风》《凯风》《静女》。若以凌氏之论论之，则《邶风》中所有的上述篇目，都与政治或社会风气关系密切。在今天看来纯属于爱情诗的《柏舟》《静女》成为"管叔之叛，康叔忧"和"陈古以风尚德"，以及纯表现孝子之忧思的《凯风》变成了"寡母淫"，这实与《诗序》"卫之淫风流行，虽有七子之母，犹不能安于室"相同。

凌濛初很重视《诗序》，同时，又认为丰坊所作的申培《诗说》与子贡的《诗传》相近。在《圣门传诗嫡冢》《言诗翼》中，均将《诗传》《诗序》置于诗前，二者都不离对《诗经》美刺的阐发。对这些阐发，凌濛初时有评论。《将仲子》一诗，《诗传》认为是郑庄公不听臣子语封共叔段，臣子讽之；《诗序》认为是刺郑庄公。凌濛初眉批云："设为庄公拒谏之词，即是风是刺矣。此解甚有力。"

凌濛初赞同丰坊的部分新观点。如《茉苢》，凌濛初按云：

> 从来《麟趾》为《周南》之终，以为《关雎》之应，而《传》独终之以《茉苢》，盖自家而国，自近而远，自男而女，而至于童儿歌谣，治平极矣，非漫焉叙次者也。

《诗序》云《茉苢》为"后妃之美"，"和平，则妇人乐有子"，而丰坊所作的申培《诗说》则认为《茉苢》为"童儿斗草嬉戏歌谣之词赋也"。凌濛初解释子贡《诗传》的编排顺序时不纳他说而纳丰坊之申培《诗说》，足见其对于此诗歌诗旨新说的认同。

凌濛初赞赏朱熹的观点。如"固不谬矣""诚得之矣""良是""果然""为长矣""不如朱注""皆不如朱注为长""朱子得之""不如朱解""朱义为长"等在《圣门传诗嫡冢》中多处出现。

凌濛初在参考诸多注解后，也对被称为圣人嫡传的子贡的《诗传》、子夏的《诗序》及朱熹的部分解说提出了疑问。

《瓠叶》一诗，《诗序》云："大夫刺幽王也。上弃礼而不能行，虽有牲牢饔饩不肯用也。故思古之人，不以微薄废礼焉。"凌氏则曰："此诗语意无刺，篇次在后，不得已而云刺耳。"《裳裳者华》一诗，《诗序》认为是刺周幽王，而凌氏却认为该诗四句与《蓼萧》首章不异，是"解我心写兮，添出忧来，以合于刺，亦属附会"。《九罭》章、《麟趾》章中，凌濛初也反对"刺"说。

《桑中》一诗，《诗传》认为是公室无礼，卫人刺之，《诗序》认为是"刺奔"。凌濛初云：

> 此等诗出于刺者之口，便足惩戒。若云其人自为之，则圣人何乃留此佚词艳语于篇章，垂之为经乎？诗之代为人言以为风刺者多矣。朱子于《鹑奔》，亦曰为惠公之言以刺，独于淫诗，必曰自作，何哉？

这里透出几个信息：其一，凌氏将《桑中》视为淫诗艳语；其二，凌氏不同意将此诗视为圣人自作，因为圣人不可能留艳语于篇章并以之作为教育人之经典。所以，他将其视为代言，即以艳诗为刺，所谓"出于刺者之口，便足惩戒"。

再如《伐柯》。《诗传》："周人思周公，而赋《伐柯》。"《诗序》："伐柯，美周公也。周大夫刺朝廷之不知也。"《毛传》则云："治国不能用礼，则不安。"《郑笺》的表述与《诗序》大致相同，认为朝廷惑于管蔡之言，怀疑周公圣德，此诗乃是"刺"。要之，他们的见解都不离政治。朱熹的《诗集传》认为该诗用比之手法，仍然与周公事有关。凌濛初则回归于诗歌本义，其按云："二章一体，则之子自应指妻以承上文，岂得忽正指周公。"

朱熹的《诗集传》采用"以意逆志"的解诗方法，摆脱了前人"附诗于史"的弊端，但强调诗的义理，使《诗经》走向义理化。朱熹说："此诗之为经，所以人事浃于天下，天道备于上，而无一理之不具也。"[1] 一些爱情诗，被朱熹判为"淫诗"。凌濛初在某些地方也表达了对朱熹部分之说的不满。在《抑》中，凌濛初在结尾的按语反驳朱熹引《国语》及侯包之言以说《诗序》刺王之误，对《诗序》本身之误也予以说明。《出其东门》也对朱熹将很多郑国诗歌当作淫诗不满。他认为，朱熹弄混了郑声与郑诗的区别。"郑声淫"不等于"郑诗淫"。"可知朱子只因错认孔子'郑声淫'一句，遂冤屈许多郑诗也。"

凌氏不时就部分字词、年代、事件做出论断或考证，并证以朱熹的《集注》及《左传》，使该书兼具汉学与宋学特征。如《关雎》眉批："'逑'郑本作'俅'。"《葛覃》眉批："按：以'我'字训言，似为可异，然是《尔雅·释诂》文，非臆说也。"《汉广》眉批云："《正义》曰：'息'，疑作'思'。休、求二字为韵。"

凌氏或考究事实，或考证时间，或考证人物。他在《召南》眉批中指出，"公子谓诸侯之女，即所称之子也。《左传》凡公女嫁于敌国，姊妹则上卿送之，公子则下卿送之。可证《测》说不妥"。《出车》中，凌氏引《尚书》《史记》，从情理上分析文王之时并无讨伐狁之事。《鹊巢》中，凌氏考鸠之类别及夺鹊巢之鸠。此外，引《左传》证《诗经》之事者，其他如《绿衣》《采苹》《十月之交》《兔罝》《出车》《节南山》《斯干》《武》等之注释。

凌氏考证《诗序》《诗传》及《郑笺》的事实，对其提出疑问。《节南山》诗，子贡《诗传》云："桓王伐郑，……家父谏之。"《诗序》云："家父刺幽王

---

① 朱熹集注：《诗集传·序》，中华书局，1958年，第2页。

也。"凌氏云：

> 《春秋》桓王伐郑在桓五年。《左传》："王夺郑伯政，郑伯不朝。秋，王以诸侯伐郑。"即繻葛之战，中肩之事也。今《诗传》云："家父以此诗谏。"家父即桓王使来求车者。于时皆合，但诗文前后刺乱政处未见有伐郑之意，岂"驾四牡""相尔矛"二语为是发，而"空我师""劳百姓"为兴师动众乎？

凌濛初还参校诸说，反对解诗时"牵经以配《序》"，阻碍诗歌的流畅性，在一定程度上，关注诗歌的文学性。

> 此诗从《传》（指《诗集传》）解，则"自诒伊阻""不忮不求"等语，语意皆肖。至于《小序》久役恐旷之说，则诗义本直截，毛所以只解字义，朱注统作妇人之诗最合。郑以上二章为男旷，下二为女怨，而雄雉乃是兴淫乱，无非欲牵经以配《序》，反觉支离。不思《序》所云淫乱不恤国事，军旅数起者乃推久役之由。夫久役而妇思其苦，即是男女怨旷。何窒碍而强欲分配其说，致章各异辞，血脉俱不畅耶？（《邶风·雄雉》凌按）

《雄雉》之诗，表现了对君子的思念。因此凌氏认为，朱注统作妇人之诗最合，他反对郑玄解诗分男旷与女怨，认为这乃是牵经以配序，制于序而强分男旷、女怨，反让诗意不畅，有支离之感。再如：

> "维天有汉"以下毛、郑之意皆喻在位者有名无实，《疏》亦云兴王之官司虚列而无所成也。果尔，则一二语足矣，何至叠咏诸星，而且反覆其词耶？不如朱解望天怨天为无聊之思者有趣味也。然诠解句字，则毛、郑各妙。（《大东》凌眉批）

林叶连的《中国历代诗经学》举《圣门传诗嫡冢》及另外两部《诗经》学著作，以证明"明朝学者无行之一斑"及缺乏考据、求真精神。[1] 洪湛侯论及伪

---

[1]　林叶连：《中国历代诗经学》，台湾学生书局，1993年，第329－330页。

《诗传》产生的不良影响时指出，明人信古而不疑古，好奇而不知考辨，不及宋人敢于思辨，也不及清人长于考据发明。像《圣门传诗嫡冢》这类的书，惑而不察，滥收误引，其"目的是扩大这两部伪书（即《诗传》《诗说》）的影响"。"这些人，大都不学无术，为虎作伥，更不足道。"① 信子贡《诗传》与丰坊的申培《诗说》是一部分明代学者共同的问题。凌濛初虽不辨真伪，但尊《诗序》，重视《毛传》《郑笺》与《诗集传》，杂采汉宋，独立思考。其不辨《诗序》《诗说》真伪是一回事，而其思想及学术方法是另一回事。作为了解凌濛初思想的材料，《圣门传诗嫡冢》仍具有一定价值。

二、《言诗翼》——凌濛初的《诗经》文学观

《言诗翼》② 全名为《孔门两弟子言诗翼》，仍列《诗传》《诗序》于每篇之前，先《诗序》后《诗传》。其采取当时名家徐光启的《毛诗六帖讲意》、钟惺的《批点诗经》、陆化熙的《诗通》、魏浣初的《诗经脉讲意》、沈守正的《诗经说通》、唐汝谔的《毛诗微言》。据《凡例》，其所摘取的，皆为"《诗》而阳秋者"，但又说："若为举业发者，则他说书充栋，即不佞亦别有《诗逆》之辑，故一切诠释俱不录。"③ 似无为举业服务之意，只以选词遣调、造语炼字诸法论三百篇，每篇又从钟惺之本加以圈点。

凌濛初在《圣门传诗嫡冢》中，已经部分涉及诗歌的文学性问题。而在《言诗翼》中，则将《诗经》文学性作为编辑主旨。

其侄凌义渠在《言诗翼·序》中说道：

> 叔初成氏沉酣于《诗》，不以诸家之诂训者言《诗》，而以诸家之品评者言《诗》，深得言《诗》之三昧者也。盖《诗》之情之趣尽在语言文字之外，而宋儒必规规核之语言文字之中，所以辨析愈多，于《诗》转没交涉。……即诗言诗，是犹求声于指，宋儒之所为通病耳。余窭寠此道者有年，未通籍时，为功令所锢，不得不一禀诸宋。窃自幸《诗》之道广，《诗》之义深，而《诗》之境活，无论横说竖说，揣摩

---

① 洪湛侯：《诗经学史》，中华书局，2002 年，第 437 页。
② 凌濛初：《言诗翼》，见魏同贤、安平秋主编：《凌濛初全集》（壹），凤凰出版社，2010 年。
③ 《言诗翼》，第 5 页。

之皆可以得其性情，通其志意。宋儒能以其说锢，诗人不能以其所说之途并锢。言诗者无穷之趣，浅浅深深，疑离疑合，能转法华者，固止见其辩才无碍，不为所困也。初成叔操此旨以求诸言《诗》家，所谓孰得皮而孰得髓，业已了了。诠次观之，颐解而以子夏《序》、子贡《传》冠诸首，为大证明师。正令转法华者求而自得之语言文字之外，不亦《诗》家传宗心印乎哉！

从此《序》看，凌濛初选治《诗经》诸家，不以汉学及宋学集大成者，而以诸家品评者，乃是因为宋儒之说拘泥于义理，不能得诗之趣味，而诗歌的教化功用不是从字句中而得，乃是从语气文字之外而得，通过情感认同，最终达到教化之用。凌濛初自己在《言诗翼·序》中也对宋儒说《诗经》的方法表示反感，认为这种解诗"无非救苜蓿之饥，副羔雉之急"，太过急功近利：

　　……自宋人以其说说《诗》而《诗》病，自今人以宋人之说衍为帖括以说《诗》而《诗》愈病。今《诗》说之在世者无非救苜蓿之饥，副羔雉之急，其于《诗》之词、之意、之格、之字，概在所略而不讲。非不讲也，老经生不必作如是观也。襄景陵钟伯敬于燕邸示余以所评《诗》本，独为《三百篇》开生面，盖其品隲扬榷之法，一如古今诗流之于五七言，不作老经生诠解章句体。……余为搜剔摘采而录之，如排沙简金，以与伯敬并存。既成帙，藏之箧中，每读一过，殊觉《三百篇》如有点其睛者，气韵勃勃生动。玩讽之余，辄复于其间有所见，不禁技痒，则赘一二，以续貂之不足。自谓独领言《诗》之趣，得从来经生家所未曾有。晚乃获睹子贡《诗传》本于友人箧中，因怏然自笑见闻之陋隘，而叹以前诸家之俱失参究也。

从《言诗翼》的编排上看，传为子夏《诗序》、子贡《诗传》仍列于前。此固是凌氏一贯尊《诗序》使然，更为欲以《诗经》之言、之词、之格、之字、之语气等文字之外的韵味，从诗的内在意义入手体味其中的情味，进而彰显《诗序》的义例，以破除宋儒言诗的窠臼。

《言诗翼》选取不以训诂、考据、义理为重的《诗经》研究者的观点，侧重于诗歌的文学意义的阐发。诗录全文，以徐光启、陆化熙、魏浣初、沈守正、钟惺、唐汝谔的《诗经》观插入其中，诗后也辑上述六家及一家"无名氏"（戴君恩）[①] 说，他们解诗，"一如古今诗流之于五七言，不作老经生诠解章句体"，从气象、章法、虚实、诗境等对该诗的文学性加以总体评价。这些"嫁接评点"使《言诗翼》成为一部文学评点著作[②]。然就《言诗翼》所引来看，徐、钟、沈及无名氏四家最多。为了更明晰地了解《言诗翼》的文学倾向，应先大致了解其所举诗家的《诗经》观（本文所引上述六家的诗论，均出自《言诗翼》，若无特殊，不再指出）。

徐光启《毛诗六帖讲意》。以"六帖"命名，可见是为应对科举考试而撰。该书重视"诗在言外"，其论诗倡导含蓄婉转，作"意外之想"，从"题外生意""意外生意"[③]。所谓"题外生意"，即不就题论题，而在主题之外生出新意。所举《葛覃》，前二章由葛藤叶方盛而治葛，末章却写到了归宁父母之事，写到了洗衣。正是后二章才使诗歌立意冠冕，气脉悠长。对于咏物诗，徐光启认为要注重结尾，也要题外生意。"咏物之诗，题面本狭，只就本事发挥，则淡无义味，故于结尾处，必推广言之，然亦要与本题不远。……与此诗皆随题外生意，而与本题不远，此见古人作文之法。"（《小雅·无羊》）此外，他还论及诗歌的情感、意象、意境，如"此诗描写人情，备极巧妙，可悲可涕，可舞可歌，圣人之言，正如化工有物，非复人力所能庶几也"（《小雅·棠棣》）。其评《秦风·蒹葭》，特论及其意境，如"'蒹葭'二句，形容秋色萧索凄凉。宋玉《悲秋》一章盖始于此"，"'宛在水中央'，想象模拟，恍然如见之意。若仿若佛，若灭若没，此等语言，吾不知其所从来，殆神化所致，句法神品"。《言诗翼》首列《毛诗六帖讲意》，所引甚多。

钟惺《批点诗经》。钟惺是竟陵派的代表，其说《诗经》，不重训诂义理，重视感悟，文学意味较为浓厚。其论《诗经》云："《诗》，活物也。游、夏以后，自汉至宋，无不说《诗》者，不必皆有当于《诗》，而皆可以说《诗》。其皆可以说《诗》者，即在不必皆有当于《诗》之中。非说《诗》者之能如是，

---

① 刘毓庆的《从经学到文学——明代〈诗经〉学史论》一书（第 334 页）认为凌濛初《言诗翼》中的"无名氏"应是"戴君恩"。无名氏说即戴君恩《读风臆评》。

② 张洪海指出《言诗翼》不但转录了钟惺的《批点诗经》，还另外五家本不属评点本的著作中具有文学评论鉴赏性质的内容加以选择收录，使其具备了文学评点的形式要素。他将《言诗翼》之评点方法名为"嫁接评点"。（见张洪海：《〈诗经〉评点研究》，复旦大学博士学位论文，2008 年，第 10 页。）

③ 《从经学到文学——明代〈诗经〉学史论》，第 315 – 334 页。

而《诗》之为物，不能不如是也。"① 其视《诗经》为"活物"，说诗也很活，多为文学鉴赏式。《卷耳》首章，钟惺批云："看此四句，情思起止，不可语人，亦不能自主。"最后一章云："此章促节，其调渐悲。"在《言诗翼·序》中，凌濛初认为钟惺说《诗经》"独为《三百篇》开生面，盖其品隲扬榷之法，一如古今诗流之于五七言，不作老经生诠解章句体"。其自刻本《诗经》，乃全取钟惺评点本。《言诗翼》对钟惺《批点诗经》的引用也是最多的。对钟惺解《诗经》的推崇，亦可见凌濛初《诗经》文学观的基本脉络。

　　沈守正《诗经说通》。据沈守正自己说，"题名'通'者，义取通其滞，义归之合，并亦以告墨守者曰：穷则变，变则通，今其时矣。嗟乎！诗缘情生，蔽由情浅。长吟微咏，并可幽圆。拂迹刻舟，斯成顽固"②。其《诗经说通》，不拘泥于章句，而是领会《诗经》之精神大意，探究其中妙趣。《言诗翼》篇首即将沈守正评诗置于《关雎》之前。其云："二南之诗，赋性极平，纬情极淡。触景而兴，传事而止。意中之语不露，语中之意跃如。盖其时上有德教，下有风俗，礼义烂熟，窍籁自鸣。……读者吟咏之不足，又后而吟咏之，得其意于无诗无字之先，而不拘拘于语言糟粕之末，乃善解二南者也。不然，隔之千里矣。"沈氏主张于背景中领会诗之精义而不是泥于语言文字这样的"糟粕"。评《齐风·东方未明》末句曰："含蓄隐见，诗人之词然也。"因此，四库馆臣批评他"以公安竟陵之诗派，窜入经义，遂往往恍惚而无著"③。

　　无名氏评诗，重诗歌章法结构、诗境。《邶风·柏舟》总评引无名氏语，云："布局极宽，结构极紧。"又云："通篇反复思量，不解其故。一段隐忧，十载犹恨。"再如《邶风·泉水》，无名氏评云："借'聊与之谋'，生出二章意思，波澜层生，峰峦叠出。可谓千古奇观。"评最后一章云："幻境之中，复生一幻境。"《言诗翼》总评引其论云："'有怀于卫'二句，诗题也。以下俱籍之以描写有怀之极思耳。蜃楼海气，出有入无，诗人作怪如此。若认作实与诸姬谋之，谋之不可出游，以写其忧，则诗为拙手，作诗者为痴汉矣。故知宋人'发乎情，止乎礼义'之说，大可轩渠。"《鄘风·定之方中》总评引无名氏云："综理之周，计划之远，中兴气象，焕乎改观。""章法、句法、字法、错综伸缩，各极

_____

① 钟伯敬著，施蛰存主编：《钟伯敬合集》，上海杂志公司，1936 年，第 257 页。
② 沈守正：《诗经说通》，见四库全书存目丛书编纂委员会编：《四库全书存目丛书》（经部第 64 册），齐鲁书社，1997 年，第 3 页。
③ 永瑢等：《四库全书总目》，中华书局，1965 年，第 140 页。

妙境。细玩之，诗文另长一格。"又如"多情之语，翻似无情"（《郑风·褰裳》）。"忽而叙事，忽而推情，忽而断制。羚羊挂角，无迹可求。后人更能效步否？"（《魏风·伐檀》）无名氏对诗境的评论也颇有意味。如评《秦风·蒹葭》："婉转数言，烟波万里。《秋兴赋》《山鬼》伎俩耳。"倘若无名氏的确为戴君恩，其《读风臆评》言及诗歌"格法"甚多，如翻空法、退一步法、铺陈法、关锁法、倒法、反振法、以客代主法、转折法、投胎夺舍法、伸缩法等①。四库馆臣评其"已开竟陵之门径"②。名为"臆评"，诚如如此。

魏浣初《诗经脉讲意》。诚如其名，该书以"讲意"为主，注重对诗基本意义的阐发，对诗歌整体把握与结构进行分析。书前余应虬序言："诗何言脉也？即子舆之所谓志也。三代时人心风俗浑浩之元气仍在，故发之声歌，昭功德之颂，寄忠孝之思，或庆祝亨嘉而托兴扬言，或寓言曲牖而引喻旁通，或触物生情而敦和婉切。即下迨闾巷征夫思妇，亦各有志在焉。故圣人存以备劝惩，与羲图谟诰并传不朽。惟是物也，是志也，是脉也，每讽泳之，而奕奕生气犹在三百中流动。岂可谬成臆见，穿凿附会，以断千古圣贤之脉乎？"③ 魏浣初认为《诗经》之"脉""志"体现了三代人的浑浩之气，这些"奕奕生气"是通过托兴扬言，引喻旁通，或触物生情而致。穿凿附会之说，只会毁掉古之圣贤的诗脉与诗志。其评《卫风·硕人》云："庄姜以彼世族，有此美姿，而深自韬晦，不欲炫饰。衣锦褧衣，其贤固在此，其见弃亦未必不在此。"以贤而见弃，正是通过人物外貌服饰，引喻旁通，合于诗志。

陆化熙《诗通》。《诗通》自序云："《诗》之义或显言之，或微言之，或正言之，或托言之，或反覆言之，或参差言之，总言人情所欲言。而又以韵为体，章各分韵，韵叶成章，依咏谐声，情指自见，非若他经专说道理，任后人之穷深极微以求合者也。"④ 其对《诗经》艺术多有分析，自称"臆见"，乃以主观感悟为主，而少训诂考证。在其"臆见"中，重视诗中体现的人情，不走他经"专说道理"的路子。如《卫风·硕人》，《诗序》以之为刺庄公，"诗人俱就人情易

---

① 《从经学到文学——明代〈诗经〉学史论》，第 338-341 页。
② 《四库全书总目》，第 140 页。
③ 魏浣初：《诗经脉讲意》，见四库全书存目丛书编纂委员会编：《四库全书存目丛书》（经部第 66 册），齐鲁书社，1997 年，第 1-2 页。
④ 陆化熙：《诗通》，见四库全书存目丛书编纂委员会编：《四库全书存目丛书》（经部第 65 册），齐鲁书社，1997 年，第 331 页。

见者言。若谓人虽昏惑，何至并此亦不晓得，言外有疑怪咨叹之意"。《王风·君子于役》："通诗语意句法，俱参差变换。惟两唤'君子于役'，及'鸡栖'三句不变，似是宽闲语，正是写情深至处。"《秦风·小戎》："'良人'二句，宛然摹出一意中人。"

唐汝谔《毛诗微言》。《毛诗微言》杂采诸多对诗义有新见之说，同时亦自揣诗义，"带有浓厚的讲意派的气息"①。该书注重对《诗经》情景的阐发，如"《神女赋》'婉若游龙乘云翔'，《洛神赋》'竦轻躯以鹤立，若将飞而未翔'"（《郑风·有女同车》）。"遍咏淫风，未有称所私为君子者，亦可为非淫之一证。"（《郑风·风雨》）"惕之以勿思，正欲动人深长之思也。"（《魏风·园有桃》）"'哀哀寡妇诛求尽，痛哭郊原何处村'，即'永号'之意。"（《魏风·硕鼠》）"'果蠃'数语，总属想象，而荒凉情状，宛在目中。"（《豳风·东山》）相对其他几家而言，《言诗翼》引《毛诗微言》比较少。

上述几家中，有不少为科举而作。四库馆臣评价魏浣初《诗经脉讲意》云："大致拘文牵义，钩剔字句，摹仿语气，不脱时文之习。"② 徐光启《毛诗六帖讲意》分为翼传、存古、广义、揽藻、博物、正叶六目，以"六帖"名之，可见也是应试科举之讲义。然而从《言诗翼》所引诸家看，凌濛初更关注其中的文学性而非君臣伦理纲常之类的义理。凌氏《诗经》点评（简称凌评），往往汇集多家以求《诗经》之"活法"，其于《诗经》之词、之意、之格、之字上颇用功，体味诗的生动气韵与无穷之趣。凌濛初或在段落中，或在诗歌末尾总评中，往往采集上述六家学者的论述以传达自己的观点，但也有自己的论述。在《言诗翼》中凌氏直接点评的诗共94首，或是在他人点评之后自己再点评，如《邶风·柏舟》"泛彼柏舟，亦泛其流，耿耿不寐，如有隐忧。微我无酒，以遨以游"。凌濛初先引唐、钟之语，品评其下字用语之妙，随后再表明自己的观点："濛初曰：味'隐忧'二字，觉忧王室之传更长。"或是自己直接总评，如《大雅·既醉》，《小雅》中的《渐渐之石》《采薇》《十月之交》等。从这些直接的点评、总评中，可以发现凌氏评诗有以下特点。

从音韵中体味诗歌妙处。如：

① 《从经学到文学——明代〈诗经〉学史论》，第414页。
② 《四库全书总目》，第141页。

"说"当"如"字读，谓从容开谕之，正足上文所以欲其归处归息之意。诗人惯以下字微异，作暗度妙法，如其啸也，歌"良士休休"之类皆是。今解云"舍息"，则当读作"税"，既非韵脚本字，且与上文三章一意，有何义味。①（着重号为笔者所加，后面亦然）

作者从音韵角度解读《曹风·蜉蝣》第三章最后一句"心之忧矣，于我归说"句，认为读"如"，则体现了诗歌"从容开谕"的风格，而如朱注读作"税"，无论从韵脚还是从诗歌章节变化上，都略有欠缺。又如《大雅·文王有声》，历来分析者多赞文王武功，侧重于义理分析。而凌濛初则专论其押韵后的诗歌审美。其评第六章"镐京辟雍，自西自东，自南自北，无思不服。皇王烝哉！"云："以'自西'冠者，周家王业起于西也。二句一上叶雍韵，一下叶服韵，势如连环。"《商颂·长发》首章均属阳部，次章韵用曷部，第三章属于微、旨合韵，第四章曷部，第六章幽部，第七章东部。诗歌展示了殷商历史，章法整齐。凌评曰："于《閟宫》《玄鸟》《长发》三篇，见古人以韵语纪世之法。"

凌濛初还擅长从常见的字中体味诗歌的章法或情景、主旨。《小雅·吉日》赞美宣王能"慎微接下"，奉上无不自尽。首章及次章首句为"吉日维戊""吉日庚午"，由"戊"到"庚午"，在体现时间连续性的同时，自然也暗示了行为的一致性。以此类推，故后文其他日支可省。凌评曰："此云'庚午'，上章只用'戊'字，便不须更及支矣。古法简妙每如此。"《唐风·蟋蟀》讥刺晋僖公荒淫，凌濛初在诗后点评曰："'瞿瞿'，'蹶蹶'，勤也。'休休'，则勤所自致耳。忽下'休休'二字，正见非'瞿瞿'，'蹶蹶'，何从有此'休休'。诗家暗中针缝，诗之善于立言如此。"

《诗经》具有明显的地域性，对《诗经》的地域风格做评点者不乏其人，如戴君恩的《读风臆评》、孙鑛的《批评诗经》。唐汝谔的《毛诗微言》评秦诗风格曰："其气奋厉激昂，已有超八州毕六王之概。"② 其中《秦风·小戎》一诗，写妇女思念从军的丈夫。徐、钟二人皆言妇人能言车制。凌濛初先论他人所论"言及君子"所体现的温婉之美，这是思妇诗的普遍风格，后面却论及妇人宏丽语，从语言的角度考察秦国尚武精神及雄壮高昂之美。

---

① 《言诗翼》，第125页。
② 《言诗翼》，第108页。

从主人公身份体悟诗歌风格。《诗序》谓《郑风·女曰鸡鸣》曰："刺不说德也；陈古义以刺今，不说德而好色也。"朱熹《诗集传》以为"此诗人述贤夫妇相警戒之词"。二说或有穿凿之嫌，或有断章之弊。凌濛初不依从《诗序》，也不简单从朱，而从女性身份解读之。云："通诗警劝露勤勉，意气慷慨，而语境仍自芊绵，的似贤媛之语。"从诗歌主旨上讲，凌之解释不出于朱，但对诗歌语境的阐释却有新意。

从诗的表现方法体味诗的主旨。《诗序》言《齐风·南山》乃为刺襄公与其妹通奸的禽兽之行。诗第二章、第三章连用四个问句。凌氏看到四个问句的讽刺功能："全以诘问法，令其难以置对，汗泚可死。"

《言诗翼》也间涉名物考证或训诂。释《秦风·终南》"颜如渥丹"："'渥丹'，名花，似鹿葱而小，色甚红，见《仙经》，又名华丹，见《抱朴子》。此言'如'，正喻其颜之红也。毛、郑诸家，及诸疏草木者，皆未知及。"评《陈风·衡门》："'乐饥'字妙，即如疏水之乐，正不得云忘饥。古本有作瘵字者，《说文》云'治也'。即'疗'字义，亦佳。"

《言诗翼》凌评的又一个特点是对《诗经》情景的关注。如评《邶风·北风》："'莫赤匪狐''莫黑匪乌'，便是'黑风吹入罗刹鬼国'光景。满眼异形，描写惨极。"与其他解诗者一样，他也喜欢用其他诗句来描绘《诗经》景象，以诗评诗，传达出诗的情景。除了前面所举引的"笙歌归院落，灯火下楼台""梨花院落溶溶月，柳絮池塘淡淡风"评《周南·苤苢》外，《邶风·谷风》也有所引：

> 末二语即所谓"弃五今何道，当时且自亲。还将旧来意，怜取眼前人"也。今词曲亦有"想旧人昔日曾新"语，以此作收，不特情凄然，亦复语凛然而韵铿然。

凌濛初关注《诗经》作为经典在儒学中的地位，也关注《诗经》作为诗歌这一文学样式本身所特有的体式，将其视为诗歌之理[①]。《小雅·蓼莪》第一、

[①] 凌濛初在《辑诸名家合评选诗序》中引杜甫《谕儿诗》"熟精《文选》理"后说道："夫理者格调情文，顿接开收，有道存焉。庖丁理解之理，非宋理学之理也。"并指出李白、杜甫、谢灵运等人的诗中的写景之句，乃熟于理所致。宋人说写景诗，必至于君臣、治乱等，成为痼疾，乃使诗道"坠一大尘劫"。按凌濛初的意思，诗歌之理，乃是其作为一种文学样式所固有的本质，与宋儒所言人事之天理有所区别。《合评选诗》所辑诸家评语，亦多关注诗歌文本本身的艺术性特征。

二两章凌氏评曰："次章本无异义，然单起则体薄，末以'南山'二章作收亦然，深于诗者知之。"他在《诗经》评点中，多次提到"诗体""诗家之法""章法""章法照应"等问题。《小雅·斯干》是宫室落成后的祝贺之词。诗前五章写宫室之事，而后赞美宫室主人，转折自然。凌濛初注意到"寝"与"梦"在诗歌构架中的作用，他说道：

> 前五章宫室之事已完，此却因言及寝，而生出奇梦，作生男女张本来。其局法如《棠棣》"丧乱既平"章……因寝生梦，复因梦生占，因占得祥，段段相生，如新笋成竹，逐节剥换。

言梦在诗歌中的作用者，还有《小雅·无羊》篇。"忽入梦幻占验，既于点缀牧事作波澜，复于描写国象完局面，是何等手眼法力！""天下原无牛羊如此蕃息，而生聚未众，禾稼未登者，室家丰年，原不待梦而决。然不生此占梦一段，正不见奇峰陟出，异想天来耳。"梦使文章"奇峰陟出"之论，适合于诗歌，也适合于其他文学样式。

在谋篇布局中，凌濛初特别注意诗歌转折处和结尾处。《豳风·东山》一诗，唐、沈、徐、钟、无名氏都有相关论述。大抵由词而分析诗中的情景，而在最后一章点评中论其章法之妙。凌氏的点评特别提到诗歌结尾转折之作用，"到末波文一掉，撇下一天丰韵，章法何等有情有力有余音。元人词曲煞句，谓之豹尾，殆类于此"，将其与元人词曲之"豹尾"相比，形象地说明诗之章法结构。再如：

> 张皇军容，终以饮至。诸人聚饮，举重一人，如此末章末句，是千里来龙，到头结穴。
> 有"不如友生"一转，便自关生，文章家要知此法。
> 凡祝颂诸诗反复一体者，必至末章稍稍推广一步。如此诗"无有后艰"，与《南山有台》"保艾尔后"一例，总见无已之意，而章法亦遂觉不板。
> 诗家每于结处生波。此篇从先世功业，叠叙至文王。若不宕此数语为波，便无迴澜矣。作文之法亦如此。[①]

---

① 《言诗翼》，第154、142、231、219页。

凌濛初对《诗经》各章节之间的相互影响及《诗经》章法对后世诗歌的影响也有所论述。《大雅·文王》自次章起，均采用顶真法，凌氏注意到这点。其评曰："此篇诗体，自二章以下，俱首尾相衔。王元美谓曹子建《白马篇》祖此。"言《鲁颂·闷宫》最后一章云："此与《殷武》末章大相似，古人文章，亦自模拟乃尔。"评《大雅·既醉》云："四章以下，首尾相衔，实启后来诗家之门户。"评《小雅·斯干》云："其局法如《棠棣》'丧乱既平'章。"评《商颂·长发》云："此诗之体与《绵》大段相似，盖周公拟此而作也。"

对诗歌言外之意的关注是《言诗翼》凌评的一大特点。实际上，凌濛初在论及诗法时，已涉及与言外之意相关的虚实问题。如《大雅·云汉》所提到的诗家"法门"即是"不露本题"：

> "通诗不露一'雨'，自是诗人用意，为后来诗家不露本题法门。谓是畏惧不敢道及者，经生之陋，贻笑作者。"又曰："描写旱象，则曰'蕴隆虫虫''涤涤山川'。点缀旱景，则曰'云汉昭回''有嘒其星'。试一玩味，赤地千里之状，宛在目前。使后人穷思赋旱，能出此否？"

诗家之法，"不露本题"，即将己意隐含在具体的描写中。显与隐、虚与实很灵活。好的诗歌常是以虚言实，将真正要表达的意思隐藏起来，借他物、他景、他事来传达真正想要传达的思想，寓实于虚。读者亦要通过表面的物象去窥探作者本身的情感。《大雅·云汉》一诗，主要写祈雨。然而，诗歌只用铺陈之法渲染旱情，将求雨的虔诚之情隐藏在旱情描述中。

凌濛初不主张诗歌说得太白、太完整，认为含蓄而不太直露的诗歌才能给读者留下想象的余地，才有味道（这也可算是意在言外的一种方式）。在《周南·芣苢》一诗中，他说道："口不道乐，乐意满前。后人拟极富贵语，不取'笙歌归院落，灯火下楼台'，而取'梨花院落溶溶月，柳絮池塘淡淡风'，亦得此意。""笙歌归院落，灯火下楼台"是将富贵气象直接流露，"梨花院落溶溶月，柳絮池塘淡淡风"所写之景，不沾任何华贵气象，闲适、安逸之象却比前者更能突显温润富贵的品格。

"诗家之法，其妙可以意会"（《郑风·风雨》评语），既然只能意会，就不能将"意会"坐实。凌评《邶风·简兮》前三章云："只叠叙目前事，言外之旨，傲愤已满怀矣。不必再添一语。"评该诗最后一章云："西方不实以何地，美人不实以何人。诗人下语含蕴婉切，正不得以文武丰镐凿之。"对某些说诗者过于将诗句理学化解释颇为反感，并将那些不顾现实，动不动将《诗经》与义理联系的说法评为"腐说""腐想"。《诗序》言《陈风·泽陂》是刺灵公君臣淫。凌评云："言美人而曰'硕大且卷''且俨'，必非淫佚相悦之称矣。"对于朱熹将众多爱情诗篇定为淫诗，他虽未直接以"腐说""腐想"批评之，但从其论述来看，亦对其有不满：

> 紫阳误认"郑声淫"一语，遂怀一僻于胸中，故止《缁衣》《叔于田》《清人》之章章可考，及《羔裘》《东门》《鸡鸣》之无语可疑者，不能牵合，余悉硬差作淫奔，并《子衿》亦不免，故入于"挑""达"二字，最为冤抑。此诗若非夫子好贤一大证，坐以淫词，语意更近。
>
> 味"终鲜兄弟""维予与女""维予二人"，似非男女相谓之言，彼淫与不淫，何与兄弟之鲜与不鲜，二人之淫心，岂因无兄弟而起者耶！《小序》云："闵无臣也。"或是君臣，或是友朋要誓之词耳。
>
> 读此诗，康公甥舅之情亦重矣。令狐之役，晋负秦耳，宋儒乃责其怨欲害乎良心，岂不冤甚?[①]

凌氏评诗，对君子颇为叹赏。解诗涉君子处，往往从其前说，从正面解之。《魏风·伐檀》一诗，《诗序》以为是"刺贪也。在位贪鄙，无功而受禄，君子不得仕进耳"；朱熹以为"此诗专美君子之不素餐。《序》言刺贪，失其旨矣"（《诗序辩说》）。凌濛初对朱熹之说却颇为认同。其评曰："河干清涟，正是待价而不求价，其一种超然世外之况，阿衡莘野，尚父渭滨，正自如此，不必定以失志目之。"《陈风·衡门》与《秦风·蒹葭》按照诗意，应该是青年男女恋爱之辞。以朱熹为首的解诗者多认为是隐者安贫乐道之辞。凌氏总评该诗云："'可以'者，无不可也，非必欲如是也。'岂其''必'者，不必也，非必不也。总是随寓而安，恬淡寡营而已。与矫情于誉者故殊别。"《秦风·蒹葭》意境凄婉缠绵，从恋爱说更符合诗意，然《毛诗序》《郑笺》却认为此诗是讥刺秦襄公不能用周礼来巩固他的国家，姚际恒《诗经通论》、方玉润《诗经原始》惋惜招引

---

① 《言诗翼》，第 69、80、115 页。

隐居的贤士而不可得。凌氏赞成后者，其评云："《序》说周礼，大似无涉。毛、郑曲解，终属牵强。朱子驳之良是，而却又自云：'不知何所指。'想其意亦疑欲坐以淫，特以《秦风》未减，故搁笔耳。岂知《传》文明了如此。"凌氏所言《传》，即前文所指丰坊《诗传》。该《诗传》云："君子隐于川上，□□慕之，赋《蒹葭》。"

三、《诗逆》——凌濛初的《诗经》阐释方法

《诗逆》[①] 共四卷。《诗逆》之名，源于孟子"以意逆志"说。

《诗逆》合采徐儆玄的《翼说》、徐光启的《毛诗六帖讲意》、唐汝谔的《毛诗微言》、沈守正的《诗经说通》，钟惺的《批点诗经》、陆化熙的《诗通》、魏浣初的《诗经脉讲意》。与《言诗翼》不为举业所发，重诗歌本身的文学性不同，《诗逆》则专为制义而选。《凡例》云："止为制义家导引，故凡所采，皆取议论见解，及作诗者隐衷微词之秘，说诗者斡旋体认之妙，直以金针度人，非关绣谱也。"作为制义之作，《诗逆》必然要与科举考试一致。其尊朱说，"不敢立异"，但他认为，朱熹仍不免有"以文害词"与"以词害志"二病。在义说朱子之说，而上逆诗人之意二者之间，并非不可调和：

> 考亭以见其然为然，则非必诗之然也，考亭之然之也。考亭以相涉为相涉，则非必诗之相涉也，考亭之相涉之也。其不必处亦逆也，则然之相涉之者亦意也，乌见考亭之意之不可以考亭逆？故还其未有，以见其然与初不相涉之面目，得考亭之说而善用者也。以余所存于诸家说者，皆能以考亭之意逆者也。存一逆之见于胸中，即墨守考亭以为国家存功令，何所不得于诗者，无事输攻为己。若点缀浮云，滓秽太清，刻画无盐，唐突西子，则信《传》疑经，执其说者自泥之。眉山不云"言诗即此诗，定知非诗人"乎？不得不为考亭分谤，其以逆之一字，针膏肓而起废疾可也。[②]

孟子的"以意逆志"，在其特殊的语境中，主要是伦理的指向，即面对礼崩

---

① 凌濛初：《诗逆》，见魏同贤、安平秋主编：《凌濛初全集》（壹），凤凰出版社，2010 年。
② 《诗逆·自序》。

乐坏的世界而重构新的伦理世界。统治者看重《诗经》，亦是从伦理之用，政教之功出发。将文学意味非常浓厚的诗歌当成教化的经典并作为科举考试的科目，亦是对以意逆志伦理向度的规定。赵岐解释孟子"以意逆志"命题曰："孟子长于譬喻，辞不迫切，而意已独至，其言曰：'说《诗》者不以文害辞，不以辞害志，以意逆志，为得之矣。'斯言殆欲使后人深求其意以解其文，不但施于说《诗》也。"① 从"长于譬喻，辞不迫切，而意已独至""深求其意以解其文"来看，所谓"以意逆志"的解诗方法，乃是通过文、辞，以求《诗经》之深层意义。无论是作者还是读者，他们的心志总是相通的，其中虽未必全合，然亦差之不远。因而，"以意逆志"是解读文学文本乃至经学文本的最有效手段。要提高这种手段的时效性，则要结合知人论世的方法。然而，《诗经》中的诗的具体背景，以及一些诗的作者很难一一考究。《小序》有将诗与历史具体时间坐实的倾向，《诗大序》又将《诗》作为"经夫妇、成孝敬、厚人伦、美教化、移风俗"的工具，于是，《诗经》从抒情文本转变为教化之用的经典文本。宋儒解诗，依然遵循孟子的"以意逆志"的方法。朱熹说："孟子说'以意逆志'者，以自家之意，逆圣人之志。"②

《诗逆》所言"以意逆志"，包含两个方面的含义。即用己意去揣摩《诗经》意与朱意。在凌氏看来，朱熹所逆圣人之志，未必是《诗经》之然，《诗经》之相涉。然无论是否《诗经》之然或与《诗经》相涉，都是朱熹以"意"而逆之的结果，是朱子之意，其"意"可与《诗经》之志相补充。凌濛初尊朱说，但反对以刻舟求剑之法，信传而疑经。倘若能逆《诗经》，即便墨守朱熹之说，也可存国家法令，可得诗之意，可获得功名。但凌氏同样认为，只执朱说而自泥者，信传疑经，不自己去体味诗的曲折深奥，则不能把握《诗经》之本质，也不能体味朱子诗说的本质。

明代科举考试采用八股取士的手段，以程朱为标准。程朱思想的核心是天理，是三纲五常。即便是《诗经》这样的抒情文本，也含人伦、道德、义理。朱熹认为《诗经》，"所以人事浃于下，天道备于上，而无一理之不具也"③。引程子语云："读书者当观圣人所以作经之意，与圣人所以用心，圣人之所以至于

---

① 《孟子注疏》，见《十三经注疏》（下），上海古籍出版社，1997年，第2663页。
② 《朱子语类》，第3258页。
③ 《诗集传·序》，第2页。

圣人，而吾之所以未至者，所以未得者。句句而求之，昼诵而味之，中夜而思之，平其心，易其气，阙其疑，则圣人之意可见矣。"① 读《诗》，"今且要将七分工夫理会义理，三二分工夫理会这般去处。若只管留心此处（指叶韵等形式），而于《诗》之义却见不得，亦何益也！"② 然而，朱子亦多看重《诗经》情感表达的作用，因而倡导"涵濡体之"，通过体味诗的文本意义与情感，进而体味诗人（圣人）之志。朱熹《诗集传》成为明代科举制义的标准。八股取士仿宋经义，代古人语气为之，更需要士人去思考、揣摩、体味圣人情志。

《诗逆》为制义所限，起承转合无不依圣人意，代圣人立言。代圣人立言，必然要揣摩、体味圣贤心态，将自身置于特定情境中，进而领会诗歌所传达的"理"："诗人之旨，大约引而不发，令人自解。而说诗者，往往不甚理会，或增其所本无，或发其所不露，竟使隐跃神情，尽作张牙露爪，即使快于览观，终非温厚本色。故是编于凡诗中此等处，必为拈出，虽'意在言外'四字可以蔽之，……"③然在揣测中，因要关注诗之深意，必然兼顾其文学与义理。就前者而言，是因义理而考究其章法结构，义理为轻而章法为重，如《言诗翼》。就后者而言，是就章法而求义理，章法为过程而义理为结果，重义理而轻章法。《诗逆》所取诗家，不以训字解义为主，而是"掀翻窠臼，直抉密藏，既得以意逆志的派，复为启愤发悱丹头"。

《诗逆》为制义而作，多采他家观点，间有所述。据笔者统计，《诗逆》凌评共100首。与《言诗翼》相比，《诗逆》更重视诗意的阐发。科举考试中，《诗经》尊朱子《诗集传》。因而《诗逆》尊朱，多从朱说，或就朱说加以阐释。在其阐释的100篇中，涉及后妃之德（《周南·关雎》《周南·葛覃》）、贤才（《周南·兔罝》）、仁义（《召南·驺虞》《邶风·柏舟》）、女子之节（《周南·汉广》）等。如《召南·驺虞》，朱熹解释为南国受文王之化，至于草木禽兽，凌氏解曰："仁风化雨之世，自然万物滋育。不取不杀，未尽侯仁，不可以此隘之也。"《周南·汉广》一诗，朱注认为是江汉女性受文王之化，端庄静一。凌氏解曰："望女而知不可求，望江汉而自然不可方泳，非待试而后知。"又云："只是'于归'二字，便见许多正气。"总体而言，《诗逆》由于尊朱，以制义为

---

① 《四书章句集注》，第 44 页。
② 《朱子语类》，第 2079 页。
③ 《诗逆·凡例》，2010 年。

基准，少有建设性的意见，故《四库全书总目提要》评《诗逆》"罕逢奥义"①。

科举考试，除了重视义理，也重视其文学表达。《诗逆》注重对诗歌情志的感悟，与《言诗翼》评诗有很多相同的地方，如《郑风·女曰鸡鸣》《唐风·山有枢》《魏风·伐檀》《邶风·简兮》《大雅·民劳》等。

"以意逆志"实际上是诗歌作者与读者的跨时空的对话。不以文害辞，不以辞害志，读者要有自身的生活积累，再上逆诗人之志，这种对话才能是鲜活的。深受儒家教化的世人很难脱离时代的局限，凌濛初《诗逆》解诗，尊程朱孔孟。另外，诗无达诂，每个人自己的"意"都有所区别。在尊重经典的情况下，凌氏也有自身的感悟。他反对解诗过实，过直露，过迂，倡导活法。他评《邶风·凯风》篇"母氏圣善，我无令人"云："'圣善'二句，即所谓'罪臣当诛，天王圣明'也，不必赘解。"评《小雅·采薇》云："靡使归聘，如今人在远者，言无好便人，一探取家中平安耳，总是念家虚想。若凿凿说多是同戍人，皆有战守之责，而无可使归者，便呆相。"评《邶风·雄雉》曰："德性，只就涉世上轻拈，要体贴出属望群情相与声口，方是贤媛怀远意中事。若以闺思而染迂实道学语，何啻千里。"

四、凌濛初治《诗经》对小说创作的影响

诗歌以抒情为主，小说以叙事为主，两者似乎没有直接的关联。然而，在借助《诗经》教化世人的时代，《诗经》的影响却是潜在的。《诗经》对中国古代小说的影响是多方面的，如兴的思维与话本小说之入话之关系，赋比兴与古代小说的教化关系等②。孔子言《诗经》有兴观群怨的功能，朱熹在《四书集注》中注解道："兴"指"感发意志"；"观"指"考见得失"；"群"指"和而不流"；"怨"指"怨而不怒"③。"凡《诗》之言，善者可以感发人之善心，恶者可以惩创人之逸志，其用归于使人得其性情之正而已。然其言微婉，且或各因一事而发，求其直指全体，则未有若此之明且尽者。"④ 清人焦循指出："夫诗，温柔敦厚者也。不质直言之，而比兴言之。不言理言情，不务胜人而务感人。自理道之

---

① 《四库全书总目》，第 142 页。

② 参见杨宗红：《赋比兴与古典小说的教化精神》，《贺州学院学报》2008 年第 2 期；杨林夕：《从诗之"兴"到"思之兴"——〈诗经〉的兴与话本入话的关系及其意义》，《广西社会科学》2011 年第 5 期。

③ 《四书章句集注》，第 178 页。

④ 《四书章句集注》，第 53 - 54 页。

说起，人各狭其是非，以逞其血气。激浊扬清，本非谬戾。而言不本于情性，则听者厌倦，至于倾轧之不已。而忿毒之相寻，以同为党，即以比为争。甚而假宫闱庙祧储贰之名，动辄千百人哭于朝门，自鸣忠孝以激其君之怒，害及其身，祸于其国，全失乎所以事君父之道。余读明史，每叹诗教之亡，莫此为甚。"① 兴观群怨尽得温柔敦厚之感，达于教化之妙。小说之教化与诗教很多地方有共通之处。凌濛初在《拍案惊奇·凡例》中明确表明："是编矢不为风雅罪人。故回中非无语涉风情，然止存其事之有者，蕴藉数语，人自了了。绝不作肉麻秽口，伤风化，损元气。此自笔墨雅道当然，非迂腐道学态也。……是编主于劝戒，故每回之中，三致意焉。"②《二刻拍案惊奇·小引》道："……其间说鬼说梦，亦真亦诞。然意存劝戒，不为风雅罪人，后先一指也。"③ 凌濛初以小说教化世人，与诗教有相似之处。

用"以意逆志"的方法读《诗经》，无非是要就此体认圣人的思想。从凌氏治《诗经》来看，他注意《诗经》的文学性特征，并从其字词、章法、意境来感悟。也遵从《诗》大序、《诗》小序，对于符合人情人性的说教并不反对，对温柔敦厚的诗教观深有体会。凌濛初站在时代的角度体认圣人思想，在得圣人思想精髓时，又以小说这种文学样式加以体现。治《诗经》经历直接影响到他的小说创作：一是温柔敦厚的文学教育观，一是不以朱熹是非为是非的情理观。睡乡居士在《二刻拍案惊奇·序》中指出："主人之言固曰：'使世有能得吾说者，以为忠臣孝子无难，而不能者，不至为宣淫而已矣。'"这说明凌濛初已经将圣人之心内化，并有代圣人说教的意味了。"二拍"中关于婚姻爱情的篇章，都不是古板的说教，而是对女性充满同情与理解，这本符合先秦《诗经》爱情诗"思无邪"与温柔敦厚的教化传统，更是晚明人性解放思潮下"以意逆志"的解读方法的具体体现。

"二拍"第七十九回故事直接写到《诗经》的只有三篇。《拍案惊奇》卷十三入话部分阐释孝道，引用了"哀哀父母，生我劬劳。……欲报之德，昊天罔极"。此诗乃《小雅·蓼莪》诗句组合而成。小说引此诗与二十四孝部分故事，写父母之苦及孝道之为天理，正话故事则以反面故事鞭挞不孝。《拍案惊奇》卷

---

① 焦循：《雕菰集十六·毛诗郑氏笺》，中华书局，1985年，第272页。
② 凌濛初著，陈迩冬、郭隽杰校注：《拍案惊奇·序》，人民文学出版社，1991年，第2页。
③ 凌濛初著，陈迩冬、郭隽杰校注：《二刻拍案惊奇·小引》，人民文学出版社，1996年，第1页。

三十九云："旱魃之说，诗书有之，只是如何搜寻？"《诗经》引旱魃之说，见于《大雅·云汉》："旱魃为虐，如惔如焚。"《二刻拍案惊奇》卷三十二中，朱景先给孙子取名朱天锡，乃取《诗》："'天锡公纯嘏。'取名天锡，既含蓄天幸得来的意思，又觉字义古雅，甚妙！甚妙！""天锡公纯嘏"出自《鲁颂·閟宫》。虽然，《诗经》在小说中的结构功能及文学意义并不强，但从小说人物熟练用《诗经》来看，可见作者对《诗经》之熟悉。

《诗经》中国风的部分诗篇或以情节，或以人物形象，或以意境感动人心，可以说是简约的抒情叙事诗，或者是诗化的短篇小说①。《诗经》叙事的抒情化直接影响到"二拍"的创作。孙楷第在《三言二拍源流考》评"二拍"说："要其得力处在于选择话题，借一事而构设意象；往往本事在原书中不过数十百字，记叙锁闻，了无意趣，在小说则清谈娓娓，文逾数千，抒情写景，如在耳目；化神奇于臭腐，易阴惨为阳舒，其功力实亦等于造作。"② 在多年的治《诗经》生涯后，当凌濛初创作小说时，自然而然可以由对《诗经》抒情性艺术性的赞赏转移到对"二拍"的抒情性重视上。《二刻拍案惊奇·小引》取古今所闻演而成说，"聊抒胸中垒块"，而又"意存劝戒，不为风雅罪人"。小说从温柔敦厚的诗教传统出发，紧密结合现实，将教化与抒情融合在一起。在情节结构、人物形象刻画与写景状物中，传达善善恶恶的理念。

① 王颖：《试论〈诗经〉叙事诗的小说因素》，《齐鲁学刊》2003 年第 3 期。
② 《沧州集·三言二拍源流考》，第 193 页。

第三章　理学与话本小说的心性表达

　　理学的一个重要问题，就是将《尚书·大禹谟》中的"人心惟危，道心惟微，惟精惟一，允执厥中"作为儒学道统的核心与精髓。朱熹解释云："《书》曰：'人心惟危，道心惟微，惟精惟一，允执厥中。'圣贤千言万语，只是教人存天理，灭人欲。"① 王阳明《象山文集序》亦云："圣人之学，心学也。尧、舜、禹之相授受曰：'人心惟危，道心惟微，惟精惟一，允执厥中。'此心学之源也。"② 有论者将理学分为三个层面："一是哲学上的'理本论'，第一次确立了伦理的存在本体地位，从空间和时间上用'天理'统一了个人、社会、自然等宇宙的存在，此即'一天人'；二是人性问题上的'性二元论'，用'理'与'气'两对范畴解决了自先秦以来一直困惑中国哲人的人性善恶问题，此即'通内外'；三是个人发展上的'学圣论'，论证了圣人可学而且必须学，探讨并较好地解决了封建制度下个人的心理发展问题，此即'合知行'。"③ 心性问题是理学的一个重要范畴，在话本小说中也有多种体现。然而，毕竟话本小说只是文学作品，它所体现的心性论是比较隐晦的。由于话本小说的平民性特征，其间叙事往往掺杂诸多民间信仰的成分。这些民间信仰参与话本小说的叙事，与理学的神学特征相迎合④，从不同方面诠释了宋明理学心性论。

第一节　神灵书写的心性意识

　　《说文解字》释"神"曰："天神，引出万物者也，从示，申声。"又释"示"曰："天垂象，见吉凶，所以示人也。从二；三垂，日、月、星也。观乎

---

① 《朱子语类》，第 207 页。

② 《王阳明全集》，第 245 页。

③ 郭斯萍：《人性的超越——程朱理学之精神自我思想研究》，南京师范大学博士学位论文，2002 年，第 36 页。

④ 丁宝兰：《评程朱理学的神学特色》，《社会科学战线》1982 年第 2 期。

天文，以察时变。示，神事也。"《礼记·祭法》云："山林、川谷、丘陵能出云，为风雨，见怪物，皆曰神。"《淮南子·精神训》高诱注"役使鬼神"云："天神曰神。"① 故神最初与自然现象有关，多指自然之神。"鬼之灵者曰神也"②，在先秦祭祀中，有功有德于国家人民者，往往也从国家祭祀，这些鬼之灵从而成为神灵的一部分。话本小说中，有少数的超自然神，更多的是死后得到民众祭祀，成为地方乃至国家之神。

一、道德与神灵

内圣外王是理学家追求的理想境界。《大学》有三纲八目，"修齐治平"属外王，"格致诚正修"为内圣。诚于内而形于外，内在的心性修养要通过外在的社会生活实践来见证，心性见于事功，以事功成就心性。"内圣"与"外王"是相互统一的，可以说它们实际上是心性修养的体用关系，内圣为体，外王为用，外王以内圣为基础，外王是内圣的拓展和必然归宿。内圣外王之道，具有强烈的经世精神，如朱熹的格物致知，王阳明的致良知，都是心性修养化为外在的道德实践。

儒家的经世精神具体体现在治国平天下上。从内而言，以教化形式将道德伦理精神融化在民众心中；从外而言，通过德治等措施，使整个社会和平安定。《论语·宪问》曰："修己以敬，修己以安人，修己以安百姓。"《论语·雍也》载：

> 子贡曰："如有博施于民而能济众，何如？可谓仁乎？"子曰："何事于仁！必也圣乎！尧舜其犹病诸！夫仁者，己欲立而立人，己欲达而达人。能近取譬，可谓仁之方也已。"

仁是人的本性，也是天道在人身上的体现。"仁者，人也"，"立人之道曰仁与义"。内具仁义而行仁义，即是通达天道。仁是一种行动，即由己及人，博施于民而能济众，由修己到安人，再至安百姓。《释名·释言语》解释"义"曰："义者，宜也。裁制事物使合宜也。"所谓合宜，乃是使事物、事件处于应当的

---

① 《淮南子》，第 72 页。
② 司马迁：《史记》（第 1 册），中华书局，1959 年，第 12 页。

状态，大而广之，凡符合儒家伦理道德的一切行为都是义之所在。敬以直内，义以方外，内在的修养必形之于外，内外一致，义之所在。起善心，行善事，小至个体，大至邦国，都是仁义之行，是敬内义外的体现，也是心性修养的完满实现。

在儒家观念中，神本身是道德楷模。"神聪明正直而一者也"（《左传·庄公三十二年》），"聪明"是智，"正直而一"为德。不过，在具体论述中，神侧重于德。孟子论神，更注重道德方面，他在阐释"善人""信人"时指出："大而化之之谓圣，圣而不可知之之谓神。"（《孟子·尽心下》）圣与神是相通的，真正的圣者，必定可作天下楷模，足可化天下万物。《礼记·祭法》云："夫圣王之制祭祀也，法施于民则祀之，以死勤事则祀之，以劳定国则祀之，能御大灾则祀之，能捍大患则祀之。"能被祭祀者，享受国家与民众血食的，也是那些内圣外王之人。

小说中，凡在阳世有德行并广济于人者，他们死后常常被封为神。这些被祭祀者，本质是鬼，但因其正，受到国家或民众祭祀，便演变为民众心目中的神祇。《酉阳杂俎》云："至忠至孝之人，命终皆为地下主者。"[1]《北梦琐言》也云："世传云，人之正直，死为冥官。"[2] 从话本小说成神者看，不离《礼记》所述六者，但成神方式更为多样。

或因清忠为神。《拍案惊奇》卷二十中，上帝因裴习与李克让清忠，封一为天下都城隍，一为天曹府判官。

或因为国尽忠为神。《西湖二集》第三十一卷中，王祎为官耿介，关心民生疾苦，出使云南，骂贼而死。"上帝怜吾不辱君命，尽忠骂贼而死，今隶在孝弟明王部下，位列仙官。"《喻世明言》第四十卷中，沈青霞因为忠直，被授为北京城隍之职。

或因勤于吏治为神。《醉醒石》第一回中，姚君管理狱事多行善，后为泰山刑曹。

或因放生为神。《西湖二集》第二十三卷中，杨维桢放了一尾金色鲤鱼，被上帝赐予蓬莱都水监，代替陶弘景之职。

或因归还财产为神。《醒世恒言》第十七卷中，张孝基继承岳父家产，努力

① 段成式：《酉阳杂俎》，中华书局，1981年，第13页。
② 孙光宪：《北梦琐言》，上海古籍出版社，1981年，第55页。

经营，当妻舅浪子回头，又将所有财产还与妻舅，上帝因他归还财产之事，封他为嵩山之神。

或因忠烈刚直为神。《西湖二集》第二十九卷中，谢绪在洪水泛滥，临安百姓溺死者无数时，破散家资，赈济贫穷，葬埋死者。当朱元璋的兵与元兵战斗时，祖统制率阴兵相助，又保佑海运、漕运舟船，就此看来，也是死后成神。同书第三十三卷中，周新刚直廉能，为御史弹劾敢言，做按察使，查了许多疑案，每巡属县，常微服私访，了解民生疾苦，除贪酷衙蠹，"奉上帝命，以臣为忠直，为浙江城隍之神，为陛下治奸臣贪吏"。

或以贞烈为神。《二刻拍案惊奇》卷三十中，王玉英因"贞烈而死"，遂为鬼仙。

或因救人性命而为神。《型世言》第七回，王翠翘劝徐明山归顺朝廷，朝廷却杀了徐明山，王翠翘投江而死。上帝悯其烈，且"嘉予有生全两浙功德"，授予她忠烈仙媛，辅佐天妃管理东海诸洋。

或因孝友为神。《喻世明言》第四十卷中，冯主事不惧危险，保护老友沈青霞之子沈襄，因为此义，被授为南京城隍。《喻世明言》第七、八卷即是两篇宣扬朋友道义的故事。左伯桃并粮让羊角哀得活，羊角哀报左伯桃，自刎而死，助左伯桃战胜荆轲强魂。二人之义，使楚王为其建"忠义之祠"，民众四时祭祀。吴保安与郭仲翔虽未谋面，却为知音。后郭仲翔深陷蛮地，吴保安倾其所有，又历经苦辛，力筹救赎郭仲翔的财物，前后达十多年。吴保安夫妇死，郭仲翔千里运灵柩，又教吴保安之子读书，为之成家。后州人立双义祠，祭祀二人。《喻世明言》第三十八卷中，任珪乃是孝子，其妻不守妇道，与人通奸，甚至嫁祸于公公。任珪发觉真相，杀妻子全家五口人。"玉帝怜吾是忠烈孝义之人，各坊城隍、土地保奏，令做牛皮街土地。"

或因其他行善而成神。《二刻拍案惊奇》卷二十中，商功父经历地狱审讯之事，力行善事，敬信神佛，由冥路入神道。《西湖二集》第二十九卷中，祖统制少年时，拒绝了韩慧娘的淫奔，金陵旅店之中，给伤寒症者煎药调理，灌汤灌药，当病人死，又将逝者的五百金全数交予逝者之子。做官后，性气一味刚直，再不肯阿谀曲从于人，归到田间，专一以济人利物为心。每遇饥荒之岁，救饥葬死。乡里之中，锄强扶弱。死后也为神。

话本小说中的神灵，都是人格化的宗教神祇。而理学家论神，既有人格意志之神，也有哲理性思考。如"惟神生禀忠义，死后神灵，御灾捍患，历代昭著"①。深受理学影响的小说家往往将理学家的"理"与世俗的"神"连接，其成神故事有意无意中契合了理学家的心性论。

在小说中，使人为神者，往往是"帝"（或"天帝"），这个"帝"其实就是"天"，"帝"是天的人格化。在理学家看来，"帝"其实就是"理"。理学家将理置于至高无上的地位，万事万物均有其理。"理一分殊，合天地万物而言，只是一个理；及在人，则又各自有一个理。"② 理赋予人，便是人性，赋予物，便是物性。理具有穿越时空性，至广，至大，至久，至微，理的至上性使其具有主宰一切的功能，"'在帝左右'，察天理而左右也，天理者时义而已"③。"天，即理也；其尊无对，非奥灶之可比也。逆理，则获罪于天矣，岂媚于奥灶所能祷而免乎？"④"天者，理势之当然也。"⑤ 天即神，神即理，朱熹说："鬼神固是以理言。"⑥ 鬼神的存在其实就是"理"的存在。从小说中成神者看，他们的行为体现了儒家伦理道德：忠孝、仁义、刚直等。在父子关系、朋友关系（吴保安、羊角哀）、君臣关系（周新、沈青霞等）、兄弟关系（张孝基）、夫妇关系（任珪）上，"明理只是不昧心天，心中有天者，理即是也，谓如人能敬爱父母，便是不昧此道理，不忘来处，知有本源。若顶天立地、戴发含齿做个人，自幼至长不知爱敬顺事其父母者，非病风丧心而何？乃至不知有君，不知有师，兄弟不能友恭，交游不尚信义等皆然。此外，但是固护己私、不顾道理而行事者，皆谓之昧心天"⑦。上述神祇实乃在世时明其所处之世的天理，其行亦确合符天理，故死后被封神。因明理而立功立德而为神，实质是对理的肯定。

人由气构成，鬼神亦与气有关。人魂有精魂与一般之魂之分。一般的魂在死后消散，而气中之灵——精魂则不死，且无所不到。程朱否定具象的鬼神，却肯定鬼神之理。气构成人的形体，而又运行无方，人必养气，大其气，成浩然正气，才能使气流行无碍。"凡气清则通，昏则壅，清极则神。故聚而有间则风行，

---

① 沈榜编：《宛署杂记·祀神》，北京古籍出版社，1980年，第216页。

② 《朱子语类》，第2页。

③ 张载著，章锡琛点校：《张载集》，中华书局，1978年，第23页。

④ 《四书章句集注》，第65页。

⑤ 《四书章句集注》，第279页。

⑥ 《朱子语类》，第2263页。

⑦ 黄元吉编集，徐慧校正：《净明忠孝全书》，见《道藏》（第24册），文物出版社、上海书店、天津古籍出版社联合出版，1988年，第635页。

风行则声闻具达，清之验与！不行而至，通之极与！"① 气清则通，通则神，神则久。凡坚守仁义礼智信等道德之人，养其心而大其气，故而流行天地间无碍，以至于神。"鬼神者，二气之良能也。"② 气是鬼神固有的属性。人死而精神不朽的思想到明中晚期为多数理学家所认同。高攀龙道："游魂如何灭得，但其变化不可测也，圣人即天地也，不可以存亡言，自古忠臣义士何曾亡灭。"③ 转成文学语言，游魂则成为神灵。《西湖二集》第二十九卷："怀正直忠义之气，光明磊落之心，生则为人，死则为神，千古不朽，万载传名。"《珍珠舶》卷三第一回有一段议论："盖因忠臣烈士之死，含冤负生，郁勃难伸，……或为明神，或为厉鬼，此乃理之所有，不足为异。"④ 这些议论及成为神灵者的故事，因为有理学家的理气论为依据，也就更堂而皇之了。

二、技与神

在众多的成神者中，有一类是因其在某方面有突出表现。王勃因诗才动江神，被请去蓬莱方丈作词文记，以表蓬莱佳景（《醒世恒言》第四十卷）。柳永善作词曲，奉玉帝敕旨，为《霓裳羽衣曲》做新声，"特借重仙笔，即刻便往"（《喻世明言》第十二卷）。李白诗酒风流，号为谪仙，被上帝迎回（《警世通言》第九卷）。曹文姬"出口落笔，吟诗作赋，清新俊雅，任是才人，见他钦伏。至于字法，上逼钟、王，下欺颜、柳，真是重出世的卫夫人。得其片纸只字者，重如拱璧，一时称他为'书仙'"，后其上天，乃"李长吉新撰《白玉楼记》成，天帝召汝写碑"（《拍案惊奇》卷二十五）。心性修养的方法因人而异，从形而上层面，则不离诚、正、静、敬，从形而下层面，则是具体的行为，随处体道。

"神"除了名词性外，还有形容词性。"神"作形容词，有神奇、神异、高妙之意，如鬼斧神工、神妙等。"圣而不可知之之谓神"，是形容变幻莫测。而这种神妙之处，在于平日的反复练习。技者精于道。大凡在某一领域有突出成就者，首先是对所从事的事情怀诚敬之心，具有专一精诚之精神，其间还有反复践履的功夫，用今天的话说，就是"敬业"。二程论"敬"云：

---

① 《张载集》，第 9 页。
② 《张载集》，第 9 页。
③ 《高子遗书》，第 740 页。
④ 徐震原著，丁炳麟校点：《珍珠舶》，江苏古籍出版社，1993 年，第 57 页。

君子之遇事，无巨细，一于敬而已。简细故以自崇，非敬也；饰私智以为奇，非敬也。要之，无敢慢而已。语曰："居处恭，执事敬，虽之夷狄，不可弃也。"然则"执事敬"者，固为仁之端也。推是心而成之，则"笃恭而天下平"矣。①

朱熹认为"敬"字应在动静上看而不是在摄心坐禅上看。"敬不是万事休置之谓，只是随事专一，谨畏，不放逸耳。"② "夫方其无事而存主不懈者，固敬也；及其应物而酬酢不乱者，亦敬也。……岂必以摄心坐禅而谓之敬哉！"③ 敬则诚，诚则精专，精专则神。大凡在某领域有卓越成就的人，都是在其所从事的事业上贯注了精气神，而且，诗、书与养花种草皆能陶养性情，改人气质。"人苟诚焉，则感于天地，通于神明。"④ 当他们诚心于所从事之技，而且超越了其所在领域的束缚时，才学修养才能达到"师心自行"、圆通天地的自由境界。

小说写李白、王勃、柳永等人时，突出其才技。虽然也沿用了谪仙套路，而实际上，是写其才华，叹赏其才。王勃"幼有大才，通贯九经，诗书满腹"，虽未写其如何刻苦，如何在读书上用功，而功夫可见。当波涛汹涌而面无惧色，冷看死生，可见其豁达，非博通君子不能。《滕王阁序》一文，气势宏阔，才气逼人，似非神仙不能为。柳永丰姿洒落，人才出众；琴、棋、书、画，无所不通；至于吟诗作赋，尤其本等，最长填词。小说刻意强调填词于音律声韵上的困难，突出柳永"诗词文采，压于朝士"。李白十岁时，便精通书史，出口成章，识人所不能识，书人所不能书。其他被誉为神者，在艺术上能达到如此自由之境，又何尝不是如此。"果能于此处调停得心体无累，虽终日作买卖，不害其为圣为贤。"⑤ 成圣贤不在于从事职业的贵贱而在于悠游于技艺的自由之境与其自身的道德修养，成神亦然。故而小说中，成神之人有普通的农民，也有被社会视为下贱的娼女。以"道"视之，尽可理解。

---

① 《二程集》，第73页。

② 《朱子语类》，第211页。

③ 《晦庵先生朱文公文集》（第3册），见朱熹撰，朱杰人等主编：《朱子全书》（第22册），上海古籍出版社、安徽教育出版社联合出版，2002年，第2078页。

④ 《二程集》，第1042页。

⑤ 《王阳明全集》，第1171页。

第二节　鬼怪叙事与正心诚意

《说文解字》："人所归为鬼。"[①]《礼记·祭法》："人死为鬼。"《论衡·论死》："人死精神升天，骸骨归土，故谓之鬼。鬼者，归也。"[②] 精怪也称为妖怪。《搜神记》第六卷首篇《妖怪》云："妖怪者，盖精气之依物者也。气乱于中，物变于外。形神气质，表里之用也。本于五行，通于五事。虽消息升降，化动万端，其于休咎之徵，皆可得域而论矣。"[③] 从《太平广记》《夷坚志》所载精怪看，几乎都是自然物变化为怪。故鬼与怪的区别在于，鬼是人死后灵魂之存在，而精怪是自然物之有灵气而成者。

鬼怪是中国民众最为普遍的信仰。理学家也认为精怪自有其存在的道理。二程说："世间有鬼神冯依言语者，盖屡见之。未可全不信，此亦有理。'莫见乎隐，莫显乎微'而已。"[④] 鬼神"冯依言语"这类怪力乱神之事，在二程看来，是"屡见之"，有理故不虚，不能全部否定。朱熹也说："才见说鬼事，便以为怪。世间自有个道理如此，不可谓无，特非造化之正耳。此为得阴阳不正之气，不须惊惑。所以夫子不语怪，以其明有此事，特不语耳。"[⑤] 答学生关于鬼神有无时又说："世间人见者极多，岂可谓无，但非正理耳。"[⑥] 不语鬼怪，不等于没有鬼怪，按照天地间无理不在，则鬼怪存在也是"理"。在《朱子语类》第三卷《鬼神》篇中，他还指出，鬼啸鬼火都是造化之迹，至于山怪、水怪、土怪等都是气杂糅乖戾所生，"亦非理之所无"，故"专以为无则不可"。朱熹以气释鬼、怪，既赋予其理的内涵，也使之免于神秘化。心学代表陆九渊有相似的言语，他说："'子不语怪力乱神。'夫子只是不语，非谓无也。若力与乱，分明是有，神怪岂独无之？"[⑦] 鬼怪母题所体现的内涵因时代不同而有所区别。话本小说中也有相当多涉及鬼怪的篇目，其中一些篇目也离不开对理的阐释，其心性色彩甚为

---

① 许慎：《说文解字》，江苏古籍出版社，2001 年，第 188 页。
② 王充：《论衡》，上海人民出版社，1974 年，第 315 页。
③ 干宝：《搜神记》，中华书局，1979 年，第 67 页。
④ 《二程集》，第 16 页。
⑤ 《朱子语类》，第 38－39 页。
⑥ 《朱子语类》，第 38 页。
⑦ 陆九渊著，钟哲点校：《陆九渊集》，中华书局，1980 年，第 402 页。

浓郁。

话本小说中鬼怪与人发生交集，产生种种纠葛，并不单是小说家着意好奇，以激起读者兴趣使然。就心性视角探究，鬼怪叙事有以下特点：其一，心性不修招惹鬼怪；其二，不遵守道德规范，招惹鬼怪；其三，正气、正直无私可以抵御鬼怪。

一、心性不修与鬼怪为祟

主静是儒家的理念。《礼记》云："人生而静，天之性也。"《大学》说："欲修其身者，先正其心。"《管子》云："凡人之生也，必以平正。所以失之，必以喜怒忧患。是故止怒莫若诗，去忧莫若乐，节乐莫若礼，守礼莫若敬，守敬莫若静。内静外敬，能反其性。性将大定。"[1] 静乃为养心养性之法。《孟子·尽心下》曰："养心莫善于寡欲。"静心寡欲是养心的重要原则。到了宋代，"主静"说遂为儒生们所雅好[2]，主静功夫主要指修习静坐，少思寡虑，内心清净。朱熹学派的门徒都尊奉静坐法。居敬说也因程朱的提倡而流行。"静"与"敬"有联系也有区别。《说文解字》："憼，敬也；从心，从敬，敬亦声。"程颐指出"敬则自虚静，不可把虚静唤做敬"。[3] "所谓敬者，主一之谓敬。所谓一者，无适之谓一。"[4] "如何一者，无他，只是整齐严肃，则心便一，一则自是无非僻之奸。此意但涵养久之，则天理自然明。"[5] "敬不是万事休置之谓，只是随事专一，谨畏，不放逸尔。" "非专是闭目静坐，耳无闻，目无见，不接事物，然后为敬。整齐收敛，这身心不敢放纵，便是敬。"[6] 可以说，"敬"中带"静"，"敬"是在心上下功夫，自我约束。居敬主静，正是儒家修养功夫之一。

所谓"诚"，有真实不欺之意。《说文解字》："诚，信也。"《中庸》云："诚者，天之道也，诚之者，人之道也。"诚是天的本性，也是人之本性和修养的目标。荀子说："君子养心，莫善于诚，致诚则无它事矣。"[7] 唐人李翱认为诚

---

① 戴望：《管子校正》，中华书局，1986年，第272页。
② 姜广辉：《理学与中国文化》，上海人民出版社，1994年，第340页。
③ 《二程集》，第157页。
④ 《二程集》，第169页。
⑤ 《二程集》，第150页。
⑥ 《朱子语类》，第211、2891页。
⑦ 荀况：《荀子》，上海古籍出版社，1989年，第16页。

是圣人的本性，人通过迁善改过，则可以达到诚的境界。在宋明理学看来，诚也是理之所在。周敦颐《通书》认为诚为人之本。朱熹说到，"诚者，真实无妄之谓，天理之本然也"①。诚为真实无欺，因而必须慎独，必须静中保持敬畏之心。尘念不生，心体澄明，真实不欺，修养专一，这就是"诚"境。《中庸》指出："唯天下至诚，为能尽其性。""诚"是天理，也是圣人之德。

按照朱熹的观点，所谓鬼怪，乃是得天地不正之气而生，"不正"是鬼怪本质特征，也是导致鬼怪产生的原因。朱熹回答鬼神依凭言语事，说："盖鬼神只是气，心中实有是事，则感于气者，自然发见昭著如此。"② 当事人自己心中有事，则气发于上，自然与物感通，遂而见怪。而当心念变为行动，心之气与行之气汇聚，心念越强，行动越显明，则气场越为强大，更容易招致与之性质相同的气。倘自己之气不正，则所招者或为鬼魂，或为妖怪。话本小说中，鬼怪为祟多因个体心性不修使然。

鬼魂附体是鬼魂为祟的一种常见形态。话本小说中鬼神附体的篇目主要有：《西湖二集》第五卷《李凤娘酷妒遭天谴》、第十三卷《张采莲隔年冤报》，《石点头》第八卷《贪婪汉六院卖风流》，《拍案惊奇》卷十四《酒谋财于郊肆恶鬼对案杨化借尸》，《喻世明言》第二十四卷《杨思温燕山逢故人》，《警世通言》第三十三卷《乔彦杰一妾破家》，《贪欣误》第三回等，或是因为被害而冤魂不散，直接附体于仇人，以暴力形式直接惩罚凶手，或是附体于他人揭露真相，惩处恶人。

先看冤魂附体于仇家事。《李凤娘酷妒遭天谴》中，李凤娘生性异常妒悍，自做了皇后之后，妒悍更凶，连绍熙帝都畏之如虎，凡事不敢与之争。李凤娘挑拨高宗与绍熙的父子关系，砍掉被皇帝抚摸过的宫女雪白的双手送给皇帝，用非常残酷的方式将皇帝宠爱的黄贵妃害死：用刀剔除黄贵妃双眼，割掉她的舌头、双乳，以木槌敲其阴门。黄贵妃死后怨气冲天，天地间"忽然飞沙走石，风雨大作，显出一场怪异"。李凤娘"忤逆不孝，杀害多命，心肠比虎狼的还狠"，害病后虽然酬神许愿、烧香礼拜，毕竟无益，开眼合眼都见黄贵妃立在面前讨命。

《贪婪汉六院卖风流》中，吾爱陶生性悭吝，"横着肠子，嚼骨吸髓。""自己的东西，却又分毫不舍得与人。""见了人的东西，却也过目不忘，不起法到

---

① 《四书章句集注》，第31页。
② 《朱子语类》，第1501页。

手不止。自幼在书馆中，墨头纸角，取得一些也是好的。""更兼秉性又狠又躁，同窗中一言不合，怒气相加，揪发扯胸，挥砖掷瓦，不占得一分便宜，不肯罢休。"在闾里间，兜揽公事，武断乡曲，理上取不得的财，他偏生要取，理上做不得的事，他偏生要做。后以钱谋官，得荆湖路条列司临税提举。到任之后，巧立名目征税，甚至过往行人，即使单人一个，或只有行李，都得交税。因其贪酷，人称"吾剥皮"。乃至于人们赌誓发愿时便说："若有欺心，必定遭遇吾剥皮。"王大郎因为被吾爱陶盘剥的汪商打抱不平，被吾爱陶陷害，遭受各种酷刑，并同其儿子佣人共七人因此而死。吾爱陶还趁机侵占王大郎之家财。后其被贬官回家，遭遇王大郎附体索命身亡。

《酒谋财于郊肆恶　鬼对案杨化借尸》头回中，丁戍客游北京，与卢彊结为兄弟。卢彊犯案，告知丁戍自己有白金千两藏于某处，叮嘱丁戍用此钱营救。丁戍见财忘义，不仅不救卢彊，反而落井下石，收买狱吏杀了卢彊，后丁戍被卢彊附体，自己将自己打死。

还有一种附体复仇的方式与前者大略相似，只是附体后所采用的手段不是慢慢折磨，而是揭露仇人的罪恶，使之通过官府受审或者使之直接死亡。被附体者也通常是作恶之人或德行有亏的人。《乔彦杰一妾破家》中，破落户王青专门帮闲打哄，骗人钱财。发觉乔彦杰之妻妾高氏、周氏杀人之事，遂起诈骗之心，要求给他钱财封口不成，状告二人。高氏等四人遭受酷刑，均死亡，乔彦杰自己也投水而亡。随之，王青被乔彦杰附体，自己打自己，最后死去。

前两篇小说中，主人公本身就有道德缺陷，及至在具体事件中，更是展示了他们残忍的心性、残暴的行为。第三篇小说没有具体说丁戍心性如何，然通过其残酷杀人，并且所杀之人是自己的结拜兄弟，仍可见其心性之凶。这些人本性凶恶，又不思悔改，反而任由凶性发展，行尽不仁不义之事。第四篇小说中，王青虽未杀人，但其生性并不好，贪财好骗。他们所招致的鬼，乃是为他们所害的冤鬼。朱熹云："人之性皆善。然而有生下来善底，有生下来便恶底，此是气禀不同。"① 这些人禀恶之气，遂成气质之恶。气质之性不离天命之性，作为人之本身，他们还具有一些良知。只是他们不修身以变化气质，良知为外在的财、气等所遮蔽。朱熹论鬼神，认为鬼神为气，人死后，气之消散有迟速，至于非正常死亡者，其气消散较慢，"或遭刑，或忽然而死者，气犹聚而未散，然亦终于一散。

---

① 《朱子语类》，第 69 页。

释道所以自私其身者，便死时亦只是留其身不得，终是不甘心，死御冤愤者亦然，故其气皆不散"①。气不散，则容易为祟。朱熹回答门人该如何判断世俗所谓物怪神奸之说时说道："多有是非命死者，或溺死，或杀死，或暴病卒死，是他气未尽，故凭依如此。"② 虽然朱熹认为鬼魂为祟有八分胡说，但也认为两分有理，且以气解释此两分有理之事。朱熹也认为枉死之人会依凭物而为怪。"人有不伏其死者，所以既死而此气不散，为妖为怪。""若是为妖孽者，多是不得其死，其气未散，故郁结而成妖孽。"③ 小说中为祟者并不是实体存在，他们只是一团气，一团因为深仇大恨未被消散的气，这些气本身不能直接惩处仇人，只能附体于仇家或他人完成心愿。这种附体复仇也是相当残酷的：

> 黄贵妃冤魂竟附在李后身上大叫大骂道："你这恶妇！害得我好苦。……"说罢，李后便将自己指爪满身抓碎，鲜血淋漓；又把乳头和阴门都自己把指头抓出，鲜血满身。又把口来咬那手指，手指都咬断。左右宫人都扯不住。……遂把舌头嚼碎，一一吐出，两眼珠都爆出而死。（《李凤娘酷妒遭天谴》）
>
> 家人听了，晓得便是向年王大郎来索命，……吾爱陶口中乱语道："你前日将我们夹拶吊打，诸般毒刑拷逼，如今一件件也要偿还，先把他夹起来。"才说出这话，口中便叫疼叫痛，百般哀求，苦告讨饶。喊了一回，又说："一发把拶子上起。"两只手就合着叫痛。一回儿又说："且吊打一番。"话声未了，手足即翻过背后，攒做一簇，头颈也仰转，紧靠在手足上。这哀号痛楚，惨不可言。一会儿又说："夹起来。"夹过又拶，拶过又吊，如此三日，遍身紫黑，都是绳索棍棒捶击之痕。十指两足，一齐堕落。……末后又说："当时我们，只不曾上脑箍，今把他来尝一尝，算做利钱。"顷刻涨得头大如斗，两眼突出，从额上回转一条肉痕直嵌入去。一会儿又说："且取他心肝肠子来看，是这样生的这般狠毒。"须臾间，心胸直至小腹下，尽皆溃烂，五脏六腑，现出在外，方才气断身绝。（《贪婪汉六院卖风流》）

---

① 《朱子语类》，第44页。
② 《朱子语类》，第1551页。
③ 《朱子语类》，第39、45页。

鬼魂附体后对仇人的惩罚与他们生前所遭受的痛苦是相对应的。所以，虽然附体惩处相当残酷，但一报还一报，仍不失公平。被附体者之所以招致鬼魂，乃是其自身不正，他们所遭受的痛苦并不值得怜悯。"正是那些被认为具有多重病因的（这就是说，神秘的）疾病，具有被当作隐喻使用的最广泛的可能性，它们被用来描绘那些从社会意义和道德意义上感到不正确的事物。"① 小说细致地描写了李凤娘、吾爱陶等人的贪婪、狠毒、残忍，以及其所遭受的鬼魂附体索仇的惨状，就是告诫世人违背天理的代价。附体复仇的方式只是证明天理好还，让人自警。

《五色石》第五卷也讲述了一桩冤魂附体之事。刁妪因唆使吉孝后母作怪，导致吉孝被父亲勒死。一日，刁妪感到沉重，热极狂语，口中乱嚷道："大官人来索命了。"忽又像吉孝附在身上的一般，咬牙怒目地自骂道："你这老淫妇，做陷得我好！你如何把砒霜暗放药里，又把砒霜纸包塞在我衣袖里，致使我受屈而死？我今在阴司告准，一定要捉你到酆都去了！"实际上，吉孝被其姑所救，并未死。但细想之不难发现，所谓魔由心生，心念不正，行事有亏者，内心不能得到安宁。心理压力之下，产生种种臆想，幻生种种异象，而自己却不由自主认作他人鬼魂为祟。

诸多的附体方式常常伴随着被附体者的语言。被附体后所遭受的肉体的痛苦是鬼魂对为恶者的生理惩罚，而他们的言语则是交代受罚之因，使得身体的病痛变成正义的张扬。尤其是有些密不见人的恶行，因为这些语言而曝露天下，遮掩不得。可以说，附体行为使生理疾病变成社会审判，个体病痛变成道德惩罚。于是，疾病叙事便成为道德叙事，变成心性修炼的修辞。

部分精怪为祟的故事，在于劝人明理自慎，自重自爱。《假神仙大闹华光庙》入话诗曰："欲学为仙说与贤，长生不老是虚传。少贪色欲身健康，心不瞒人便是仙。"魏生被幻成吕洞宾和何仙姑的雄雌龟精迷住，为成仙之念，为美色当前，魏生瞒着他人，与之相处半年，以致身体尪羸。小说结尾诗云："真妄由来本自心，神仙岂肯蹈邪淫！人心不被邪淫惑，眼底蓬莱便可寻。"

还有一些人遭遇精怪，乃是自身行为有失得当。《小水湾天狐诒书》中，狐精本没有招惹王臣，但王臣无缘无故射瞎狐精之目，抢夺狐精之书。虽不识狐精天书，但面对狐精请求也不归还，反而以剑砍之。后来，狐精设计，王臣家败。

---

① ［美］苏珊·桑塔格著，程巍译：《疾病的隐喻》，上海译文出版社，2003年，第55页。

小说入话诗云："蠢动含灵俱一性，化胎湿卵命相关。得人济利休忘却，雀也知恩报玉环。"仁人之心，以仁对天下，爱人济物，民胞物与。此回小说写王臣缺乏对低等生命的关心，缺乏博爱情怀，既无慈悲利物心，又缺乏听人劝告，改过从善之行。为狐作弄，乃自作自受。

有些小说在写精怪风情万种的同时也极力渲染它们的可怕，作者以此揭示沉溺于女色的可怖，劝人戒色。《崔衙内白鹞招妖》中，写到崔衙内为红兔精所迷时紧跟着一段词云："色，色！难离易惑。隐深闺，藏柳陌。长小人志，灭君子德。后主谩多才，纣王空有力。伤人不痛之刀，对面杀人之贼。方知双眼是横波，无限贤愚被沉溺。"《白娘子永镇雷峰塔》中白娘子现形后，法海为劝后人题诗云："奉劝世人休爱色！爱色之人被色迷。心正自然邪不扰，身端怎有恶来欺。但看许宣因爱色，带累官司惹是非。不是老僧来救护，白蛇吞了不留些。"面对酒色财气、功名利禄，更要涵养心性，不被这些外在的东西遮蔽自己本来明亮的本性。否则，只会害己害人。

二、正心、正意——御鬼与御怪

理学家认为，人之正气可以抵御邪恶。人不正，则邪易入侵。邵雍言："人之畏鬼，亦犹鬼之畏人。人积善而阳多，鬼益畏之矣；积恶而阴多，鬼弗畏之矣。大人者，与鬼神合其吉凶，夫何畏之有？"[1] 陆王心学强调自身心性的作用。王阳明以良知说心性，强调良知的至上性，以鬼神喻良知："凡意念之发，吾心之良知无有不自知者。其善欤，惟吾心之良知自知之；其不善欤，亦惟吾心之良知自知之；是皆无所与于他人者也。""我的灵明，便是天地鬼神的主宰。""离却我的灵明，便没有天地鬼神万物了。""心之良知是谓圣。"[2] 善能御鬼，恶能招鬼，只有当一个"大人"，才能与鬼神合吉凶，才不畏鬼怪。前面的李凤娘、吾爱陶、丁戊、王青等，被鬼魂附体，正是本人心不正使然。而且，当他们做坏事后，即便是请神保佑，也无济于事——未能从自身做起，未能行善改过以增加"阳气"，不能服鬼，也不能使鬼畏惧。

朱熹论及精怪为祟的现象时说："鬼神凭依言语，乃是依凭人之精神以发。"回答人家多有怪者时曰："此乃魑魅魍魉之为。建州有一士人，行遇一人，只有

---

① 邵雍：《皇极经世书》，中州古籍出版社，2007 年，第 529 页。
② 《王阳明全集》，第 971、124、280 页。

一脚，问某人家安在。与之同行，见一脚者入某人家。数日，其家果死一子。"①
朱熹此语，说明了两个问题：第一，鬼神言语等行为，与人的精神有关；第二，
有魑魅魍魉等鬼怪，而且此种鬼怪与人祸福相关。朱熹甚至认为，鬼怪的灵性也
从人而来。"论及巫人治鬼，而鬼亦效巫人所为以敌之者，曰：'后世人心奸诈
之甚，感得奸诈之气，做得鬼也奸巧。'"②鬼之奸巧者乃感人之奸巧，可谓同气
相求。鬼怪为气之不正而生，属于非常之理。于人，正则御鬼，邪则招鬼。

话本小说的一些篇目中，人招致鬼怪，就在于他们的心念之间。《醒世恒
言》第五卷入话故事中，张稍为霸占韦德妻单氏，将韦德骗进深山杀害。单氏寻
夫，张稍骗单氏山中有虎，本来无虎却忽然跳出一只大虎将张稍吃掉。小说插入
诗歌，道："伪言有虎原无虎，虎自张稍心上生。假使张稍心地正，山中有虎亦
藏形。"随后又议论虎之灵，感仁吏而渡河，伏高僧而护法等，阐明正气能威慑、
镇服精怪。《西湖二集》第二十二卷入话中，崔庆成在驿馆，遇美妇约其夜晚相
会，崔庆成知其为鬼怪，不为所动，鬼现形而去。《二刻拍案惊奇》卷二十九
中，蒋生心仪店主之女云容，"行着思，坐着想，不放下怀"，日思夜想，遂有
狐精化成云容模样来找蒋生。小说说道："思之思之，又从而思之。思之不得，
鬼神将通之。"此句化用管子语，二程亦曾引用之③。与狐精交往很久，蒋生也
就患上了羸弱之症。小说结尾引野史氏言，表明心念与邪魅之关系，其云：

> 生始窥女而极慕思，女不知也。狐实阴见，故假女来。生以色自
> 惑，而狐惑之也。思虑不起，天君泰然，即狐何为？然以祸始，而以福
> 终，亦生厚幸。虽然，狐媒犹狐媚也，终死色刃矣。

鬼怪因心而生，只要心正，则妖魔自然不生。"思虑一萌，鬼神得而知之矣，
故君子不可不慎独。"④即便独处，也不能有所懈怠。王阳明曾从伦理的角度阐
释鬼怪产生之因：

---

① 《朱子语类》，第45页。
② 《朱子语类》，第45页。
③ 二程云："管子曰：思之思之，又重思之，思之而不通，鬼神将通之，非鬼神之力也，精神之极
也。"（见《二程集》，第317页）
④ 《皇极经世书》，第529页。

澄问："有人夜怕鬼者，奈何？"先生曰："只是平日不能集义，而心有所慊，故怕。若素行合于神明，何怕之有？"子莘曰："正直之鬼，不须怕；恐邪鬼不管人善恶，故未免怕。"先生曰："岂有邪鬼能迷正人乎？只此一怕，即是心邪，故有迷之者，非鬼迷也，心自迷耳。如人好色，即是色鬼迷；好货，即是货鬼迷；怒所不当怒，是怒鬼迷；惧所不当惧，是惧鬼迷也。"①

不行仁义者往往怕鬼，而正人君子不畏鬼，因为邪鬼不能迷之。"有迷之者，非鬼迷也，心自迷耳"，无论沉迷于哪一方面，均有相应的鬼怪出现。张稍言虎，乃心中如虎；蒋生迷恋于云容，固有狐精化成云容模样迷之。《型世言》第三十九回《蚌珠巧乞护身符　妖蛟竟死诛邪檄》开头语云："吾儒幹全天地，何难役使鬼神？况妖不胜德，邪不胜正，乃理之常。"心正即是圣，能与天地鬼神合德，自然不畏鬼神。该书头回讲述鬼畏正人事：

昔有一妇人，遭一鬼日逐缠忧。妇人拒绝他，道："前村羊氏女极美，何不往淫之？"曰："彼心甚正。"妇人大怒，道："我心独不正么？"其鬼遂去不来。

心正，哪怕就是一介弱女子，也能为鬼所敬重。作者感叹道："此匹妇一念之坚，可以役鬼，况我衿绅之士乎？"此书头回还提到郭元振杀猪精，韩愈驱鳄，孔道辅烧蛇妖，林俊烧佛等事，证明"以正役邪，邪不能胜正"。正话故事讲述夏尚书因人正，连紫姑神也不敢靠近，后又命鬼神诛殛妖蛟。小说议论道："盖公以正人，膺受多福，履烦剧而不挠，历忧患而不惊，何物妖蛟能抗之哉？若使人而鬼物得侵，当亦是鬼之流，不能驱役妖邪？当亦是德不能妖胜。"吕坤云："一念收敛，则万善来同；一念放恣，则百邪乘衅。"②《二刻拍案惊奇》卷二十四中，当元自实生杀人之心时，便有鬼跟随，而当放下杀人之念时，鬼就不见了。小说解释道："一念之恶，凶鬼便至；一念之善，福神便临。如影随形，一毫不爽。暗室之内，造次之间，万不可萌一毫恶念，造罪损德。"可见，元自实

---

① 《王阳明全集》，第 16 页。
② 吕坤：《呻吟语》，岳麓书社，1991 年，第 9 页。

不被鬼怪所惑，是因为其将邪心改成了正心。

心正则无私，无私则气盛，气至大至刚，则充塞宇宙，鬼怪不能害。"人只了得每日与鬼做头底，是何如此无心得则鬼神服？若是此心洞然，无些子私累，鬼神如何不服！"①《生绡剪》第一回、第二回中，江有芝多听因果，轻钱财，淡名气，关爱他人，不畏鬼神。他在一处闹鬼的房间住下，是夜，众多凶死之鬼群集，却不能奈何他。因为它们找不到他的魂。"看官们要晓得，但是人被鬼迷者皆是被他夺了魂魄，然后慌张无主，若魄定魂强，再无事的。"

倘若心怀正气，纵然遇到鬼怪，也能保全自身不受伤害，或者受到神明保佑。《喻世明言》第二十卷《陈从善梅岭失浑家》中，张如春被猴精掳走，猴精以长生不老、成神成仙诱惑张如春，又令其他被掳掠的妇女劝她，当张如春坚决拒绝后，又将她剪发赤脚，令其挑水浇花，张如春受尽苦楚，历时三年。"宁为困苦全贞妇，不作贪淫下贱人。"以贞烈之性而处不利处境不改初衷，"终是妖邪难胜正"，张如春终于迎来与丈夫的团聚。《拍案惊奇》卷二十四《盐官邑老魔魅色　会骸山大士诛邪》中，亦是猴精为祟。猴精将仇夜珠掳掠至洞中，但她性烈，以死反抗。面对猿猴化成的老道与众妇的淫乐，仇夜珠心如铁石，毫不动摇，最后感得观世音诛邪，脱离魔掌。

三、化异类故事与心性修养

人化异类故事本身不属于精怪母题，但因其怪异，故将其纳入精怪之属。人化异类故事产生的时间较早，至唐以后，其心性特色才逐渐突出。鉴于古代典籍中有众多的人化异类故事，程朱不能不回答此类问题。程朱曾以气解释人化虎故事。二程说："或问：'世传有人化虎，理有之乎？'曰：'有之。昔在涪，见村民爪甲渐变如虎，毛斑斑然通身。夜开关延虎，食其牢中之豕，化虽未成，而气类相感，其情已通矣'。"又说道："德盛者，物不能扰而形不能病。"② 二程认为人化虎就是"气类相感，其情已通"使然，倘若心正德盛，则物不能病。在涪所见，不知是否是程氏本人，但他所举事实证明此类现象存在，并以"气类相感"解释这类现象。朱熹也以气感解释化虎故事："村民化虎，其说可疑。或恐

---

① 《朱子语类》，第 54 页。
② 《二程集》，第 415、321 页。

此人气恶如虎，它有所感召，未足深较也。"① 虽然，朱熹认为其说可疑，不能深较，但他以气恶如虎解释人所怀疑之事，间接说明此类异常也是理之所在（当然不是正理）。明人王稚登《虎苑·人化第十二》结尾以"赞曰"的方式论述了化为异类者乃心性使然："凶悖济恶，兽心是骋。戴弁峨峨，猛逾獠獍。五内既乖，化为异类。倏焉咆哮，咥人不顾。"②

宋代文言小说受理学影响更明显，并表现出劝诫化倾向。托名为苏轼的《渔樵闲话录》中的一则故事在叙事之后则以直接议论的方式反映了作者在人化异类这类"异闻"中所蕴含的道德评价：

> 忠既病久，而其子市药归，乃省其父。忠视其子朵颐而涎出。子讶而视，父乃虎也。急走而出，与母弟返闭其室。旋闻哮吼之声，穴壁而窥之，乃真虎也。③

此故事借虎喻现世，叙议结合，故事已由六朝的"纪实"与唐代的"作意好奇"转为对现实的褒贬。同时也指出，化异类与人的心性有关。李忠见子而流涎，已无人性。其化虎，可能是其"久畜惨毒狠暴之心""内积贪琳吞噬之志""素有伤生害物之蕴"，或者是"居常恃凶悖，恣残忍，发于所触"使然。小说进一步指出，"昂昂然擅威福、恣暴乱、毒流于人之骨髓，而祸延于人之宗族者，此形虽未化而心已虎矣"，至于那些"倾人于沟壑，以狥己之私意"者，"剥人之膏血，以充无名之淫费"者，"使人父子兄弟、夫妻男女，不能相保，而骸骨狼藉于郊野"者，本就与虎无异。换言之，这些人均是"形虽未化而心已虎"④。

话本小说的化异类故事也受"心"性影响。《二刻拍案惊奇》卷十头回中，方氏化虎，"分明是方氏平日心肠狠毒，元自与虎狼气类相同。今在屋后独居多时，怨戾满腹，一见妾来，怒气勃发，遂变出形相来，恣意咀唼，伤其性命，方掉下去了。此皆毒心所化也"。《风流悟》中，春花变狗，也是"兽心人面，相由心变"。《跨天虹》第四卷第一则中，一修行道士由于"一日魔头到来，思量要吃生人脑子"，寻思变虎，果然化为老虎。"吃生人脑子"本就非人所为。道

① 《朱子语类》，第 2483 页。
② 王稚登：《虎苑》，见《续修四库全书》（第 1119 册），上海古籍出版社，2002 年，第 353 页。
③ 苏轼：《渔樵闲话录》，见《丛书集成初编》，中华书局，1985 年，第 5 页。
④ 《渔樵闲话录》，第 5 页。

士为了口腹之欲，置人生命于不顾，人欲掩盖了天理，道士听从了人欲，也就真成了虎。《醉醒石》第六回高才生化虎，亦是因傲世、愤世嫉俗使然。作者议论道："大凡人不可恃，有所恃，必败于所恃。""古今才士，不为少矣，而变虎者，曾未之闻，乃竟以傲放一念致之。世之非才士者，侥幸一第，便尔凌轹同侪，暴虐士庶，上藐千古，下轻来世，其又不知当变为何物耶！"寥寥数语，当醒士林。

第三节　冥游经历与心性悟修

所谓"冥游"，指主人公因为某种原因进入地狱，经历或见识地狱种种，然后返回阳间。冥游故事可以分为三个阶段：进入地狱前—进入地狱游历或受罚—返回阳世。前两者是叙事的重点，后者是对前两者的补充。冥游故事是中国古代小说常见的母题。魏晋南北朝及唐代冥游故事"释氏辅教之书"色彩浓厚。至宋，受理学影响，冥游故事世俗伦理及惩戒功能增强，地狱变成道德评判的场所。

按照主人公冥游经历，冥游可以分为三种：一是临时充任地狱审判者对人物事件进行审判，二是因在阳间为恶而在地狱受惩罚，三是作为见证人游历地府。话本小说中的地狱游历篇目主要有：《西湖二集》之《认回禄东岳帝种须》《文昌司怜才慢注禄籍》；《喻世明言》之《游酆都胡母迪吟诗》《闹阴司司马貌断狱》；《拍案惊奇》之《屈突仲任酷杀众生　郓州司马冥全内侄》；《二刻拍案惊奇》之《迟取券毛烈赖原钱　失还魂牙僧索剩命》《贾廉访赝行府牒　商功父阴摄江巡》等。从冥游的主体看，再也不是僧道人物，而是世俗社会的民众。他们或者是著名的官员或文人，或者是一般的普通民众。从冥游的情节看，地府赏罚的依据不是是否信奉佛、道，而是是否遵守或违背了现实的伦理道德规范。冥游的过程，对于冥游者，对于知晓冥游者之遭遇者，对于读者，都是一次心性修炼的过程。从现有关于冥游的研究看，或者关注冥游所反映的地狱观念的演变[①]，

---

① 韦凤娟：《从"地府"到"地狱"——论魏晋南北朝鬼话中冥界观念的演变》，《文学遗产》2007年第1期。

或者探究冥界秩序①，或者由此探究阳世社会的官场情况②，或者探究临死之时的心理体验③等，然而，这些研究都没有将冥游故事放到宋明理学兴盛的背景下去分析。

一、地狱游历，感悟心性

这里用"游历"，是指主人公进入冥府不是因为在阳世作恶而被勾入地狱受罚，而是因对阳世社会有所不满，被动进入地狱以见识阴界赏善罚恶之实有，而后确认阳世伦理必须坚守；或是因为行善，进入地狱接受奖赏，"顺便"见识一下作恶者的下场，感悟心性修养之重要。冥游后，重返阳世，他们会加强心性修养，行善济世。

程朱理学认为，人与天可感应。以道事人与以道事天乃是一回事，只要至诚，可与神明相感格。二程如是说道："问：'天地明察，神明彰矣？'曰：'事天地之义，事天地之诚，既明察昭著，则神明自彰矣。'问：'神明感格否？'曰：'感格固在其中矣。孝弟之至，通于神明。神明孝弟，不是两般事，只孝弟便是神明之理。'又问：'王祥孝感事，是通神明否？'曰：'此亦是通神明一事。此感格便是王祥诚中来，非王祥孝于此而物来于彼也。'"④ 二程回答高宗因梦得傅说，文王因卜筮得太公事，云高宗至诚，思贤相，故得兆于梦，卜筮亦然。高宗与贤人之间，也是感应，"譬如悬镜于此，有物必照，非镜往照物，亦非物来入镜也。大抵人心虚明，善则必先知之，不善必先知之。有所感必有所应，自然之理也"⑤。王祥卧冰得鱼，是其孝心至诚，"孝弟之至，通于神明。神明孝弟，不是两般事，只孝弟便是神明之理"⑥。以此类推，凡行仁义礼智信之事，只要至诚，均可以与神明相互感应。这种感应表现方式不一，如王祥卧冰得鱼，而高宗思贤相而得梦。

行善事有善感，行恶事而有恶感。《认回禄东岳帝种须》篇首诗首先点明德

---

① 李维、郑红翠：《中国古代游冥故事中的冥界官僚系统论略》，《江汉论坛》2011年第5期。
② 王立：《中国古代冥游母题几种类型及演变过程——兼谈冥间世界对于阳世官场腐败的揭露》，《东南大学学报》（哲学社会科学版）2003年第3期。
③ 邵颖涛：《古代巡游地狱小说的心理体验与文化内涵》，《西华大学学报》（哲学社会科学版）2011年第5期。
④ 《二程集》，第224页。
⑤ 《二程集》，第228页。
⑥ 《二程集》，第224页。

之作用："德可通天地，诚能格鬼神。"鬼神赏罚依天理（德）而定。诚如此回小说中火神欲烧建康时，单就王老实所言，"这王老实一生无欺心之事，上帝所知，今又待俺们甚是恭敬，此一店可以单单饶恕"。"若俺们不饶恕这一店，便不见天理公道之事了。"周必大知天命，知道自己"不是十分富贵之相"也不以为意。当占卜预知他六月不顺，也十分小心谨慎。当因火灾涉及周必大并邻里五十余人时，周必大为免他人受累，主动顶罪，削职为民，毫无怨言。周必大进入冥府，不是因为恶，而是因为善。他进入冥府的方式不是因病而是梦中。先看周必大入冥后的一段议论与描写：

> 东岳天齐圣帝者，乃天地之孙，群灵之祖。巍巍功德，职掌四大部州；浩浩崇阶，辖管三天率属。天道、地道、人道、鬼道，莫不由其变通；胎生、卵生、湿生、化生，一切凭其鼓铸。试看两廊棚扒吊拷，无非是恶官恶吏、贪残酷虐之小人；细察殿前剉磨烧舂，那些个为孝为忠、仁慈朴实之君子？变驴的，变马的，变猪的，变犬的，世上众生，都受罪犯耿耿；化莺的，化燕的，化蜂的，化蝶的，花间四友，难逃业报昭昭。称发竿丝忽无差，照胆镜毫厘不爽。光明正大者，尽从金银桥化生；黑暗狡猾的，咸向恶水河堕落。重重地狱，都自人生；渺渺天堂，悉凭心造。

周必大入冥所见受刑之人，是恶官恶吏、贪残酷虐之小人，不是为孝为忠、仁慈朴实之君子。受何种刑罚，转化为何种生命，皆依心之所念，行之所致。周必大入冥，是因善受奖，由骨骼穷酸的贱命转变为太平宰相。小说特意安排他见闻同榜进士赵正卿受刑的场面：

> 只见东岳帝君大声震怒道："赵正卿，汝在世上，并无阴德及于一民一物，妄尊自大，刻剥奸险，一味瞒心昧己。欺世盗名，假刻诗文，哄骗天下之人，障天下之眼目，不过藉这几千万臭钱，诓骗世人。那世上无眼目之人，被汝骗过，汝还能骗得过我否？"遂叫数个鬼使，将赵正卿绑于柱上，将双眼一齐抠出；又将赵正卿劈破其腹，滚汤洗涤其肠。赵正卿号叫之声甚是凄惨。东岳帝君喝骂道："汝一肚皮奸诈害人，人受汝之荼毒，苦不可言，亦知今日自己疼痛否？奸淫室女，破败寡

妇，罪大恶极而不可赦。欺世盗名，天下之人皆为汝巧言利舌所骗，所不能骗者独鬼神耳。盗取朝廷名器，恣汝胡为，以济其不仁不义之念，朝廷官职，岂为汝贪酷地耶？欺压善良，损人利己，无恶不作。汝又假以崇信佛法为名，实于佛法一字不通，不过借佛门以为逃罪之计，还要去欺那佛菩萨，使人不信三宝，皆汝之故，其罪与诽谤三宝尤甚。"命押入"无间地狱"受罪，兼追其三子，斩绝后嗣。道罢，数个鬼使囚执而去。

赵正卿"原系一窍不通、文理乖谬之人，假装体面，滥刻诗文，欺世盗名，花嘴利舌，后来侥幸中了进士，一味贪酷害民，欺压善良，损人利己"。他在阳世的行为正是那些品行败坏的官员的共同表现。这些人心不正，行不正，而且也不注意修养心性，任由物欲、声色名利迷住本性，遂而任由恶性增长而灭掉心中的天理。这些人失却仁义礼智信，于国不忠，于人不信、不友、不仁。周必大入冥之见闻一来反证其行为的善，二来是对其以后行为方向的指引。

商功父入冥，一则了却贾廉访诈财这一段公案，二则因为其"刚正好义"，本人不存在入冥前有欺心行为。他入冥，看见欺心诈骗他家财物的贾廉访因为"生前做得亏心事多"而在地狱受风刑。商功父在充任贺江巡按使者时，赏善罚恶，醒后言："神明之事，灼然可畏。我今日亲经过的，断无虚妄。"自此之后，商功父"力行善事，敬信神佛"，寿至八十有余。对于在阳世正直无欺的人而言，入冥经历乃是要使其坚信天理不可欺，促进他们不断修养心性。

至于司马貌、胡母迪入冥，则有见证地狱赏善罚恶的作用，从而重新确认天理，加强心性修养。他们在游历地狱之前，由于对社会现实的质疑进而产生道德疑惑。其地狱游历的经历实际上是地府主导者有意识地要他们明白，道德存在不可置疑。《闹阴司司马貌断狱》故事中，司马貌资性聪明，纵笔成文，但出言不逊冲突了试官，被打落下去。此后，他因为无权、无钱，到五十多岁还淹滞在家。以此，"快快不平"，一日酒醉写《怨词》质问命运，质问天道。词曰：

> 天生我才兮，岂无用之？豪杰自期兮，奈此数奇。五十不遇兮，因迹蓬蒿。纷纷金紫兮，彼何人斯？胸无一物兮，囊有余资。富者乘云兮，贫者堕泥。贤愚颠倒兮，雄雌颠倒。世运沦夷兮，俾我嵚崎。天道何知兮，将无有私？欲叩末曲兮，悲涕淋漓。

写毕，又题八句：

> 得失与穷通，前生都注定；问彼注定时，何不判忠佞？善士叹沉埋，凶人得暴横；我若作阎罗，世事皆更正。

由个人悲剧推及天道，进而质疑天道（天理）公平，对天理的质疑必然会影响心性修养。天理是理学家心性论的基石，是理学家"立人极"的依据。司马貌由"心中怏怏不乐"到作《怨词》再到"猛然怒起"之行已非理学家倡导的乐天安命、不怨天由人的生命观。到了阴司，司马貌依旧以阳世种种不平质疑天心之正：

> 你说奉天行道，天道以爱人为心，以劝善惩恶为公。如今世人有等悭吝的，偏教他财积如山；有等肯做好事的，偏教他手中空乏；有等刻薄害人的，偏教他处富贵之位，得肆其恶；有等忠厚肯扶持人的，偏教他吃亏受辱，不遂其愿。……一生苦志读书，力行孝弟，有甚不合天心处，却教我终身蹭蹬，屈于庸流之下？似此颠倒贤愚，要你阎君何用？若让我司马貌坐于森罗殿上，怎得有此不平之事？

冥游地狱，阎罗的一番话点明天道报应实为不爽，而司马貌自己断狱也证明天道好还。小说是以报应阐释王朝更替，联系司马貌自身遭遇，在更深层意蕴上，是对命运淹蹇的提醒：天道好还，无论何时何地，不应怨天尤人，而应随时随地在自身下功夫，最终完成自我超越。贯穿小说的是命定及善恶有报的思想，开头引晦庵和尚之词劝人乐天安命，再写司马貌之不顺，然后写他冥游地狱均体现了这一点。断狱故事本身也体现了乐天安命、在主体道德上下功夫的思想。

《游酆都胡母迪吟诗》中，秦桧与金人沆瀣一气，主和卖国，贬杀忠臣与主战派，秀才胡母迪因读《秦桧东窗传》《文山丞相遗稿》，愤奸邪逞权得势，哀忠良殉义绝嗣，题诗泄怨，大骂天道不公，被拘押入冥。在地狱中，胡母迪再次对忠臣遭陷、奸臣显赫表示质疑。阎王斥责他"怨天怒地，谤鬼侮神"，而胡母迪回答他习先圣先贤之道，安贫守分，循礼修身，不怨天尤人。阎王讲了一番因果报应的大道理，然后让胡母迪遍游地狱，见到各种各样的酷刑。经此游历，胡母迪才深信"果报原来总不虚"。小说向世人昭示"冥司隐隐更无私"，警戒世人积善行德，存心忠良方得善报。与《闹阴司司马貌断狱》一样，小说不是宣扬佛教报应教义，而是将现实社会中奸臣恶党、欺君罔上、祸国殃民的不良官吏，以及贪财枉法、不孝不友、悖负师长、不仁不义的官吏作为惩处对象，将忠臣义士作为被褒奖的楷模。总体来看，小说以报应引导官吏修德修身。地狱之游，让胡母迪更明白天理无所不在，无可回避。可见，冥游的过程是胡母迪重体天理的过程，正是冥游，让胡母迪醒来后，"绝意干进，修身乐道"。

上一类冥游者之冥游，主要是在对天理产生疑问时。所以，他们入冥的过程就是对质疑的解释。就此而言，这些入冥故事所阐释的，亦然是儒家的天理，宣扬的是儒家天道观。他们醒后的表现，则是对天理的重新确信。

二、地狱受罚，重修心性

另一类冥游者的冥游，则是因为阳世为恶而进入地狱受罚，醒后不敢有违，遂改过从新。

《迟取券毛烈赖原钱　失还魂牙僧索剩命》正话部分写陈祈欺心，"平日贪奸不义，一味欺心，设谋诈害。凡是人家有良田美宅，百计设法，直到得上手才住"，对一母所生的三个兄弟也不放过。如此，积起本银三千多两，足值万金之田。陈祈将此良田典在毛烈处，母亲死后，用三千两银去赎良田，却没有取回原卷。此后，毛烈赖陈祈所还原钱。陈祈诉与东岳后，毛烈死。陈祈也被勾入阴府，与毛烈对质。在阴司，即便是暗室之事，也能一清二楚。毛烈地狱受罚，陈祈也在地狱被叉后心窝（后陈患心痛之疾），醒后方知其昏迷了七昼夜，而他冥游地狱所见所闻，在阳世皆应验。小说将陈祈冥游阴司与阳世见闻相照应，诸多见闻遭遇让欺心的他明了天理之必然，"晓得这典田事是欺心的"，遂将田地四分给各位兄弟。但陈祈有诸多欺心之事，以至于严重的心痛伴随终身。陈祈一发病就请僧道保禳，到神庙烧香，终不能解决。

《屈突仲任酷杀众生　郓州司马冥全内侄》《文昌司怜才慢注禄籍》中的两位主人公游历地狱，经地狱惩罚后返回阳间，则是以实实在在的行为改过，因而其命运与陈祈有所区别。屈突仲任纵情好色，荒饮博戏，偷盗牲口，残杀生物，且手法残酷，心性残忍，"气类异常"。小说中极力夸饰屈突仲任杀生之残、他入冥后众生之愤恨及他自身所遭受的惩处，有了入冥的经历，屈突仲任一改杀生之心，刺血书写不倦，还劝诫他人戒杀，"度他即自度"，后得善终。《文昌司怜才慢注禄籍》中，罗隐怀才不遇，"每每不平，到处怨叹"，且"生性轻薄，看人不在眼里，一味好嘲笑人，或是俚语，或是歌谣，高声朗诵，再也不怕人嗔怪，遭其姗笑者不一而足"。后来，他因借钱不着而心生杀人恶念。心生恶念而被勾入冥，似乎是小题大做，但心生恶念是心性不修的必然。罗隐本有帝王之命，心生恶念，昧了心田则非同一般。诚如紫府真人所言："借贷不与，此是人之常情。况此数十家人俱是汝之亲友，有何恶过，便要杀害。如此小事，恨恨如此。上帝好生，汝性好杀。明日做了帝王，残虐刻剥，伤天地之和气，损下界之生灵，为害不浅。"罗隐在地狱被换骨，变成了猥琐小鬼模样，但地狱经历及相士之语点醒了罗隐，从此，他"一味学做好人，再不敢存一毫不肖之心，真个行不愧影、寝不愧衾"。数年"端的无一毫非礼非义之事，善念虔诚"，不欺己，不欺人，不欺天，"洗心易虑，事事可与天知"。屡次进谏钱王，做的都是有益于国家、有利于民生的事。罗隐最后也高官显禄，晚景繁华，寿高而终。

屈突仲任与罗隐都有入冥前不修德，入冥受罚，苏醒后行善的经历，他们的行善也得善果。比起陈祈一发病就请僧道保禳，到神庙烧香，终不能解决问题，是否暗含只求神道不如加强自我修养，多做善事更有效的道理？

受孔子"不语怪力乱神"的影响，理学家对地狱之说一般都比较理性。然鉴于经典中众多的鬼神报应故事，也有不全然反对者。如程朱认为鬼神之说不能全然否定。朱熹认为上天是有知觉的神，可以判断人的善恶："善与罪，天皆知之。尔之有善，也在帝心；我之有罪，也在帝心。"① 既然如此，鬼神赏善罚恶也是理之所在。二程说："天之报应，皆如影响，得其报者是常理也；不得其报者，非常理也。然而细推之，则须有报应。"② 报应是天之常理，是天理所在，而不报应不是理。鬼神无所不在，即便是人心一些微之动，也必察觉。高攀龙说："然则吾动一善念而天必知之，动一不善念而天必知之，而天又非屑屑焉，知其善而报之善，知其不善而报之不善也。凡感应者，如形影然，一善感而善应随之，一不善感而不善应随之，自感自应也。"③ 不能否定鬼神存在，报应必然，则地府之说也就不可避免。罗汝芳回答是否有天宫地府时说道："四书五经，其说具在，……则魂之游于天宫地府之间，又敢谓其无耶？"④ 罗汝芳从四书五经

---

① 《朱子语类》，第 1215 页。
② 《二程集》，第 161 页。
③ 《明儒学案》，第 1410 页。
④ 罗汝芳：《近溪罗先生一贯编》，见《续修四库全书》（第 1126 册），上海古籍出版社，2002 年，第 521 页。

找到证据，证明鬼神、地府天宫的存在。而且，罗汝芳思想中的天几乎都是具有宗教意味的，它时刻监临、审察人们的行为，无须臾或离，报应如响。既然天宫地府实有，报应必然，他劝君子必戒慎，必恐惧。有上帝在，有畏惧之心在，"由是而畏大人，便是权归君相，体统正而朝廷尊；由是而谓圣言，便自学本六经，师道立而善人多……如小人不知天命而不畏之，仰则谓太虚为茫昧，而祸福都无所主；俯则谓民生为冥顽，而知能一无足观。肆言无忌，独逞己长"①。从罗汝芳的议论看，其天宫地狱说乃是侧重于其社会功能，有神道设教之意味。黄宗羲《破邪论·地狱》说道："地狱之说，儒者所不道。然《广记》《夷坚》诸书，载之甚烦，疑若有其事者。""盖幽明一理，无所统属，则依草附木之魂，将散于天地。冥吏不可无也，然当其任者，亦必好生如皋陶，使阳世不得其平者，于此无不平焉。阳世之吏，因乎天下之治乱，乱日常多，治日常少，故不肖之吏常多，亦其势然也。冥吏为上帝所命，吾知其必无不肖者。"② 虽然此乃为他破地狱说为邪说先立的驳论靶子，然而却也说明地狱之说在古代小说中所载甚多，甚至按照道理也是可能的，可见他对于地府的态度颇为暧昧。

不论理学家对于鬼神地府是何种态度，他们总体还是赞成神道设教。程颢说："'经德不回'，乃教上等人。祸福之说，使中人以下知所畏惧修省，亦自然之理耳。"③ 程颢赞同祸福之说教中下人。谢肇淛《五杂俎》卷十五云："地狱之说，所以警愚民也。"④ 冥游地狱宣传脱离不了世俗之善，即孝悌伦理体系，其对民众道德层面的重视与理学家以道德立人极的理路一致。顾炎武《日知录》卷二谓："国乱无政，小民有情而不得伸，有冤而不见理，于是不得不诉之于神，而诅盟之事起矣。……赏罚之柄，乃移之冥漠之中，而蚩蚩之氓，其畏王铁常不如其畏鬼责矣。"⑤ 于地狱游历，几乎都是借因果报应阐释天理，这对下层民众树立道德伦理、力行孝悌纲常而言，其作用远远强于喋喋不休的道德说教。

---

① 罗汝芳：《罗汝芳集》，凤凰出版社，2007 年，第 236 页。
② 沈善洪主编：《黄宗羲全集》（第 1 册），浙江古籍出版社，1985 年，第 198 页。
③ 《二程集》，第 391 页。
④ 《五杂俎》，第 307 页。
⑤ 顾炎武著，黄汝成集释：《日知录集释》（外七种），上海古籍出版社，1985 年，第 203 页。

第四章　理学与话本小说的秩序诉求

明清之际的通俗文学，既是文学自身发展的结果，也是当时救世运动的一个组成部分，"当时（17 世纪）的'秩序问题'可以成为流行的哲学性思想问题"①。对那些以劝善为主旨或打着劝善之名的小说家而言，他们或真心，或表面上，是赞同社会秩序并有着维护社会秩序的姿态的。有人认为明末清初小说在其序言中极力表明的劝善意图，其目的乃是提高小说地位，此说固然不假，然未能充分说明当时的社会劝善思潮（重构社会秩序的思潮）对小说的影响，也未能说明小说在重构社会秩序中的作用。要根究这一时期话本小说喋喋不休的劝善序言和头回（或入话）故事及诗赞，屡屡出现在小说中的相同主题，除了根究之前话本定式的影响外，还须根究小说家对社会秩序的关注及重构社会秩序的努力。

维护或重构社会秩序是一个复杂的课题。从目标而言，有政治秩序、社会秩序、婚姻家庭秩序，还有各个行业秩序等；从手段而言，有强制性手段（政府行为手段），也有非强制性手段（如教育、感化等）；从步骤、效果而言，有个体规范与群体规范、内心认同与表面服从等。儒家传统构建社会秩序的方法是以道德性命为主，由修身齐家再至治国平天下。明清之际的话本小说家以文学的形式，参与到其中。

第一节　话本小说对政治秩序的探究

中国传统社会最理想的状态首先是大同社会，其次是小康社会。大同社会没有为己的政治实体，"公"是最大的规则，官吏选拔以贤能为主，整个社会和谐美好。小康社会的政治实体以帝王为主，围绕帝王的统治而建立起一整套的国家

---

① ［日］岸本美绪：《"秩序问题"与明清江南社会》，《近代中国史研究通讯》2001 年第 32 期，第 54 页。

机器。当此之时，政治规则是礼仪、制度，讲究贤、勇、智、功。社会状态虽不如大同社会，但也还比较理想。

"艺术品的产生取决于时代精神和周围的风俗。""要了解一件艺术品，一个艺术家，一群艺术家，必须正确的设想他们所属的时代的精神和风俗概况。这是艺术品最后的解释，也是决定一切的基本原因。"① 晚明社会，政治秩序混乱不堪。正德帝淫乐无度，荒于政事；嘉靖帝迷信道教，大兴土木，使国库空虚；万历帝久不视朝，使朝政荒芜；崇祯帝生性多疑，刚愎自用。此时，内有天灾人祸，农民起义不断，外有满清崛起，作为王朝肱骨的士大夫的道德操守也急剧下滑。赵南星指出，晚明士大夫有四害：一是干进之害，举世竞进，不知止足，致使"猥鄙者日进，淡退者日沉"；二是倾危之害，群小妒贤使害，贤士流落；三是守令之害，守令选取不问才行，贪官充塞，无所顾忌；四是乡官之害，凌虐贫民，肆行吞噬。② 当清兵南下，乃有士大夫投敌邀宠。有论者指出，明朝之亡，乃是农民起义、清兵入侵、明朝政府腐败的共同结果："朱明之亡，亡于李闯及满清，此尽人所知也。然李闯及满清所以能亡明者，实由于明室朝野上下之腐败，不此之责，第归咎于李闯及满清，无当也。"③

人的思想是对其生活环境的回应，环境越恶劣，反应也就越激烈。阿英认为，《西湖二集》"最突出的，是很强烈的反映了明末的社会：政治的窳败，官吏的贪污作恶，民众的不聊生。也反映一些当时的风俗习惯，和一部分知识分子对当前的现状，抱着怎样的态度"④。明清之际的小说家对政治秩序的揭露和探究，大抵如此。

一、话本小说对无良政治秩序的揭露与批判

话本小说多方面揭示、批判了明末清初混乱的政治秩序。从帝王将相到一般胥吏，从军事到科举，从现象到根源，无不有所涉及。倘若将明末清初话本小说所反映的政治秩序及思考作总体审视（甚至归纳统计），则它们就是一部官场众生相大汇集。有些直接以晚明社会为对象，有些则是借前朝喻当世，这些形形色色的政治乱象，揭示了晚明必然走向灭亡的趋势。比照正史和一些文人笔记所

---

① ［法］丹纳著，傅雷译：《艺术哲学》，人民文学出版社，1963 年，第 63、7 页。
② 赵南星：《味檗斋文集》，商务印书馆，1936 年，第 24 - 25 页。
③ 柳诒徵编著：《中国文化史》，中国大百科全书出版社，1988 年，第 665 页。
④ 阿英：《小说闲谈》，上海古籍出版社，1985 年，第 3 - 4 页。

载，话本小说毫不逊色。

（一）君王荒淫无道，耽于享乐，社会秩序混乱，民苦国危

君王是国家的象征，其动向是政治的风向标。"君不肖，则国危而民乱；君贤圣，则国安而民治。祸福在君，不在天时。"① 君主权力的至上性使其对国家政治发挥着决定和导向作用。明末清初的话本小说，不同程度地摹写了衰世君主的行径。直接以骄奢淫逸而导致亡国的君主作为小说主人公的篇目有《醒世恒言》第二十三卷《金海陵纵欲亡身》、第二十四卷《隋炀帝逸游遭谴》，其他小说或多或少讲述其无道或昏庸的君主有元顺帝（《西湖二集·姚伯子至孝受显荣》）、汉灵帝（《喻世明言·闹阴司司马貌断狱》）、宋徽宗（《西湖二集·吴越王再世索江山》）等。这些君主有以下特征：

或耽于女色，沉于享受，或大兴土木，劳民伤财。元顺帝行"演揲儿法"，又用珈璘真，行三十六天魔舞，"男女裸处，君臣宣淫"。金海陵王广求美色，宣淫无度：无论同姓异姓，名分尊卑，有夫无夫，但心中所好，百计求淫，甚至自己亲外甥女也不放过。隋炀帝沉迷女色，逼淫父妃，造曲房小室，号为迷楼，选良家女数千居其中，又制御女车以恣意淫乐。为了享乐，这些帝王不顾民众疾苦，常大兴土木。金海陵王肆意兴建宫室，务极华丽。隋炀帝兴造宫室，役夫数万，费金宝珠玉，库藏为之一空；又辟地两百里为西苑，役民力常百万，诏天下鸟兽花木，驿送至京，穷极人间奢华。隋炀帝还游广陵，开运河，龙舟逾万艘，宫阙遍天下。宋徽宗凿池筑囿，号为"寿山艮岳"，又采天下奇花异木，号"花石岗"，害得天下百姓十死九伤。

或卖官鬻爵，无视法度尊严。汉灵帝始，卖官鬻爵，"视官职尊卑，入钱多少，各有定价，欲为三公者，价千万；欲为卿者，价五百万"。当崔烈讨了傅母的人情，入钱五百万，得为司徒。后受职谢恩之日，汉灵帝顿足懊悔道："好个官，可惜贱卖了！若小小作难，千万必可得也。""又置鸿都门学，敕州、郡、三公，举用富家郎为诸生。若入得钱多者，出为刺史，入为尚书。"卖官如此，以致当时的"士君子耻与其列"。

或肆意征伐，不顾民生疾苦。金海陵王南下入侵，毁庐舍为材，煮死人膏为油，费钱财如泥沙，视人命如草菅。隋炀帝两征辽东，"兵甲常役百万，士民穷

---

① 徐玉清等注译：《六韬》，中州古籍出版社，2008年，第51页。

乎山谷","兵尸如岳,饿莩盈郊"。

或昏庸盲视,不明是非,任用奸险,不思进取。隋炀帝时,"或有鲠言,即令赐死","左右近臣,阿谀顺旨"。宋徽宗任用蔡京、高俅、杨戬、童贯等奸臣,百姓离心,兵戈四起而又不加修省,不听宗泽之言,以致金兵攻破汴京,自己被掳。唐玄宗任用杨国忠、高力士,乱政误国,以致贤才无晋升之路(《警世通言》第九卷)。宋高宗耽于逸乐,重用秦桧,偏安江南,罢黜忠臣,杀岳飞父子。与金人媾和后,又自谓天下太平,纵情娱乐而忘社稷之忧(《喻世明言》第三十二卷)。吴王夫差宠信佞臣伯嚭,听信其言,穷奢极欲,诛戮忠臣,国破身亡(《喻世明言》第二十二卷)。

(二)奸臣当道、庸臣满途

大凡君主不正或昏庸,一些把握国家法器的官员必然胡作非为,导致国家政治秩序的极大混乱。且看君主昏庸时代的大臣们混乱朝纲、祸乱官场秩序的行径:

秦桧欲回南边,情愿为金人细作。回到南宋,极力夸大金人兵强将勇,非南朝所能敌,致使宋高宗畏惧。秦桧气势显赫,权焰熏天,一门皆贵。凡议论他之人,尽数被置于死地。他力主议和,贬谪主战之士,又以莫须有罪名杀死岳飞父子。"起大狱,杀戮忠良不计其数,凡是有讥议他的,不是刀下死,就是狱中亡,轻则刺配远恶军州,断送性命。"(《西湖二集》第二十卷)

贾似道仗着贾贵妃,设计取代吴潜为右丞相。驻守汉阳,见元兵势大,竟然称臣纳币,还恬不知耻地表功。他行限田制、推排打量之法,大扰地方,又将正人端士尽数罢免。元兵围困襄阳,他仍旧耽于享乐,将此事瞒着皇帝,并杀泄露之人。襄阳危急,却不发兵救援,以致襄阳失守,百姓流离失所。(《喻世明言》第二十二卷、《西湖二集》第十卷)

太监王振深得皇帝信任,"因直谏,支解了一个翰林侍讲刘球;因执法,陷害了一个大理寺少卿薛瑄"。又四处寻访李侍讲的过失以陷害之。当北虏也先犯边,王振创议御驾亲征,举朝谏阻而王振不从,导致土木之变,官员死伤甚多,皇帝也被俘虏。(《型世言》第十二回、第十七回)

严嵩"外装曲谨,内实猜刻","招权纳贿,卖官鬻爵。官员求富贵者,以重赂献之,拜他门下做干儿子,即得超迁显位"。他结党营私,"科道衙门,皆其心腹牙爪。但有与他作对的,立见奇祸,轻则杖谪,重则杀戮","浊乱了朝

政，险些不得太平"。(《喻世明言》第四十卷)

魏忠贤谗害忠良，"把一个'三案'，一网打尽贤良，还怕不毅，又添出'封疆行贿'一节，把正直的扭作奸邪，清廉的扭做贪秽，防微的扭做生事，削的削，死的死，戍的戍，追赃的追赃。还有一干巧为点缀，工为掩撮，一心附势，只手遮天，要使这起忠良决不能暴白"(《三刻拍案惊奇》第三十六回)。

奸相当权，官场上庸官比比皆是，他们一旦位居要害，则误国误民。《型世言》第八回中的耿总兵"长于守城，怯于迎战，且道自是宿将，耻听人调度"，最后大败入城。曹国公李景隆"又是个膏粱子弟，不谙兵机，又且愎谏自用，忮刻忌人"。庸官满途之原因，一是皇帝不理朝政，法度废弛，大臣以纳贿为事。如元顺帝时，官府之权尽委之于衙门人役，天下成为"衙门人的天下，财主人的天下"，官员前后左右尽为蒙蔽，"做一件事，无非为衙门得财之计，果然是官也分、吏也分，大家均分，有钱者生，无钱者死"(《西湖二集·姚伯子至孝受显荣》)。二是宰相当权，以致官爵买卖盛行。贾似道当宰相期间，人们以贿赂求官，贪风大肆：贿赂多者官大，贿赂少者官小。《警世通言》第九卷通过李白之口揭露官场："目今朝政紊乱，公道全无，请托者登高第，纳贿者获科名。非此二者，虽有孔孟之贤，晁董之才，无由自达。"官场买卖的盛行，导致庸官、害民之官遍地：

> 我见做官的人，不过做了这篇括帖策论，骗了一个黄榜进士，一味只是做害民贼。掘地皮，将这些民脂民膏回来，造高堂大厦，买妖姬美妾，广置庄园，以为姬妾逸游之地，收蓄龙阳、戏子、女乐，何曾有一毫为国为民之心！还要诈害地方邻里，夺人田产，倚势欺人，这样的人，狗也不值！(《西湖二集》第二十九卷)

(三) 科举黑暗，贤良沉居下潦

庸臣满途的原因，与选拔人才的官员有关。这些官员依仗着权势和地位，徇私舞弊。

或因私人感情泄露题目。《西湖二集》第四卷中，试官汪玉山为照顾自己的好友，泄露"三古"，孰料为呆蠢之人赵雄所得。赵雄将"三古"写入文中，汪玉山见到赵雄的文章，误以为是自己的好友之文，"不论文字好歹，便圈圈点点起来"。一个呆蠢之人就这样走向仕途。以"三古"做暗号欲帮好友成就功名者，在《石点头》第七卷被大肆演绎，只是主人公与主考官名姓有所变换。

或因自己喜好随意选拔人才。兴安县知县蒯遇时喜少贱老，不想取年已五十七岁的鲜于同，"我今阅卷，但是三场做得齐整的，多应是夙学之士，年纪长了，不要取他。只拣嫩嫩的口气，乱乱的文法，歪歪的四六，怯怯的策论，惯惯的判语，那定是少年初学"。于是"取了几个不整不齐，略略有些笔资的"。（《警世通言·老门生三世报恩》）若不是机缘巧合，鲜于同纵然胸藏万卷，笔扫千里，也会被遗弃不取。周清源在《愚郡守玉殿生春》中如是说道："不愿文章中天下，只愿文章中试官。就是吃了圣水金丹，做了那五谷轮回文字，有那喜欢的收了他去，随你真正出经入史之文，反不如放屁文字发迹得快。"

或因权钱交易导致真才落选。《韩秀才乘乱聘娇妻》中的考官梁宗师，"是个不识文字的人，又且极贪，又且极要奉承乡官及上司"。他所选的杭、嘉、湖及台州的举子，占前列的全是公子富翁。韩秀才虽"一肚皮学问""满腹文章"却名列三等。梁宗师自己才识不佳，不识人才到是其次，关键是"极贪"，科举选拔变成"金钱的选拔"。罗隐与李振两位才子二十余年不中科举，因为世道是"谁问你有才无才，只问你有贿赂无贿赂，有关节无关节"（《西湖二集》第十五卷）。"当今贿赂公行，通同作弊，真个是有钱通神。只是有了'孔方兄'三字，天下通行，管甚有理没理，有才没才。"（《西湖二集》第二十卷）

因各种社会关系而致使贤才落榜者也甚多。《型世言》第十六回如是揭露科举内幕："其时还是嘉靖年间，有司都公道，分上不甚公行。不似如今一考，乡绅举人有公单，县官荐自己前列，府中同僚，一人荐上几名，两司各道，一处批上几个，又有三院批发，本府过往同年亲故，两京现任，府间要取二百名，却有四百名分上。府官先打发分上不开，如何能令孤寒吐气？"

而科考人员本身，也在想方设法钻这些空子，或者因为各房试官之间的内在获利（或失利）。赵雄就是依照"三古"而被试官汪玉山误以为是自己的好友而中举人。

《西湖二集》第二十卷借名妓曹妙哥之口批判了科举的弊端及当时官吏现状，道：

> 你只道世上都是真的，不知世上大半多是假的。我自十三岁梳笼之
> 后，今年二十五岁，共是十三个年头，经过了多少举人、进士、戴纱帽

的官人，其中有得几个真正饱学秀才、大通文理之人？若是文人才子，一发稀少。大概都是七上八下之人、文理中平之士。还有若干一窍不通之人，尽都侥幸中了举人、进士而去，享荣华，受富贵。……那《牡丹亭记》上道："苗舜钦作试官，那眼睛是碧绿琉璃做的眼睛，若是见了明珠异宝，便就眼中出火，若是见了文章，眼里从来没有，怎生能辨得真假？所以一味糊涂，七颠八倒，昏头昏脑，好的看做不好，不好的反看做好。"临安谣言道："有钱进士，没眼试官。"这是真话。

（四）地方官吏横行不法，司法腐败黑暗

京官不法，地方官更是因山高皇帝远，依仗自己权势，肆意妄为，贪酷害民，扰乱地方，为害不浅。对此，话本小说涉及甚多。有为官者，也有为吏者。

首先是地方长官的贪酷。地方官吏之害源于他们的贪，因贪而生害心，因贪而酷。

《型世言》第十四回道："如今在这边做官的，不晓政事，一味要钱的，这是贪官；不惟要钱，又大杀戮，这是酷官；还又嫉贤妒能，妄作妄为，这是蠹官。"《石点头》第八卷中的吾爱陶以钱谋官，得荆湖路条列司临税提举。到任之后，巧立名目征税，甚至过往行人，即使单人一个，也得交税。因其贪酷，人称"吾剥皮"。《二刻拍案惊奇》卷一中常州太守为了夺取珍贵的《金刚经》，让人诬陷洞庭山寺主持，使之饱受牢狱之苦。《警世通言》第二十四卷中，王知县因为收了监生赵昂一千两银子，将玉堂春屈打成招，定了死罪。《型世言》第二十九回中，徐州同知道儿子敲诈和尚妙智银子二百两后，还认为得钱少了，然后采用栽赃陷害的方法索取银两千两，还杀人灭口。《醉醒石》第七回中的吕孝廉以钱卖官，到任后变本加厉盘剥百姓：征钱粮，兑头火耗，准准只加一五。问词讼，原被干证，个个一两三。给钱粮，十两定除一二两。拿着强盗，今日扳一个，明日扳一个，得钱就松。遇访土豪，是他诈钱桩儿，这边拿一个，那边拿一个，有物便歇。奉承乡绅，听他说人情，替他追债负，不顾百姓遭殃。待衙官，非重礼不与差委，非重赎不与批词。后谋得九江抽分之职，对过往商船加倍收税，常发生船毁人亡之事，他也不放在心上。在同书第十一回中，作者议论道："人最打不破是贪利。一贪利，便只顾自己手底肥，囊中饱。便不顾体面，不顾亲知，不顾羞耻，因而不顾王法，不顾天理。在仕宦为尤甚。"凌濛初激愤地说道：

如今为官做吏的人，贪爱的是钱财，奉承的是富贵，把那"正直公平"四字，撇却东洋大海。明知这事无可宽容，也将来轻轻放过；明知这事有些尴尬，也将来草草问成。竟不想杀人可恕，情理难容。那亲动手的奸徒，若不明正其罪，被害冤魂何时瞑目？至于扳诬冤枉的，却又六问三推，千般锻炼，严刑之下，就是凌迟碎剐的罪，急忙里只得轻易招成，搅得他家破人亡，害他一人，便是害他一家了。只做自己的官，毫不管别人的苦，我不知他肚肠阁落里边，也思想积些阴德与儿孙么？①

可见，不少话本小说家认为，贪婪是吏治腐败的最根本原因之一，因贪而残而酷，而徇私，乃至于枉法。

其次是胥吏横行不法。胥吏无官之名，却行官之实。因其直接和人、事打交道，其扰民之害尤甚。纪昀尖锐地指出："最为民害者，一曰吏，一曰役，一曰官之亲属，一曰官之仆隶。是四种人，无官之责，有官之权。官或自顾考成，彼则惟知牟利，依草附木，怙势作威，足使人敲髓洒膏，吞声泣血。四大洲内，惟此四种恶业至多。"② 顾炎武也说道："天下之病民者有三：曰乡官，曰生员，曰吏胥。"③ 又言："夺百官之权，而一切归之吏胥，是所谓百官者虚名，而柄国者吏胥而已。"④ 话本小说家对此也多有揭露。如《醒世恒言》第二十卷："任你官清似水，难逃吏滑如油。"《西湖二集》第十八卷、第二十卷："大抵在衙门中的人，都要揉曲作直，以是为非，以非为是，上瞒官府，下欺百姓，笔尖上活出活人，那钱财便就源源而来。""还有那衙门中人，舞文弄法，狐假虎威，吓诈民财，逼人卖儿卖女，活嚼小民。"《无声戏》第三回说到，人若要吃衙门这碗饭，得"先要吃一服洗心肠，把良心洗去，还要烧一分告天纸，把天理告辞，然后吃得这碗饭"。衙门之吏没有了天理良心，何酷不有，何贪不至？徐谦本为清官，因有一群奸猾之吏把持着衙门，以致其志不遂，反受神灵惩罚。《醒世恒言》第三十六卷写绍兴一带的风俗，常四五个一伙，买得一官，其余人充任役吏，坐地分赃。"到了任上，先备厚礼，结好堂官，叨揽事管，些小事体，经他衙里，少不得要诈一两五钱。"甚至一些刀笔小吏也为非作歹。且看乌程县数一数二"吃

---

① 《拍案惊奇》，第181页。

② 纪昀：《阅微草堂笔记》，上海古籍出版社，1980年，第103－104页。

③ 顾炎武：《顾亭林诗文集》，中华书局，1959年，第22－23页。

④ 《日知录集释》（外七种），第639页。

馄饨”的无赖秀才金有方：

> 凡是县城中可欺的土财主，没势要倚靠的典当铺，他便从空捏出事故来，或是拖水人命，或是大逆谋反，或是挑唆远房兄弟、叔侄争家，或是帮助原业主找绝价，或是撮弄寡妇孤儿告吞占田土屋宇。他又包写、包告、包准骗出银子来。也有二八分的，也有三七分的，也有平对分的。①

官吏勾结，共同徇私舞弊者不在少数。《型世言》第二回揭露道：“只是近来官府糊涂的多，有钱的便可使钱，外边央一个名色分上，里边或是书吏，或是门子，贴肉揌，买了问官。有势的又可使势，或央求上司分付，或央同年故旧关说，劫制问官。又买不怕打，不怕夹的泼皮做硬证，上呼下应，厚贿那仵作，重伤报轻伤。在那有人心问官，还葫芦提搁起，留与后人；没人心的反要坐诬。”再如：

> 此时钟明、钟亮拼却私财，上下使用，缉捕使臣都得了贿赂；又将白银二百两，央使臣转送县尉，教他阁起这宗公事。幸得县尉性贪，又听得使臣说道，录事衙里替他打点，只疑道那边先到了录事之手，我也落得放松，做个人情。收受了银子，假意立限与使臣缉访。过了一月两月，把这事都放慢了。正是“官无三日紧”，又道是“有钱使得鬼推磨”。②

反之，一清如水的官员常常得不到提拔。《跨天虹》第三卷中的陈公，一清如水，“只因为人古拗，不肯逢迎上司，做了三年，被按院参了一本，降作福州知府”。

（五）地方乡绅扰民乱法，流氓肆意非为，军队纪律涣散，成为民害

云南兵备杨佥事免职回乡后，“一向私下养着剧盗三十余人，在外庄听用。

① 酌元亭主人编次，董莲枝校点：《照世杯》，春风文艺出版社，1994 年，第 279 页。
② 冯梦龙编，许政扬校注：《喻世明言》，人民文学出版社，1958 年，第 329－330 页。

但是掳掠得来的，与他平分；若有一二处做将出来，他就出身包揽遮护"。为了侵占云南秀才张寅的钱财，害其主仆五人性命（《二刻拍案惊奇》卷四）。吾爱陶在闾里间，兜揽公事，武断乡曲，理上取不得的财，他偏生要取，理上做不得的事，他偏生要做（《石点头》第八卷）。屠监生横行乡里，因为有至亲在院部，甚至于带领家人冲入县衙，公然打一县父母官（《通天乐》）。赵翼在《廿二史札记》中言："前明一代风气，不特地方有司私派横征，民不堪命。而缙绅居乡者，亦多倚势恃强，视细民为弱肉，上下相护，民无所控诉也。"① 总之，乡绅成为地方恶势力扰民害命的现象是晚明社会的一个侧影。

还有地方无赖坑蒙拐卖，扰乱社会治安。明清之际的无赖活动猖獗，他们往往"扎火棍"，游手好闲，坑蒙拐骗偷样样不落，在话本小说中多个篇目都对此有所涉及。军队纪律涣散，扰民杀民。如《西湖二集》第六卷《姚伯子至孝受显荣》提到，浙江右臣阿儿温沙生性贪婪，赏罚不明，在缴杀红巾军中战败，然后其士兵干脆假作红巾军，烧杀抢劫，无恶不作。

凌濛初关于强盗的论述可作封建社会官场的概括：

> 话说世人最怕的是个"强盗"二字，做个骂人恶语。不知这也只见得一边。若论起来，天下那一处没有强盗？假如有一等做官的，误国欺君，侵剥百姓，虽然官高禄厚，难道不是大盗？有一等做公子的，依靠着父兄势力，张牙舞爪，诈害乡民，受投献，窝赃私，无所不为，百姓不敢声冤，官司不敢盘问，难道不是大盗？有一等做举人秀才的，呼朋引类，把持官府，起灭词讼，每有将良善人家，拆得烟飞星散的，难道不是大盗？只论衣冠中尚且如此，何况做经纪客商，做公门人役，三百六十行中人，尽有狼心狗行，狠似强盗之人在内，自不必说。②

二、"格其非心"，以道德救世

理想的社会首先是一个政治秩序良性的社会。马克斯·韦伯认为权威有三种

---

① 赵翼著，王树民校证：《廿二史札记校证》，中华书局，1984年，第785页。
② 《拍案惊奇》，第132页。

类型：魅力型、法理型、传统型①。政治学家戴维·伊斯顿在《政治生活的系统分析》一文中，将合法性的来源总结为意识形态、结构和个人品质等三个方面。中国封建社会每一个王朝的建立及统治，几乎都有这三种范式。起初，王朝的建立者是凭借他们的个人魅力和个人品质（建立功勋，或成为道德楷模）进行统治；王朝建立之后，他们建立起一整套的法治法规，然后依据职责分配给有资格的担当者；王朝的继承人依照家天下的传统继续进行合法统治。但这种统治虽具有法理成分，却主要遵照君主意志，仍属于传统型统治。韦伯与伊斯顿的划分虽然不同，在本质上却是一致的。中国传统的治国理念则是德治（个人魅力与个体品质）与法治（法理型与结构、意识形态）相统一。《醒世恒言》第十五卷："国正天心顺，官清民自安。"《喻世明言》第四十卷："吏肃惟遵法，官清不爱钱。豪强皆敛手，百姓尽自眠。""国有忠臣世泰平。"《生绡剪》第十四回："清廉能使民无讼。"由此看来，良好的社会环境、良性的社会状态的前提条件是"国正""官清""吏肃""尊法""臣忠"，要求的对象是君主与官吏。细细体察，道出政治秩序建立的两种途径，从内而言是道德自觉，即"清""正""肃""忠"。《论语·为政》云："道之以政，齐之以刑，民免而无耻。道之以德，齐之以礼，有耻且格。"《中庸》说："知所以修身，则知所以治人。"自外而言，则依靠法律制度、行为规则（"遵法"），以赏罚的形式保证秩序良性存在。亚里士多德说："常人既不能完全清除兽欲，虽最好的人们（贤良）也未免有热忱，这就往往在执政的时候引起偏向。法律恰恰正是免除一切情欲影响的神祇和理智的体现。"②

《孟子·离娄上》指出，"不足与适也，政不足间也，惟大人为能格君心之非。君仁，莫不仁；君义，莫不义；君正，莫不正。一正君而国定矣"。"格"者，正也。格非，即是革除不正，使之趋于正。君主的典范作用，是其树立政治权威的重要因素。小说言"国正天心顺"之正，首先是君主之正。按照天人感应的理论，下有所事，天必应之。国正，则风调雨顺，国泰民安。《礼记·哀公问》云："政者正也。君为正，则百姓从政矣。君之所为，百姓之所从也。君所不为，百姓何从？"《大戴礼记·保傅》强调说："天子正而天下定矣。"

程颐强调皇帝在国家政治生活中的作用，他说："天下之治乱系乎人君仁不

---

① ［德］马克斯·韦伯著，林荣远译：《经济与社会》，商务印书馆，1997 年，第 241 页。
② ［古希腊］亚里士多德著，吴寿彭译：《政治学》，商务印书馆，1983 年，第 169 页。

仁耳。"①《上仁宗皇帝书》中进一步说道："圣明之主，无不好闻直谏，博采刍荛，故视益明而听益聪，纪纲正而天下治；昏乱之主，无不恶闻过失，忽视正言，故视益蔽而听益塞，纪纲废而天下乱；治乱之因，未有不由是也。"② 程颐发挥孟子"格君之非"观点，将君心之正看成治国之本，"治道亦有从本而言，亦有从事而言。从本而言，惟从格君心之非，正心以正朝廷，正朝廷以正百官"③。"格君心之非"并不单指道德方面，而是指对人、对事的认知。"夫政事之失，用人之非，知者能更之，直者能谏之。然非心存焉，则一事之失，救而正之，后之失者，将不胜救矣。格其非心，使无不正，非大人其孰能之？"④ 在二程看来，是非之心比事情的结果更为重要，知何者为是，何者为非，从是而行，见非而止，如此才能真正做到"无不正"。程颐与孟子一样，都将"格君之非"作为"大人"的事业，为此，他甚至用天人感应、阴阳灾异来劝说皇帝，使皇帝警醒。朱熹也认为人主之心是天下之"大本"，"天下事有大根本，有小根本，正君心是大本"⑤。"大本"立则如任贤相、杜私门、择良吏、选将帅等"要切处"可推而见⑥，君心一念，关系国家治乱安危，君心不可不正。

诚如话本小说命名及序言所表现出来的"喻世""醒世""型世"等救世思想一样，小说家揭露黑暗的政治，不是要颠覆现有的社会，而是揭露痼疾，以期达到治疗的效果。他们期待的不是改朝换代，而是政治体制本身的完善。

先看君主之正。君主应当明智、刚正、循礼，是道德楷模。《程氏易传·履卦》说："古之圣人，居天下之尊，明足以照，刚足以决，势足以专，然而未尝不尽天下之议，虽刍荛之微必取，乃其所以为圣也，履帝位而光明者也。若自任刚明，决行不顾，虽使得正，亦危道也，可固守乎？有刚明之才，苟专自任，犹为危道，况刚明不足者乎？"⑦ 当人君具有"明""刚"之质，还需"尽天下之议"。"明""刚"既是个性特征，也是道德要求，而"尽天下之议"则纯是道德约束了。在程颐看来，"明""刚"之质与礼"尽天下之议"二者不能分开。

---

① 《二程集》，第390页。
② 《二程集》，第510页。
③ 《二程集》，第165页。
④ 《二程集》，第390页。
⑤ 《朱子语类》，第2678页。
⑥ 《晦庵先生朱文公文集》（第2册），见朱熹撰，朱杰人等主编：《朱子全书》（第21册），上海古籍出版社、安徽教育出版社联合出版，2002年，第1112页。
⑦ 《二程集》，第752页。

话本小说从不同方面展示了君主之正及其对社会政治秩序的影响：

（1）太宗皇帝仁明有道，信用贤臣。文有十八学士，武有十八路总管。真个是鸳班济济，鹭序彬彬。凡天下有才有智之人，无不举荐在位，尽其抱负。所以天下太平，万民安乐。……三道征书络绎催，贞观天子惜贤才。朝廷爱士皆如此，安得英雄困草莱？①

（2）说话的，不知从来做天子的，都是一味忧勤，若是贪恋嬉游，定是亡国之兆。只看我洪武爷百战而有天下，定鼎金陵，不曾耽一刻之安闲。夜深在于宫中，直待外边人声寂静，方才就枕，四更时便起，冠服拜天后，即往拜奉先殿，然后临朝。敬天敬祖，无一日而不如此。……（永乐爷）又体洪武爷安不忘危之意，率领将士亲征，五出漠北，三犁虏廷，捣其巢穴，杀得鞑靼东倒西歪，落荒而走，直至南望北斗，连那元太祖始兴之地斡难河边，都造一行宫于其地，以示神武。……可见帝王是断贪不得安乐的。②

（3）高宗虽然遊豫湖山，却都是与民同乐。那时临安百姓极其安适，诸务税息每多蠲免，如有贫穷之民。连年不纳钱赋者，朝廷自行抱认。还有各项恩赏，有黄榜钱，雪降之时便有雪寒钱，久雨久晴便有赈恤钱米，大官拜命便有抢节钱，病的便有施药局，童幼无人养育的便有慈幼局，贫而无倚的便有养济院，死而无殓的便有漏泽园。③

上述几例各有侧重：（1）侧重君主信用贤臣；（2）侧重君主奋发有为；（3）侧重君主"与民同乐"。（1）写任用贤臣，则奸邪小人自远。正是任用贤臣，唐太宗、明太祖时，国家才兴旺繁盛。《七十二朝人物演义·伊尹相汤》中，汤成就一番事业，与其礼贤下士有关。该回小说写汤知伊尹之贤，几次三番派人去请。伊尹以烹饪为喻，言治国之道。又去夏，劝诱夏王，然夏桀不用，而且大兴土木，荒淫怠政，诛杀谏臣，兴师劳众。然后伊尹重回汤处，与汤共商大业，推翻夏朝，重建天下秩序。"兢兢然惟惧一政之不顺于天，一事之不合于理。

---

① 《喻世明言》，第102、108页。
② 周楫纂，陈美林校点：《西湖二集》，江苏古籍出版社，1994年，第28－30页。
③ 《西湖二集》，第38页。

如此，王者之公心也。"①（2）写洪武、永乐勤于政事，正是反衬晚明时万历帝不理朝政，以私心行公事，以致国弱民贫。（3）表达的观点乃是：倘若国弱，人主耽于安逸，也需与民同乐，才能使江山长久。作者结尾说到，南宋之初，宋高宗耽于安逸，而没有走陈后主、李后主的老路，在于他"与民同乐"。

君心之正还在于帝王明察，信任臣下，采纳雅言，志向坚定，君臣相得，共治天下。二程指出，"君道之大，在乎稽古正学，明善恶之归，辨忠邪之分，晓然趋道之正；故在乎君志先定，君志定而天下之治成矣。所谓定志者，一心诚意，择善而固执之也。……自知极于明，信道极于笃，任贤勿贰，去邪无疑，必期致世如三代之隆而后已也。"② 程颐此段所阐释的君主的品质包括"明察"（明善恶、辨忠邪）、"定志"（择善而固执）、"任贤"（任贤勿贰，去邪无疑），三者结合，治世可期。朱熹主张君主与大臣议事以显君王之圣，在《经筵留身面陈四事札子》中，他指出，"盖君虽以制命为职，然必谋之大臣，参之给舍，使之熟议以求公议之所在，然后扬于王庭，明出命令而公行之"，建议皇帝"凡号令之弛张，人才之进退，则一委之二三大臣，使之反复较量，勿徇己见，酌取公论，奏而行之"③。朱熹还认为，君臣之间坚守等级秩序，但君臣相亲也非常重要："国初下江南，一年攻城不下，是时江州亦城守三年。盖其国小，君臣相亲，故能得人心如此。""若论三代之世，则封建好处，便是君民之情相亲，可以久安而无患。""古之君臣所以事事做得成，缘是亲爱一体。"④ 君臣相亲，可得人心，可得久安，可得事事成功。

话本小说中，但凡人君能明察，采纳雅言，信任臣下者，往往社会大治。《七十二朝人物演义·墨氏兼爱》指出，君民一体，天子爱民是其本务。虞世南、褚亮、姚思廉"一心要尽职业、怀献替，也不怕撄主之怒，也不畏蒙主之谬……"他们建议君主重民忧民，而人主不因他们的直言劝谏而疏远甚至贬谪、杀掉他们。君臣相得，才有贞观之治。各藩镇不法，唯韩滉坚守君臣礼仪。众人非议韩滉，唯李泌为其辩护。德宗皇帝也能采纳李泌的建议。京师无饥，全得韩滉之力。作为地方藩镇官员，韩滉待下宽宏厚道，有雅量。将金凤还归戎昱，并厚赠妆奁。以此宽宏大度之量，使"人人归心，文武效力，江南半壁平平安安，

① 《二程集》，第530页。
② 《二程集》，第447页。
③ 《晦庵先生朱文公文集》（第1册），第680－682页。
④ 《朱子语类》，第3042、2679、2284页。

并不劳一支折箭之功"（《西湖二集》第九卷）。唐太宗求马周，圣旨三催。用了马周后，"言无不听，谏无不从"（《喻世明言》第五卷）。褚遂良曾多次直言劝谏唐太宗，如阻其泰山封禅，不让太宗看起居注，谏戒奢侈，立太子，太宗都采纳之（《西湖二集》第三十二卷）。楚庄王在宴乐时，美人之衣为人所牵，而庄王曲为隐蔽，掩护一员猛将，后在楚晋之战中大发威力（《喻世明言》第六卷）。

格其非心的对象也包括臣子。二程以君道、臣道要求君臣，"为君尽君道，为臣尽臣道，过此则无理"，"君令臣行，劳于事者臣之职也"，"尊卑得正，上下顺理，治蛊之道也"①。君君、臣臣，各尽其职，尽心尽性，各得其正，敬事顺理以合于"中道"，尽可能地履行好自己的职责与义务。

《七十二朝人物演义》指出，要使世间清平，人民乐业，四海九州时丰岁稔，风调雨顺，兵戈宁息，"所赖居乎上位，临乎下土的公侯卿大夫有巨识宏量，谠言嘉谋，赞画帷幕，造陛趋堂，进忠纳谏。或是戎车远役，绝塞强胡，居中作捍，勋奕拊宁，朝野共洽，沾恩感佩。或是宣扬朝廷的盛化，缉隆圣世，内竭谋猷，外勤庶政，密勿军国，心力俱尽"。大臣想方设法为朝廷服务，既要向国君出谋划策，进献忠言，又要选拔人才；外御强敌，内捍安宁，并且要注重对民众进行教化；勤于政事，"内竭谋猷，外勤庶政"，"心力俱尽"。大臣若位高权重，以身家为重者，便将贵重的禄位、崇大的邦家置之等闲，将江山社稷置之度外，"惟利是趋，惟害是避。一日登庸，万般贪酷浮躁，收于门墙之下者，无非是势利小人，驽骀下品，为其爪牙，结其心腹，莫不先容陈意，献其乃怀，奸盗诈伪，放僻邪侈，无所不至"②。即使人主圣哲，也无威可使，无计可施，无刑罚可加，无仁德可化。作者把"旌贤崇善，进德用才，雍荣敷治，扶颓翼衰"作为两件"有国的上务"。

人臣之忠，忠于帝、重于事、顺于理，"忠"而"中"，不以谄媚、阿谀讨好帝王为事。"事君者，知人主不当自圣，则不为谄谀之言。""不自损其刚贞，则能益其上，乃益之也；若失其刚贞，而用柔说，适足以损之而已，非损己而益上也。世之愚者，有虽无邪心，而唯知竭力顺上为忠者，盖不知弗损益之义也。""能守中，则有益于上矣。"③"忠"之为言，有其标准。其一，在结果上，对上

---

① 《二程集》，第 77、706、789 页。
② 李致忠、袁瑞萍点校：《七十二朝人物演义》，书目文献出版社，1988 年，第 297、298 页。
③ 《二程集》，第 1246、909 页。

损益与否。"刚贞"则益，无"刚贞"之顺，只是"损"上而已，算不上"忠"。人臣以道以理事上，坚守刚贞之道，自会有益于上，此则真正为"忠"。其二，是否竭尽全力，发挥其才为君做事。"臣之于君，竭其忠诚，致其才力，用否在君而已，不可阿谀逢迎，以求君之厚己也。"① 其三，在主观意图上，为君为民而非为己。以阿谀逢迎之法，以求君主厚己之行，不为忠。朱熹注"事君，敬其事而后其食"说："君子之仕也，有官守者修其职，有言责者尽其忠。皆以敬吾之事而已，不可先有求禄之心也。"② 当官的出发点不在于体禄，而是要发挥应尽的才干，为天下百姓做实事。

考察话本小说刻画的官吏，奸臣、权臣（包括宦官）等，他们或一味顺迎帝王心意，对帝王不当之行不加劝阻，或为一己之私有意逢迎帝王，甚至于有意引导帝王行非理之事，最终误国害民。相反，真正的忠臣则是另外一番行事风格。

不为自己利益而徇私舞弊。大唐开元年间，宰相代国公郭元振有侄儿郭仲翔才兼文武，一生豪侠尚气，不拘绳墨。他父亲写了一封书叫他到京参见伯父，求个出身之路。元振曰："大丈夫不能掇巍科，登上第，致身青云，亦当如班超、傅介子，立功异域，以博富贵。若但借门第为阶梯，所就岂能远大乎？"（《喻世明言》第八卷）

恪尽职守，不畏权贵。永乐年间李懋先做人极其忠厚，待物平恕，持身谨平，性格耿直，后为皇帝侍讲。当圣上传旨求直言，李侍讲谏以"停工作、罢四夷朝贡、沙汰冗官、赈济饥荒、清理刑狱、黜赃官、罢遣僧道、优恤军士共十五事"；洪熙年间李侍讲又上奏两个时政阙失的本，激怒了圣上，虽受尽酷刑而无所屈服（《型世言》第十二回）。

坚定忠贞，不为利禄所诱惑。《醒世恒言》第三十卷中畿尉李勉说："做官也没甚难处，但要上不负朝廷，下不害百姓，遇着死生利害之处，总有鼎镬在前，斧锧在后，亦不能夺我之志；切勿为匪人所惑，小利所诱，顿尔改节，虽或侥幸一时，实是贻笑千古。足下立定这个主意，莫说为此县令，就是宰相，亦尽可做得的！"

清廉干练，有吏才。江西赣州府石城县鲁廉宪，一生为官清介，人都称"鲁

---

① 《二程集》，第1242页。
② 《四书章句集注》，第168页。

白水"。(《喻世明言》第二卷)江州德化县知县石壁,"为官清正,单吃德化县中一口水。又且听讼明决,雪冤理滞,果然政简刑清,民安盗息。"(《醒世恒言》第一卷)

注重实际,踏实肯干。李懋先做北京祭酒时,"一到任,便振作起来,凡一应夹分上、讨差、免历,与要考试作前列的,一概不行,道:'国学是天下的标准,须要风习恬雅,不得寡廉鲜耻。'""监生有贫不曾娶妻的,不能葬父母的,都在餐钱里边省缩助他。有病的,为他医药。勤读的,大加奖赏。"(《型世言》第十二回)

精明廉查,不做庸官。《智囊·察智部》的总序中,冯梦龙提出:"吏治其最显者,得情而天下无冤民,诘奸而天下无戮民。"许多官员在审案时,并不迷信刑法拷究,而是深入调查,探究缘由,以避免刑讯逼供而导致冤假错案。如《西湖二集》第三十三卷中,周新为官,断过很多难断之案,都不用刑讯之法。小说引诗赞道:"从来折狱古为难,声色言词要细看。若把心思频察取,可无冤狱漫相奸。"《醒世恒言》第二十九卷中陆光祖到任后,明察暗访,掌握真实情况后,毅然纠错,将蒙冤者卢楠释放回家。当按院看了申文,道他擅行开释,必有私弊,陆光祖回答:"知县但知奉法,不知避嫌。但知问其枉不枉,不知问其富不富。若是不枉,夷齐亦无生理。若是枉,陶朱亦无死法。"

官之在上者,以劝谏君王,极力辅佐君王为能事,选贤与能,在大政方针上坚持原则;官之在下者,则要全力履行好自己的职责,从思想教育到物质生产,再到地方安宁等,事事为民。以己之正而正民,以格君臣之非而正天下。

三、德治之外——小说家对政治秩序的继续探究

中国古代社会的控制,除了讲究礼仪,以道德作为最高法则外,还有很多具体实践。如尧舜的禅让制;秦朝的郡县制,车同轨、书同文、统一度量衡;汉初的约法省刑,"与民休息";汉武帝时的"罢黜百家,独尊儒术"等。概括起来,即对国民从思想与行为上多方控制。

"得天理之正,极人伦之至者,尧、舜之道也。"① 中国古代的教育以儒家思想为主,儒家的纲常伦理在这种教育中深入人的灵魂深处。"伦理—政治"的文化范式成为中国教育的价值标准。孔子极为重视教育的作用,他曾谈及孝悌与国

---

① 《二程集》,第450页。

家政治的关系道："'孝乎惟孝，友于兄弟，施于有政'，是亦为政。"（《论语·为政》）"其为人也孝弟，而好犯上者，鲜矣。"（《论语·学而》）"人亲其亲，长其长，而天下太平。"（《论语·颜渊》）故教育服务于政治，是政治的有力支撑。孟子认为教育的政治功效超越政治本身，他说："善政不如善教之得民也……善政得民财，善教得民心。"（《孟子·尽心上》）王充从教育改变社会风气的角度论述教育的价值，说道："凡含血气者，教之所以异化也。三苗之民，或贤或不肖，尧、舜齐之，恩教加也。楚、越之人，处庄、岳之间，经历岁月，变为舒缓，风俗移也。"①

从话本小说中的故事看，优秀的官吏往往重视教化。钱希白"下车之日，宣扬皇化，整肃条章；访民瘼于井邑，察冤枉于囹圄，屈己待人，亲耕劝农，宽仁惠爱，劝化凶顽，悉皆奉业守约，廉谨公平。听政月余，节届清明"，后来官至尚书，"惜军爱民"，百姓赞仰（《警世通言》第十卷）。薛少府到青城县后，立起保甲之法，凡有盗贼，协力缉捕；设立义学，教育人才；开义仓，赈济孤寡；每至春间，亲往各乡，课农布种，又把好言劝谕，教他本分为人。因此，"处处田禾大熟，盗贼尽化为良民。治得县中真个夜不闭户，路不拾遗"（《醒世恒言》第二十六卷）。从钱希白"下车之日，宣扬皇化，整肃条章"，薛少府"设立义学，教育人才"来看，他们都将教化作为其政治措施的一部分，以教化配合其他政治措施，他们所取得的政绩也是显著的。

在揭示吏治的腐败时，小说家通过故事探索归正社会秩序的方法。其中，有几条值得注意。一是用推举制选拔人才：

（东汉光武年间）天下又安，万民乐业，朝有梧凤之鸣，野无谷驹之叹。原来汉朝取士之法，不比今时。他不以科目取士，惟凭州郡选举。虽则有博学宏词，贤良方正等科，惟以孝廉为重。孝者，孝弟；廉者，廉洁。孝则忠君，廉则爱民。但是举了孝廉，便得出身做官。若依了今日的事势，州县考个童生，还有几十封荐书。若是举孝廉时，不知多少分上钻刺，依旧是富贵子弟钻去了。孤寒的便有曾参之孝，伯夷之廉，休想扬名显姓。只是汉时法度甚妙：但是举过某人孝廉，其人若果然有才有德，不拘资格，骤然升擢，连举主俱纪录受赏；若所举不得其

---

① 《论衡》，第27页。

人，后日或贪财坏法，轻则罪黜，重则抄没，连举主一同受罪。那荐人的，与所荐之人，休戚相关，不敢胡乱。所以公道大明，朝班清肃。（《醒世恒言》第二卷）

《拍案惊奇》卷二十九《通闺闼坚心灯火　闹图圄捷报旗铃》说：

自汉以前，人才只是举荐征辟，故有贤良、方正、茂材异等之名。其高尚不出，又有不求闻达之科。所以野无遗贤，人无匿才，天下尽得其用。

由此两则故事可见，冯梦龙与凌濛初都认为举荐制度有其优势。一是对举荐制进行约束，方法可行。二是注重对被举荐人员的道德要求。三是让更多有才有德之人走向朝廷。如此，天下无遗才，朝班清肃。

二是清肃官员身边的胥吏，严格约束自己的亲人。"衙蠹不除，则良民不得其生。"地方胥吏作恶，常常把持官府，架空地方官员。金宣为县令时，"革退老年吏役"，"并不许以小作大，告那脱空谎状"。①积年老书手莫老虎专一把持官府，舞文弄墨，教唆词讼，无所不至，作恶多端，害人无数，以致衙门中人通同作弊。周新的观点是："若要天下太平，必去贪官。贪官害民，必有羽翼，所谓官得其三，吏得其七也。欲去贪官，先清衙门中人役，所以待此辈不恕"。周新先毙莫老虎于狱，"凡衙门中积年作恶皂快书手，该充军的充军，该徒罪的徒罪，一毫不恕"。这样做也的确起到一定效果：良民各安生理，浙江一省刑政肃清。（《西湖二集》第三十三卷）

官吏若不约束身边胥吏，也将危害到自己。《贪欣误》第六回中，徐谦居官清正不阿，思量要致君尧舜，做个忠良不朽事业，曾有诗赋志，云："立志清斋望显荣，滥叨一第敢欺公。清忠自许无常变，勤慎时操有始终。君亲罔极恩难报，民社虽微愿欲同。矢志不忘期许意，赋归两袖有清风。"以此而受神灵之敬。后因对部下不加约束，以致所管吏员贪金受银，杀无辜之人。神灵将此责任归之于他，减其寿三十年。

官吏也要管好自己的家人。《醉醒石》第十一回《惟内惟货两存私　削禄削

① 《珍珠舶》，第49页。

年双结证》讲魏推官未有功名时极为贫穷，及至做官后，其夫人贪财，魏推官惧内，也就随她。夫人与衙门中人合伙谋财，为六百金害人命，毁了魏推官的前程。

话本小说家极力以小说从各个方面展示封建官场的生态，有弊端者揭露之，有可行者赞赏之。小说家们尽己之力，以文学救世，以弥补正规教科书教化之不足。诚如《七十二朝人物演义·叙》云："今世于四子之书，有讲习者则纯乎理而寡趣；学士之韦编几绝，书生之听诵欲卧。叩其事理之源流，圣贤之本末，影猜响觅，有如射覆，所谓理已不备也，安得有趣哉！"虽然话本小说家都是饱读儒家诗书的知识分子，但他们都不约而同地选择小说，窃以为是沉居下潦使然，更是救世心态使然。

第二节　话本小说的婚姻家庭秩序

中国的传统文化是伦理型文化，以血缘关系为基础的三纲五常成为封建社会全部伦理道德的基石。追根究底，三纲五常是对家庭成员权利与责任的规定。每个家庭成员都有自己的角色责任与义务。具体而言，是"父慈而教，子孝而箴，兄爱而友，弟敬而顺，夫和而义，妻柔而正，姑慈而从，妇听而婉"（《左传·昭公二十六年》）。"父慈、子孝、兄良、弟悌、夫义、妇听、长惠、幼顺、君仁、臣忠十者，谓之人义。讲信修睦，谓之人利。争夺相杀，谓之人患。"（《礼记·礼运》）人必须遵守"十德"，"孝弟忠顺之行立，而后可以为人"（《礼记·冠义》）。坚守人之大伦，扮演好人伦道德中规定的角色，才是真正的"人"。家庭角色扮演好坏关系到国家的治乱。《周易·家人》曰："家人，利女贞。"《象》曰："家人，女正位乎内，男正位乎外；男女正，天地之大义也。家人有严君焉，父母之谓也。父父、子子、兄兄、弟弟、夫夫、妇妇而家道正，正家而天下定矣。"《论语》有云："'孝乎惟孝，友于兄弟，施于有政。'是亦为政。奚其为为政？"家庭血缘及家族发展、国家治乱，都会反映到家庭伦理中。

明末清初是中国古代社会发展的一个重要时期，尤其是经济与社会生活方面的变化最为明显。家庭是社会最基本的细胞，它对社会生活的变化反应迅敏。商品经济的发展导致社会奢侈之风盛行，价值观的改变，也使传统的家庭伦理遭受冲击。

享乐主义虽体现在方方面面，但大致可用"酒色财气"来概括。财、色、气三者本是人最基本的需要。《洪范》八政，一曰食，二曰货。"财者，帝王所以聚人守位，养成群生，奉顺天德，治国安民之本。"① 财是群体聚集、生养的必需，也是治国安民之本。仓廪实而知礼节，人类文明的繁衍离不开基本的物质生活保障。"食色，性也。""色"具有两种功能，一是人类生理本能的满足，二是人类繁衍的实现。而"气"则是人之身体的物质材料，有气则活，离气则亡。"人生在世，酒色财气四者脱离不得。若无酒，失了祭享宴会之礼；若无色，绝了夫妻子孙人事；若无财，天子庶人皆没用度；若无气，忠臣义士也尽委靡。"酒色财气四者中，又以财色二字为主。"虽说酒色财气一般有过，细看起来，酒也有不会饮的，气也有耐得的，无如财色二字害事。但是贪财好色的又免不得吃几杯酒，免不得淘几场气，酒气二者又总括在财色里面了。"（《警世通言》第十一卷）明末清初，人欲泛滥成灾，对财色的追求毫无餍足，逞能使性，毫不谦虚忍让。袁宏道指出，"目极世间之色，耳极世间之声，身极世间之鲜，口极世间之谭"；"堂前列鼎，堂后度曲，宾客满席，男女交舄，烛气熏天，珠翠委地，金钱不足，继以田土"；"千金买一舟，舟中置鼓吹一部，妓妾数人，游闲数人，泛家浮宅，不知老之将至"；即使以此家产荡尽，托钵于歌妓之院，分餐孤老之盘，也是一大快活。袁宏道还宣扬："士有此一者，生可无愧，死可不朽矣。"②。

享乐风气与价值观的改变使得世人以钱财为重。"世间所敬者，财也。"（《警世通言》第十一卷）有了钱财，不仅可以享尽荣华，还可以获得好名声，官运亨通。《型世言》第二十三回如是描述钱财之用：

> 如今人最易动心的无如财，只因人有了两分村钱，便可高堂大厦，美食鲜衣，使婢呼奴，轻车骏马。有官的与世家不必言了，在那一介小人，也妆起憨来……不料银子作祸，一窍不通，才丢去锄头、匾挑，有了一百三十两，便衣巾拜客。就是生员，身子还在那厢经商，有了六百，门前便高钉贡元扁额，扯上两面大旗，偏做的又是运副、运判、通判、州同，三司首领。银带绣补，就夹在乡绅中出分子，请官，岂不可美？

① 班固撰，颜师古注：《汉书》，中州古籍出版社，1991年，第192页。
② 袁宏道著，钱伯城笺校：《袁宏道集笺校》，上海古籍出版社，1981年，第205–206页。

儒家伦理道德规范主要建立在血缘亲情关系之上。然而，明末清初，金钱肆虐，伤害亲情。"利心一发，则虽父子兄弟，素厚朋友，即反心而不顾。"① "他那一种机智灵巧，都在这钱字上做了工夫。父母看做路人，兄弟认做别姓，那朋友一发是个外国四夷之人。单单只有那妻子，讨了他些便宜，若是势利到那极处，便是出妻献子，他也是甘心的了。所以世情渐次浇薄，民风专尚奢华。你争我夺，把个道义都撇在扬子江里，可嗟，可叹！"（《生绡剪》第十二回）

一、酒色财气与家庭伦理失范

话本小说中所涉及的酒色财气，许多属于"人欲"，小说从多方面展示了酒色财气对家庭伦理的破坏。

（一）酒色财气对父子关系的破坏

所谓父子关系，并不单指父亲与儿子的关系，而是泛指父母与儿女（包括继父母与继子女，父母与媳妇、女婿）的关系。"父慈子孝"是儒家伦理的核心。父母之爱子，是本能。然而，"世情看冷暖，人面逐高低。任是亲儿女，还随阿堵移"（《二刻拍案惊奇》卷二十六）。话本小说中许多故事表明，这种本能也会受到财色的熏染，兹举几例予以说明。

其一，刘念嗣之妻房氏，"体态风流，情性淫荡"，丈夫死后，"一家所有，尽情拿去，奉承了晚夫，连儿子多不顾了。儿子有时去看他，他一来怕晚夫嫌忌，二来儿子渐长，这些与晚夫恣意取乐光景，终是碍眼，只是赶了出来"，以致儿子贫困潦倒。（《二刻拍案惊奇》卷十三）

其二，李四娘与人私奔，带三岁儿子一同逃跑，途中儿子哭啼，李四娘觉得不便，竟把儿子丢弃在草丛中，自同奸夫逃走。（《二刻拍案惊奇》卷三十八入话）

其三，吴寡妇丈夫死，在超度亡夫的过程中，与道士黄妙修在孝堂内成奸。儿子刘达生发觉，吴氏嫌儿子碍事，与情夫商量要"摆布"儿子，将儿子灌醉欲杀。后又告子忤逆，求府尹"一气打死"。听闻子死，无丝毫悲戚。（《初刻拍案惊奇》卷十七）

其四，嘉兴王江泾的寡妇方氏耐不住寂寞，与后生孙氏勾搭成奸。方氏为了

① 郎瑛：《七修类稿》，中华书局，1959年，第249页。

将来能与其做个长久夫妻，"不若使女儿也与他勾上，方是永远之计"。（《石点头》第四卷）

其五，朱寡妇与汪涵宇勾搭，气死儿子。为了能将汪涵宇留在身边，朱寡妇逼媳妇唐贵梅嫁给汪涵宇，告她忤逆。唐贵梅为保婆婆名誉与自己清白，自缢而亡。（《型世言》第六回）

其六，继母甘氏在未嫁之时对前妻之子很好，而既嫁之后，对前妻之子行为有些芥蒂，以致母子不太和睦。（《八洞天·反芦花》）

其七，吉孝后母韦氏误认为吉孝对她有意见，时常对丈夫说吉孝的不是，吉孝逐渐被父亲厌恶。后来韦氏设计，说吉孝要毒死她，吉孝父亲信以为真，把吉孝勒死。（《五色石》第五卷）

前四例都是母亲与亲生儿女关系因母亲追求肉体享乐而异化。弗洛伊德认为人有两种本能：爱欲本能和死亡本能。爱欲本能是"生的本能"，包括存种（狭义的性欲）和个体自存两种形式，死亡本能是"以破坏为目的的攻击本能"[①]。这些女性为色欲的满足，丧失了母性应有的慈爱、无私，变得冷漠，乃至残酷。

仔细审视这些残忍对待自己亲生子女的女性，可以发现她们多为寡妇或再婚者。在本质上，这些被异化的母性，隐含着情欲被压抑后的破坏性，以及女性在子女、名节、情欲之间的挣扎。然而，小说的主旨不在此，作者关注的重点不在此。正如《金瓶梅》关注"罪财色"一样，他们也将母性的异化归罪于色欲，将这些人打入淫乱一类予以批判。

后两例是后母与继子的关系。后母憎恶或谋害前妻子女，最重要的原因是"财"。在《醒世恒言》第二十七卷的焦氏心里，"若没有这一窝子贼男女，那官职产业好歹是我生子女来承受。如今遗下许多短命贼种，纵挣得泼天家计，少不得被他们先拔头筹。设使久后，也只有今日这些家业，派到我的子女，所存几何，可不白白与他辛苦一世？"焦氏后来生了儿子。只有将前妻之子李承祖弄死，自己的儿子才能继承丈夫锦衣卫千户职位。冯梦龙此回小说，乃在于揭露继母心肠狠毒，"与天下的后母做个榜样"。结尾又有诗云："昧心晚母曲如钩，只为亲儿起毒谋。假饶血化西江水，难洗黄泉一段羞。"在冯梦龙看来，继母之狠，除了与前妻之子没有血缘关系外，重点在于为亲生儿子考虑。

韦氏嫁到吉家时，吉家已家道衰落。韦氏受刁妪挑拨，误以为吉孝瞧不起

---

① ［奥］弗洛伊德著，高觉敷译：《精神分析引论新编》，商务印书馆，1987 年，第 81 页。

她，故此生怨。刁姬又挑唆道："今大娘年正青春，小官人又只得两三岁，相公百年之后，大娘母子两个须要在大官人手里过活，况大官人又有喜家夫人的脚力，那时须受他的累。"此话深深刺激了韦氏，促使韦氏作出加害吉孝的行为。韦氏先为吉孝的"以妾为妻""出身微贱"所激怒，后又因刁氏的"在大官人手里过活"而产生担忧。韦氏对待吉孝，是财与气兼而有之。继母甘氏待前妻之子，则属于气上不顺。吉孝父亲勒死吉孝，不是为财，也不是为色，而是为气。偏听则暗，他对吉孝的偏见使他产生厌恶之情，而韦氏的计谋又使他确认吉孝忤逆。气愤之下，吉尹采取了过激行为。但，吉尹之行并不是作者要批评的，作者批评的是后母韦氏之"过"。

财色的危害，在这几篇小说中并未有直接的议论。但所有的小说家在涉及家庭伦理时，几乎都谴责酒色财气。以天底下最具亲情意味的母爱之异化，更能表现作者对重财色甚于亲情的世情的否定。

父子伦理中，"父为子纲"，"孝"才是重心。《孝经》云："人之行，莫大于孝，孝莫大于严父。严父莫大于配天。""五刑之属三千，而罪莫大于不孝。"父母，尤其是父亲，对子女有绝对的权威。"不孝"是"十恶不赦"的罪行，在各朝法典中，不孝都是大罪，属于重惩之类。

孝是儒家伦理的重心。孔子论及孝道的基本表现大致有三点。第一，奉养父母，在物质上满足父母需求，关注父母的身体健康，此即"能养"。第二，"敬""顺"。只给予物质需要的满足而"不敬"与养牲口没有区别，要"敬"而后顺，"无违"父母，无论是在他们生前还是生后。在孔子看来，敬、顺二者很重要，"事"与"酒食"均给予了满足，如态度不够端正、礼仪有所欠缺，仍算不上孝。第三，继承父志。孔子说："三年无改于父之道，可谓孝矣。"（《论语·里仁》）曾子赞成孔子之孝，认为能养只是最下的孝，而最大之孝在于"尊亲"，其次为"弗辱"："大孝尊亲，其次弗辱，其下能养。"因为，"小孝用力，中孝用劳，大孝不匮"（《曾子·大孝篇》）。孟子从不孝论孝，阐释了孝道的两个基本方面：能养与弗辱。他说：

> 世俗所谓不孝者五：惰其四支，不顾父母之养，一不孝也；博奕好饮酒，不顾父母之养，二不孝也；好货财，私妻子，不顾父母之养，三不孝也；从耳目之欲，以为父母戮，四不孝也；好勇斗狠，以危父母，五不孝也。（《孟子·离娄下》）

前三个方面论父母之养，属于物质需求方面的要求。为养父母，则不能懒惰，不能有赌博、嗜酒等不良嗜好，或者只顾自己小家庭，只迎合妻子喜好。后两个方面是从爱自己之身方面论孝。人若纵欲斗勇，不养成良好的行为习惯，让父母感到羞辱或者使父母受到危害者，都属于不孝。《孝经》又提出孝之始终："身体发肤，受之父母，不敢毁伤，孝之始也。立身行道，扬名于后世，以显父母，孝之终也。"孝之始为爱身，孝之终为扬名。这与曾子小孝、大孝说相对应。

理学家十分重视孝道。程颐认为，"孝莫大于安亲"。为了双亲能安，人应该关注自己的生命。"夫以一身推之，则身者资父母血气以生者也。尽其道者则能敬其身，敬其身者则能敬其父母矣。不尽其道则不敬其身，不敬其身则不敬父母。"① 这种对个体生命的关注并不限于身体本身，还在于对待他人的方式："敬亲者不敢慢于人，爱亲者不敢恶于人。不敢慢于人，不敢恶于人，便是孝弟。"② 朱熹把爱与敬合起来看待，他说："爱而不敬，非真爱也；敬而不爱，非真敬也。"③ 孔子说到敬，但未说到爱。出于爱之敬才是真敬。朱熹从内心的真诚性出发阐释孝，并将其上升到天理高度。心学认为孝的真谛不是外在形式，而是内心情感。王阳明认为"夫孝子之于亲，固有不必捧觞戏彩以为寿，不必柔滑旨甘以为养，不必候起居奔走扶携以为劳者"。而在于以父母之乐为乐，不违父母，"孝莫大乎养志"④。

然而，明末清初盛行的酒色财气，对理学家倡导的孝道产生了巨大冲击，父子之间的伦理被异化。子女不孝父母，虐待父母者大有人在。有儿子骂父母"老贼""老狗"者（《西湖二集》第十三卷），有儿子宣称"今后眼也不要看这老禽兽"者（《喻世明言》第三十八卷）。凶徒陆五汉时常打自己母亲，以致母亲"每事到都依着他，不敢一毫违拗"（《醒世恒言》第十六卷）。

上述故事中，只是偶然提到子女对父母不孝，下面几个故事则专门叙述不孝：

例1：只在乎自己小日子的满足，不管父母死活。赵聪夫妇本有钱财，又继承了家财，但老两口却"要茶不茶，要饭不饭"。母亲"气得头昏眼花，饮食多绝"，儿、媳两个不闻不问。赵母去世后，赵聪夫妇将一切殡葬事宜完全丢给父

---

① 《二程集》，第310页。
② 《二程集》，第310页。
③ 《朱子语类》，第564页。
④ 《王阳明全集》，第874页。

亲赵六老一个人去张罗。赵六老衣食无着，除了当初为儿子娶亲欠下的债务外，又欠下一债。赵六老深夜去儿子房中偷盗，暗夜命丧赵聪利斧之下，导致"子有余财而使父贫为盗"的悲剧。（《拍案惊奇》卷十三）小说写赵六老溺爱儿子惹祸，但根究还是钱财的原因。赵聪夫妇不孝，源于他们的悭吝。小说刻意说明赵聪妻子殷氏"嫁资丰富，约有三千金财物"，但"十分悭吝，一文半贯，惯会唆那丈夫做些惨刻之事"。联系"小夫妻两口恩爱如山"，赵聪夫妇之不孝，则以吝财为主。赵聪本人不孝，则有爱妻而弃父母之意味。

例2：穷教官高愚溪"囊中也有四五百金"时，三个女儿"争来亲热，一个赛一个的要好"。当高愚溪将自己全部身家分给三个女儿后，女儿女婿便"弄做个老厌物，推来攮去。有了三家，反无一个归根着落之处了"。高愚溪宦囊已空，无家可归，准备自尽，幸得侄儿奉养，门生资助，才得以善终。而女儿们见父亲又有了钱财，再次争相讨好。（《二刻拍案惊奇》卷二十六）世人都云女儿是父母的小棉袄，是因为女儿能知父母之冷热。高愚溪三个女儿态度的转变却以钱财为中心，无钱时，不养，也不顺。有钱则热，无钱则冷。小说引诗云："世情看冷暖，人面逐高低。任是亲儿女，还随阿堵移。"父女之间的亲情似乎不因为血缘，不因为生养教育，而是以钱财维系。

例3：杭童生性凶狠，不孝不义，暴戾异常。妻死，留下一女交给母亲屠氏照顾，却不给祖孙二人足够食物，使得母亲经常忍饥挨饿。屠氏既要带小孩又要做家务，服侍杭童，苦累不堪，还经常遭受儿子打骂，终日惶恐不安。杭童被雷警告后仍不悔改，女儿不小心掉进沸水中时，杭童居然拿刀追杀母亲。（《警悟钟》第三卷）杭童之不孝，不在于钱财，而在于他"生性凶狠"这一秉性。他没有给予母亲温饱的满足，也没有言行上的顺从。不养、不顺、不敬是杭童对母亲的态度。

孝必先养，从物质上保证父母衣食无忧。在此基础上，添加敬爱，和颜悦色地对待父母。朱熹云："盖孝子之有深爱者，必有和气；有和气者，必有愉色；有愉色者，必有婉容；故事亲之际，惟色为难耳，服劳奉养未足为孝也。"① 孝顺要表现在行动上、面容上。然而，上述三例中，老人的基本需要得不到满足，儿女也没有给父母好颜色。老人在生理、心理上都受到子女的折磨，甚至于生命安全都受到威胁。

例4：龙员外广泛行善，但女婿孙自连却认为龙员外此行"好没分晓"，"如

---

① 《四书章句集注》，第56页。

何积攒得家私起来？"有了这个念头，当龙员外将家事交付孙自连掌管后，他一改龙员外行善行径，"一发倚着财势滔天，无拘无束，日逐呼朋引类，大嫖大赌"，将龙员外家产败光。见丈人丈母回来，冷嘲热讽，还请人杀他们。（《醒世恒言》第六回）

例5：魏二妻子桃花为了偷淫，嫌婆婆碍事，想要药死婆婆。（《风流悟》第六回）

与前三例不同，例4、例5主要是写女婿、媳妇之不孝。相对于女儿与儿子，女婿、媳妇与岳父母或公婆并没有血缘上的联系。依照传统伦理道德，孝顺长辈不是看是否有血缘关系，而是看在家庭中所担任的角色。然而，作为晚辈，他们或因财，或因色而置长辈于不顾。小说揭示物欲追求对伦理道德的破坏。作者云："本是端正在腔子内，一至涉世交财，顷刻间便歪邪起来，千变万化，丑态毕露。但以自己身家富贵，妻儿老小饮酒、食肉为念，一切天理王法，尽行付之度外。"（《醒世恒言》第六回）小说家还揭示贪淫引起的道德悖乱："惟妇人之性，一淫则不论好歹，不顾人伦，其淫最为阴毒。智最巧，计最狠，心最险，手最辣，口最硬。内不管丧心，外不管悖理，逆伦犯法之事，公然为之，直同儿戏。"（《风流悟》第六回）《型世言》第二十六回入话引朱文公有诗云："世上无如人欲险，几人到此误平生。"认为人在女色上最易动心，"就是极有操守的，到此把生平行谊都坏"。

话本小说家反复强调要孝顺父母。除了讲故事，他们往往跳出来，长篇大论阐述孝顺之应当，孝顺之必须。如凌濛初在《拍案惊奇·赵六老舐犊丧残生 张知县诛枭成铁案》开头云：

> 诗曰：从来父子是天伦，离暴何当逆自亲？为说慈乌能反哺，应教飞鸟骂伊人。话说人生极重的是那"孝"字，盖因为父母的，自乳哺三年，直盼到儿子长大，不知费尽了多少心力。又怕他三病四痛，日夜焦劳；又指望他聪明成器，时刻注想。抚摩鞠育，无所不至。《诗》云："哀哀父母，生我劬劳。欲报之德，昊天罔极。"说到此处，就是卧冰哭竹，扇枕温衾，也难报答万一。况乃锦衣玉食，归之自己，担饥受冻，委之二亲，漫然视若路人，甚而等之仇敌，败坏彝伦，灭绝天理，直狗彘之所不为也。

作者从天伦阐释孝的生理性，又以鸟反哺之事说明人孝亲之应该。接着以父母养育之难，从情理上说明应该报答双亲；以古人孝父母事正面引导人们行孝，最后直斥不孝狗彘不如。此外，在"三言二拍"、《西湖二集》《型世言》《石点头》等话本小说中，直接议论孝道的篇目甚多。

百善孝为先，不孝危及家庭，进而危及社会。无论是阳间法律还是阴司冥法，都严惩不孝之行。赵聪虽然误杀父亲，知县却认为，"赵聪杀贼可恕，不孝当诛！子有余财，而使父贫为盗，不孝明矣！死何辞焉？"将赵聪重责四十，上了死囚枷，押入牢里，最终死于牢中，尸体被丢在千人坑里。其妻殷氏沾染牢瘟身亡，积攒起来的钱钞也被付之乌有。杭童不孝，先遭雷击警告，后又被周仓泥刀斩杀，尸首也被雷劈得不见。孙自连害岳父，夫妻反而病重。桃花毒杀婆母不成，自身变狗。阳间、冥法共惩不孝，正是对孝道的维护。

（二）酒色财气对夫妇伦理的破坏

古人特别看重婚礼对于家庭和社会的作用。"夫昏礼，万世之始也"（《礼记·郊特牲》），"上以事家庙，下以继后世"（《礼记·昏义》）。人类社会的礼也以婚姻为基石，"昏礼者，礼之本也"（《礼记·昏义》）。儒家一直将夫妇伦理置于父子伦理之上。《周易·序卦》云："有夫妇，然后有父子，有父子，然后有君臣。"汉儒认为，夫妇关系既体现了"君臣之道""父子之道"，也体现了兄弟、朋友之道。这便是"会计有无，兄弟之道也。闺阃之内，衽席之上，朋友之道也"（《白虎通·嫁娶》）。程朱理学特别重视父子伦理，但仍将夫妇伦理置于首要地位。朱熹在《论阿梁狱情札子》中指出："夫人道莫大于三纲，而夫妇为之首。"[①] 到明清，夫妇伦理再次被强调。李贽公开提出"言夫妇则五常可知"[②]，唐甄则称："盖今学之不讲，人伦不明；人伦不明，莫甚于夫妻矣。人若无妻，子孙何以出？家何以成？"[③] 戴震也说："夫妇之伦，恩若父子，洽若昆弟，敬若君臣，谊若朋友。"[④]

总体而言，夫妇伦理中对妻子的要求甚为苛刻，对丈夫也有如下要求：

义。《左传》提出"夫和而义，妻柔而正"。《礼记·礼运》提出"夫义、妇听"。夫义在前，妻顺于后。对丈夫的话语离不开"义"。从儒家对"人义"的

---

① 《晦庵先生朱文公文集》（第 2 册），第 917 页。
② 李贽：《初潭集》，中华书局，1974 年，序第 2 页。
③ 唐甄：《潜书》，中华书局，1955 年，第 77 页。
④ 戴震：《孟子字义疏证》，中华书局，1961 年，第 76 页。

定义看，"义"包括慈、孝、良、悌、听、惠、仁、忠等。《释名》："义，宜也。裁制事物，使各宜也。""义"指合宜的道德、行为或道理。《大戴礼记·本命》有云："女子者，言如男子之教而长其义理者也。"丈夫教女子义理，则必自己先具"义理"。将"义"定为"夫"的德行，要求并不低。"义"中最主要的一项就是不淫①。魏禧断言："世无义夫，则夫道不笃；夫道不笃，则妇人之心不劝于节；妇人不劝于节，则男女之廉耻不立。"② 如此看来，夫义则妇顺，夫不义则妇不顺。

正。《周易·家人》提出，"女正位乎内，男正位乎外"。此处，"正"是指第二爻、第五爻的卦位。程颐解释道："阳居五，在外也；阴居二，处内也，男女各得其正位也。尊卑内外之道，正合天地阴阳之大义也。"③ 天地有阴阳，阳上阴下，引申为阳尊阴卑。"孤阳不生，独阴不长"，阴阳本身之地位也是相对的。"正"从阴阳（男女）位置而言，但也有包含处事之正。就内而言，处理好父子、夫妇、兄弟之间的关系，使家道正；就外而言，处理好各种事物，以正天下。在处事上，丈夫要有楷模作用，做妻子的表率："刑于寡妻，至于兄弟，以御于家邦。"（《孟子·齐桓晋文之事章》）"身不行道，不行于妻子；使人不以道，不能行于妻子。"（《孟子·尽心下》）班昭《女诫》进一步曰："夫不贤则无以御妇，妇不贤则无以事夫。"

敬。"昏礼者，将以合二姓之好，上以祠宗庙，而下以继后世也。"（《礼记·昏义》）婚姻涉及两个家族，关系到祭祀以及后嗣，古人颇为重视保护夫妇中女性一方。孔子认为夫妇之间应该"敬"，"所以治礼，敬为大。敬之至矣，大昏为大。大昏至矣。大昏既至，冕而亲迎，亲之也。亲之也者，亲之也。是故君子兴敬为亲，舍敬是遗亲也。"三代明王都敬妻子，乃是因为"妻也者，亲之主也，敢不敬与？"（《礼记·哀公问》）妻子是祭祀宗祧的主体，不能不敬。在所有的礼中，婚姻最重，其目的在于表达夫妇之间的敬爱。先敬而后有亲，只有敬才有男女之别，立夫妇之义务："敬慎重正，而后亲之，礼之大体，而所以成男女之别，而立夫妇之义也。"（《礼记·昏义》）理学家唐甄认为"敬且和，夫

---

① 陈宝良：《从"义夫"看明代夫妇情感伦理关系的新转向》，《西南大学学报》（人文社会科学版）2007 年第 1 期。

② 魏禧：《魏叔子文集》，中华书局，2003 年，第 714 页。

③ 《二程集》，第 884 页。

妇之伦乃尽"①。

　　扶持家事，扶持妻子。《白虎通》解释夫妇云："夫妇者何谓也？夫者，扶也，扶以人道者也；妇者，服也，服于家事，事人者也。""夫者，扶也，以道接扶。妇者，服也，以礼屈服。"作为丈夫，要以"人道"扶家，当然也要以"道"对待妻子。古有七出三不去，七出是对女性的道德要求，而三不去（"有所取无所归""与更三年丧""前贫贱后富贵"）则是对女性的保护。朱熹认为"若是夫不才，不能育其妻，妻无以自给，又奈何？这似不可拘以大义"②。倘若丈夫不才，不能"育其妻"，妻则可离夫而去。

　　当然，这些对于丈夫的要求，在现实生活中很少被贯彻执行。许多男性常常罔顾夫妇大义，抛妇弃妻，导致一幕幕家庭悲剧。话本小说很多篇目揭露了丈夫追求财色而破坏夫妇伦理的行径。

　　或以妻子为诱饵骗人钱财。王小山生意不好，要如花似玉的妻子去勾引邻居张二官，以便向张二官借财物，挣起家事。（《欢喜冤家》第九回）张溜儿专门叫妻陆蕙娘赚人到家门，然后合了一伙棍徒，诬赖他人奸骗良家女子，连人和箱笼全部抢去。（《拍案惊奇》卷十六）

　　或贫贱时娶富贵时弃。胡似庄妻马氏虽不漂亮却勤俭持家，"再不肯躲一毫懒"。小说写道："马氏在家，有裙没裤，一件衫，七补八凑，一条脚带，七接八接，有一顿没一顿在家捱。喜是甘淡薄性儿，再没个怨丈夫光景。"即便丈夫将贫穷的责任推到自己身上，马氏也不反驳。后来，胡似庄为了去富贵人家打抽风，"我想我这妻子，生得丑，又相也相得寒，连累我一生不得富贵"，于是将妻子卖了以作盘缠。（《型世言》第三十一回）

　　或升官后弃原配。周廷章羡慕王娇鸾美色与才华，费尽心机将她娶到手。后周廷章父亲为他定了一门亲，此女才色无双，且妆奁甚丰。周廷章慕财贪色，遂忘前盟，停妻另娶，王娇鸾气死。（《警世通言》第三十四卷）满少卿潦倒时受到焦文姬父女的照顾，与焦文姬你贪我爱，成为夫妇，满少卿发誓不负心。后满少卿中第，"见说朱家是宦室之女，好个模样，又不费己财，先自动了十二分火"，心想，"文姬与我起初只是两下偷情，算得个外遇罢了。后来虽然做了亲，原不是明婚正配。况且我既为官，做我配的须是名门大族。焦家不过市井之人，

────────

① 《潜书》，第78页。
② 《朱子语类》，第2644页。

门户低微，岂堪受朝廷封诰，作终身伉俪哉？我且成了这边朱家的亲，日后他来通消息时，好言回他，等他另嫁了便是"。遂另取了才貌双全的朱氏为妻。后焦文姬受尽苦楚，抱恨而死。（《二刻拍案惊奇》卷十一）。以富贵而弃妻者，还有许多，如《喻世明言》第二十七卷《金玉奴棒打薄情郎》中的莫稽受金家之恩，娶金团头之女。官袍加身之后，却想道："早知有今日富贵，怕没王侯贵戚招赘为婿，却拜个团头做岳丈，可不是终身之玷！"借上任之机，竟将妻子推入江中。

上述人中，有些本就道德有缺陷。如张溜儿本就是一个坑蒙拐骗之人。在金钱面前，他们对于自己的配偶缺乏必要的尊重，将妻子作为敛财的工具，对他人实施诈骗。另外一些人，在于己有恩的结发妻子与金钱、名誉发生冲突时，往往选择后者，负心弃妻，另结新欢。负心者，丧失了作为夫的"义"，缺乏夫妇之间的"敬"和对妻子的"扶"与"养"，在外不能正，在内不能齐家，道德伦理之不修，确然可见。《易经·序卦》云："夫妇之道不可以不久也。"修身方能齐家，家齐乃久。小说家对夫妻间背信弃义的行为深恶痛绝，"话说天下最不平的，是那负心的事，所以冥中独重其罚，剑侠专诛其人。那负心中最不堪的，尤在那夫妻之间。盖朋友内忘恩负义，拼得绝交了他，便无别话。惟有夫妻是终身相倚的，一有负心，一生怨恨，不是当耍可以了帐的事。古来生死冤家，一还一报的，独有此项极多"（《二刻拍案惊奇》卷十一）。话本小说家给上述之人的结局也足以显现他们对负妻、弃妻者的态度：王小山身死，妻、子、家财都归了张二官；陆蕙娘弄假成真，离开了张溜儿；胡似庄空有三千两百金而不能享，刚用完卖妻子所得的钱两就一命呜呼，身死财灭；满少卿被焦文姬冤魂杀死；周廷章被杖死。无论是为财、为色、为官职，凡是丧失了作为丈夫应有的"义"，或失财，或丧身，结局令人警醒。

丈夫薄幸，抛弃结发妻子者无好报，但小说的主旨并不尽在于此。《型世言》第三十一回，从标题"薄幸夫空有千金"看，是谴责薄幸丈夫，但小说也指出另一种不弃之弃的薄幸：

> 如今薄情之夫，才家温食厚，或是须臾峥嵘，同贫贱之妻，毕竟质朴少容华，毕竟节啬不骄奢，毕竟不合，遂嫌他容貌寝陋，不是富贵中人，嫌他琐屑，没有大家手段，嫌疑日生，便有不弃之弃。记旧恨、同新欢，势所必至。那妇人能有几个有德性的？争闹又起了。这也不可专咎妇人之妒与悍，还是男子之薄。

在理，夫妇人伦最大，在情在事，夫妇终生相依。对于男子的负心寡义，小说家深恶痛绝，以恶报来予以惩罚。

若男子的薄幸负心主要为财与色，女性的薄幸负心则多为"色"。背夫偷情者，在小说中比比皆是。柳春娘与奸夫偷情，几乎被丈夫张飏发现。柳春娘与奸夫将张飏杀死，又将张飏养子赶出家门。（《跨天虹》第五卷）董文妻子邓氏甚美，董文爱如珍宝，然不能满足邓氏情欲需要。邓氏勾搭上奸夫，对董文的体贴爱护冷漠相待，时常嚷骂，甚至要杀掉丈夫。（《型世言》第五回）杜氏有姿色，颇慕风情，嫌丈夫粗蠢，每日寻是寻非激聒。还经常因为口角跑到娘家去住，后与和尚勾搭，竟然不回家。（《拍案惊奇》卷二十六）这些女性，在婚姻生活中，只重视色欲满足，而忽视夫妇应有的伦理，更别提三从四德了。这类负心贪色女，也没有好结果，不是死就是亡。《型世言》第五回中，作者认为邓氏奸夫耿埴杀邓氏杀得好。结尾"雨侯"曰："弃家鸡羡野鹜，淫妇类然。安得耿埴者尽刃此不义妇，庶几令淫风少息。"

在夫妻伦理中，妻子在自己无后的情况下，为广子嗣，为夫纳妾就是她应尽的义务。为夫纳妾后，还要妻妾和睦。男性在广子嗣的理由下妻妾成群，但为了家庭的和睦，又要防止妻妾参商。为此，儒家规定了妻妾的地位。《白虎通》云："妻者，齐也，与夫齐体之人也。""妾者，接也，伺人者也。"妾的地位远远低于嫡妻。这种规定保证了嫡妻及嫡子的地位。至明代，纳妾的要求严格了一些。《大明律》禁止平民随意纳妾，但平民年四十以上无子者，可以纳一妾。纳妾成为国家法律，嫡妻也无可奈何。事实上，明代纳妾的行为并没有受到多大限制。

对于纳妾之行，很多小说家也很赞成。《五色石》第二卷《双雕庆》开篇云：

> 从来妻妾和顺，母子团圆，是天下最难得的事。人家既有正妻，何故又娶侧室？《汉书》上解说得好，说道："所以广嗣重祖也。"可见有了儿子的，恐其嗣不广，还要置个偏房，何况未有儿子的，忧在无后，安能禁他纳宠？最怪世上有等嫉妒的妇人，苦苦不许丈夫蓄妾，不论有子无子，总只不肯通融。及至灭不过公论，勉强娶了妾，生了子，或害其子，并害其母……

这个理由，仍然是以"广后嗣"为依据。在此依据下，男子娶妾天经地义。既然不能反对丈夫纳妾，妻子就利用在名义上与夫"齐体"、妻大于妾的规定，将种种不满发泄到妾身上，令小妾饱受欺凌。倘若丈夫软弱，也受妻子折磨。《拍案惊奇》卷三十八说道："话说妇人心性最是妒忌，情愿看丈夫无子绝后，说着买妾置婢，抵死也不肯的。就有个把被人劝化，勉强依从，到底心中只是有些嫌忌，不甘伏的。就是生下了儿子，是亲丈夫一点骨血，又本等他做大娘，还道是'隔重肚皮隔重山'，不肯便认做亲儿一般。更有一等狠毒的，偏要算计了绝得方快活的。"妾柳柔条生子后，嫡妻安氏絮絮叨叨，要将柳氏嫁出。被柳氏拒绝后，便朝打暮骂，想方设法虐待。（《贪欣误》第一回《王宜寿》）仇氏猜忌成性，嫉妒成性，拒夫纳妾。后见小妾羽娘生得美貌，便不容许丈夫近她的身。待得羽娘怀孕，遍寻牙婆将其鬻卖。（《五色石》第二卷）淳于氏年过四十而无子，却阻止丈夫娶妾。当丈夫娶过妾后，又不许丈夫与姬妾接近，丈夫也受打骂。丈夫出门之后，淳于氏对两妾"三日一敲，五日一比，定要送他上路"，后来将她们变卖。（《连城璧·妒妻守有夫之寡　懦夫还不死之魂》）

然而嫡妻这样做很危险，或惹夫之怒，或激起公愤。如淳于氏因为不许丈夫纳妾，被众多"公义"之士围攻。丈夫躲避在外诈死，令她守有夫之寡，最后忍不住要改嫁。最终自己失夫之爱，甘拜下风。仇氏则因妒而出乖露丑。

也有小妾依仗丈夫宠爱，陷害嫡妻者。《无声戏》第十回头回中，妾因埋怨丈夫到正妻房中宿，跑到猪圈放火，自己的，连同四邻八舍的屋宇都变为瓦砾。正话中，陈氏下毒意欲毒死正妻杨氏，诬告杨氏做贼、与人通奸。

简言之，夫妻关系中，丈夫弃妻，多因财色、功名；妻虽然不会随便弃夫，却因为性欲追求或与人通奸，视夫为仇敌，或者视所纳之妾为对手极尽报复之能事。因财、因色处理不当，和谐的夫妇关系成为空话。

（三）酒色财气对兄弟关系的破坏

作为五伦之一，兄弟关系（广义的兄弟关系也包括兄弟姐妹及妯娌、连襟关系）是以血缘关系为纽带建立的。《仪礼·丧服传》喻兄弟为手足，云："昆弟四体也。"颜之推《颜氏家训》"兄弟篇"认为兄弟之间是"分形连气之人"，除了有血缘关系，还经常在一起生活和学习，交往密切，兄弟之间亲爱出于天性，也是自然。因此，兄弟之间应该相互亲爱，相互照顾。

从古人有关兄弟关系的论述看，兄弟之间的伦常应遵循以下原则：

长幼有序。班固《白虎通·三纲六纪》说："谓之兄弟何？兄者，况也，况父法也。弟者，悌也，心顺行笃也。"为兄长，同父一样，是父亲的得力帮手，言行应为表率，堪为家中之法。一旦父母不在，则起到父亲的作用。同样，作为弟妹，则要服从兄长。所谓"长兄如父，长嫂为母"，一方面要求兄嫂如同父母一样爱惜幼弟幼妹，另一方面要求幼弟幼妹对待兄嫂如同父母。管子言："为人兄者，宽裕以诲；为人弟者，比顺以敬。"① 兄长要有宽宏的气量，对弟妹要尽到教诲的责任，弟妹则要听从兄长教诲，服从、尊敬兄长。

在长幼有序的前提下，兄弟之间则要和睦友爱。从诸多关于兄弟关系的表述看，"友"字出现频率较高。"兄弟之间，观其和友。"② "请问为人兄？曰：慈爱而见友。请问为人弟？曰：敬诎而不苟。"③《毛传》解释孝友之"友"曰："善兄弟曰友。"朱熹云："兄之所贵者，友也。弟之所贵者，恭也。"《温公家训》认为兄长应该"友其弟"。兄弟和谐离不开"友"。"爱""和"为"友"，"敬""顺"也为"友"："兄敬爱弟谓之友，反友为虐，弟敬爱兄谓之悌，反悌为敖。"④ 如此看来，兄弟之间有出自血缘的亲情，也有朋友之间的亲密。除此以外，还有财产方面的要求。《荀子·大略》云："友者，所以相有也。"《白虎通·三纲六纪》云："友者，有也。"无论财产多寡，均要公平，同甘共苦。朱熹说："兄弟之恩，异形同气，死生苦乐，无适而不相须。"⑤《袁氏世范》第一卷"睦亲"条则认为兄弟同居，"长幼贵和"，"贵怀公心"，"分业不必计较"⑥。

钱财能破坏父子、夫妇关系，同样也对兄弟关系产生极大破坏。

有兄占弟财产者。廪生张寅赋性阴险，存心不善，锱铢必量，他不听父亲劝告，反而思量父亲一死，便摆布庶母幼弟，独占家业。父亲死后，张廪生恐怕分家，反向庶母索取私藏。及至庶母要他分家产与弟，却苛刻取利，分毫不吐，又用钱财买通官府，欲全占父亲遗产。（《二刻拍案惊奇》卷四）陈祈独掌家事，时常恐一母所生另外三个兄弟长大分家事，要趁权在他手之时做个计较，打些偏手，讨些便宜。"吾家小兄弟们渐渐长大，少不得要把家事四股分了。我枉替他

---

① 管子著，王云伍主编：《管子》，商务印书馆，1936 年，第 65 页。
② 朱右曾：《逸周书集训校释》，商务印书馆，1937 年，第 107 页。
③ 荀况：《荀子》，中州古籍出版社，2006 年，第 190 页。
④ 贾谊：《贾谊集》，见《新书·道术》，上海人民出版社，1976 年，第 137 页。
⑤ 朱熹注，王宝华整理：《诗集传》（第 9 卷），凤凰出版社，2007 年，第 120 页。
⑥ 袁采：《袁氏世范》，见《丛书集成初编》，中华书局，1985 年，第 8、9 页。

们白做这几时奴才，心不甘伏。怎么处?"便将好田地典给毛烈以留后路(《二刻拍案惊奇》卷十六)。倪太守儿子倪善继也与上述两人类似，也属兄占弟财产类。(《喻世明言》第十卷)

有为争家产陷害姊妹者。王员外有瑞姐、玉姐两个女儿。瑞姐听说玉姐的未婚夫遭难，非但不同情，还与丈夫谋划"算计死了玉姐，独吞家业"，她百般羞辱玉姐，甚至造谣说玉姐与未婚夫"背地里做下些蹊跷勾当"，故意气玉姐寻短见。玉姐自杀获救后，这位亲姐姐竟然"悄悄地将钱钞买嘱玉姐身边丫鬟，吩咐如再上吊，由他自死，不要声张"。(《醒世恒言》第二十卷)

有为钱盗卖亲嫂者。《警世通言》第五卷中的吕宝，《锦绣衣》第一卷中的花笑人就是如此。他们趁哥哥出门在外，生死未卜，为得些财礼，将嫂嫂卖人。不料，骗卖嫂嫂不成，却误卖了自己老婆。尤其是花笑人之兄出门时，将一百两纹银交付花笑人要他看顾长嫂。花笑人不顾长嫂衣食，又准备将长嫂卖与他人，其行为更令人不齿。

有为财产兄弟分家者。田氏兄弟三人，自小同居合爨。小兄弟一时被妻言所惑，要将财产三分拨开。(《醒世恒言》第二卷)徐言在小弟去世后，视孤儿寡母为拖累，违背父亲遗命坚决要分家，又将良田美宅分给自己，而将差等家产分给孤儿寡母。(《醒世恒言》第三十五卷)

有兄弟斗气杀亲弟者。《清夜钟》第八回中，三兄弟性格爱好不同，所娶之妻也各有个性，各不相让。分家之后，相互倾轧。老三耿直，经常说老大老二不是，两兄弟怀恨，共同杀死老三。《廉明公案·孙知州判兄杀弟》中，童士明承父祖基业，家富巨万，但恨父亲老来得子，幼弟长大成人自然要跟他分家产。父卒后，某日黑夜他竟将其弟杀死于自家之门。

导致兄弟参商的原因很多。有自身贪吝者，如张禀生、陈祈。也有对父亲娶小妾不满者，如倪太守的大儿子。不过大儿子之不满，也主要是怕父妾所生之子夺家产，归根到底是因贪而起。至于各自妻子的挑拨唠叨，也多是为家产。兄不爱、弟不恭、兄弟反目，似乎说明钱财是惹祸之源。然最根本原因，还是人们对物欲的过于贪求，导致以钱财为重，以兄弟为轻;以己身为重，以他人为轻;以性气为重，以克制为轻。

兄弟友爱是孝道的发扬。在《喻世明言》第十卷《滕大尹鬼断家私》中，冯梦龙认为，兄弟生于一家，同气连枝，从幼相随到老，有事共商，有难共救，情谊深厚，如同手足，故而不能以财害兄弟情义。"何似存些公道好，不生争竞

不兴词。"他说道:

> 假如孝顺父母的,见父母所爱者亦爱之,父母所敬者亦敬之,何况兄弟行中,同气连枝,想到父母身上去,那有不和不睦之理?就是家私田产,总是父母挣来的,分什么尔我?较什么肥瘠?假如你生于穷汉之家,分文没得承受,少不得自家挽起眉毛,挣扎过活。见成有田有地,兀自争多嫌寡,动不动推说爹娘偏爱,分受不均。那爹娘在九泉之下,他心上必然不乐。此岂是孝子所为?

《警寤钟》第一卷中,作者也说道:

> 兄弟毕竟是一母所生,同胞骨肉,他就是我,我就是他,焉可分个彼此,使父母在九泉之下,亦不得瞑目。

话本小说反复申说兄弟如手足,批判为金钱、为性气而伤害骨肉的愚行。"人家弟兄们争着祖父的遗产,不肯相让一些,情愿大块的东西作成别个得去了。"宁愿外人得好处,也不让与兄弟。如张廪生、倪大郎、毛烈之人,贪财便宜了外人不说,自身反受其害:或亡,或病,或贫困。但凡以酒色财气而伤兄弟之情者,没有一个有好结果。《诗经·常棣》云:"兄弟阋于墙,外御其务。"司马光指出,"争锱铢之利,一朝之忿,或斗讼不已,或干戈相攻"[①],袁采指出"富者时分惠其余,不恤其不知恩;贫者知自有定分,不望其必分惠,则亦何争之有"[②]。兄弟争财使性,其惨淡结果令人深思。

二、话本小说对构建和谐家庭的思考

(一)树立楷模,正面引导

理学家从来不吝啬对榜样的宣传,他们通过种种典型,正面引导人们向善。历代各级政府不断表彰忠臣孝子、烈女节妇。许多家规族法也都宣扬圣谕,嘉奖

---

① 《司马温公家范》(卷七),肃亲王《留余草堂丛书》本,第155页。
② 《袁氏世范》,第8页。

言行符合圣谕的典型人物，对孝悌忠贞者大书特书。阳明心学主张发自于心的情感，鼓吹不学不虑的孝悌慈本性。王艮"书数千言，单言孝弟"①，罗汝芳认为一切经书皆必归孝悌，孝悌慈是治国治世最好的方式②。在文学上，理学家也认为应该多宣传正面形象。王阳明说："今要民俗反朴还淳，取今之戏子，将妖淫词调俱去了，只取忠臣孝子故事，使愚俗百姓人人易晓，无意中感激他良知起来，却于风化有益。"③ 为了让更多人"为孝子，为贤牧，为义夫，为节妇"（《警世通言·叙》），话本小说中，孝子节妇、兄友弟爱被一再宣扬。

孝子群像。孝的内涵丰富，孝子之孝也各不相同。有不畏艰难寻父母者，如《型世言》第九回，《西湖二集》第三十一卷入话中的王原寻父，《贪欣误》第一回中的王宜寿千里寻母；有残害己身以疗亲、养亲者，如《型世言》第四回中的林妙珍割股剖肝喂食生病祖母，《石点头》第十一卷中的宗二娘自鬻其身给屠户宰杀以换取盘缠让丈夫回乡照顾婆婆；有隐亲之恶者，如《型世言》第六回中的唐桂梅，《拍案惊奇》卷十七中吴寡妇的儿子刘达生；有父被人殴打致死，为免开馆验尸，多年隐忍而杀仇者，如《二刻拍案惊奇》卷三十一与《型世言》第二回中的王世名；有为保家声，坚韧守节者，"夫人子之孝，莫大于显亲；其不孝亦莫大于辱亲"④。《型世言》第一回中，靖难之时，黄侍中观女儿自溺全节，胡闰少卿女在教坊二十年不失身。小说讴歌了铁尚书的两个女儿被发放教坊之后，"偏在秽污之地，竟不受辱"，为祖、父争气。

小说家不遗余力地强调"孝义"，将其提升到治国平天下的高度。《石点头》第十一卷云："人生百行，以孝为先。这句话，分明是秀才家一块打门砖，道学家一宗大公案，师长传授弟子，弟子佩服先生，直教治国平天下，总来脱不得这个大题目。"孝子们养亲，顺亲，敬亲，为亲隐，为亲显，为此还引发天人感应。作者写孝，其目的在于宣扬"孝心感格神天助，好与人间做样看"。

贤妻群像。《辞源》释"贤"云："贤：德才兼备。"三从四德是儒家对妇女的规定。夫为妻纲，贤妻要时时处处为丈夫着想。小说中的贤妻有一个共性：孝顺、贤良、坚贞、不妒，深明大义，能干善持家。《醒世恒言》第十九卷中的白玉娘德行温柔，举止娴雅，且女工伶俐。嫁给程万里才几日，为丈夫前程，忍苦

① 《明儒学案》，第718页。
② 《明儒学案》，第781页。
③ 《王阳明全集》，第113页。
④ 《王阳明全集》，第1019页。

分别。团圆后，治家有方，上下钦服。因自己年长，料难生育，为夫广置姬妾。同书第九卷中的朱多福嫁给陈多寿后，面对恶疾缠身的陈多寿，朱多福不离不弃，细心照顾。同书第十七卷中，过迁浪荡，吃喝嫖赌，无所不为，妻子方氏再三苦谏，在过迁逃跑后，坚不改嫁，云："妾闻妇人之义，从一而终。夫死而嫁，志者耻为。何况妾夫尚在，岂可为此狗彘之事！""妾夫虽不肖，妾志不可改。必欲夺妾之志，有死而已！"《警世通言》第三十一卷中，曹可成五毒俱全，气死父亲、妻子。曹可成再娶赵春儿，赵春儿与丈夫同甘共苦。她设计使曹可成改了散漫的习惯，又考取了功名。《拍案惊奇》卷十五中，陈秀才妻马氏极是贤德，治家勤俭，其规劝丈夫、让丈夫改过之方法，与赵春儿类似。《拍案惊奇》卷二十中，刘元谱的继室王氏因丈夫年六十仍无子，便劝丈夫纳妾，丈夫不允，便自己托媒婆为丈夫选好女子为妾。按照理学的纲常观，这些女性不只有德，亦且有才。她们为丈夫坚守了最后的阵地，促使丈夫重新做人或发家。"家人离，必起于妇人。"[1] 同样，家庭兴，离不开贤惠的女性。上述女性，在相夫持家上，堪为楷模。

义夫群像。虽然儒家要求"夫义妇顺"，但重点在妻不在夫。史料记载的义夫远远低于顺妇。然而，明清时期，夫妇伦理中，对丈夫的要求也多起来。在夫妻地位上，有学者认为女卑只是位置上的。在道德上，男性应起典范作用。相应地，义夫也受到旌表[2]。魏禧甚至倡导树立"义夫"的典范，以"义夫"笃"夫道"。话本小说中，也有几例义夫。如程万里逃归后做了官，但想着白玉娘的恩义，不肯再娶。《拍案惊奇》卷二十七入话中，王从事上任途中，夫妻离散。王从事凄凄惶惶，却不再娶。后遇已失身之妻，仍毫不介意，夫妻重聚。正话中，崔俊臣与王氏因盗贼抢劫天各一方，无意中得到前御史高公的赏识，高公好意劝他另娶时，他含泪以告，"糟糠之妻，同居贫贱多时。今遭此大难，流落他方，存亡未卜。……还指望伉俪重谐。某感明公恩德，虽死不忘，若别娶之言，非所愿闻。"该书第十六卷中，沈灿若因妻子体弱，"情愿青衿没世也罢"，不愿"割恩爱而博功名"，妻子亡故，抚尸恸哭，几次哭得发昏。"我多因这蜗角虚名，赚得我连理枝分，同心结解，如今就把一个会元撇在地下，我也无心去拾他了。"似这等重夫妻情而轻科举为蜗角虚名者，实为少见。话本小说中的义夫，还有

---

① 周敦颐：《元公周先生濂溪集》，岳麓书社，2006 年，第 68 页。
② 明成化官修志书《山西通志》。

《西湖二集》第十卷中以死殉妻的徐君宝，《喻世明言》第十七卷中不介意未婚妻沦落风尘仍续旧盟的单符郎。义夫形象作为负心汉的反面，再次彰显了新型的夫妻伦理。

兄友弟爱群像。兄弟友爱的表现是多方面的，最重要的一方面是对待家产的态度。话本小说有两篇中的人物着力描绘了兄弟之间的友爱：《醒世恒言》第二卷中的许武三兄弟、第十七卷中的张孝基。许武兄弟之间的友爱，几乎包括了兄弟之间应有的特点。一是养。许武才十五岁，父母死亡，两个兄弟都年幼无知，"终日赶着哥哥啼哭"。许武日则躬率童仆，耕田种圃。二是教。"为人兄者，宽裕以诲"，许武既教兄弟读书，亦教兄弟体会稼穑之艰，更教兄弟成人之道，以兄长之身而行父母之职。三是兄弟亲爱。为避免因夫妇恩爱而疏手足情，许武年三十而不娶，"昼则同耕，夜则同读，食必同器，宿必同床"，必待弟娶而后娶。四是助弟成名，为计长远。许武已有孝廉之名，为让兄弟也声名外扬，故意先占家产，玷污己声。五是让产业。六是许晏和许普的顺。两个弟弟听从兄长教诲，视兄长为父，当兄长多占家产时不以为非。兄受非议而为兄说话，仕途正盛时，听兄之言而退居乡里。许武兄弟的让产，将兄弟之爱深化。冯梦龙写此回的目的，用小说中的话说，"随你不和顺的弟兄，听着在下讲这节故事，都要学好起来"。小说结尾诗云："今人兄弟多分产，古人兄弟亦分产。古人分产成弟名，今人分产但嚣争。古人自污为孝义，今人自污争微利。孝义名高身并荣，微利相争家共倾。安得尽居孝弟里，却把阋墙来愧死。"

张孝基之事则是郎舅兄妹之间的友爱。当过迁父亲将家产交到女儿女婿手中时，张孝基不是理所当然地享受巨额家财，而是四处寻找不成器的郎舅，并设法让其悔过自新，而后分毫不取，全部交予过迁。小说标称："多少竞财疏骨肉，应知无面向嵩山。"《二刻拍案惊奇》卷十中的莫大郎与许武、张孝基相比是相形见绌，但也属于"有主意""见识高强"的好兄长。灵堂认弟，接幼弟归家，安顿幼弟母亲，这番行为不仅保住了家财，让"外人"赵家五虎的奸计无法得逞，还被太守旌奖为"孝义之门"，免除许多差徭。曾子云孝有三："小孝用力，中孝用劳，大孝不匮。思慈爱忘劳，可谓用力矣；尊仁安义，可谓用劳矣；博施备物，可谓不匮矣。"[1] 兄弟友爱，是孝之一种。许武之友爱，是高境界的爱，也是对其父母之大孝。

---

① 《礼记正义》，见《十三经注疏》（下），上海古籍出版社，1997年，第1598页。

（二）加强家庭教育，培养子女的道德情感

"人之情性莫先于父母，皆见爱而未必治也。"① 父母生育孩子，爱子是天性，然爱而能教，才是真正为孩子好。《白虎通·三纲六纪》中说道："父子者何谓也？父者，矩也，以法度教子。"《管子·五辅》云："为人父者，慈爱而教。"《左传·昭公二十六年》云："父慈而教，子孝而箴。"仔细审视小说中的贤与不贤，往往与其家庭教育背景有关。逆子凶徒往往是未教、失教或教育不当，或教育不严者。

其一是失教。或因择师不慎，或因幼失双亲而不能教。《型世言》第十五回中沈刚父母自幼对其溺爱，请人教子而不督查，又择师不慎，儿子交结损友，最后堕落。《五色石》第七卷中，宿习自小父母姑息，失于教导，及至长成，父母相继而去，更无人拘管，沉溺赌博，家败妻离。《醒世恒言》第十七卷《张孝基陈留认舅》中，过善见儿子人才出众，性资聪明，立心要他读书。却又悭吝，不肯延师在家，送子到一个亲戚人家附学。过善一心在钱财上下功夫，每日见儿子早出晚入，只道是在学里，不去查考。当人向他道及过迁有问题，他还不相信，多次被过迁的谎言瞒过。也有爱子但因悭吝而不请老师者。《八洞天》卷六《明家训》中，生员晏敖"刻吝，不肯延师教子"，被妻子央逼不过，"要寻个不费钱省事的先生"，"又不肯自出馆谷，独任供膳"。德行极差，受先生鄙弃，其子奇郎也因此失学。《型世言》第三回中的掌珠早年丧母，"失于教训"。"家中父亲溺爱，任他吃用，走东家，闯西家，张亲娘，李大姐，白话惯的。"（眉批："女教宜早。"）掌珠听人教唆，把婆母嫁了。

王阳明提出："古之教者，教以人伦。"② "三代之学，皆所以明人伦。"③《醉醒石》第七回引《左传》云："爱子教以义方，弗纳于邪。"作者议论道："教子是第一件事，盖子孙之贤否，不惟关自一生之休戚，还关祖宗之荣辱。这所系甚重，可以不用心教诲么？"作者列举了失教的种种表现："愚蠢的，不能开发他，使他明白；软弱的，不能振作他，使他决断；强暴的，不能裁抑他，使他宽和；狂荡的，不能节制他，使他谨饬。"好的教育方法是"随材器使，因病

① 韩非：《韩非子》，上海古籍出版社，1989年，第154页。
② 《王阳明全集》，第87页。
③ 《王阳明全集》，第253页。

与药"，如此，"纵不能化庸碌为贤哲，还可进驽下为中材"。在教育子女上，父亲责任重大。《十二笑》第五笑开头诗云："养子须知教子难，莫因独子任偷安。熊麟谁不同珠玉，禽犊何堪类绮纨。索枣含饴嬉戏惯，歌花舞月少年钻。由他一语贻人笑，不笑儿顽笑父宽。"墨憨斋主人认为父母应该教子识字习善，使之品行端正，而先生一拘管父母就护短即是不教之行，乃属禽犊之爱，那种认为成不成人与教育无关的观点是错误的，古训言教育离间父子感情更是偏见。"溺爱"必将生"不教"，失教之人往往丧身破家，以危父母。他批评有子不教，唯知爱，尤其是溺爱的父母。《十二笑》中的乜姑即是爱子而不教子之人，导致丈夫被气死，而儿子却在父丧期间仍去唱戏。卧庐生评此小说云："为子者不可不读，为父者更不可不读。"又云："富翁也该读，读之能会其意，则必教子成器。"《二刻拍案惊奇》卷二十二告诫世人："最是富豪子弟，不知稼穑艰难。悖入必然悖出，天道一理循环。"正话中，姚公子家世富饶，积累巨万。只因父母早死，无人管教。自恃富足有余，豪奢成习，不听人劝，后来弄得囊中空虚。《十二笑》中的奇郎为了得到赌资，竟乘夜撬开父亲棺木，窃取了父亲随葬的白玉素珠，连棺木也扛去卖了，而将父亲的尸体抛弃在野外，任黄犬争食。

其二是溺爱，子有所好，必为满足。《拍案惊奇》卷十三入话部分写严姓夫妇三十多岁才生有一子，万事多不要紧，只愿他易长易成。对儿子百依百顺，没一事违拗了他。休说是世上有的物事，他要时定要寻来，便是天上的星、河里的月，也恨不得爬上天捉将下来，钻入河捞将出去。似此情状，不可胜数。正话部分，赵六老夫妻两口，生下一子，方离乳哺，是他两人"心头的气，身上的肉"。到了六七岁，又要送他上学。延一个老成名师，先习了些《神童》《千家诗》，后习《大学》。"两人又怕儿子辛苦了，又怕先生拘束他，生出病来，每日不上读得几句书，便歇了。那赵聪也到会体贴他夫妻两人的意思，常只是诈病佯疾，不进学堂。两人却是不敢违拗了他。"这样的结果是，严公儿子与赵聪都忤逆不孝。《照世杯·走安南玉马换猩绒》中胡安抚夫妇对孩子百般溺爱，胡衙内百事无心，娇生惯养，心性不良，竟然在大庭广众之下调戏商人杜景山的美貌妻。后准备去偷丫鬟，被误作盗贼打死。《二刻拍案惊奇》卷二十二中，郭信"家事殷富，止生得他一个，甚是娇养溺爱。从小不教他出外边来的，只在家中读些点名的书。读书之外，毫厘世务也不要他经涉"。平日不曾晓得田产之数，也不认得田产在哪处，小说写他奢侈浪费，肆意乱花钱，把别人劝诫之语当作寒酸说话。

其三是教育方法不当。《型世言》第三十五回徐文儿子徐英见着父母就骂老奴才、老淫妇、老养汉，甚至拿刀砍父母。小说以报怨解释，然而邻居一番话却说明问题真正所在：

这没规矩，也是你们娇养惯了。比如他小时节，不曾过满月，巴不得他笑，到他说叫得一两个字出，就教他骂人老奴才、老畜生、老养汉、小养汉，骂得一句，你夫妻两个快活。抱在手中，常引他去打人，打得一下，便笑道："儿子会打人了。"做椿奇事，日逐这等惯了，连他不知骂是好话，骂是歹话；连他不知那人好打，那个不好打。也是你们娇养教坏了他。如今怎改得转？

小说后眉批云："说尽娇养之病。"徐英年幼，徐文教子不以善而以恶，教子方式不是说服而是打骂。如此教育孩子，怎能让小孩辨别是非？

其四是对子女交友不闻不问。不成器的子女，除了父母溺爱或不管教之外，还与他们的交友有关。王阳明说："不愿狂躁惰慢之徒来此博弈饮酒，长傲饰非，导以骄奢淫荡之事，诱以贪财黩货之谋；冥顽无耻，扇惑鼓动，以益我子弟之不肖……我子弟苟远良士而近凶人，是谓逆子，戒之戒之！"[1]

作为父母，本当对小孩交友进行把关，然有的父母对子女溺爱成性，看得子女百般好。"外边去呼朋闲荡，只道他有方情，有班辈；外边去花赌吃酒，或是打十番、唱曲子，只道他知音识趣，玲珑剔透，在人前坐得出，显得能，不像三家村里粗愚汉。"（《十二笑》第五笑）

其五是偏爱。袁采认为父母对子女须当一视同仁，不可偏爱，"均其所爱，则兄弟自相谦让；爱之不均，则兄弟相争成仇"。而"均爱"之心，当于子幼时，言传身教，"幼而有所分别，则长无恶之患；幼而教之以严谨，则长无悖慢之患；幼而教之以是非分别，则长无恶之患"。姚舜牧在《药言》中，告诫为人父母者不可对子女宠爱、偏爱。"偏爱日久，兄弟间不觉怨愤之积。"小说中直接写父母偏爱的不多，但间或有所表现。《型世言》第二十七回中，钱公布道："令岳闻知令尊有个溺爱嫡子之意，怕足下文理欠通，必至为令尊疏远，因我是他得意好门生，故此着我来教足下。足下可要用心，不可负令岳盛意。"同书第

---

① 《王阳明全集》，第926页。

十三回认为，兄弟关系恶化乃是"多起于父母爱憎，只因父母妄有重轻，遂至兄弟渐生离异。又或是妯娌牴牾，枕边之言日逐潜毁。毕竟同气大相乖违。还又有友人之离间，婢仆之挑逗"。由此看来，父母偏爱也是家庭之弊端。

反之，凡是严格要求子女者，则子女能成人，家庭也美满。《西湖二集》第十卷涉及家庭教育。金太守为官清正，女儿广读诗书，常读《列女传》，认为女子须如书中女一般。张孝基兄担父职，教以兄弟成人之道，兄弟皆为孝廉。

（三）加强自身修养，克己制欲，迁过从善

所谓身，非己一身。陈确指出："凡父母兄弟妻子之事，皆身以内事，仰事俯育，决不可责之他人，则勤俭治生洵是学人本事。……天下岂有白丁圣贤、败子圣贤哉！岂有学为圣贤之人而父母妻子之弗能养，而待养于人者哉！"① 前面已言，家庭伦理的失范往往是由于酒色财气的破坏，或者家庭教育的失败。要建立良好的家庭秩序，要抵御外在物质诱惑，也要加强自身心性修养，还要不断学习，不断反省。

正己以正人。古人注意言教，更强调身教，加强自身道德修养，树立自身的榜样。父不慈则子不孝，兄不友则弟不恭，夫不义则妇不顺，己身正才能正人。许武以自身之行以正兄弟，己身不修则贻害兄弟子女。《八洞天》卷六诗云："犁牛骍角偶然事，恶人安得有良嗣？檐头滴水不争差，父如是兮子如是。"晏敖匿父亲丧事进学，又乘丧毕姻。承嗣到外祖父家，乘机将外祖父家财逐渐据为己有后，又置外祖父不顾。外祖父病死不管，父母灵柩胡乱埋葬。好赌，时常叫人在家赌牌，"把一间齐整书房，倒做了赌友往来角牌之所，却将一间陋室来做馆地"。其子奇郎在父亲熏陶下，好赌成性，乃至大逆不道。《石点头》第八卷中的吾爱陶自身贪酷成性，贬官后开妓院，儿女长成，却不好好教导。他死后，儿子偷、赌，女儿出卖色相。东鲁古狂生《醉醒石》指出，父母应身教言教双管齐下，尤其要以身作则：

　　父之教子，有身教。身教是把身子作个榜样，与儿子看。自己事父母孝，承颜养志，没个不尽心竭力；待弟兄友，同心急难，没个不笃爱致敬。夫妻和，相敬如宾，绝无反目；朋友信，切磋砥砺，久要不忘。

----

① 陈确：《陈确集》，中华书局，1979 年，第 158－159 页。

至于一做臣子，便忘身殉国，不顾身家。至做人正直，却不是傲狠；做人谦厚，却不是卑谄；处家节俭，不是鄙啬；处家备整，不是奢侈。大智若愚，大巧若拙，也不为世所轻，也不为世所忌。子孙肯像贤者，做去自没有过差。还有言教。言教是把言语去化诲他，指引他。道理不明白的，为他剖发；世故不通晓的，为他指点。有好事好人，教他学样；有不好事不好人，叫他鉴戒。不惮再三，勤勤勉励。

父亲的榜样作用随时都要体现：在家孝悌敬，在外对友信、于国忠；具有正直、谦厚、节俭之美德。身教加言教，自然见效："以身作典型，训诲复不惜。贤愚转移间，木借绳而直。"吕孝廉以贪酷著称，自己不肯做好人说好话，又不能以言教诲子女，还不送儿子读书。结果诸子不才，或是身亡，或是家破，为人所笑。小说题目为"失燕翼作法于贪　堕箕裘不肖惟后"，正说明了父母不言传身教带来的危害。

鉴于酒色财气带来的危害，世人应该严格要求自己。大体而言，应远离酒色财气，安分守己，随缘作乐，莫为酒色财气损却精神，亏了行止。在人欲与天理之间，做好调试，让天理人欲并存。"饮酒不醉为最高，好色不乱乃英豪。无义之财君莫取，忍气饶人祸自消。"（《警世通言》第十一卷）当两者发生冲突时，则存天理，灭人欲。以孝、悌、慈为基准，远离不良之人，与善人为友等，都是和谐家庭需要的。"不争闲气不贪钱，舍得钱时结得缘。除却钱财烦恼少，无烦无恼即神仙。""奉劝世人，舍财忍气为上。"（《醒世恒言》第三十四卷）能轻财好义，能忍能让，简言之，能克己则家庭和睦平安。

自我反省也极为重要。人非圣贤，孰能无过，过而能改，善莫大焉。话本小说中有几篇浪子回头的篇目，如《型世言》中的《灵台山老仆守义　合溪县败子回头》，《五色石》中的《撰哀文神医善用药　设大誓败子猛回头》，《二刻拍案惊奇》卷二十二《痴公子狠使噪脾钱　贤丈人巧赚回头婿》，《醒世恒言》第十七卷《张孝基陈留认舅》等。小说中的败家子（浪子）在经历了家败之后，在他人帮助之下，悔过自新，奋发图强，最后终于重振家业，重新获得家人的认可。

第三节　话本小说中的社会交往秩序

明代商品经济的发展刺激了人们追求享乐的欲望，尤其是阳明心学对于人的自然本性的认可（如何心隐、李贽认为"好货""好色""多积金宝""多买田地"是人之所欲），关于人的个性主义的言论，促进了人对自身的重新体认，享乐似乎成了天经地义的事。晚明社会是个纵欲的社会，从皇帝到士大夫再到一般市民，几乎都侈谈享乐。伴随着这种风气，坑蒙拐骗偷等现象也就在生活中不断上演。

一、商品经济的发展对社会秩序的破坏

社会秩序的建立需要道德的自律，也需要法律的护卫。然而，整个社会风气的趋利性，使道德与法律的作用相对削弱，因此又进一步导致社会风气的败坏。话本小说诸多篇幅揭示了金钱与权势在社会生活的作用，展示了社会各阶层对权、钱的渴望与追求，描写了追逐财色、破坏社会秩序的众生相。

首先，社会固有的等级秩序被颠覆。传统社会，商人地位最为低下。但在明中后期以后，这种情况发生了改变，商业不再是贱业，商人也不再是被鄙弃的对象。王阳明把商人与士、农、工并列，认为"四民异业而同道"[①]，从社会价值的角度肯定商业行为。钟惺从才识方面认可商人与商业："货殖非小道也，经权取舍，择人任时，管、商之才，黄、老之学于是乎在。"[②] 甚至有人提出"良贾何负闳儒"[③] 之论。《醒世恒言》第十七卷《张孝基陈留认舅》中借老尚书之口宣传"四民良"。此种观念带来的变化之一，是原有的等级秩序——尊卑有别、长幼有序受到影响。《尚书·王制》云："衣服有制，宫室有度，人徒有数，丧祭械用，皆有等宜。"

"今京师贵戚，衣服、饮食、车舆、文饰、庐舍皆过王制，僭上甚矣。"[④] "夏言久贵用事，家富厚，高甍雕题，广囿曲池之胜，媵侍便辟及音声八部，皆选服御，膳羞如王公。"[⑤] 再看商人之家："今商贾之家，策肥而乘坚，衣文绣绮縠，其屋庐器用，金银文画，其富与王侯埒也。又畜声乐、伎妾、珍物，援结诸

---

① 《王阳明全集》，第 941 页。
② 钟惺：《隐秀轩集》，上海古籍出版社，1992 年，第 517 页。
③ 汪道昆：《太函集》（第 55 卷），见《续修四库全书》（第 1347 册），上海古籍出版社，2002 年，第 415 页。
④ 陆粲：《客座赘语》，中华书局，1987 年，第 127 页。
⑤ 焦竑：《玉堂丛语》，中华书局，1981 年，第 275 页。

豪贵，籍其荫庇。"① "富家豪民，兼百室之产，役财骄溢；妇女、玉帛、甲第、田园、音乐，拟于王侯。"② 商业的巨大利润及其所带来的身份与地位的改变使得很多儒者也弃儒从商。《二刻拍案惊奇》卷三十六《叠居奇程客得助　三救厄海神显灵》说道："徽州风俗，以商贾为第一等生业，科第反在次着。"深受程朱理学影响的"东南邹鲁"徽州尚且如此，其他地方自不待言。《拍案惊奇》卷一《转运汉遇巧洞庭红　波斯胡指破鼍龙壳》中波斯商人宴请诸位客商，排座次的规矩不是论年纪，论尊卑，而是根据客人货单上定货量的多寡，最多者上坐，余者皆挨次坐去。

其次，原有的社会规范遭受破坏，人与人之间的关系被异化。"道德沦丧，斯文扫地。虽然以往各朝也不是没有过类似情形，但由于商贾势力的膨胀以及由此导致的价值观念、社会风气相应的巨大变化，明代中后叶的这种情形显得尤为严重。"③ "当发财的美梦点燃起贪婪的欲望的时候，维系社会的道德秩序开始让位。"④ 翻开话本小说，我们会发现各种社会人际关系——亲戚、朋友、邻里，各种相识、不相识的人之间的关系异化得令人触目惊心。

亲戚关系。凌濛初对金钱侵蚀人伦关系的现象深感痛心，他在《二刻拍案惊奇》卷二十中说道："天下人但是见了黄金，连那一向相交人也不顾了。不要说相交的，总是至亲骨肉，关着财物面上，就换了一条肚肠，使了一番见识，当面来弄你，算计你。几时见为了亲眷，不要银子做事的？几曾见眼看亲眷富厚，不想来设法要的？至于撞着有些不测事体，落了患难之中，越是平日往来密的，头一场先是他骗你起了。"小说头回，巢大郎为了得到钱财，与邻居合谋陷害姐夫陈定，以致出了人命。正话中，贾廉访垂涎亲家商家钱财，设计骗取了商家的金银器皿。亲戚之间的这种冷漠、唯利是图的关系，在其他小说中也有。如《醒世恒言》第三十七卷中，杜子春家盛时，人人趋奉，一旦家败，四处遭白眼。《二刻拍案惊奇》卷十三中，房氏把五百两银子寄存在亲戚赖某家，后来几番索要，赖某都不肯归还。《生绡剪》第十二回中，秀才虞修士贫穷无着，其伯父母则高宅大院，家事殷实，却对虞修士悭吝非常。虞修士借米不成，受尽白眼。一旦中

① 李梦阳：《空同集》，见《文津阁四库全书》（第 422 册），商务印书馆，2006 年，第 78 页。

② 归有光：《震川先生集》，上海古籍出版社，1981 年，第 254 页。

③ 陈大康：《古代小说研究及方法》，中华书局，2006 年，第 150 页。

④ ［加］卜正民著，方俊等译：《纵乐的困惑：明代的商业与文化·引言》，生活·读书·新知三联书店，2004 年，第 1 页。

举，伯父母又趋奉不迭。

朋友关系。儒家五伦，朋友居其一。《珍珠舶》第一卷第一回揭示了当时的朋友关系：

> 盖因朋友列在五伦之一，无论士、农、工、商，以类相从，少不得各自有个相与的朋友。只是古道日非，人情浇薄，那仗义疏财，慨然诺、急患难的绝少，以黄金多寡为交谊浅深的最多。所以富贵与富贵交则终；富贵与贫贱交则不终。先富贵而后贫贱则亦不终。当其显达与殷厚相等，则意气款洽，把臂订盟，以为同胞，始可拟管鲍不足尚也。及至事变临身，一朝颠沛，休指望赤胆相扶，就把那脸儿翻转，视如陌路。甚而惟恐祸害牵连，逢人推说从来不曾相识，这也还算是厚道的了。每见今世险刻之徒，往往乘友落难，阳为排解，阴实从中取利，更或假意说盟说誓，专等堕入局中，即便下手。有田产则利其膏腴，有妻妾则乱其闺阁。交道至此，岂不深可痛惜。

作者对社会上普遍存在的以钱交友、因财害友的现象深恶痛绝。《珍珠舶》第一卷正话部分，赵相将母亲与妻子托付给结义兄弟蒋云照顾，蒋云却觊觎赵相妻子冯氏美貌，先奸其母，又趁机娶其妻。赵相回来发觉，蒋云又将冯氏卖给娼家，诬告赵相，趁机骗取了赵家大量家财。似此损友、害友者，还有《二刻拍案惊奇》卷二十四中的缪千户，《欢喜冤家》第十九回中的江仁，《八段锦》第二段中的高子兴，《拍案惊奇》卷十四中的丁戊，《天凑巧》第一回中的江公子等。缪千户自幼与元自实交好，选授得福建地方官职，收拾赴任，缺少路费，在元自实处借银三百两而未立借据。后来元自实遭难，向缪千户讨还原银，缪千户或避而不见，或要借据才还，元自实枉自奔波多次，竟无所得。木知日妻子丁氏生得貌美如花、温柔窈窕。木知日外出贩生药，将妻、子托给好友江仁照顾。江仁则奸其妻，窃其财。高子兴乘与羊学德往来之际，与羊学德妻勾搭成奸。丁戊为贪好友卢强千两白金，竟与狱史合谋，杀死卢强。江公子则占友之财，谋友之配。被朋友谋财害命者，还有《型世言》第二十三回中的朱恺。

与恩人的关系。章必英图谋王文甫妻李月仙，不顾王父的抚养之恩，欲置王于死地而后快，阴谋暴露，又串通牢中禁子，诬陷王为江洋大盗，致使王家夫妻分离，主仆离散（《欢喜冤家·李月仙割爱救亲夫》）。汪天隐在学问及金钱上都受过老秀才黄遵行之助，但汪中了举人后马上变脸，当黄遵行有事请他帮忙时，反被汪落井下石（《人中画》第一回）。桂迁借贷做生意，本利俱无，遭宦家索债。宦家利上盘利，将其田房家私尽数弄尽，桂迁一妻二子，亦为其所占。桂迁受施济赠银三百，全家活命。后来施家败落，而桂迁发迹。施济儿子施还求助于他，受尽其气，施还母亲被气死（《警世通言》第二十五卷）。

邻里关系。王小山为了谋取邻居张二官的钱财，竟然以妻子方二姑作诱饵。还有恶霸扰乱地方者。"更有一等狠心肠的人，偏要从家门首打墙脚起，诈害亲戚，侵占乡里，受投献，窝盗贼，无风起浪，没屋架梁，把一个地方搅得莽菜不生，鸡犬不宁，人人惧惮，个个收敛，怕生出衅端，撞在他网里了。"[1] 张委原是个宦家子弟，"为人奸狡诡谲，残忍刻薄。恃了势力，专一欺邻吓舍，扎害良善。触着他的，风波立至，必要弄得那人破家荡产，方才罢手。手下用一班如狼似虎的奴仆，又有几个助恶的无赖子弟，日夜合做一块，到处闯祸生灾，受其害者无数"[2]。

师徒关系。钱布公不顾师徒之情，与皮匠勾结设计诈骗自己的学生陈公子，谋取陈公子的家财（《型世言·贪花郎累及慈亲 利财奴祸贻至戚》）。

亲戚、朋友、邻里、师徒关系是人际关系中除家庭关系之外的第二层亲密关系，这些关系因为财、色而变质。另有一种帮闲者，则专以欺瞒诈骗他们的"朋友"——富贵人家子弟为能事。在富家子弟看来，帮闲者是友，而在帮闲者看来，富家子弟只不过是他们寄生的、能满足他们物质需求的寄主而已（故而，不将此种人与寄主冠以"友"名）。《二刻拍案惊奇·痴公子狠使噪脾钱》中，与姚公子往来的狐朋狗友，用言语奉承他，哄诱他，说"自古豪杰英雄，必然不事生产，手段慷慨；不以财物为心，居食为志，方是侠烈之士"。正是在他们的教唆下，姚公子的巨万家私被败光。《豆棚闲话》第九则中刘豹败家，也是请客所致。《醒世恒言·杜子春三入长安》中的杜子春偌大家产很快挥霍一空，与他的那些食客、帮闲的引诱无不相关。

亲密、熟识之人尚且如此，陌生人之间，则更可怕。

话本小说中，反映诈骗的篇目很多，如《拍案惊奇》卷十六《张溜儿熟布迷魂局 陆蕙娘立决到头缘》、卷十八《丹客半黍九还 富翁千金一笑》，《二刻

---

① 《二刻拍案惊奇》，第72页。
② 《醒世恒言》，第87页。

拍案惊奇》卷八《沈将仕三千买笑钱 王朝议一夜迷魂阵》、卷十四《赵县君乔送黄柑 吴宣教干偿白镪》,《型世言》第二十六回《吴郎妄意院中花 奸棍巧施云里手》、第二十七回《贪花郎累及慈亲 利财奴祸贻至戚》,《照世杯》第二卷《百和坊将无作有》,《欢喜冤家》第九回《乖二官骗落美人局》、第十二回《汪监生贪财娶寡妇》、第二十三回《梦花生媚引凤鸾交》等。骗术种种,令人防不胜防。然大要,仍不离财。这些被坑骗者之所以被坑骗,主要原因在于他们愚昧或贪财好色。骗子利用人们好财、好色的心理,巧设骗局,变幻百出,不可捉摸。如《沈将仕三千买笑钱》介绍赌局中设骗:"有一伙赌中光棍,惯一结了一班党与,局骗少年子弟,俗名谓之'相识'。用铅沙灌成药骰,有轻有重,将手指捻将转来,捻得得法,抛下去多是赢色。若任意抛下,十掷九输。又有惯使手法,拳红坐六的;又有阴阳出注,推班出色的。那不识事的小二哥,一团高兴,好歹要赌,俗名唤作'酒头',落在套中,出身不得。"①

此外,一些无赖、地皮专门唆使他人打官司,自己躲在幕后策划,从中谋利。《二刻拍案惊奇·赵五虎合计挑家衅》中的赵五虎"专一捕风捉影,寻人家闲头脑,挑弄是非,扛帮生事"。

为一己之私利罔顾仁义道德的还有不少商人。范顺侵瞒米商吴原理一千三百担米,卖下三千多两银子。遭难被吴原理救后,又乘机骗走吴原理五百担白米(《鸳鸯针》第四卷)。矫大户积年开典获利,原来,"自开解库,为富不仁,轻兑出,重兑入,水丝出,足纹入,兼将解下的珠宝,但拣好的都换了自用。又凡质物值钱者才足了年数,就假托变卖过了,不准赎取。如此刻剥贫户,以致肥饶"(《警世通言》第十五卷入话)。郭七郎"不平心,是他本等:大等秤进,小等秤出。自家的,歹争做好;别人的,好争做歹"(《拍案惊奇》卷二十二)。毛烈"平日贪奸不义,一味欺心,设谋诈害。凡是人家有良田美宅,百计设法,直到得上手才住。挣得泼天也似人家,心里不曾有一毫止足。看见人家略有些小衅隙,便在里头挑唆,于中取利,没便宜不做事"(《二刻拍案惊奇》卷十六)。至于以钱渔色,不顾他人尊严与世俗伦理道德者,如《二刻拍案惊奇》卷二十八中的程朝奉,他依仗自己有钱,瞧中李方哥妻子陈氏,便直接找到了李方哥明码标价进行交易谈判。《喻世明言》第一卷中,徽商陈大郎看上了有夫之妇王三巧,以一百两白银、十两黄金要求卖珠的薛婆做成他"这桩大买卖"。

---

① 《二刻拍案惊奇》,第 162 页。

还有拐卖人口者。《醒世恒言·卖油郎独占花魁》中的花魁娘子、《警世通言·吕大郎还金完骨肉》中吕玉的儿子、《拍案惊奇·姚滴珠避羞惹羞　郑月娥将错就错》中的姚滴珠、《二刻拍案惊奇·襄敏公元宵失子　十三郎五岁朝天》中的宗王之女真珠族姬、《醒世恒言·蔡瑞虹忍辱报仇》中的蔡瑞虹等都曾被拐卖。人口拐卖的猖獗，反映了社会治安状况的低下、个体生命价值的卑微。

更有甚者，杀人越货。《型世言》第三十五回中，徐文见无垢身上带有一百来两银子，就与妻子设计谋取。他先让妻子以色相引诱，借机诬陷骗取，后趁无垢熟睡时将其勒死，将银子夺取。《拍案惊奇》卷十九、卷二十七都是写强盗为了强敛钱财，杀人越货，毁尸灭迹。此类故事有很多，不一一列举。

二、商品经济下和谐社会秩序的展示

"人心本好，见财即变"，"白酒红人面，黄金黑世心"（《拍案惊奇》卷十四）。金钱固然能腐蚀人心，祸害社会，但财色本身无过。财色客观存在，人心却有能动性。面对黄金美色，关键在于以怎样的态度去对待，当财色与道义发生冲突时，应如何调节其中的关系。

明末清初的社会处于程朱理学、阳明心学与经世致用实学思想共同的包围之中，人们一方面纵情享乐，一方面却又不断宣传儒家五伦。其中一个突出现象是，朋友之伦得到强调。从《五伦书》篇目上看，除了君臣之道，五伦中的朋友之伦仅次于父子之伦。众多思想家的言论也有拔高朋友之伦的倾向。顾大韶《放言三》将"朋友"一伦置于五伦之首。顾氏言：

> 父子，以身属者也。朋友，以心属者也。人之身或殇或夭，上寿百年而死矣。既死矣，乌在其为父子哉！若夫心，则亘千古而不死者也。……故朋友者，五伦之纲也。以尧遇舜，则君臣而朋友矣。以文王遇周公，则父子而朋友矣。以文王遇后妃，则夫妇而朋友矣。以武王遇周公，则兄弟而朋友矣。……所谓朋友，谓其超五伦者也，谓其成五伦者也，非谓其间五伦者也。①

五伦关系中，朋友关系最为平等。这种关系的形成，不依靠身体属性，没有

---

① 顾大韶：《放言》，见黄宗羲编：《明文海》（第99卷），中华书局，1987年，第971－972页。

两姓家庭的利益，靠的是以心相交。父子、夫妇、君臣、兄弟若以心交，则是另外一番境界。心者灵也，灵不灭则朋友不灭。顾大韶以朋友作五伦之纲，认为它对其他伦理有促成之功，是很有见地的。

何心隐强调朋友之伦，认为天地相交为泰，而"交尽于友"，"道而学尽于友之交"①。兄弟、父子、夫妇、君臣都以交而成，唯有借朋友之交，才能算"交尽"。他还认为君臣于上，朋友于下，二者相交，则其他夫妇、父子、兄弟之伦自至，此为"达道"："达道，始属于君臣，以其上也。终属于朋友，以其下也。下交于上，而父子、昆弟、夫妇之道自统于上下而达之矣。"② 达道之始为君臣，之终为朋友，朋友之道立则天下自有英才，自然归仁，以此，"天下非统于友朋而何？"吕坤则从个人修养的角度论朋友之道，认为朋友之间的平等关系及朋友的特征利于人进入君子之域。"惟夫朋友者，朝夕相与，既不若师之进见有时，情礼无嫌，又不若父子兄弟之言语有忌。一德亏，则友责之；一业废，则友责之，美则相与奖劝，非则相与匡救。日更月变，互感交摩，骎骎然不觉其劳且难，而入于君子之域矣。是朋友者，四伦之所赖也。"③

对朋友之伦的重视与古人一贯以来对朋友的界定有关。"友"在甲骨文中是两只右手靠在一起的形状，《说文解字》释"同志为友"，朋友最基本的内涵是志同道合的人，后来泛指有交情之人。至简则至大，朋友之交没有等级、身份、贫贱、年龄的限制，没有太多外在的规范而有仁的内涵。四海之内皆可为友，人皆可为朋友，以朋友之道中的友、爱、平等、信义等处理家国大事，自然家国太平。

话本小说有众多篇目批判朋友的不信不义，也以众多篇目讴歌感人的友情故事。如《喻世明言》第七卷《羊角哀舍命全交》、第八卷《吴保安弃家赎友》、第十六卷《范巨卿鸡黍死生交》、第三十卷《明悟禅师赶五戒》，《警世通言》第一卷《俞伯牙摔琴谢知音》，《型世言》第十二回《宝钗归仕女　奇药起忠臣》、第十四回《千秋盟友谊　双璧返他乡》、第二十回《不乱坐怀终友托　力培正直抗权奸》等都是友谊的颂歌。如此多的篇目写朋友关系，其深层原因在于商品经济下人们流动的频繁及世人境遇的急剧变化。农耕社会的家庭模式有所改变，常

---

① 何心隐著，容肇祖整理：《何心隐集》，中华书局，1960 年，第 28 页。
② 《何心隐集》，第 66 页。
③ 《呻吟语》，第 30 页。

年在外漂泊及孤立无援的境地使人迫切需要互助。"从来每个不同的阶级阶层都有自己不同的道德标准。当时,封建统治阶级和市侩豪富的尔诈我虞,损人利己,使整个社会存在着'交道奸如鬼'的恶劣风气。广大的小工商业者饱受官僚、地主、市侩的剥削、侵夺和欺骗,为了保护和发展自己的生产与经营,就需互相帮助。在这种经营基础上产生的道德标准,最重要的就是市民式的信义和友谊。'三言'中有一些作品就赞美了市民之间的友谊和信义的行为,并对背信弃义的行径作了谴责。"①

上述篇目中所展示的友谊,从不同方面阐释了朋友之道:志趣相投、信守诺言、道义相劝、堪付重托。

《俞伯牙摔琴谢知音》着重写朋友的相知。入话部分以管鲍之交起,指出交情至厚的境界:相知且相助。"这相知有几样名色:恩德相结者,谓之知己;腹心相照者,谓之知心;声气相求者,谓之知音;总来叫做相知。"正话以俞伯牙和钟子期故事来阐释这种友情观。上大夫俞伯牙与樵夫钟子期因琴及琴声相识相知,结为契友,兄弟相称,约好相会时间而别。俞伯牙定期而至,不见钟子期,乃登岸寻之,闻钟子期死,"五内崩裂,泪如涌泉,大叫一声,傍山崖跌倒,昏绝于地"。因为知音不再,俞伯牙摔琴谢知音。回朝上表告归林下,迎接钟子期父母以尽天年。俞伯牙与钟子期相识时间很短,但情趣相投,感情深厚,一约定即固守之。钟子期临终吩咐将其葬于马安山江边,"与晋大夫俞伯牙有约,欲践前言耳"。二人之交,无钱财之利,无等级贵贱贫富之分。为友人之劝而死之,为友人之死而摔无价之宝,弃兴趣爱好,亦因友人而辞官以养友人父母。此种友情,可敬可佩。小说开头有诗云:"浪说曾分鲍叔金,谁人辨得伯牙琴?于今交道奸如鬼,湖海空悬一片心。"结尾处又云:"势利交怀势利心,斯文谁复念知音。伯牙不作钟期逝,千古令人说破琴。"在奸如鬼的世道,此种不带任何功利性的交情,正是作者所倡导的。

《范巨卿鸡黍死生交》重在讴歌信义。范巨卿赴考患病,幸得张元伯尽力相救,二人都因此误了考试日期,从此结下深厚友情。他们相约次年秋季再聚张元伯家中。张元伯具鸡黍以待,范巨卿为不误鸡黍之约,自刎而死。"阴魂千里,特来一见。"张元伯千里往悼,又自刎于范巨卿的棺材前。小说说道:"岂为友朋轻骨肉?只因信义迫中肠。"作者借张元伯之口,以五行之属言信义乃是天理

---

① 胡士莹:《话本小说概论》,中华书局,1980年,第445页。

所秉，云："人禀天地而生，天地有五行，金、木、水、火、土，人则有五常，仁、义、礼、智、信以配之，惟信非同小可。仁所以配木，取其生意也；义所以配金，取其刚断也；礼所以配水，取其谦下也；智所以配火，取其明达也；信所以配土，取其重厚也。"信守诺言者，还有《明悟禅师赶五戒》头回中的圆泽。当圆泽得知自己的大限到来时，他辞别李源，道："泽今幸生四旬，与君交游甚密。今大限到来，只得分别。后三日，乞到伊家相访，乃某托身之所。三日浴儿，以一笑为验，此晚吾亦卒矣。再后十二年，到杭州天竺寺相见。"圆泽转世之后，仍不忘前世之约。第二世的他才生下三日，见李源便一笑践约。是晚卒，以践十二年后之约。十二年后，李源于下竺峰处见一小孩，小孩见李源，便吟诗："三生石上旧精魂，赏月吟风不要论。惭愧情人远相访，此身虽异性常存。"又云："身前身后事茫茫，欲话当时恐断肠。吴越山川游已遍，却寻烟棹上瞿塘。"在此已是三世，再践前约。小孩所吟之诗，有对前世友谊的回忆，也有前世友谊常存于心的誓言——"此身虽异性常存"，身虽不是原身，而那份珍惜友谊之"性"却永不改变。读此诗，对那份超越时空的友谊不能不动容。

《羊角哀舍命全交》《吴保安弃家赎友》重在成人之美，堪付重托。左伯桃与羊角哀偶然相逢却道义相投，结为昆弟。他们共赴考会，突遇风雪。左伯桃为成就羊角哀，将自身衣食全与羊角哀。羊角哀功成名就后葬左伯桃，为不使左伯桃在阴间受强鬼所欺，他自刎以助左伯桃阴魂。左伯桃与羊角哀为了对方，不惜以自己生命为代价，彼此成就。"古来仁义包天地，只在人心方寸间。"《吴保安弃家赎友》中的吴保安与郭仲翔从未见面，"只因一点意气上相许，后来患难之中，死生相救"。吴保安不识郭仲翔，却写信托他为己推荐，郭仲翔深陷贼处亦求助于吴保安。二人为对方之托，竭力而为。吴保安为救郭仲翔，倾其所有，又弃官经商，受尽辛苦，所得之财，全部作赎郭仲翔的费用，如此整整十余年。吴保安夫妇殁，郭仲翔制缞麻之服，腰绖执杖，步至黄龙寺内，向冢号泣，亲负骨殖千里归葬。又教训、帮扶保安之子成人。不负朋友者的故事，还有《千秋盟友谊 双璧返他乡》与《不乱坐怀终友托 力培正直抗权奸》。前篇的入话中，杜一元的儿子杜环在父亲死后，一如既往地对待已经潦倒的父亲朋友之母张氏，似此二十年，张氏死后又为其殡殓。正话中，王冕与卢大来交好，卢大来病死，将一双儿女托付给王冕，王冕不负重托。后一篇中，秦凤仪受朋友石不磷之托，携带窦主事之美妾进京，二千里之遥，孤男寡女同行多日而此女仍为白璧。小说结尾议论曰："一言相托，不以女色更心，正是'贤贤易色'。一日定交，不以权势易念，真乃贫贱见交情！若石不磷非知人之杰，亦何以联两人之交？三人岂不足为世间反面寡情的对证！"《吴保安弃家赎友》的入话中《结交行》云："古人结交惟结心，今人结交惟结面。结心可以同死生，结面那堪共贫贱？九衢鞍马日纷纭，追攀送谒无晨昏。座中慷慨出妻子，酒边拜舞犹弟兄。一关微利已交恶，况复大难肯相亲？君不见当年羊左称死友，至今史传高其人。"二人之论，都是有感于社会交情浅薄的现实，欲以正面故事引导之。

《明悟禅师赶五戒》正话部分重在道义相劝。五戒因犯色戒而轮回，明悟得知，看了面前的《辞世颂》，既为好友犯戒而痛惜，又担心五戒转世后不信佛、法、僧三宝，灭佛谤僧，后世堕落苦海，不得皈依佛道而发，其间浓缩着对好友未来命运的担心。于是他也随即坐化，去追赶五戒。一番轮回，五戒为苏轼，明悟为谢瑞卿（即后来的佛印），佛印赶上了苏轼，处处相随，患难穷愁，不易其心，苏轼入狱，佛印救之，苏轼亦改了他那不信佛法的心。最终，苏轼回家，与佛印相会，两人同时逝去。这两世的友谊，感人至深。

朋友以交而成，以信义而立。"交"与"信义"的普适性，则不论上下、内外、亲疏、远近，人人皆可为友。扩而广之，对任何人事，都要以友之道待之。人与人之间彼此亲爱、彼此信任、彼此帮助，以此，有"四海之内皆兄弟"之古谚。朋友之交淡如水，但朋友之情广而深，适合社会各个阶层。朱熹认为，"必欲君臣、父子、兄弟、夫妇之间交尽其道而无悖焉，非有朋友以责其善，辅其仁，其孰能使之然哉！故朋友之于人伦，其势若轻，而所系为甚重；其分若疏，而所关为至亲；其名若小，而所职为甚大，此古之圣人修道立教，所以必重乎此，而不敢忽也"。父子兄弟以天属，君臣夫妇出于情势，此四者未尝求尽其道，故无济于责善辅仁之益。又说："夫人伦有五，而其理则一，朋友者又其所藉以维持是理，而不使至于悖焉者也。"① 从程朱到晚明，对于朋友之道的重视，都有一个基点：朋友之伦对其他四伦的辅助作用与对社会纲常的维护作用。本书论社会秩序而特意强调朋友之伦，也是基于此。

话本小说中，有很多人，无论其职业、身份、地位如何，都以诚信、友爱立身，处处体现了人世间的温情。尤其是很多身份地位低下、家庭处境比较困难，甚至可以说穷途末路的人，在面临金钱等方面的困境时，仍能凭着自己的良知，

---

① 《晦庵先生朱文公文集》（第五册），见朱熹撰，朱杰人等主编：《朱子全书》（第24册），上海古籍出版社、安徽教育出版社联合出版，2002年，第3837页。

做力所能及之事。

《醒世恒言》第十八卷头回中，裴度未遇时，一贫如洗，功名蹭蹬，连相士都说他是饿死之相，连相钱俱不肯受。裴度拾得宝带，没有丝毫为己之想，等候失主，将其还与。"小生因在贫乡，不能少助为愧。还人遗物，乃是常事，何足为谢！"裴度之所想，失物归还原主乃天经地义，且以自己不能助人为憾。正话中，小手工业者施润泽在大街上捡六两白银，最初心中暗喜，想到可用它作做生意的本钱，但接下来想到经商人的辛苦、小经纪之人可能面临的危机及后果，便决定还银以求心安。"我虽是拾得的，不十分罪过。但日常动念，使得也不安稳。就是有了这银子，未必真个营运发积起来。一向没这东西时，依原将就过了日子。不如原往那所在，等失主来寻，还了他去，到得安乐。""夫妻二人，不以拾银为喜，反以还银为安。"以己之心，度他人之腹，用一个小手工业者最朴素的良心与道德思考问题，设想这银子对人重要的种种可能，见利而不忘义。《拍案惊奇》卷二十一中的奴仆郑兴儿因为命运不好，还"妨主"，被主人赶出，在厕所拾到银子，最初也是欣喜，然如同施润泽一样，想到可能关系着几条性命，不敢离开坑厕，直到次日失主前来认领。《警世通言》第五卷中的布商吕玉上厕拾得白银约两百金，"这不意之财，虽则取之无碍，倘或失主追寻不见，好大一场气闷。古人见金不取，拾带重还。我今年过三旬，尚无子嗣。要这横财何用！"吕玉思考问题有三个角度，一是从己而言，财为不义之财，且无子嗣，不应贪；二是从他人角度思考，度量失财之人的心理而生恻隐之心，此财不当取；三是从义的角度联想到古人在利面前的行为，以他们为榜样。吕玉为了等候失主，在坑厕附近等候了整整一日。在途中，见人落水亦忙着相救。

这些拾金不昧者身份都卑微低贱，所拾之钱少到五六两，大至几百金。对他们而言，这些钱财完全可以救急缓穷。然而，他们更重视自己的良心，以心论事，以心交人。他们行善不带任何功利之心。还有很多人将信义与行善视为一种信仰而坚持不懈。他们处事公平，为人古道热肠。《西湖二集》第二十四卷头回中，开酒店的王公"一生平直，再无一点欺心之事。若该一斗，准准与人一斗酒，若该一升，准准与人一升酒，并不手里作法短少人的。又再不用那大斗小秤，人都称他为王老实"。《二刻醒世恒言·龙员外善积遇仙》中的龙员外家资巨富，买卖公平，好行善事，"开一盘典当铺。待人公平，真是童叟无欺，人人称赞，连年生意兴旺"。又将籴得的米用来济荒，救活了若干人性命。《二刻拍案惊奇》卷十五中，某徽商见一女子因受骗要跳水而慷慨解囊送给她二两银子，对此女半夜"踵门叩谢"正色对待。《连城璧》中《乞儿行好事 皇帝做媒人》中的"穷不怕"轻财重义，"把金银视为粪土，朋友当做性命；又喜替人抱不平，乡里之中有大冤大屈的事，本人懦弱不能告理，他就挺身出头，代他伸诉"。即便是乞讨，也要不断行善。不带任何功利目的的行善故事，在话本小说中有很多。如《云仙笑》中的《一碗饭报德胜千金》《张昌伯厚德免奇冤》，《无声戏》中的《失千金福因祸至》，《醉醒石》中的《济穷途侠士捐金 重报施贤绅取义》，《豆棚闲话》中的《藩伯子破产兴家》等。他们的善举，带给世界很多亮色。另一种是带有功利心的行善。《无声戏》第九回中讲述盐商施达卿很富有，但年近六十，尚无子。他在菩萨的指点下，广行善事：地方上凡有穷苦之人，荒月没饭吃的、冬天没棉袄穿的、死了没棺材盛的，他都帮，还砌路、修桥、建庙宇、赈济饥民、施药……和施达卿一样，刘元普也是广有家私而无子。为了求子，他广行善事，又助他人完姻。这些可歌可泣的故事展示了人们对道义的追求。以道义为行，以善报为果，人们通过这些故事，针砭、矫正商品经济下的不良风气，维护社会正常秩序。

第四节　话本小说中的人与自然秩序

人与自然的关系是人类社会永恒的主题。人类自诞生之初，便与自然结下了不解之缘。美国生物学教授威尔逊认为，人类天生具有"亲生命性"，即"对其他生命有紧密的情感上的亲近性"，这是"人类关注其他生命形式并期望融入自然生命系统的天性"[①]。在中国，农耕文化的形式及农耕文明下的哲学——儒学与道家学说，具有浓厚的亲自然性。德国哲学家赫尔曼·凯泽林说道："根据中国的观念，天和地，世界万物以及人的生命，道德以及自然现象，构成了一个有联系的整体。……在对于自然的控制方面，我们欧洲人远远跑在中国的前头，但是作为自然的意识的一部分的生命却迄今在中国找到了最高的表现。"[②]

宋明理学关注人类自身的秩序，关注人与人、人与社会之间的社会法则，同时也将人类的法则推广到人与自然的关系上。宋明理学之理，也包含"物"理。

---

① ［美］爱德华·威尔逊著，陈家宽译：《生命的未来》，上海人民出版社，2005年，第222页。
② ［德］赫尔曼·凯泽林：《The Travel Diary of A Philosopher》，见清华大学思想文化研究所编：《世界名人论中国文化》，湖北人民出版社，1991年，第308-309页。

二程提出"凡眼前无非是物，物物皆有理"，"天下物皆可以理照，有物必有则，一物须有一理"。① 朱熹说："目前事事物物，皆有至理，如一草一木，一禽一兽，皆有理。""一草一木，与他夏葛冬裘……都是天理流行，活泼泼地。那一件不是天理中出来！"② 每种物都有其理，都可用"理"的眼光来看待。物有其理表明，理是客观存在的，不以人而改变。人所能做的，是顺应其理，如此万物才能各得其宜。朱熹说："水之润下，火之炎上，金之从革，木之曲直，土之稼穑，一一都有性，都有理。人若用之，又著顺它理，始得。若把金来削做木用，把木来熔做金用，便无此理。"③ 物有其理，学者须格致其理。"是以《大学》始教，必使学者即凡天下之物，莫不因其已知之理而益穷之，以求至乎其极。"④ "物我一理，才明彼即晓此，合内外之道也。语其大，至天地之高厚，语其小，至一物之所以然，学者皆当理会。"⑤ 程朱理学的格物之理，其目的立足于人事而不是自然本身，也就是说，仍从人与物的关系思考。

与人一样，物之出现，也是禀气所生。气有清浊、正偏。人得其清、其正，而物得其浊、其偏。从气禀上讲，在本质上，人与物并无区别。《中庸》云"能尽其性，则能尽人之性，能尽人之性，则能尽物之性"，朱熹注释指出，"人物之性，亦我之性，但以所赋形气不同而有异耳。能尽之者，谓知之无不明，而处之无不当也"。物各有其性，如何尽物之性？"既有是物，则其所以为是物者，莫不各有当然之则，而自不容已，是皆得于天之所赋，而非人之所能为也……使于身心性情之德，人伦日用之常，以至天地鬼神之变，鸟兽草木之宜，自其一物之中，莫不有以见其所当然而不容已，与其所以然而不可易者。"⑥ 既然物我一理，则尽人之理即可尽物之理。

天理包含人理与物理。从人理，是仁义礼智信，是人处理社会各种问题的原则与方法；从物理，则要尊重自然本性，让自然之物自在地、合符自性地存在。以人理看待自然，以物理顺应自然，则尽人之性，亦尽物之性，人性、物性各得其宜。朱熹云："尽物性，只是所以处之各当其理，且随他所明处使之。它所明

---

① 《二程集》，第 247、193 页。

② 《朱子语类》，第 296、1049 页。

③ 《朱子语类》，第 2484 页。

④ 《四书章句集注》，第 7 页。

⑤ 《二程集》，第 193 页。

⑥ 朱熹撰，黄坤校点：《四书或问》，上海古籍出版社，2001 年，第 22－24 页。

处亦只是这个善，圣人便是用他善底。如马悍者，用鞭策亦可乘。然物只到得这里，此亦是教化，是随他天理流行发见处使之也。"又云："至于尽物，则鸟兽虫鱼，草木动植，皆有以处之，使之各得其宜。"① 理学家认为，让自然保持生生之意，正是仁爱之心的体现，仁者反对滥杀、滥渔、滥砍。程颐《养鱼记》说："吾读古圣人书，观古圣人之政禁，数罟不得入洿池，鱼尾不盈尺不中杀，市不得鬻，人不得食。圣人之仁，养物而不伤也如是。物获如是，则吾人之乐其生，遂其性，宜何如哉？"② 朱熹阐释《中庸》"尽物之性则可以赞天地之化育"句云："圣贤出来抚临万物，各因其性而导之。如昆虫草木，未尝不顺其性，如取之以时，用之有节；当春生时，'不殀夭，不覆巢，不杀胎；草木零落，然后入山林；獭祭鱼，然后虞人入泽梁，豺祭兽，然后田猎'。所以能使万物各得其所者，惟是先知得天地本来生生之意。"③ 朱熹还从"理学"高度分析了人应善待动植物："目前事事物物，皆有至理。如一草一木，一禽一兽，皆有理。……自家知得万物均气同体。'见生不忍见死，闻声不忍食肉'，非其时不伐一木，不杀一兽，'不杀胎，不殀夭，不覆巢'，此便是合内外之理。"④ 总之，仁者、智者应当尊重自然，充分认识到自然万物各有其存在的价值和发展的权利，使自然生生不息。

反之，从对待自然的态度亦可见个体人格及自我修养的程度。王阳明言："仁者以天地万物为一体，使有一物失所，便是吾仁有未尽处。"⑤ 归庄云："上天以生物为心，儒者以天地万物为一体，则必以上天之心为心。夫以上天之心为心，未有不好生恶杀者也。"⑥ 高攀龙也说："少杀生命，最可养心，最可惜福。一般皮肉，一般痛苦，物但不能言耳。不知其刀俎之间，何等苦恼，我却以日用口腹，人事应酬，略不为彼思量。岂复有仁心乎？……省杀一命，于吾心有无限安处，积此仁心慈念，自有无限妙处。"⑦ 真正的仁者，与万物合为一体，使万物各得其所。杀生害仁，亦是自身修养的程度不够。

---

① 《朱子语类》，第 1570、1569 页。

② 《二程集》，第 579 页。

③ 《朱子语类》，第 256 页。

④ 《朱子语类》，第 296 页。

⑤ 《王阳明全集》，第 25 页。

⑥ 归庄：《归庄集》，上海古籍出版社，1984 年，第 371 页。

⑦ 《高子遗书》，第 840 页。

中国古代文学，尤其是受到道家思想影响深远的作家作品，大都具有鲜明的生命意识。明中后期，阳明心学的兴起促进了自然人性论的崛起，士人普遍追求一种"适性"的人生境界，以游历山水来追求个性解放。一位学者指出，"中国古人的生态意识在很大程度上并非仅仅保存在抽象的哲学中，而是保存在具象的美学中；并非仅仅保存在道家美学中，而且在儒家和佛家美学中也多有表现。从某种意义上可以说，中国古典美学领域是中国古人生态意识的最理想的栖身之地。正是通过许许多多中国古典美学家、艺术家的自觉和不自觉的努力，中国古人的生态意识才得以保存、传递和弘扬"①。明清之际的话本小说主要写人情物欲，市民色彩浓郁。但话本小说的亲民特征使其中关于自然的书写充满神异色彩，而思想家关于自然的表述及明清文人自己的山水爱好，使一部分涉及自然的篇目不时闪现出人与自然和睦相处的思想光辉。

一、理想的栖居——仙境、地穴与风水

对于美好的居住环境，古人往往以仙境或洞天福地来形容。话本小说很少直接写居住环境如何，但对仙境的描写则可以看出世俗人的居住观念。《喻世明言》第三十三卷中韦文女为张古老所娶，韦义方寻妹追至茅山。小说从溪流、园亭、殿宇三个方面写了韦义方所见神仙之境：

> 寒溪湛湛，流水泠泠。照人清影澈冰壶，极目浪花番瑞雪。垂杨掩映长堤岸，世俗行人绝往来。……迟疑之间，着眼看时，则见溪边石壁上，一道瀑布泉流将下来，有数片桃花，浮在水面上。
>
> 茂林郁郁，修竹森森。翠阴遮断屏山，密叶深藏轩槛。烟锁幽亭仙鹤唳，云迷深谷野猿啼。亭子上铺陈酒器，四下里都种夭桃艳杏，异卉奇葩，簇着这座亭子。
>
> 朱栏玉砌，峻宇雕墙。云屏与珠箔齐开，宝殿共琼楼对峙。灵芝丛畔，青鸾彩凤交飞；琪树阴中，白鹿玄猿并立。玉女金童排左右，祥烟瑞气散氤氲。

这里的仙境没有喧闹，自然之物没有遭受任何破坏，山清水秀。但这样的自

---

① 樊美筠：《中国传统美学的当代阐释》，中国社会科学出版社，1997年，第67页。

然，又不是没有人气的寂然之景，这里有声有色，有人类依据自然的特征而兴造的园林，有人工培植的果木，也有富丽堂皇的殿堂。在仙境中，自然与人类相互依存，景因人而有致，人因景而富足。自然的自在与人类的富足似乎是所有仙境的特点。《拍案惊奇》卷二十八写玉虚尊者之洞：

> 举头四顾，身在万山之中。但见：山川秀丽，林麓清佳；出没万壑烟霞，高下千峰花木。静中有韵，细流石眼水涓涓；相逐无心，闲出岭头云片片。溪深绿草茸茸茂，石老苍苔点点斑。……方欲纵步玩赏，忽闻清磬一声，响于林杪。冯相举目仰视，向松阴竹影疏处，隐隐见山林间，有飞檐碧瓦，栋宇轩窗。……过往处，但闻流水松风，声喧于步履之下。渐渐林麓两分，峰峦四合。行至一处，溪深水漫，风软云闲，下枕清流，有千门万户。但见：鬼鬼宫殿，虬松镇碧瓦朱扉；寂寂回廊，凤竹映雕栏玉砌。玲珑楼阁，干霄覆云，工巧非人世之有。……遂相随出洞而去。但觉天清景丽，日暖风和，与世俗溪山，迥然有异。须臾到一处，飞泉千丈，注入清溪；白石为桥，斑竹夹径。

这里的仙境依然远离人烟，林、泉、树、屋共同组成仙境，其中，以自然为主体，人类似乎只是其中的点缀。在这里，自然与人类都是富足的、自在的。此外，《醒世恒言》第三十一卷中郑信所见的仙境、第三十八卷中李清所见的仙境，同《警世通言》第四十卷中许逊所见的庐山（也是仙境），虽然表述有所不同，但大致不脱山清水秀、鸟语花香、人民富足、景象祥和之特点。于景而言，保持它固有的生机，人是其中之景而不是它的主宰。于人而言，畅享自然美景，依照自然之美而予以适当的改变，不是主宰自然而是仿效自然，将人类的审美自然化。在这些仙境中，人脱离尘世的缠绕，而能修成长生不老之身。仙境之景与仙人所组成的仙界气象表明，人与自然和谐相处才是仙境。

上述仙境中人与自然是和谐的。不过，由于往来皆仙人，这种和谐只是仙人与自然的和谐。《二刻醒世恒言·桃源洞矫廉服罪》则有所不同。桃源洞中，"人物熙攘，屋宇辉煌，别是一天世界。……至一殿，殿高数十仞，翚飞画凤，绝非人间所有""桃之夭夭，其叶蓁蓁，孰谓求之则得；堂高数仞，榱题数尺，敢云得志勿为。烈烈纠纠，摆两行金瓜武士；齐齐整整，列数队青衣隶人。左边有洗心房、涤虑房、脱胎换骨房，异人间兵刑户礼；右边有仙酒席、名泉库、奇花瑞草库，非寰中货帛金钱。碧波千里，同山水而隔尘氛；白日中天，其升恒而销俗气。"此洞"岁供仙酒名泉，奇花瑞草，取之不禁，用之不竭。洞中居民，从无怀、葛天时来者，皆草衣、木食；从巢、许时来者，俱半业渔樵；夷、齐时来者，更廓首阳左右居民，亘百余里。后又有闻风而来者，植灵草奇葩以为食。"洞中天地与尘世天地迥然不同。桃源仙境中，人与人、人与自然和谐相处，完全没有了远离人世的清冷。作者在《桃花源记》基础上构筑的桃源仙境仍体现了民众对洞天福地的理解和对此境界的追求，它更与民众心中的仙境相符。

风水实际上关涉着居住环境。"所谓风者，取其山势之藏纳，土色之坚厚，不冲冒四面之风，与无所谓地风者也。所谓水者，取其地势之高燥，无使水近其亲肤而已。若水势屈曲而环向之，又其第二义也。"① 朱熹用地形说论冀都与尧都作为都城的必然："冀都是正天地中间，好个风水。山脉从云中发来，云中正高脊处。自脊以西之水，……前面一条黄河环绕。右畔是华山耸立，为虎。自华来至中，为嵩山，是为前案。遂过去为泰山，耸于左，是为龙。淮南诸山是第二重案，江南诸山及五岭，又为第三四重案。尧都中原，风水极佳。左河东，太行诸山相绕，海岛诸山亦皆相向。右河南绕，直至泰山凑海。第二重自蜀中出湖南，出庐山诸山。第三重自五岭至明越，又黑水之类，自北缠绕至南海。泉州常平司有一大图，甚佳。"② 如此看来，作为帝都，既要视野开阔，又要群山环拱，山川相绕。至于"右畔是华山耸立，为虎""耸于左，是为龙""前案""第二重案""第三四重案"等言语，则是堪舆家常用俗语。

《说文解字》："仚（仙的古体），人在山上，从人从山。"《释名·释长幼》解"仙"曰："老而不死曰仙，仙，迁也，迁入山也。"从古人的造字及解释看，神仙与山的关系密切，因山而寿，神仙是人与自然亲近的符号载体。程颐指出："若说白日飞升之类则无，若言居山林间，保形炼气以延年益寿，则有之。譬如一炉火，置之风中则易过，置之密室则难过，有此理也。"③ 程颐否定成仙之说，但肯定山水及居林间养气对人健康的影响。对个体而言，选址与健康关系极大。《素问·五常政大论》指出天气的寒热与地势的高低与人的寿夭有密切的关系④。在营造理想的栖居之地时，必须考虑选址及对现有居住环境的改造。无论如何选

① 项乔：《项乔集》，上海社会科学院出版社，2006年，第158页。
② 《朱子语类》，第29页。
③ 《二程集》，第195页。
④ 冯国超主编：《黄帝内经·素问》，吉林人民出版社，2005年，第312-325页。

址、构建，都离不开山水树木。朱熹甚至认为，"洞天福地"是可以构建的。《同安县志·名胜》第八卷载：文公堤，距城北里许，有大石倚山麓刻"应城山"三字。明代刘存德题其旁云："朱子为同安簿，筑堤以补龙脉。"① 其实，补地形地貌、改变居住环境的方式很多，其中重要一点，就是植树造林。"除深山人所不见之处，许令依旧开垦种植外，其山面展瞻所及，即不得似前更行斫伐开垦。向后逐年深冬，即令寺观各随界分，多取小木，连本栽培，以时浇灌，务令青活，庶几数年之后，山势崇深，水为福地。"② 开发有度，植树造林，自然"山势崇深，水为福地"。

山水、树木、住宅位置都是居住环境的重要方面。是否有树木、选址如何、开门方向对不对都有所讲究。《西湖佳话》第九卷载印长老为报复济颠，写信给临安府赵府尹，要他将净慈寺外两旁的松树尽行伐去，以破该寺的风水。赵府尹一时听信，径带了许多人来砍伐。一长老听说，便言："这些松树，乃一寺风水所关，若尽砍去，眼见得这寺就要败了。"这是树木关系居住地环境的风水。树木茂密之地则空气清新，有利健康。没有了松树，的确大煞寺院风景。《警世通言》第十五卷中，一徽商因某真武殿灵异，捐千金修一假山于真武殿前，以壮其威武，"假山虽则美观，反破了风水"。这是建筑物主次结构及位置对风水的影响。《载花船》第五回较详细地记载了阳宅风水对人们生活质量的影响以及堪舆先生对阳宅风水的一些论断。茹南溪与贴邻廖思泉、倪小桥家事殷实，都四十过头皆无子息。偶然来了一位堪舆先生，艺术精高，均延之以看住基。堪舆道："怎么三处大厦都一般基址，一样规模，利害却也相当，俱主难为后嗣，这却什么缘故呢？盖因尊居尽是子地午向，门宜开于巳方，今反启在申地，绝嗣之兆也。水须自右倒左则吉，令却自左倒于右，故凶。那杨救贫先生道得好：'巽巳水来便不佳，必招军贼事如麻。因遭公事牛羊败，动火遭瘟莫怨嗟。奸淫偷盗兼残疾，寡妇孤翁守空室。寅午戌年定不然，管取凶多还少吉。'这是万古不易之论。抑且三所华堂，前嫌阴塞，后太尖削。龙首低垂，虎方高耸，必然难招胤嗣。……三处潭府，幸得右首丰隆，侧基开敞。……"风水关系祸福之说固然不当，但房屋选址、各个部分的设计、开门的方位、房屋周围的开阔程度、水流的

---

① 《同安县志》（民国版），上海书店出版社，2000年，第60页。

② 《晦庵先生朱文公文集》（第6册），见朱熹撰，朱杰人等主编：《朱子全书》（第25册），上海古籍出版社、安徽教育出版社联合出版，2002年，第4641页。

方向等，的确有关生理与心理健康，这是应当注意的。

观风水宝地，几乎都是依山傍水、山明水秀之地，极具生态之美。应当说，风水思想最初是源于对大地的崇拜和对自己生活环境的关注。剥掉其迷信的一面，它涉及建筑地理学、建筑美学、生态美学等多个方面，的确有许多合理的因素。

二、与自然为友——惜物与放生

在本质上，人与物都禀气而生，都是自然的一部分。然人禀天地之精华，乃万物之灵，对于人之外的其他物类，应具有"胞与"情怀。

话本小说多方面展示了动植物的生命性，指出，"众生皆是命，畏死有同心"，将人好生恶死之情推而广之，倡导对其他生命的关怀。凌濛初《拍案惊奇·屈突仲任酷杀众生　郓州司马冥全内侄》入话诗中，作者首先表明观点："众生皆是命，畏死有同心。何以贪饕者，冤仇结必深。"接下来议论道：

> 话说世间一切生命之物，总是天地所生，一样有声有气，有知有觉，但与人各自为类。其贪生畏死之心，总只一般；衔恩记仇之报，总只一理。

小说还对"天生万物以养人，食之不为过"之论加以驳斥，指出此乃是以人为中心论的腐说，并反问道："那虎豹能食人，难道也是天生人以养虎豹的不成？蚁虻能噆人，难道也是天生人以养蚁虻不成？"凌濛初认为，牲畜皆有灵性，都贪生畏死。入话中，两牛知道自己将要被杀后，一头牛不吃草，"只是眼中泪下"；另一头牛同样不食，见有人来，"把双蹄跪地，如拜诉的一般"。作者说这些"怕死的众生与人性无异的"故事，希望"随你铁石做心肠，也要慈悲起来"。作者刻画了为了口腹之欲不断杀生的屈突仲任的形象。屈突仲任生性好杀，为了寻求更好的吃法，不惜凌虐动物，花样百出。"或生割其肝，或生抽其筋，或生断其舌，或生取其血，道是一死便不脆嫩。"小说家让屈突仲任入冥受罚，让被杀众生向其讨命，再放其回生，让他向众人讲述杀生之报，以致好些人都生了放生戒杀的念头。小说最后，用偈语道：

> 物命在世间，微分此灵蠢。一切有知觉，皆已具佛性。取彼痛苦

身，供我口食用；我饱已觉膻，彼死痛犹在。一点嗔恨心，岂能尽消灭？所以六道中，转转相残杀。愿葆此慈心，触处可施用。起意便多刑，减味即省命。无过转念间，生死已各判。及到偿业时，还恨种福少。何不当生日，随意作方便！度他即自度，应作如是观。

凌濛初并非一味宣佛，但是，他赞成佛道的爱惜众生之说，并以六道轮回、地狱受罚等报应观告诫世人，人应该以度己之心度物，"众生皆是命，畏死有同心"，以慈悲之心看待众生，物虽至微，亦系生命，人欲积德累功，应仁民爱物，不可贪杀。袁黄强调："何谓爱惜物命？凡人之所以为人者，惟此恻隐之心而已。求仁者求此，积德者积此。……不特杀生当戒，蠢动含灵，皆为物命。"①《西湖佳话·放生善迹》全录莲池大师所作《戒杀文》七则与《放生文》，从生日、生子、祭祀、婚礼、宴请宾客、祈禳、营生七个方面，告诫世人不宜杀生，劝人为善。于情于理劝人由己及物，戒杀生物并放生。《西湖二集·寿禅师两生符宿愿》入话诗也说："羽毛鳞介众生灵，莫任贪饕纵血腥。好把飞潜勤释放，胜如念佛礼金经。"接着议论道："天地间极不好的是杀生，阴府惟此罪为最重。极大的功德莫过于放生，若人肯放生，便生生世世永不堕轮回地狱饿鬼畜生之苦，永不受刀兵水火杀害之灾，在世得轮王福，富贵、功名、子息种种如意，寿命延长，死后定生西方极乐国土。"头回故事中，韦丹年近四十，虽举五经，未曾及第。尝骑一匹蹇驴，至洛阳，见一渔翁拿着一鼋，伸头缩颈，似求救之状。韦丹心中不忍，欲将上衣与他交换，因天寒之际，脱不下来，只得把那匹蹇驴儿与渔翁抵换，将鼋放入水中而去。后来韦丹登第作官。李进劲放鱼而免沉江之祸，后来成富家。小说有诗道："鼋放知官禄，鱼生救命身。乃知放生者，暗里有明神。"正话中，写寿禅师放生后，生物之欢乐："鱼鳖点头，鳝鳗摇尾。鱼鳖点头，喜离砧剁之苦。鳝鳗摇尾，幸脱汤火之灾。虾子游行，免得穿红袍，躬躬掬掬。蛙儿跳跃，犹然着绿袄，阁阁喳喳。蛳螺称守门将军，一任他时开时闭。螃蟹名横行甲士，但随彼爬去爬来。"作者认为，"腹中有无数子子孙孙，救一物但救万物。穴内有许多亲亲眷眷，放一生即放众生。物小而性命实多，类广而神明如一。倘我堕彼之内，即冀他人之慈祥。今我救彼之生，便种自身之功德。生生世世，同游他化之天。亿亿千千，尽登极乐之国。"以此，放生之善，远胜于

---

① 《了凡四训》，第132－133页。

念佛礼经。作者引莲池大师语，认为"天下便成极乐国土，世上亦永无刀兵杀运之灾"，"物性有知皆似此（报恩），人情好杀复何为"（《西湖佳话》）。戒杀放生，既是对生物物种的生存权的重视，也是对人类自身仁道的肯定、对整个世界生命的呵护。虽然小说中认为放生乃是积阴功，但强烈的保护自然物种的意识仍跃然纸上。

动物有灵气，植物亦然。朱熹曰："动物有血气，故能知。植物虽不可言知，然一般生意亦可默见；若戕贼之，便枯悴不复悦怿，亦似有知者。"① 《醒世恒言》第二卷入话故事中，三兄弟要分家，商议将门口的紫荆花树也砍了分。当时，紫荆花开得极其茂盛，次日去砍树，见"枝枯叶萎，全无生气"，将手一推，树应手而倒，根芽俱露。及至兄弟和好，不再分家，也不再砍树时，"其树无人整理，自然端正，枝枯再活，花萎重新，比前更加烂漫"。如果这个故事不过是对入话诗中"紫荆枝下还家日"的解释，其主旨是宣扬兄弟友爱，算不上是有意识地宣扬植物有灵气的话，那《醒世恒言·灌园叟晚逢仙女》就是有意宣扬人与自然相亲了。头回故事中，杨花、桃花、李花、石榴花化成人聚于崔玄微家，面对封十八姨（风），歌声中充满容华易消歇的惨淡。小说直言道："只那惜花致福，损花折寿，乃见在功德，须不是乱道。列位若不信时，还有一段《灌园叟晚逢仙女》的故事，待小子说与列位看官们听。若平日爱花的，听了自然将花分外珍重。内中或有不惜花的，小子就将这话劝他，惜花起来。"可见，作者讲述这个故事，就是要人惜花爱花。

"神仙本是凡人做，只为凡人不肯修"（《醒世恒言》第三十八卷），"修仙径路甚多，须认本源"（《醒世恒言》第四卷）。每个人在自己的生存空间行善，爱民仁物，这就是"本源"。话本小说中充满了各式各样的善报，这些善报都是人们认取"本源"行善的结果。只要认取本源而行善，普通人也可以成仙。对普通人而言，爱惜身边之物，同样也是本源所在。《素履子·履仁》曰："或救黄雀，或放白龟，惠封于伤蛇，探喉于鲠虎，博施无倦，惠爱有方，春不伐树覆巢，夏不燎田伤禾，秋赈孤莏寡，冬覆盖伏藏，君子顺时履仁而行，仁功著矣。"②

---

① 朱熹、吕祖谦：《朱子近思录》，上海古籍出版社，2000年，第199页。
② 张弧：《素履子》，见《道藏》（第21册），文物出版社、上海书店、天津古籍出版社联合出版，1988年，第703页。

在话本小说中，因放生爱物而受报者甚多。李元救小蛇，而娶龙女称心，并在她的帮助下中举（《喻世明言》第三十四卷）。勤自励救一陷阱中的虎，后该虎使勤自励夫妻团圆（《醒世恒言》第五卷）。杨宝救一受伤之雀，饲之以黄花。雀赠玉环一对，言："掌此当累世为三公。"（《醒世恒言》第六卷）陆舜英不让其兄杀小蛇，道姑送其白玉钩一个。后陆舜英遇难，得玉钩救之（《五色石》第四卷）。《西湖二集》第二十三卷中，杨廉夫救金鲤，死为蓬莱都水监。观这些报恩者，主要是鱼、蛇、虎。但是，鱼非鱼、蛇非蛇，金色鲤鱼是龙女，李公子所救之蛇是龙子，陆舜英所放之蛇是蛟龙，韦丹所放之鼋为老龙。所以，救鱼、救蛇、救鼋也就是救龙。龙虎为灵兽，知报恩，就是一般的飞禽也知感恩，黄雀报恩即是一例。以爱植物而成仙者首先当推《醒世恒言》第五卷中的崔玄微与秋先。崔玄微在所居庭院遍植花木，僮仆无故不得入。后因庇护桃李等花免于风残，花精教崔玄微服食花英，使其得道仙去。正话中，秋先惜花如命，他在园中种满了各式各样的花草。常感叹花期之短，"看他随风而舞，迎人而笑，如人正当得意之境，忽被摧残，巴此数日甚难，一朝折损甚易。花若能言，岂不嗟叹"。他讨厌摘花之行，"枝一去干，再不能附干，如人死不可复生"。因为护花，他与恶霸张霸发生冲突，引来牢狱之灾。结果，张霸被花仙惩罚而毙命，秋先则因惜花有功，故以花成道，年龄转少，又被上帝封为护花使者，"但有爱花惜花的，加之以福，残花毁花的，降之以灾"。因爱物而成仙者，在其他小说中也有展示。《西湖二集》第二十九卷头回中，吴堪生性爱惜门前溪水，常于门前以物遮护，再不污秽。"晚间从县衙回来，临水看视，自得其得。"因能"敬护泉源"，也成仙而去。

"昔时柳毅传书信，今日李元逢称心。恻隐仁慈行善事，自然天降福星临。"（《喻世明言》第三十四卷）并非所有爱物惜物的行为都能成仙，但都必定有好报。在小说家看来，立足于当下的生态实践，亦可以成就自己的人生理想，如成仙、长寿、富贵等。

三、自然的精灵——精怪与宝物

《搜神记》第六卷首条《妖怪》云："妖怪者，盖精气之依物者也。气乱于中，物变于外。形神气质，表里之用也。本于五行，通于五事。虽消息升降，化动万端，其于休咎之征，皆可得域而论矣。"① 在古人的世界里，精怪乃是自然的化身，显示了宇宙钟情于万物的世界观。当物化为人后，除了自身的物性，也具有人性，某些方面的能力甚至超越人类。黑格尔指出："一般地在亚洲人中间，我们看到动物或至少是某些种类的动物是当作神圣而受到崇拜的，他们要借这些动物把神圣的东西显现于直接观照。因此，在他们的艺术中动物形体形成了主要因素，尽管它们后来只用作象征，而且和人的形状配合在一起来用。"② 当精怪具有善的属性时，它便是神，而具有恶的属性时，便是妖。从小说中，自然物无论是神是妖都被赋予灵性来看，人们在自然面前很少有驾驭、征服的心态。相反，人类与自然之间，要么是和平共处的朋友，要么是彼此有摩擦的对手。无论前者还是后者，他们都是平等的。即便是后者，双方也一直在为自己争取与对方平等的权利（例如妖危害则有法术治之，人杀生害命则有自然的惩罚）。

诺贝尔物理学奖获得者汤川秀树指出："对于东方人来说，自身和世界是同一事物，东方人几乎是不自觉地相信，在人和自然界之间存在着一种天然的和谐。"③ "万物皆有情，不论妖与鬼"，站在自然的角度，自然都是具有主体性的，它们都有灵性，有喜怒哀乐，也有爱恨情仇。话本小说不管是以自然为主体还是为配角，客观上都展示了生物的丰富多样性及生命的璀璨。尤其是那些专以精怪为主体的小说，无论其善恶，都表现了精怪的灵动活泼，以及追求美好生活的愿望，此不赘言。《欢喜冤家》第十三回引莲池大师语云："人人爱命，物物贪生。杀彼躯充己口腹，心何忍焉。夫灵蠢者，性身命岂灵蠢之殊；爱憎者，性生死原爱憎之本。"《醒世恒言·大树坡义虎送亲》中的勤自励好杀虎，虎化为黄衣老者，云："好生恶杀，万物同情。自古道：人无害虎心，虎无伤人意。郎君何故必欲杀之？……郎君若自恃其勇，好杀不已，将来必犯天道之忌，难免不测之忧矣。"《醒世恒言·小水湾天狐诒书》中王臣在小水湾见两狐看书，以弹弓伤一狐，并夺其书。是晚，狐化为人前来要书被看破，王臣又持剑追赶。三更时，狐又前来要书，"快把书还了我，寻些好事酬你！若不还时，后来有些事故，莫要懊悔"。王臣不听。后来王臣家里发生诸多事故，以致家败都是狐设计使然。在这里，人不是主角，而是陪衬，狐以其变化的能力及智慧将人玩弄于股掌之中。

---

① 《搜神记》，第67页。
② ［德］黑格尔著，朱光潜译：《美学》（第2卷），商务印书馆，1979年，第179－180页。
③ ［日］汤川秀树著，周林东译：《创造力和直觉———一个物理学家对于东西方的考察》，复旦大学出版社，1987年，第37页。

作者开篇议论道："蠢动含灵俱一性，化胎湿卵命相关。得人济利休忘却，雀也知恩报玉环。"站在物皆有情的角度，小说家主张以平等之心待之，反对刻薄待物。

自然本来是和谐的，人与其他生命也应该保持和谐关系。一旦这种和谐被打破，无论是人还是物（妖）都要受到惩罚。在古代小说中，常常出现人类残杀生灵的情况，但也出现不少精怪害人的母题。这一母题的背后，是教育人们如何远离危害，如何与害人的精怪做斗争。表面上看表现的是人类好语怪异的心态，实质仍是人类争取与自然和睦相处的愿望。如《警世通言》第四十卷《旌阳宫铁树镇妖》中，孽龙"能千变万化，于是呼风作雨，握雾撩云。喜则化人形而淫人间之女子，怒则变精怪而兴陆地之波涛。或坏人屋舍，或食人精血，或覆人舟船，取人金珠，为人间大患。诞有六子，数十年间，生息蕃盛，约有千余。兼之族类蛟党甚多，常欲把江西数郡滚出一个大中海"。因蛟龙危害，遂有真君斩妖除魔。同书第三十六卷《皂角林大王假形》中，狐狸变成庙神，损害良民被道士处斩；第二十七卷《假神仙大闹华光庙》中的雌雄龟精，惯迷惑少年男女，被五显神与真正的吕洞宾、何仙姑制服。再如法力广大的强虏人之美妻的猿精、猴精等（《喻世明言》第二十卷，《拍案惊奇》卷二十四）。妖与神善恶不同，与人类的关系也就有别。其无害于人类，则被视为仙，其危害人类，则被视为妖，人类依凭法术或天神的相助，斩妖除魔，才能化解自身已经或可能遭受的不幸。

在古人的观念中，动植物之为精为怪，充满灵气，无生命物亦然。话本小说中有好几篇涉及宝物，其中都显示了宝物作为天地精华的灵性。

聚宝之镜。《二刻拍案惊奇》卷三十六中渔翁王甲得一古镜，周围有八寸大小，雕镂着龙凤之文，又有篆书文字，字形像符篆。这镜"乃是轩辕黄帝所造，采着日精月华，按着奇门遁甲，拣取年月日时，下炉开铸。上有金章宝篆，多是秘笈灵符。但此镜所在之处，金银财宝多来聚会，名为'聚宝之镜'"。"自得此镜之后，财物不求而至。在家里扫地也扫出金屑来，垦田也垦出银窖来，船上去撒网也牵起珍宝来，剖蚌也剖出明珠来。"

空青石。《豆棚闲话》第八回写蔚蓝拾得大圆石，"里外通明，青翠可爱……晓得此石唤名空青，当初女娲氏炼石补天，不知费了多少炉锤炼得成的。今日天上脱将下来，也是千古奇缘。此石中间止有一泓清水，世间一切瞽目，金针蘸点，无不光明"。一段话道出空青石的三奇。一奇：里外通明，青翠可爱；二奇：女娲氏补天所脱落；三奇：石中清水可治世间一切瞽目。

澄水石。《二刻拍案惊奇》卷三十六中渔翁王甲打鱼时得两小石子，生得明净莹洁，光彩射人，甚是可爱。他藏在袖里，带回家来放在匣中。是夜即梦见两个白衣美女，自言是姊妹二人，特来随侍。此石名为澄水石，放在水中，浊水皆清。带此泛海，即海水皆同湖水，淡而可食。一胡商买走二石子，欲以此在他所在国宝多而水毒的池中任意取宝。

续弦胶。《二刻醒世恒言》第二十二回《昆仑圃弦续鸾胶》中卢储夫妻感情非常好。卢储外出，久而未归，妻李氏思夫而亡。卢储归来大惊，哭得晕去，就如做梦一般。其魂魄渺渺茫茫，游到一个名为"昆仑圃"的海上仙山，见到东方曼倩先生。东方先生说道："我已将此凤，和了那东海玉严山的麟角，制成丹胶一粒，为续弦胶，可使断弦重续，绝命再生，配炼丹胶，俱非凡物。乃是：上清之露，天池之水，玉炉之火，蓬岫之薪，旸谷之精，丹渊之华，配以星魄，合以云砂。此胶凡九炼而成，果系夫妇有情，生死不变其爱的，才可与他，救其一命，再得人间欢聚。"卢储将续弦胶放入李氏口中，李氏慢慢苏醒转来。自此二人又重新做夫妇，好似做了二世夫妻一般。

"所谓'宝'，是人对大自然中价值最高的物的称谓。某一物究竟是不是宝，是从人的角度来判定的；宝又不是那么容易被人发现的，它要么埋藏得很深，要么在外表上极其粗陋平凡，有待于人的发掘与识别，这同样涉及人与自然的关系问题。人之所以比神鬼高明，就在于他能够识宝，并让它发挥应有的作用。"[①]话本小说中的这些宝物并不是作者刻意描写的对象，它们都是在主人公需要的时候出现并显示其特别之处，这正是民众对生命安全关注的一种表现。在某种程度上，也反映了民众认识自然和改造自然的愿望。人类崇拜自然，崇拜灵物，但他们并不认为自己在自然面前无能为力，而是尽其所能地改造自然。澄水石、空青石、续弦胶就体现了这一点。住在海边的人和长期出海的人深深感受到海水咸的苦楚，他们希望有一种东西能使海水淡化，于是，小巧玲珑的澄水石的功能被扩大了。如果真有这么一种能让海水淡化的澄水石，则人类的用水就不成问题了，这是多么实际而又奇特的幻想！空青石能治一切瞽者也源于其有明目的药性。民众在认识自然的基础上充分发挥他们的想象，并将改造自然的愿望融入想象中，方能想象出像澄水石、空青石这样的灵物。朱熹论格物时曾说道："古人爱物，

---

① 欧阳健：《观天人之际，察变化之兆——从〈广异记〉看神怪小说的文学价值》，《宁德师专学报》（哲学社会科学版）1999 年第 1 期。

而伐木亦有时，无一些子不到处，无一物不被其泽。盖缘是格物得尽，所以如此。"① 同样，格物得尽，发现天下之宝物使其得用且善用之，才是真正的智者。

　　要之，人与自然的秩序关键在于人类自身，认识自然、亲近自然、尊重自然、爱护自然、合理利用自然，如此，人与自然方能始终处于和谐关系中。

---

① 《朱子语类》，第 284 页。

第五章　理学对话本小说选材及编撰的影响

文学作品的创作要考虑理论上存在着的读者大众的数量和他们的阅读欣赏心理。明末清初的话本小说源头甚多，其中一部分是宋元旧本，一部分从《太平广记》《夷坚志》及明清的文言小说改编而来，还有一部分取自当时的生活。从流传看，此时不少话本小说篇目被反复选入其后的小说选本，或者被改编成其他的文学样式。法国文学理论家罗贝尔·埃斯卡皮在《文学社会学》中说："挑选即意味着出版商（或由他委派的代表）先设想有一批可能存在着的读者大众，于是，在呈交到他面前的大量作品中挑拣出最符合这些读者大众的消费需求的作品。这种想象带有双重的、也是矛盾的特征：它一方面包括对可能存在的读者大众想看的书和将购买的书做出事实性判断，另一方面也包括对可能成为读者大众欣赏趣味的东西做出价值判断，这种趣味的形成是人类群体的美学—道德体系所决定的。"[①] 话本小说是市民的文学，反映的是市民群众熟悉的生活，其题材也具有浓郁的市井特征。从才子佳人、帝王将相到贩夫走卒、僧尼、盗贼、妓女，从家庭碎语到邻里矛盾冲突、社会上的各种骗局，从婚姻爱情到军国大事，从田间地头、市井坊间到寺院道观、水上舟船，从华夏到夷狄等无所不包。明末清初的社会语境（程朱理学、阳明心学与实学）使话本小说的题材选择与改写也具有了明显的时代特征：其一是题材的广泛性（如烟粉、历史、公案、侠义、神魔）与审美趣味的世俗性，其二是反映生活的现实性，其三是题材主旨的训诫性（没有道德主题的赋予道德主题，无情变成有情）。这里要特别说明的是，由于世情故事、公案故事、历史小说、神魔小说等，乃是依据其题材划分，而话本小说乃是依据其体式定义的，故而，本章节中所言的世情、公案、历史、神魔小说不是广义的，而是指话本小说中以这些题材为主的小说。

---

① ［法］罗贝尔·埃斯卡皮著，王美华等译：《文学社会学》，安徽文艺出版社，1987年，第88页。

第一节　话本小说的编撰与理学关系考察

一、宋明理学的文理观

"理",《说文解字》释为"治玉也,从玉里声"。"理"最初指玉石的纹路,引申出纹理、条理、道理、伦理、事理、情理、物理等。有论者认为,"理学中所说的'理',其中两个最主要的意义是指事物的规律和道德的原则"①。先秦,理主要说明道的特性,事物运动变化的规律、法则。自唐起,理则成为哲学的主要范畴,程朱则将理视为宇宙的本体,"理一分殊",认为理作为宇宙间的法则,贯注于事事物物中。朱熹说:"上而无极、太极,下而至于一草、一木、一昆虫之微,亦各有理。一书不读,则阙了一书道理;一事不穷,则阙了一事道理;一物不格,则阙了一物道理。须著逐一件与他理会过。""圣人只说'格物'二字,便是要人就事物上理会。且自一念之微,以至事事物物,若静若动,凡居处饮食言语,无不是事。"②"凡天地之间,眼前所接之事,皆为物。"③ 朱熹所指之物,不仅指客观的物质实体,也指思想活动。心学主张"心即理",理统一于心。王阳明说"吾心之良知,即所谓天理也。致吾心良知之天理于事事物物,则事事物物皆得其理矣",又说"理者,气之条理,气者,理之运用,无条理则不能运用,无运用则亦无以见其所谓条理者矣"。④ 心学以心为理之本源,承认事事物物有其理。罗钦顺、王廷相、王夫之等对"理"的分析多了唯物主义成分。总之,无论宋明理学派别如何,都承认世界上有"理"的存在。

文学作为人类活动的一部分,自然也有其"理"。理学家对文学之理的关注多指向作品的道理、义理、哲理等,并将其转换为文与道、情与志的关系。如"文以明道""文以贯道""文以载道""文道合一"等。这些表述有一个共同点,即道为本,文为末,文为道服务。以文辞为能的"艺",忽视了文学的社会性,忽视了文学对社会生活乃至作家心态的反映,使之变成炫耀才学的文字游戏,这种文字游戏,被周敦颐斥为"弊""陋"。他说:"文所以载道也,……文

---

① 陈来:《宋明理学》,辽宁教育出版社,1991年,第162页。
② 《朱子语类》,第295、287页。
③ 《朱子语类》,第1348页。
④ 《王阳明全集》,第45、62页。

辞，艺也；道德，实也……不知务道德而第以文辞为能者，艺焉而已。噫！弊也久矣！"① "圣人之道，入乎耳，存乎心，蕴之为德行，行之为事业，彼以文辞而已者，陋矣！"②

理学家强调在文与理的关系上以"理"为本，并不意味着忽视文。"经正而后纬成，理定而后辞畅。"③ 只不过，理学家强调文，是"理"统率下的文。陆九渊提出"文以理为主"，"主于道，则欲消而艺亦可进。主于艺，则欲炽而道亡，艺亦不进"④。以文辞为能事是为"艺"，以道统文，文章之"文"才能上升到一定层次。朱熹认为道为根本，文为枝叶，主张文从道中流出，文道合一，文便是道。他还认为，即文以讲道，则道与文两得而一以贯之，否则两失之⑤。朱熹关于道与文两得的说法，也包括文学艺术性。文学的艺术性通过道理而凸现，否则，无艺术性可谈。王阳明认为，文是天理的外露，自然以理为主。他以上古经典《诗经》《尚书》等说明，天理发见之文，不求文而文字自然高妙。刘基曾说："文以明理，而气以行之。气不昌则辞不达，理不明则言乖离。""文以理为主，而气以摅之。理不明为虚文，气不足则理无所驾。"⑥ 方孝孺强调："文者，道之余耳。苟得乎道，何患乎文之不肆耶。"⑦ 刘基、方孝孺是理学家，也是文学家，他们对于文学艺术特征的体悟有一致之处，都主张以道驭文，在遵循道的基础上讲究文学的艺术性。

文学毕竟是人类活动的精神产品，其中所包含的情理关系也为理学家所关注。文学之理包含文学之情。情有私有公，私情为欲，公情为理。私情会遮蔽人心灵，使人沉溺，而公情则使人清明。文学的情应是人类共有的情（"理"），而不是一己私情（"欲"）。邵雍言："以物观物，性也；以我观物，情也。性公而明，情偏而暗。""任我则情，情则蔽，蔽则昏矣。因物则性，性则神，神则明矣。"⑧ 有学者指出："（邵雍）所反对之'情'并不是一切的情，也不是一般地反对'情'，而是反对所谓的'私情'，即仅仅停留于一己之悲欢而不通于天地

①　周敦颐著，陈克明点校：《周敦颐集》，中华书局，1990 年，第 34 页。
②　《周敦颐集》，第 39 页。
③　刘勰：《文心雕龙》，上海古籍出版社，1984 年，第 134 页。
④　《陆九渊集》，第 433 页。
⑤　《晦庵先生朱文公文集》（第 2 册），第 1305 页。
⑥　刘基：《诚意伯文集》，见王云五主编：《万有文库第二集》，商务印书馆，1936 年，第 126 页。
⑦　方孝孺：《逊志斋集》，宁波出版社，2000 年，第 328－329 页。
⑧　《皇极经世书》，第 529 页。

大公的私情。"① 也有论者指出："在理学家看来，诗歌的要义在于抒写性情，而此'性情'已不是一般意义上的人性、人情，它是经过天理过滤之后的道德情操，是那种符合于'性'（天理在人身上的体现）的'情'，即程颐所谓的'性其情'。"② 明代后期，情理关系再次成为共同关注的话题，但天理与人欲（注：不是一己私欲）不再对立。李贽提出"私欲说"，冯梦龙提出"理为情之范，情为理之维"等命题。表现在文学上，黄宗羲指出文没有情，也就无所谓理，换言之，理依靠情体现，理在情中："文以理为主，然而情不至，则亦理之郛廓耳。""今古之情无尽，而一人之情有至有不至。凡情之至者，其文未有不至者也。"③仁义礼智信、婚姻爱情、喜怒哀乐等是"天理"，也是人情，它们是文学的精神命脉。

文学之理还包括文章的结构、章法、文辞等。"美学意义的理既指物理又指伦理，既指思理也指文理，它虽然不排斥可言之理，但更致力于表达不可言之理。"④ 理学家所言之理，有时的确不好明指。朱熹说："不必着意学如此文章，但须明理，理精后，文字自典实。""大意主乎学问以明理，则自然发为好文章。"⑤ 此处之理，可以理解为文章的写作原则、规律，也可以理解为人伦道德之理。陈廷焯云："周、秦词以理法胜，姜、张词以骨韵胜，碧山词以意境胜。"⑥ 李贽说："若夫结构之密，偶对之切；依于理道，合乎法度；首尾相应，虚实相生：种种禅病，皆所以语文，而皆不可以语于天下之至文也。"⑦ 此中之理，大抵还可以归之于文学内部的规律或法则。"文之尚理法者，不大胜也不大败，尚才气者，非大胜则大败。"⑧ "文字无非情理，情理便生出章法。"⑨ 此理，则显然是指文章的法则与范式了。

二、话本小说编撰与理学劝善

无论是小说选本还是改编、创作，都有作者与选编者主观情感的参与，带有

---

① 刘文勇：《价值理性与中国文论》，巴蜀书社，2006 年，第 224 页。
② 黄宝华、文师华：《中国诗学史·宋金元卷》，鹭江出版社，2002 年，第 227 页。
③ 黄宗羲：《黄梨洲文集》，中华书局，1959 年，第 481、388 页。
④ 胡家祥：《中国美学的"理"观念述议》，《中南民族大学学报》（人文社会科学版）2002 年第 4 期。
⑤ 《朱子语类》，第 3320、3307 页。
⑥ 陈廷焯：《白雨斋词话》，见周邦彦：《周邦彦词集》，上海古籍出版社，2010 年，第 212 页。
⑦ 李贽：《焚书》，中华书局，1974 年，第 270 页。
⑧ 刘熙载：《艺概》，上海古籍出版社，1978 年，第 41 页。
⑨ 侯忠义、王汝梅编：《金瓶梅资料汇编》，北京大学出版社，1985 年，第 115 页。

他们所处时代、所处阶层的总体的价值倾向与审美标准。原作者与选编者的价值尺度有时一致，有时不同。但当某一类题材或某些作品被反复改编、选编或重新创作时，这些作品要么的确具有艺术魅力，要么反映了人们共有的价值观与审美观。从宋元到明末清初，话本小说题材大致相同，但各有侧重。宋元时期，话本主要反映市民的生活与思想，以娱乐为主。据胡士莹、谭正璧、欧阳代发、陈桂声之研究，《清平山堂话本》中宋元旧篇为二十一篇，原书分《雨窗》《长灯》《随航》《欹枕》《解闲》《醒梦》六集，消遣意味浓厚。《京本通俗小说》七篇全是宋元之作，"其取材多在近时，或采之他种说部，主在娱心，而杂以惩劝"①。总之，"宋市人小说，虽亦间参训喻，然主意则在述市井间事，用以娱心"②。明末话本小说娱乐与教化并重；清初话本主要反映文人的生活与思想，但似乎走向两个极端：长篇大论的说教与低劣的色情叙事。但后者却披上了训诫的外衣。

（一）劝善惩恶：话本小说的编撰原则

理学家真德秀提出自己的选文标准："夫士之于学，所以穷理而致用也。文虽学之一事，要亦不外乎此。故今所辑，以明义理、切世用为主，其体本乎古，其指近乎经者，然后取焉，否则辞虽工亦不录。"③ 明代话本小说主要有两类，一是从宋元旧篇（白话小说与文言小说）选取题材，或全部采取，或略作改编，这类小说以冯梦龙的"三言"为代表；二是小说中偶有宋元旧篇的故事，但作者作了很大的改动，其创造性大于继承性，如凌濛初的"二拍"，晚明及清初其他话本小说也多属于这类。话本小说题材广泛，反映社会现实更为深刻，教化意识更明显。从小说（或小说选本）题目及序言可以明显看出理学家的影响。

古代小说的命名，"凝聚着不同时代的文化内涵与小说作家丰富多样的文学观念。透过古代小说的命名，我们可以考察古代小说观念的变迁"④。唐五代小说以记、传、录等命名者不少，显示出史传文学的影响。宋元话本小说命名，还有一点史传的传统，如《张子房慕道记》《杜丽娘慕色还魂记》，但这类篇目很少。明末清初话本小说的命名，则明显体现出劝诫救世的特征。小说家的视野，

---

① 鲁迅：《中国小说史略》，东方出版社，1996 年，第 86 页。

② 《中国小说史略》，第 161–162 页。

③ 真德秀：《文章正宗》，见《文津阁四库全书》（第 453 册），商务印书馆，2006 年，第 1 页。

④ 程国赋：《中国古代小说命名刍议》，《文艺研究》2011 年第 11 期。

扩展到整个世界，其改编、创作目的，侧重于对世道的拯救，隐含着强烈的用世情怀。

小说集命名中包含着"世"者，如《警世通言》《喻世明言》《醒世恒言》《型世言》《觉世雅言》《照世杯》《警世选言》《警世奇观》《二刻醒世恒言》《醒世第二奇书》（《石点头》）。命名中含有唤醒、拯救世道意味的小说集还有《清夜钟》《警寤钟》《鸳鸯针》《风流悟》《五更风》等，小说命名比喻意味较为明显。以"钟""风"命名者，是将小说比作清夜的钟声或清晨的寒风警醒沉睡之人；以"针"命名者，乃是将小说视为针灸，将自己视为医生，治疗社会痼疾等。将小说喻为药石治病者，还有《醉醒石》《遍地金》（"遍地金"乃是一种中草药）。

小说命名比较含蓄，但寄寓着作者救世意图的有《石点头》《雨花香》《八洞天》《五色石》《补天石》《都是幻》《壶中天》等。与上述命名相比，这些小说命名的意图更为隐晦。《石点头》《雨花香》《壶中天》题目与佛教、道教有关。《石点头》取名借鉴"生公说法，顽石点头"的传说，其《叙》云："石点头者，生公在虎丘说法故事也。小说家推因及果，劝人作善，开清净方便法门，能使顽夫侲子，积迷顿悟，此与高僧悟石何异。"《雨花香》命名也与高僧说法有关。其自序以云光禅师江南说法，感而召上天雨花事说起："种种事说，虽不敢上比云师之教济雨花，然而醒人之迷误，复人之天良，与云师之讲义微同，因妄以'雨花香'名兹集。"《壶中天》也与道教的壶中天地有联系。有些题目从历史典故而来。如五色石乃女娲补天之石，故《五色石》也有补天之意。笔炼阁主人在《五色石·序》中介绍此书命名时指出："《五色石》何为而作也？学女娲氏之补天而作也……吾今日以文代石而欲补之，亦未知其能补焉否也……予遂以'五色石'名篇而为之序。"《八洞天》自序云补《五色石》之所未备，仍有补天之含义。獬豸为古代神兽，能辨是非曲直，能识善恶忠奸。《笔獬豸》之命名，或欲以手中之笔判是非，惩恶扬善。《笔獬豸》的三个目录"人情薄""鱼肠鸣""釜豆泣"即暗示了这一点。

戴维·洛奇说："对小说家来说，拟定书名或许是他创作过程的一个重要部分，这样他会更关注小说应该写什么。"① 小说具体篇目的命名同样显示出作者的劝世苦心。如《八段锦》有两级标题，首级标题分别为"惩贪色""戒惧内"

---

① ［英］戴维·洛奇著，王峻岩等译：《小说的艺术》，作家出版社，1998年，第215页。

"赌妻子""对不如""儆容娶""悔嗜酒""戒浪嘴""蓄寡妇"。除了第三、四、八个标题外，其他几个标题的动词都有告诫意味，直接点明作品的题材内容及作者的创作心态。再如《八洞天》中含义非常明显的几个题目——"正交情""明家训""醒败类"也寄寓了作者补天的苦心。至于小说的标题，也多含有劝诫意味。如"裴晋公义还原配"（《喻世明言》第九卷）、"李秀卿义结黄贞女"（《喻世明言》第二十八卷）、"两县令竞义婚孤女"（《醒世恒言》第一卷）、"徐老仆义愤成家"（《醒世恒言》第三十五卷）。此外，《五更风》中有"报主恩婢烈奴义 酬师谊子孝臣忠"，《清夜钟》中有"贞臣慷慨杀身 烈妇从容就义""孝子备困成名 悍母劳心遗臭"。《型世言》中小篇目命名含"忠""孝""义""贞"者更多。如第一回"烈士不背君 贞女不辱父"，第三回"悍妇计去媚姑 孝子生还老母"，第五回"淫妇背夫遭诛 侠士蒙恩得宥"，第十回"烈妇忍死殉夫 贤媪割爱成女"，第十二回"宝钗归仕女 奇药起忠臣"，第十五回"灵台山老仆守义 合溪县败子回头"等。

清初以后，小说选本体现的劝惩色彩更浓。《二奇合传》每一回标题后有三字概括，如第一回"刘刺史大德回天 劝积德"，第二回"卢太学疏狂取祸 戒狂生"，其他如"劝孝弟""劝恤孤""戒逞势""戒争产""劝阴德""劝节孝""劝节烈""戒悔婚""戒负义""劝扶危""戒矜夸""戒轻薄""戒巧诈""劝断狱""戒夜游""劝惜花""戒龟缘""戒命债""戒薄幸""戒邪僻""戒贪淫""劝修持""戒虐下""劝敬老""劝安命""戒暴怒""劝守分""劝善缘""劝节义""劝酬恩""戒嫌贫""戒冶游""劝从良""劝交友"。虽然《二奇合传》或编于清中期以后，然小说全从明代话本《今古奇观》与"二拍"中来，原作在一定程度上的确有这些劝诫倾向。《二奇合传》作者只不过将其中主旨点明而已，这些篇目，可体现作者与选编者倾向的一致性。

在序言中反复阐释教化意图是多数小说作者的做法。冯梦龙在《醒世恒言·叙》中说道："明者，取其可以导愚也。通者，取其可以适俗也。恒则习之而不厌，传之而可久。三刻殊名，其义一耳。"又曰："崇儒之代，不废二教，亦谓导愚适俗，或有藉焉。以二教为儒之辅可也。以《明言》《通言》《恒言》为六经国史之辅，不亦可乎？""以醒天之权与人，而以醒人之权与言。言恒而人恒，人恒而天亦得其恒。万世太平之福，其可量乎！则兹刻者，虽与《康衢》《击壤》之歌，并传不朽可矣。"《警世通言·叙》云："《六经》《语》《孟》谭者纷如，归于令人为忠臣，为孝子，为贤牧，为良友，为义夫，为节妇，为树德之士，为积善之家，如是而已矣。""而通俗演义一种，遂足以佐经书史传之穷。"《鸳鸯针》的作者在序中指出社会有疾，需要医治："医王活国，先工针砭，后理汤剂……道人不惜和盘托出，痛下顶门毒棒。此针非彼针，其救度一也……千针万针，针针相投；一针两针，针针见血……"上述论述，或将小说与经史相提并论，或从小说的特殊性入手，从小说的感染力出发，反复强调小说的救世之功。

从所选篇目来看，无论是世情还是神魔、公案，对于儒家思想几乎都持肯定态度。小说在曲折的故事中，在对人欲的描写中，将儒家的观念或直接或间接植入其中。如以"三言"为例，赞"节孝兼全"的有《李秀卿义结黄贞女》《刘小官雌雄兄弟》；赞孝的有《任孝子烈性为神》；赞孝悌的有《三孝廉让产立高名》；赞义夫节妇的有《范鳅儿双镜重圆》《宋小官团圆破毡笠》《陈多寿生死夫妻》《白玉娘忍苦成夫》；赞忠诚的有《徐老仆义愤成家》；赞朋友有信的有《羊角哀舍命全交》《吴保安弃家赎友》《范巨卿鸡黍死生交》；谴责忘恩负义的有《金玉奴棒打薄情郎》《王娇鸾百年长恨》。被选入次数较多的是劝忠孝节义、劝善惩恶的作品。如《三孝廉让产立高名》本在《六十家小说》内，属于宋元话本，《醒世恒言》《今古奇观》《警世选言》《警世奇观》《二奇合传》都有选入，《裴晋公义还原配》入选《喻世明言》《今古奇观》《再团圆》《二奇合传》，《刘元普双生贵子》入选《拍案惊奇》《今古奇观》《今古传奇》《二奇合传》。世情故事题材的广泛性反映了民众关注的是社会生活最基本的方面：婚姻、子嗣、友谊、安全、功名利禄，关注的是这些欲求得到满足的社会道德保证。小说将宋明理学的思想化为一般民众的知识与信仰，小说家以话本小说作为中介将理学家与道德家的理论化为市井民众可接受的教益，在社会中发挥作用，他们将市井的道德原则合并并加以表现，形成与上层道德的对话，小说家借助话本小说，发挥了道德解释、传播、批判、塑造的功能。①

(二) 常与真：理学教化的现实基础

生活是现实的，人无论多讨厌庸常，都无法离开穿衣吃饭这类庸常的生活。文学要"载道"，"道"一样不能远离现实。文学可以虚构，但必须符合生活的真实。因此，话本小说中以现实生活为基础的世情题材最多。世情题材从各个方

---

① 张勇：《中国近世白话短篇小说叙事发展研究》，云南大学出版社，2006年，第56页。

面展示世俗生活，让民众了解、品味自身，既满足了民众的审美心理与文化欲求，也满足了他们对日常生活的批评。商品经济的发展及阳明心学的传播，使世情故事获得了更大的发展。

世情题材贴近民众生活，注重生活的真实，也注重现实题材本身。据统计，写明代生活者，"三言" 35 篇（《喻世明言》10 篇，《警世通言》12 篇，《醒世恒言》13 篇），"二拍" 38 篇（《拍案惊奇》《二刻拍案惊奇》各 19 篇），《型世言》34 篇，《西湖二集》6 篇，《石点头》5 篇。[①] 清初白话小说取材于明代或近事者，《醉醒石》14 篇，《无声戏》18 篇。《云仙笑》中有以天启、崇祯年为背景的故事。《生绡剪》中的故事集中于明末清初。《清夜钟》仅存 10 篇，均为明代故事，第一回、第四回为明末时的故事。《雨花香》《通天乐》以 "新刻近事" 相标榜。[②] 加上借古说今，以历史反映现实的篇目就更多。明末清初话本小说现实性非常强，除了民众的日常生活，还反映了如宦官、党争、科举、军备、农民起义、倭寇入侵等一些时事问题。

王阳明论述天理与真实时指出："人心天理浑然，圣贤笔之书，如写真传神，不过示人以形状大略，使之因此而讨求其真耳；其精神意气言笑动止，固有所不能传也。后世著述，是又将圣人所画，摹仿誊写，而妄自分析加增，以逞其技，其失真愈远矣。"[③] 天理在人心，日常生活中自有天理在。学者只需关注日常生活，发掘其中天理，而不是 "妄自分析加增，以逞其技"，使失其真。王阳明主张须做得个愚夫愚妇方可与人讲学，受王学影响的心学家在讲学中不断倡导人伦物用，穿衣吃饭即是物理，这直接启发了小说家强调 "庸常" "日用起居" 为奇的观念。话本小说中世情题材最多，涉及婚恋、经商、交友、坑蒙拐骗、发迹变泰等。这类题材本身属于 "庸常" 类，但小说家却认为，这些庸常并没有离开奇、趣。笑花主人《今古奇观·序》声称：

> 夫蜃楼海市，焰山火井，观非不奇；然非耳目经见之事，未免为疑冰之虫。故夫天下之真奇者，未有不出于庸常者也。仁义礼智，谓之常心；忠孝节烈，谓之常行；善恶果报，谓之常理；圣贤豪杰，谓之常

---

① 胡莲玉：《世态百相 杂陈毕具——〈型世言〉与明代社会生活》，《明清小说研究》2003 年第 4 期。
② 刘勇强：《中国古代小说史叙论》，北京大学出版社，2007 年，第 365 页。
③ 《王阳明全集》，第 11 – 12 页。

人。然常心不多葆，常行不多修，常理不多显，常人不多见，则相与惊
而道之。闻者或悲或叹，或喜或愕。其善者知劝，而不善者亦有所惭恧
悚惕，以共成风化之美。则夫动人以至奇者，乃训人以至常者也。

笑花主人认为，少见之事固然奇，但以未见，故而有限。真正的奇，就在庸
常——常心、常行、常理、常人中。这些"常"本是现实生活中常见的，事实
上，"常心不多葆，常行不多修，常理不多显，常人不多见"，所以常也就成了
奇。"至奇"可以动人，"至常"可以训人，至奇与至常乃是统一的，它们共同
承载了小说的"理"。即空观主人《拍案惊奇·序》也认为"奇"在平常之中。
"语有之：'少所见，多所怪。'今之人，但知耳目之外，牛鬼蛇神之为奇，而不
知耳目之内，日用起居，其为谲诡幻怪、非可以常理测者固多也。……则所谓必
向耳目之外，索谲诡幻怪以为奇，赘矣。……凡耳目前怪怪奇奇，当亦无所不
有，总以言之者无罪，闻之者足以为戒，则可谓云尔已矣。若谓此非今小史家所
奇，则是舍吐丝蚕而问粪金牛，吾恶乎从罔象索之？"即空观主人的见解与笑花
主人没有多大区别。他强调耳目起居之内的奇，也与笑花主人所言的"庸常"
一致。耳目起居之内，仍然有闻之者足戒的东西，从题材言，多指现实生活中常
见的种种。从话本小说集的命名看，"警""醒""惊奇""奇"等即有娱目醒心
的效果。也就是说，小说之理，正是通过庸常之事来表现的。小说的艺术真实与
生活的真实令读者更容易对题材产生兴趣，也就更容易接受这些题材所载的"天
理"。凌濛初论及文与道的关系时说道："从来说的书，不过谈些风月，述些异
闻，图个好听。最有益的，论些世情，说些因果，等听了的触着心里，把平日邪
路念头化将转来，这个就是说书的一片道学心肠。"（《二刻拍案惊奇》卷十二）
作者选材所考虑的，不是真实与否，而是如何选材、选材的标准和效用问题。

（三）奇与趣：理学教化的捷径

从接受心理来看，受众喜奇、喜趣而不喜常。以教化为己任的小说家们要将
天理传给民众，唤醒痴顽，他们往往选取富于奇趣与理趣的题材，或者将庸常题
材赋予理趣。有论者指出："中国的小说，无论是早期的神话、六朝的志怪，还
是唐代的传奇、宋元话本以及明清以来的长篇小说，几乎都有一种刻意求奇的以

奇为美的倾向。"①

好奇尚异，乃是人之天性。王充在谈到汉代各种"怪说"产生的原因时说："世好奇怪，古今同情。"② 晋郭璞《山海经·序》云："夫玩所习见，而奇所希闻，此人情之常蔽也。"③ 胡应麟说："怪力乱神，俗流喜道……至于大雅君子，心知其妄，而口竟传之，且斥其非，而暮引用之，犹之淫声丽色，恶之而弗能弗好也。夫好者弥多，传者弥众。传者日众，则作者日繁，夫何怪焉。"④ 明代士林好奇喜新的风气盛行。好奇喜异，不论是俗流还是士夫君子，均不能免。小说家更是以"奇"为尚。凌濛初称自己的小说为"拍案惊奇"，金圣叹《水浒传》第五十四回回评中言"越奇越骇，越骇越乐"⑤，吉衣主人《隋史遗文序》也言"奇幻足快俗人"⑥。

"奇"的内涵丰富。一是常中之奇。奇不用到鬼神世界去寻找，也不用向"耳目之外"的异域去寻找，"耳目之内，日用起居"中超出常理之外为谲诡幻怪的事情多的是，这些都是"奇"。李贽从哲学的高度阐述了"奇"与"不奇"的关系，提出"天下之至新奇，莫过于平常也"，"新奇正在于平常"⑦。此后，"奇"就包含"常"与"奇"两个方面。以"奇"为"奇"，固不多言，以常为奇，自明代始，成为共识。徐如翰《云合奇踪序》言："天地间有奇人始有奇事，有奇事乃有奇文。夫所谓奇者，非奇衺、奇怪、奇诡、奇僻之奇，正惟奇正相生足为英雄吐气豪杰壮谭，非若惊世骇俗咋指而不可方物者。"⑧ 现实生活决定了创作之"奇"，"奇文"建立在有现实生活基础的"奇人""奇事"之上，他反对"搜奇剔怪"，并认为，"夫所谓奇者，非奇衺、奇怪、奇诡、奇僻之奇"，也不是"惊世骇俗咋指而不可方物者"。"奇人""奇事"是生活中少有的

---

① 朱忠元：《略论明代小说评点的审美取向》，见宋子俊等主编：《中国古代小说戏剧研究丛刊》（第二辑），甘肃教育出版社，2004年，第227 - 228页。

② 《论衡》，第52 - 53页。

③ 《中国历代小说序跋集》，第5页。

④ 《少室山房笔丛》，第374页。

⑤ 金圣叹著，曹方人等标点：《贯华堂第五才子书水浒传下》，见《金圣叹全集》（二），江苏古籍出版社，1985年，第303页。

⑥ 吉衣主人：《隋史遗文序》，见黄霖、韩同文选注：《中国历代小说论著选》（上册），江西人民出版社，1982年，第267页。

⑦ 《焚书》，第168页。

⑧ 徐如翰：《云合奇踪序》，见黄霖、韩同文选注：《中国历代小说论著选》（上册），江西人民出版社，1982年，第211页。

具有典型性的人与事。这些人、事虽在耳目起居之内，但也"谲诡幻怪"，超出常理之外。话本小说的日常之奇无所不在。如女扮男装的黄善聪、刘方、谢小娥（《喻世明言》第二十八卷、《醒世恒言》第十卷、《拍案惊奇》卷十九）等；男子化女（《型世言》第三十七回）；死而复合，成就美好姻缘（《二刻拍案惊奇》卷三十五）；婚礼中新郎被他人代替而以郎情妾意收场（《醒世恒言》第十卷）；面容相似而成为姑嫂（《拍案惊奇》卷二）；小钱小隙成大祸、酿奇冤（《醒世恒言》第三十三卷、第三十四卷）等。李渔提倡从日常的平凡生活中取材，从耳目之见，于日常起居中寻找出"奇"之处。他说："只当求于耳目之前，不当索诸闻见之外。""世间奇事无多，常事为多；物理易尽，人情难尽。"① 要从常事中挖掘人情之"奇"，在前人摹写未尽之情方面有所创新。他也的确从日常生活中发现了"奇"，如青年男女因影子而恋爱（《十二楼·合影楼》）；尹小楼儿子买父母而逢亲生父母（《十二楼·生我楼》）；蒋成改八字而改命（《无声戏》第三回）；施达卿行善，石女变儿（《无声戏》第九回）等。

　　二是耳目之外的奇。凌濛初《拍案惊奇·序》表明常人心目中的"奇"，主要以"牛鬼蛇神"为主（"今之人，但知耳目之外，牛鬼蛇神之为奇"）。吕思勉解释曰："盖人莫不有好奇之性，他种奇异之事，其奇异皆为限界的，惟神怪则为超绝的。而魇人好奇之性，则超绝的恒胜于限界的故也。"② 人们常常乐于谈鬼谈神，鬼神的超现实性能满足人的好奇之天性。所谓"以奇僻荒诞、若灭若没、可喜可愕之事，读之使人心开神释、骨飞眉舞"③。《醉翁谈录·小说开辟》中的"小说"一家列有灵怪、烟粉、传奇、公案兼朴刀、杆棒、妖术、神仙，共计八类，存目 107，其中灵怪、妖术、神仙三类，存目 35，约占总数的 1/3；又据孙楷第《中国通俗小说书目》等著录，万历至崇祯时期，神魔小说总数有 20 余种。所以，小说家言在常中求奇，只是反对过于在奇中求奇。对于人们所常闻的神怪、奇异之事，小说家们并不排斥，反而津津乐道。《珍珠舶·序》有言："至于小说家，搜罗闾巷异闻，一切可惊可愕、可欣可怖之事，罔不曲描细叙，点缀成帙。俾观者娱目，闻者快心，则与远客贩宝何异。此予《珍珠舶》

---

　　① 李渔：《闲情偶寄》，浙江古籍出版社，1985 年，第 12－13 页。

　　② 成之：《小说丛话》，见黄霖、韩同文选注：《中国历代小说论著选》（下册），江西人民出版社，1985 年，第 369 页。

　　③ 汤显祖：《点校虞初志序》，见黄霖、韩同文选注：《中国历代小说论著选》（上册），江西人民出版社，1982 年，第 179 页。

之所以作也。"亦将神奇怪异当作宝看。"生绡剪"题名有"平中带奇之意"。该书中好弄神弄鬼，写荒唐无稽之事。谷口生写的头一个故事就是如此，后面第十三回写柳如山为城隍报仇，第十五回写转世冤冤相报，第十九回写虎、蛇报恩等，第十七回写雷殛杀母逆子。又如《珍珠舶》，"全书六卷，三卷写才子佳人故事，两卷写奸情故事，连卷三写死鬼报恩，也有人鬼成亲之事。作者的注意力放在'蒐罗''异闻'，写'可惊可愕可欣可怖'之事，'俾观者娱目，闻者快心'上。写才子佳人故事，不是出现'紫燕入怀传言'的奇迹，就是出现花妖变小姐骗公子私会的怪异。更有死鬼娶活人为妻的荒诞故事"①。现存的宋元旧本多散见于《清平山堂话本》《京本通俗小说》以及"三言"中。据欧阳代发《话本小说史》统计，明代话本小说中的宋代话本小说，以神怪为主的篇目，《喻世明言》有 2 篇，《警世通言》有 9 篇，《醒世恒言》有 2 篇。至于涉及神怪、幻术、占卜、离魂、再生、斗法、剑术等奇异题材的篇目，更是数见不鲜。

耳目之外的奇，也包含异域见闻。如《拍案惊奇》卷一写文若虚到海外，发现吉零国与中国不同，交易以银为钱，不论轻重，只论花纹，文若虚因洞庭红获大利。归途至一岛，遇到床大的龟壳，上岸，又介绍波斯胡的风俗。总之，文若虚的遭遇奇，其所遇之事、之物也奇。《喻世明言》第八卷、第十八卷分别涉及蛮地、倭寇国的风俗。《照世杯》第三卷写安南之地风土民情等。

文学的重要特点是以情感人，以事感人，允许虚构。冯梦龙认为，小说的理（道理、道德、事理、伦理等）完全可以通过虚构来完成，也就是说，虚构并不碍理。他说："人不必有其事，事不必丽其人。……事真而理不赝，即事赝而理亦真。"② 冯氏还论及通俗与传理的关系："大抵唐人选言，入于文心；宋人通俗，谐于里耳。天下之文心少而里耳多，则小说之资于选言者少，而资于通俗者多。试今说话人当场描写，可喜可愕，可悲可涕，可歌可舞；再欲捉刀，再欲下拜，再欲决胜，再欲捐金。怯者勇，淫者贞，薄者敦，顽钝者汗下。虽小诵《孝经》《论语》，其感人未必如是之捷且深也。"③ 小说的形象性具有强烈的感染力，对人的影响超过了纯理性的说教。事奇、人奇，但其中所蕴含的"理"仍然足可使人警、使人醒、使人明。小说多奇奇怪怪之事，各种神怪题材，正是广大民

---

① 欧阳代发：《话本小说史》，武汉出版社，1994 年，第 432 页。
② 《中国历代小说序跋集》，第 777 页。
③ 《喻世明言·叙》，第 1 页。

众喜闻乐见的,它们在满足读者好奇心的同时,也将其中的"理"传达给读者。

前人谈及理趣,多谈宋诗。当代人所编辑的词典,也将理趣归结为诗歌的审美范畴。然而,广义地讲,理趣是"理"与"趣"的结合。理泛指道理、义理、事理、物理、伦理、情理等。但就趣而言,小说之趣应更为普遍。那些反映人生各种世相的小说,本身就包含丰富的理,小说家的点拨,也许屏蔽了某些尚需读者体味的理,但也使一些理更为凸现、更为明白。尤其是那些贯注了小说家思想的小说,更富于理趣。小说的理趣来源于小说的形象性。小说中形形色色的题材、人物、事件本身包含着理,那种"人伦物用即是理"的感觉不是羚羊挂角、无迹可求,但也有可意会而不可言传的味道,仍可"无意中感激他良知起来"。小说的理趣也来源于小说家的理性精神。小说家不是客观的故事讲述者,他们常常在故事中寄寓了某种思想、某种道理。而且他们所阐明的理并不仅仅停留在道德层次,也包括其他人事物理。话本小说家以"理"选择各种题材,巧妙组合,传达各种"理",用以警世、醒世或救世。其通常的做法是,在入话或头回中建立一种理性认知,接着以故事将这种理性认识感性化,最后再以议论回归于理性。

维柯谈及诗与哲学的区别时说过:"哲学语句愈升向共相,就愈接近真理;而诗性语句却愈掌握住殊相(个别具体事物),就愈确凿可凭。"[①] 以此论话本小说可以发现,话本小说兼具哲学的语句与诗性语句。小说入话或结尾的诗歌或议论,是普遍之理的阐发或者由个别故事上升为普遍的理,具体的故事就是"殊相"。小说中的耳目之内的奇也好,耳目之外的奇也好,都因为生活的真实与文学的虚构而栩栩如生地呈现在读者面前,在读者自我体悟的同时,小说家借议论引导,巧妙地将"共相"与"殊相"统一。陶祐曾在《论小说之势力及其影响》一文指出小说是文学之最上乘,"其感人也易,其入人也深,其化人也神,其及人也广","举凡宙合之事理,有为人群所未悉者,庄言以示之,不如微言以告之;微言以告之,不如婉言以明之;婉言以明之,不如妙譬以喻之;妙譬以喻之,不如幻境以悦之:而自来小说大家,皆具此能力者也"[②]。陶祐曾所论,实是话本小说家对自己小说救世、醒世的功能笃信不疑的隔世回响。

---

① [意]维柯著,朱光潜译:《新科学》,人民文学出版社,1986年,第105页。
② 陈平原、夏晓虹编:《二十世纪中国小说理论资料》(第1卷),北京大学出版社,1989年,第226-227页。

三、话本小说的编撰与理学"格物说"

(一)"格物说"与文学思维

按照《大学》的格物观，格物是修齐治平最基本的层面，即格物—致知—意诚—心正—身修—家齐—国治—天下平。前一个环节是后一个环节的基础。"格物"有三个基本内容：①何为物；②格物方法；③格物目的。前两者指向认识论、方法论，后者指向道德论。通常，学者关注的是格物说的目的（即伦理意义）。程朱理学对格物的阐释是即物穷理，随处体认天理。细审之，在主体层面，是不间断的学习过程，在客体层面，是强调了物本身所含的理，这种由内而外的过程，指向修齐治平的理路。阳明心学因主张理在心中，故而重视"悟"，以"为善去恶为格物"，以格物去诚意，最后指向仍然是内圣外王。王阳明曾将自己的观点与朱熹格物论相比较，指出："朱子所谓'格物'云者，在即物而穷其理也。即物穷理，是就事事物物上求其所谓定理者也。……若鄙人所谓致知格物者，致吾心之良知于事事物物也。吾心之良知，即所谓天理也。致吾心良知之天理于事事物物，则事事物物皆得其理矣。致吾心良知者，致知也。事事物物皆得其理者，格物也。是合心与理而为一者也。"① 出发点虽不同，但都指向求理一路。在关于格物问题的诠释中，王艮的"淮南格物"说别具一格。"淮南格物"以"身"为"物之本"，以"家国天下"为"物之末"，起于"修身"，终于"立本"安身。王艮的格物观得到罗汝芳、刘宗周等人的认同。言说虽异，在本质上仍然是将个体品质、人格修养作为格物第一要义。如果说格物说的道德论影响文学艺术道德评价标准的话，那么由此及彼、由事及理，再由理及事的思维方法则影响文学艺术的章法、结构、人物及情节。

"格物说"除了道德论意义，也有认识论、方法论的意义。理学所指之物，泛指一切事、物，格物就是要求事、物之理。首先，程朱认为格物是个渐进的过程，必须从事上慢慢做起。然后以此类推，最后穷尽事物之理。"人要明理，若止一物上明之，亦未济事，须是集众理，然后脱然自有悟处。""须是今日格一件，明日又格一件，积习既多，然后脱然自有贯通处。"② 通过即物穷理，不断

---

① 《王阳明全集》，第 44 – 45 页。
② 《二程集》，第 175、188 页。

累积，"积习既多"，"用力之久"，最终能达到"格物""知至"的最高境界。

其次，在穷理方法上，程朱主张多方穷理、即物穷理。二程说："穷理亦多端：或读书，讲明义理；或论古今人物，别其是非；或应接事物而处其当，皆穷理也。"又说："诵诗、书，考古今，察物情，揆人事，反复研究而思索之，求止于至善，盖非一端而已也。"天下之物众，如何才能格事事物物之理？他们推崇类推方法，由已知到未知，以一理穷他理。二程说："格物穷理，非是要尽穷天下之物，但于一事上穷尽，其他可以类推。"① 朱熹也认为，"是以《大学》始教，必使学者即凡天下之物，莫不因其已知之理而益穷之，以求至乎其极。至于用力之久，而一旦豁然贯通焉，则众物之表里精粗无不到，而吾心之全体大用无不明矣。此谓物格，此谓知之至也"②。"其所已知者推而致之，以及其所未知者而极其至也。"③ 即物穷理的方法论，包含着主体对客体的观察、感悟、思考，包含着由此理至彼理的以情度情（指情况、情状）、以理度理的思考方式。这种方式既重视原有的知识与经验，也重视对现有的感觉材料的加工与升华；既有内在的反省与思考，也有透过事物表面，求万物共通之理的外向性探究。

林志鹏先生认为，《大学》的"格物"应读为"观物"，他援引杨建华先生的先秦"格物致知"有观物取象、万物交感、类比推理、玄观玄览四种方式之说，指出"格物"既与思孟一派的"诚""明善"观念相通，也与荀子"疏观万物而知其情"切近，"格物"即"明视万物以得其情实"之义④。直接提出"观物"的理学家是邵雍。其《皇极经世书》专设《观物》篇，他将"观物"视为格物穷理的一部分：

> 夫所以谓之观物者，非以目观之也。非观之以目，而观之以心也。非观之以心，而观之以理也。天下之物莫不有理焉，莫不有性焉，莫不有命焉。所以谓之理者，穷之而后可知也；所以谓之性者，尽之而后可知也；所以谓之命者，至之而后可知也。此三知者，天下之真知也，虽

① 《二程集》，第 188、1191、157 页。
② 《四书章句集注》，第 7 页。
③ 《晦庵先生朱文公文集》（第 3 册），第 1914 页。
④ 林志鹏：《〈大学〉"格物"读为"观物"说》，见《传统中国研究集刊》（第七辑），上海人民出版社，2009 年，第 45 页。

圣人无以过之也。①

可见，邵雍的"观物"说建立在理、性、命三者的基础上，观物是格物致知的前提，而理又是观物的原则。以理观物，观物知理，通过观物功夫，穷理、尽性、至命，这种境界才是"真知"。不以目、心观物而以理观物的方法即是邵雍所谓的"以物观物"。此种观物法除去了个体主观癖好，能更好地观察和发掘事、物的本质及规律。因为"以物观物"的"物"作为认识主体和审美主体至少有以下三种含义："一、无言而物化的虚静精神；二、万物之灵的人；三、具有天理的人性。由'物'的这三层意思可引出三种'观物'方法，一是物我两忘的寂观静照，二是'反观'自身时的'以心观心'，三是于人性中领悟天理。"② 以物观物的思维方式及观物方法讲究以理度理、以情度情，这种审美心理及观物方法对文学创作产生了潜移默化的影响。一方面，要对生活作深入细致的观察，并力求真实客观地反映，形成一种尚实主义的文艺思潮；另一方面，以理度理、以情度情的思维方式又似类推方法，于是乎，其他的人、事、物、景、情均可得其妙，从而增加了文学反映生活的厚度与广度。

金圣叹将"格物说"引入文学批评，并把"忠恕"同"格物"统一了起来。他在《水浒传》第四十二回回评中说："盖忠之为言中心之谓也。喜怒哀乐之未发，谓之中；发而为喜怒哀乐之中节，谓之心；率我之喜怒哀乐自然诚于中，形于外，谓之忠。知家国、天下之人率其喜怒哀乐无不自然诚于中，形于外，谓之恕。知喜怒哀乐无我无人无不自然诚于中，形于外，谓之格物。"③ 金圣叹的格物观不是由外至内，而是由内至外，由此（忠）至他（恕），侧重与作者内心对于情理的揣度。他还提出"格物之法，以忠恕为门"的观点："施耐庵以一心所运，而一百八人各自入妙者，无他，十年格物而一朝物格。……格物之法，以忠恕为门。何谓忠？天下因缘生法，故忠不必学而至于忠，天下自然，无法不忠。火亦忠，眼亦忠，故吾之见忠；钟忠，耳忠，故闻无不忠。吾既忠，则人亦忠。盗贼亦忠，犬鼠亦忠。盗贼犬鼠无不忠者，所谓恕也。"④ 如此，"忠"是事物的内在属性，而"恕"则是由此物之性到彼物之性的方法。他还以"因缘生法"

① 《皇极经世书》，第 506 页。
② 张毅：《论"以物观物"》，《文艺理论研究》1993 年第 6 期。
③ 《贯华堂第五才子书水浒传下》，第 125 页。
④ 《贯华堂第五才子书水浒传下》，第 10 页。

解释忠恕，在艺术构思上，便需考虑各个事物、各个环节之间的复杂关系，推己及人，使笔下的人、事、物各尽其性，各得其情。叶燮《原诗》也力主格物："吾故告善学诗者，必先从事于格物，而以识充其才，则质具而骨立。"叶燮之所言格物之"物"，乃是理、事、情。"三者缺一，则不成物。"其格物方法，也有讲究。"其道宜如《大学》之始于'格物'；诵读古人诗书，一一以理、事、情格之，则前后中边，左右向背，形形色色，殊类万态，无不可得。"①

从格物说的三个要义——道德论、认识论与方法论来考察这些白话小说的改编，仍然可以发现其与格物说有一致之处。

有学者比较改编了的白话短篇小说与文言小说，指出白话短篇小说的改编体现在十五个方面：①改变了故事的时间、地点和人物；②强化、设置了故事的背景；③增加了入话，正话之前预先确立故事基调和主旨；④增加了人物，其中至少有一个重要人物，并在叙事中承担重要叙事功能；⑤重视并增加了环境描写；⑥重视并增加了人物肖像描写；⑦重视并增加了细节描写和人物心理描写；⑧拉长了情节长度，设置、铺叙合理的情节发展，很注重情节叙事节奏的调整；⑨人物和事件之间的联系是因果联系，有原因必定要有结果，有结果必定要解释原因；⑩运用大量的诗词韵文；⑪说话人声音（虚拟说话人作为叙事者直接干预叙事）起表达、引导、强化作品主题，预告情节，改变叙事节奏的作用；⑫结尾加入了评论和概括，既与入话对应，又再度强化主旨；⑬改变或加强了人物形象的塑造，让人物来体现意义，白话短篇小说中人物形象及其意义与本事不可同日而语；⑭整体叙事结构体现出一种有意味的形式，是作者精心布置的结果；⑮挖掘故事本身所包含的意义内容，重新组织、改编和提升了作品主题、思想内容和道德意义。② 上述结论虽然是针对由文言小说改编的白话小说而言，但也适合说明其他自创性很强的白话小说。

上述分析可以归为四个方面。①②⑧⑫⑭是结构、章法、句法方面，④⑤⑥⑦⑨属于人物形象与情节方面，③⑪⑬⑮属于小说主旨方面。至于⑩，诗词韵文大量进入叙事，依据情况，可归之于体制，部分也可归之于主题。结构、章法、句法不是作者的天才创造，而是他们对社会生活的真实性、文学创作虚构性及前人文学创作的借鉴，与二程"考古今，察物情，揆人事，反复研究而思索之，求

---

① 叶燮：《原诗》，见王夫之等撰：《清诗话》，中华书局，1963年，第593、576、584页。
② 《中国近世白话短篇小说叙事发展研究》，第68－69页。

止于至善"的格物方法有共同之处。而对人物心理、故事情节的刻画，无不是"因其已知之理而益穷之"，无不是"忠恕"格物的具体实践。

话本小说家虽然很少专论格物说与小说之关系，但他们充分利用了理学家及文学家的"格物说"所包含的道德论、方法论。正因为如此，才有了题材选择的趋同性，改写的趋善性。

（二）关于话本小说的才学倾向

儒家讲究"尊德性而道问学"（《中庸》），"尊德性"与"道问学"本不可分，至南宋，却有了"尊德性"与"道问学"之区别，基本情况是"朱子道问学工夫多，陆子静却以尊德性为主"①。但"问学不本于德性，则其弊偏于言语训释之末，果如陆子静所言矣"②。关于才学与文学的关系，论者颇多，如"夫诗有别材，非关书也；诗有别趣，非关理也。然非多读书，多穷理，则不能极其至"③，"为诗须要多读书，以养其气；多历名山大川，以扩其眼界；宜多亲名师益友，以充其识见"④。明末"道问学"的功夫进一步得到发扬，顾炎武提出"博学于文"，"行己有耻"⑤，黄宗羲大力提倡和重视"闻见之知"，王夫之从多方面论述"闻见之知"的重要性。然而，明清之际的求智识主义者强调"道问学"，但并不忽视"尊德性"。

文学创作中，作者通过各种形式展示自己的才学，逞才使性的现象甚为普遍。诗歌、辞赋、传奇创作都存在才学化现象。《文心雕龙·事类》首论"才学"与文学创作的关系，至宋诗，则"以文字为诗，以才学为诗，以议论为诗"⑥。宋人赵彦卫称唐人小说："文备众体，可以见史才、诗笔、议论。"⑦ 小说容量大，叙事活泼灵动，无非常之才者很难驾驭好这一文体。曾慥认为小说应"集百家之说，采摭事实"，有"资治体，助名教，供谈笑，广见闻"⑧ 之效用。胡应麟也说："小说，子书流也，然谈说理道或近于经，又有类注疏者；纪述事

① 虞集：《道园学古录》，商务印书馆，1937 年，第 747 页。
② 《道园学古录》，第 747 页。
③ 严羽著，郭绍虞校释：《沧浪诗话校释》，人民文学出版社，1961 年，第 26 页。
④ 何世璂：《然灯记闻》，见王夫之等撰：《清诗话》，中华书局，1963 年，第 120 页。
⑤ 《顾亭林诗文集》，第 41 页。
⑥ 《沧浪诗话校释》，第 26 页。
⑦ 赵彦卫：《云麓漫钞》，中华书局，1996 年，第 135 页。
⑧ 曾慥：《类说》（第 1 册），文学古籍刊行社，1955 年，第 29 页。

迹或通于史，又有类志传者。他如孟棨《本事》、卢瑰《抒情》，例以诗话、文评，附见集类，究其体制。实小说者流也。"① 二者均认为小说本身隐含着丰富的学识，需要作者博学多闻。《醉翁谈录·小说开辟》云：

> 夫小说者，虽为末学，尤务多闻。非庸常浅识之流，有博览该通之理。幼习《太平广记》，长攻历代史书。烟粉奇传，素蕴胸次之间；风月须知，只在唇吻之上。《夷坚志》无有不览，《琇莹集》所载皆通。动哨、中哨，莫非《东山笑林》，引倬、底倬，须还《绿窗新话》。论才词有欧、苏、黄、陈佳句；说古诗是李、杜、韩、柳篇章。②

由此可见，说话人为吸引听众，需要丰富的社会、历史、自然、生活、文学、艺术等知识。说小说者如此，那些饱读诗书的小说家更是如此。小说可以包含众多文体的特殊性及反映社会生活的广泛性。说书人直接向听众讲述故事的特定说话语境，小说题材的多样性及展示读者个性特征的灵活性，实在是"道问学"而"尊德性"的最好的文学样式。冯梦龙、凌濛初、陆云龙、周清原、袁黄、李渔、石成金等小说家，无不博学才高。顾炎武说："'君子博学于文'，自身而至于家、国、天下，制之为度数，发之为音容，莫非文也。"他在《潘末原序》中云："有通儒之学，有俗儒之学。学者，将以明体适用也。综贯百家，上下千载，详考其得失之故，而断之于心，笔之于书，朝章国典，民风土俗，元元本本，无不洞悉，其术足以匡时，其言足以救世，是谓通儒之学。若夫雕琢辞章，缀辑故实，或高谈而不根，或剿说而无当，浅深不同，同为俗学而已矣。"③因此将明末清初多数话本小说家视为通儒并不为过。

论及小说的才学化，研究者多采用鲁迅对于才学小说的定义，关注清中叶小说《燕山外史》《镜花缘》《野叟曝言》《蟫史》等。此后，一些研究者对"才学小说"有所补充，何满子先生认为才学小说当称作"杂家小说"，是"采通俗小说的体裁，将各种古来列为小说类的大量谈片组成他概念中的'小说'的集成"④。台湾学者王琼玲认为："才学小说，乃是以小说的形式，罗列、炫耀个人

---

① 《少室山房笔丛》，第 374 页。
② 罗烨：《醉翁谈录》，古典文学出版社，1957 年，第 3 页。
③ 顾炎武著，黄汝成集释：《日知录集释》，上海古籍出版社，2006 年，第 403 页、前言第 28 页。
④ 何满子：《古代小说退潮期的别格——"杂家小说"》，《社会科学战线》1987 年第 1 期。

才学的作品。"① 上述观点有两个取向，一是小说本身的杂，二是小说作者对才学的主观态度。赵春辉博士认为："所谓才学小说，就是一种刻意炫耀个人的经史百家学问、才藻辞章之美、诸技杂艺之术等所有堪称才学的内容，并把它们当作塑造人物形象的主要手段，以寄托作者心志情意的小说类型。"② 依据上述观点，话本小说的确不能归之于才学小说，但不能否认，话本小说也具有轻微才学化倾向。

小说标题的才学化。与宋元话本小说相比，明清话本小说标题更整齐，重视因果联系，重视传奇效应，重视与经典的联系，换言之，由说书人的小说变成文人的话本。还有一类小说的标题从经书中撷取句子。如《八洞天》之"补南陔""续在原""劝匪躬""反芦花"，《五色石》之"续箕裘""虎豹变"，只有深谙经史子集者方能明辨题目包含的题材及小说主旨。"南陔"乃《诗经·小雅》篇名。《诗经·小雅·南陔序》："《南陔》，孝子相戒以养也。"《诗经·小雅·常棣》："脊令在原，兄弟急难。"后以"在原"指兄弟。《易·蹇》："王臣蹇蹇，匪躬之故。"孔颖达疏："尽忠于君，匪以私身之故而不往济君，故曰：匪躬之故。"据《孔子家语》及《史记·仲尼弟子列传》，冬天，闵子骞后母给亲子添衣服加棉絮，而闵子骞只能穿芦花絮衣，表现继母与前妻之子的关系。《礼记·学记》："良冶之子，必学为裘，良弓之子，必学为箕。"后以"箕裘"比喻祖上的事业。《周易·革》："上六，君子豹变，小人革面。"《晋书·应贞传》："位以龙飞，文以豹变。""豹变"比喻润饰事业、文字或迁善去恶。明白此，方能理解上述几个标题之题材及主旨所在。不过，话本小说毕竟是为"里耳"服务的，小说在这些大标题下加上副标题，对主标题进行解释，如"补南陔"的副标题"收父骨千里遇生父　裹儿尸七年逢活儿"，大致点出小说的主要内容与孝道有关。直接从经书中引句子作为小说篇目的标题的，以袁黄《七十二朝人物演义》为甚。《七十二朝人物演义》回目全部取自《四书》，磊道人认为该小说"从理则理，从趣则趣"，以通俗手法演义儒家至理。

话本小说入话部分既有诗歌，也有议论，有些还有头回故事。明末，话本小说越来越频繁地博引典故及增加议论部分，都有意无意地展示了作者的才、学、

① 王琼玲：《才学小说的源流、定义、成就与缺失》，见《镜花缘学术研讨会论文集》，2010 年，第128－154 页。

② 赵春辉：《清代才学小说考论》，哈尔滨师范大学博士学位论文，2012 年，第 8 页。

识。议论部分与头回故事及正话故事丰富了小说的内容，也丰富了话本小说的题材。

格物以致知，致知以穷理，"知"并不在某一具体领域。话本小说涉及婚姻家庭、朋友君臣乃至陌生人，涉及政治、经济、科举文化、民间信仰等。可以说，一部话本小说集就是一部百科全书。在具体叙事中，作者往往也不厌其烦地介绍某些知识（有些甚至与小说关系并不密切）。如冯梦龙的《警世通言·旌阳宫铁树镇妖》介绍三教，在许真君与吴孟的问答中，介绍仙、人、鬼的区别，五种仙之异，如何成仙，如何炼丹等。也介绍了一些地名的由来，如怀玉寺前的千顷良田、离龙窟、仰山之泉、镇龙塔、黄龙洲、长沙府昭潭等。"铁树镇妖"取自邓志谟小说《铁树记》，几乎没有改动。有论者认为邓志谟编撰小说，"明显的主观意图就是展现自己的'才学'"①。《二刻拍案惊奇》卷二介绍什么是"社火"、围棋的原理及三十二法、北朝的地理位置及源流、各朝君主的称呼、官员的设置等。《西湖二集》第十七卷，标题是"刘伯温荐贤平浙中"，但是作者鉴于"东南之患，莫甚于倭奴。承平日久，武备都轻，倘仓卒有变，何以御侮"，遂将戚继光《纪效新书》水兵篇并海防图式，附列于篇后，包括相寇情、谨行治、行船观日月星云风涛、逐月风忌、浙东潮候、战船器用说、埋火药桶、满天烟喷筒、飞天喷筒、大蜂巢、火砖、火妖等。同书第三十卷将马神仙教人度荒年的"避难大道丸"，治蛊毒之方，喉闭之法，辟火、辟兵、开井救瞽目之方，破木匠造屋魇镇之法，浴儿免痘之法，如何辨别山中妖怪等，全盘照录；第三十四卷《胡少保平倭战功》，将"紧要海防说并救荒良法数种"附于后。其他照录全文者，如第二十五卷不厌其烦地介绍与佛有关的故事，正文全文引用《仁孝皇后梦感佛说第一希有大功德经序》及刘基的《吴山泉石歌》。周清原如此长篇大段地引用，且所引用的内容与小说故事关系并不密切，联系作品，作者并不完全是有意展示才学，而是出于实用目的。刘勇强指出，清初小说的"知识含量与精确性有所提高，早期话本那种叙述的随机性、即时性被书面化写作的严谨和深思熟虑所取代。有的作品涉及历史，往往很注意细节的真实，……而对他们熟知的历史则会不厌其烦地加以介绍，……这种情况的发生并不一定是作者的炫耀博学多

---

① 赵益：《明代通俗文学的商业化编刊与世俗宗教生活——以邓志谟"神魔小说"为中心的探讨》，《安徽大学学报》（哲学社会科学版）2012 年第 5 期。

识，而只是文人秉性的流露"①。"文人秉性"的形成，离不开他们自幼所受的"尊德性道问学"的儒家文化熏陶。

第二节　世情故事与理学

"世情小说"这一概念最早见于鲁迅《中国小说史略》："当神魔小说盛行时，记人事者亦突起，其取材犹宋市人小说之'银字儿'，大率为离合悲欢及发迹变态之事，间杂因果报应，而不甚言灵怪，又缘描摹世态，见其炎凉，故或亦谓之'世情书'也。"② 此后，学者各有生发，但多将世情故事局限于写人情世态的长篇小说。从构词看，"世情故事"是偏义词，"世情"是修饰语，是题材而非篇幅的限定。赵兴勤的《理学思潮与世情小说》一书从小说创作心理、情节、文化品格的影响等多种角度解读了理学与世情故事的关系，探究了理学对小说叙事策略及诗性叙事的影响。不过，该书的内容主要限于中长篇世情小说，而对话本小说中的世情故事关注不够。话本小说世情题材从选材到编撰、创作，再到传播，与中长篇世情故事相比，有共性，更有其个性。

一、经权观与小说的灵动叙事

经权是儒家思想中重要的组成部分。"经"是日常生活中不变的道德原则和伦理规范，"权"是非常态下确保"经"的变通方法。经权体现了在道德伦理发生悖论时的原则性与灵活性。孟子曾言："大人者，言不必信，行不必果，惟义所在。"（《孟子·离娄下》）顾炎武也说："使必斤斤焉避其小嫌，全其小节，他日事变之来，不能尽如吾料，苟执一不移，则为荀息之忠，尾生之信。"③ 倘若不会权变，执着于所谓的小节，与荀息、尾生的愚忠、愚信没有什么区别。经权一经提出，宋明理学家各有论述，其大要依然是原则性与灵活性的问题。朱熹说道："盖经者只是存得个大法，正当底道理而已。盖精微曲折处，固非经之所能尽也。所谓权者，于精微曲折处曲尽其宜，以济经之所不及耳。所以说'中之为贵者权'，权者即是经之要妙处也。"④ "经，是常行道理，权，则是那常理行不

---

① 刘勇强：《文人精神的世俗载体——清初白话短篇小说的新发展》，《文学遗产》1998 年第 6 期。
② 《中国小说史略》，第 141 页。
③ 《顾亭林诗文集》，第 82 页。
④ 《朱子语类》，第 992 页。

得处，不得已而有所通变底道理。"① 冯友兰先生说："道是原则性；权是灵活性。灵活性，在表面上看，似乎是违反原则性，但实质上正是与原则性相合。"② "经权"意识参与到小说中，使小说的叙事更为灵动，在两性问题上尤其如此。

（一）天地之大德曰生

孟子经权观中的援手之论，涉及儒家最基本的伦理，即生命高于一切。在生命面临危险时，"礼"可以退居其次。在程朱理学的压抑下，生命之重似乎被推出到"道"之外，自阳明心学兴起，经泰州学派的发扬，个体生命再次得到重视。部分话本小说的叙事也体现了这一点。

《喻世明言》第二十八卷正话中，黄公夫妇无子，妻亡后，黄公将幼女黄善聪假充男子带在身边经商，不上两年又客死他乡。黄善聪此时只有十二岁，不能扶柩而归。因自身为年幼孤女，往来江湖不便，便改名张胜，与李秀卿一起经商。二人日则同食，夜则同眠，直到二十岁。其间，黄善聪用巧计保住了自己的贞节。其初与李秀卿相处，女扮男装只是权宜之计，而此权宜之法却是活命之法、保贞之法。在经与权的处理上，黄善聪守经而行权，作者对此甚为叹赏。

《十二楼·鹤归楼》中的段玉初，担心离家之后妻子不堪寂寞之苦，平日处处抑制绸缪之情。远行前对妻子冷言冷语，在所住楼房增上一个匾额，题曰"鹤归楼"，用丁令威化鹤归来的故事，以显他决不生还之意。临走时，任妻子痛哭号啕，毫无半点凄然之色。中途寄书，也有"断绝恩情不学痴"之句。妻见此书，把追欢取乐的念头全然搁起，过了一年半载，倒比段玉初在家之日胖了许多。"不若寻些事故与她争闹一场，假做无情，悻悻而别。她自然冷了念头，不想从前的好处，那些凄凉日子就容易过了。古人云：'置之死地而后生。'我顿挫她的去处，正为要全活她。"③ 段玉初八年之后回家，"妻子的面貌胜似当年，竟把赵飞燕之轻盈，变做杨贵妃之丰泽"。段玉初的权变，是对妻子生命的珍视，诚如小说评语所言："此一楼也，用意最深，取径最曲，是千古钟情之变体。"情到深处，以身为重，段玉初之权变，自是不得已的法子。

《无声戏·女陈平计生七出》中，耿二娘与流寇日夜相处，"二娘千方百计，

---

① 《朱子语类》，第 990 页。
② 冯友兰：《中国哲学史新编》（第 1 册），人民出版社，1982 年，第 144 页。
③ 李渔撰，萧容标校：《十二楼》，上海古籍出版社，1986 年，第 218 页。

只保全这件名器，不肯假人。其余的朱唇绛舌，嫩乳酥胸，金莲玉指，都视为土木形骸，任他含咂摩捏，只当不知，这是救根本、不救枝叶的权宜之术"。最后智取流寇的财宝，与丈夫团圆。小说开篇议论道："我且说个试不杀的活宝，将来做个话柄，虽不可为守节之常，却比那忍辱报仇的，还高一等。看官，你们若执了《春秋》责备贤者之法，苛求起来，就不是末世论人的忠厚之道了。"耿二娘之行，按照男女授受不亲的观念看，早就是失节不贞。李渔却认为，耿二娘只是不合"守节之常"，然在末世，不能以传统的节操观去苛求她。若还是执《春秋》责备贤者之法去苛求，则有失忠厚之道。耿二娘以权变之法保护了自己的生命，保护了自己的"名器"，作者十分欣赏。小说结尾评云："从来守节之妇，俱是女中圣人。誓死不屈的，乃圣之清者也；忍辱报仇的，乃圣之任者也。耿二娘这一种，乃圣之和者也。不但叫做女陈平，还可称为雌下惠。"①

乱世之中女性失节有很多原因，其中，有为救全家而受辱者，对于这种"失节"之行，即便是比较保守的小说家也以"经权"为其辩解。《娱目醒心编》第四卷叙述了明朝崇祯初年，流寇四起，攻掠城邑，屠戮人民，十数年间，把天下搅得粉碎。封氏在战乱中，为了保全家人性命，遂顺从了将军。"我为一家性命，没奈何只得从他。但此去即为失节之妇，有玷丈夫，竟算死过的人罢了!"后来，封氏巧计逃回，夫妇团圆。玉山草亭老人言："大凡女子守从一之义，至死不肯失节，此一定之常经，不易之至理也。然或关系合家性命，不得不贬节救免，此亦未可全非。"

小说家对动乱中人的卑微深有体会。尤其是女性，在动乱之际全身、全节更难。小说家从人道主义立场出发，通常以权变理论为乱世中失贞女性开脱，认为失节不失节，关键看其心。《十二楼·生我楼》议论道："所以论人于丧乱之世，要与寻常的论法不同，略其迹而原其心。苟有寸长可取，留心世教者就不忍一概置之。""此妇既遭污辱，宜乎背义忘恩，置既死之人于不问矣。犹能慷慨悲歌，形于笔墨，亦当在可原可赦之条，不得与寻常失节之妇，同日而语也。"

（二）百善孝为先

"百善孝为先。"为人子女，孝是天然之则，也是社会规定。当孝道与其他伦理发生冲突时，行为主体必须判断出冲突双方的轻重缓急，然后作出选择。

---

①　李渔：《无声戏》，人民文学出版社，1989 年，第 79、85 – 86、89 页。

孝首先在于养亲全亲。养亲为重，其他则为权。《石点头》第二卷，扬州大水，民饥，继以旱蝗疫疠，飞禽走兽尽皆饿死。陆梦仙父母在儿子杳无音信之时，为了活命，要媳妇李妙惠改嫁，李妙惠不肯。"违命则不孝，顺颜则失节。"方姨娘劝说道：

> 像你虽无子嗣，却有公姑，理当代夫奉侍，养生送死。不幸遭此岁荒家窘，要你改嫁，为朝夕薪水之计，此或出于不得已，未可知也。你若一旦自尽，公姑不惟不得嫁资，以膳余生，反使有逼嫁不义之名。烈则烈矣，但不能为丈夫始终父母，恐在九泉，亦有遗恨，此便是死而无益。……依我主意，不若反经从权，顺从改适，以财礼为公姑养老之资。你到其家，从实告以年荒岁歉，公姑有命改嫁，实非本心；况是孝廉结发，义不受辱。仁人君子，何处无之，倘此人慷慨仗义，如冯商还妾故事，完璧仍归，也未可知。设或其人如登徒好色之流，强成伉俪，那时从容就死，下谢卢郎。如此则公姑又不失所望，在你孝义节烈之名兼得，这便是死而有益。

方姨娘以公姑之养说服李妙惠，李妙惠虽志存守节，但为公姑之养，只有答应。至于其后以权变之法守节之事，乃是后话。

《醒世恒言》第十卷中的刘方初因母丧，随父还乡，恐途中不便，故为男扮。后因父殁，尚埋浅土，未得与母同葬，故不敢改形，欲求一安身之地，以厝先灵。当继承义父产业，父母骸骨得以归土后，又担心思家事尚微，义父新收儿子独力难成，也不敢改为女装。刘方的权变，不唯孝，而且"节"。小说借其他人之口称赞刘方"节孝兼全，女中丈夫，可敬可羡"，"孝义贞烈"。《二刻拍案惊奇》卷十七中，闻参将之女蜚娥女扮男装，也是出于孝道。"他起初因见父亲是个武出身，受那外人指目，只说是个武弁人家，必须得个子弟在黉门中出入，方能结交斯文士夫，不受人的欺侮。争奈兄弟尚小，等他长大不得，所以一向装做男子，到学堂读书。"后来，闻参将遭人诬陷，被处抚院提问。闻小姐又女扮男装，去京城告状。小说中，闻蜚娥与两个男子共读书，似乎违背了男女授受不亲的原则，但在孝道面前，这种假扮男装的行为，却又是实用的。《拍案惊奇》卷十九入话中，作者认为古代很多女扮男装之人"俱以权济变，善藏其用，窜身仕宦，既不被人识破，又能自保其身，多是男子汉未必做得来的，算得是极巧极难的了"。谢小娥女扮男装报父仇与夫仇，全了孝道与贞节。

同样是以复仇为孝，《醒世恒言》第三十六卷展现的是另外一种方式。蔡瑞虹之父为盗贼所杀，她先欲自尽，但想到："我若死了，一家之仇，那个去报？且含羞忍辱，待报仇之后，死亦未迟！"其后受盗贼之辱，委身卞福，乃是因为"父母冤仇事大，辱身事小。况此身已被贼人玷污，总如今就死也算不得贞节了。且到报仇之后，寻个自尽，以洗污名可也"。受骗之后"欲待自尽，怎奈大仇未报；将为不死，便成淫荡之人"。"然而隐忍不死者，以为一人之廉耻小，阖门之仇怨大。"蔡瑞虹几经辗转，见仇人被戮，找到了父妾所生之子承了蔡家血脉，然后自杀。"失节贪生，贻玷阀阅，妾且就死，以谢蔡氏之宗于地下。"蔡瑞虹为报家仇，多番忍受侮辱，当家仇得报，又以身证明自己。小说认为她既"节"且"孝"，今古无比。朝廷也"特建节孝坊"。本处并不着意其节孝，而是当节与孝发生冲突时的取舍，当孝道完成之后的自杀行为，乃"谢蔡氏之宗于地下"。从某种程度上说，她的节，仍然是孝的一部分。

（三）后嗣为大

"不孝有三，无后为大。"把后嗣放到突出位置时，其他都是小事。明代学者在讨论守贞改嫁问题时，指出天下事有经有权，不可拘泥不变，尤其在存孤等大问题上，死节并非是最重的，恰恰相反，苟活才是一种权变之法。明人汪道昆指出："道在于死节，苟活非道也，而苟活以抚孤不害为能权。如必以死为贞，矫激轻生之妇将奔走焉，其于中道讵得无刺缪哉！"[1]

《十二楼·奉先楼》中，舒秀才一门七世单传。到舒秀才时，也到三十多岁才有一子。然当时流寇猖獗，大江南北没有一寸安土，所到之处，流寇遇着妇女就淫，见了孩子就杀。舒秀才言及贞节与抚孤之事，叮嘱妻子："万一你母子二人落于贼兵之手，倒不愿你轻生赴难，致使两命俱伤。只求你取重略轻，保我一支不绝。"又言"那（指贞节）是处常的道理，如今遇了变局，又当别论。……只要抚得孤儿长大，保全我百世宗祧，这种功劳也非同小可！与那匹夫匹妇，自经于沟渎者，奚啻霄壤之分哉！"在守节与存孤两难之间，同族之人一致认同"守节事小，存孤事大"。"大家苦劝，叫她看宗祀份上，立意存孤，勿拘小节。"两难之间取其重，舒娘子下决心在保全孩子后自尽以全节。后来归还儿子时，她

---

① 郑晓霞、林佳郁编：《列女传汇编》，北京图书馆出版社，2007年，第111页。

果真自缢，被人救下，由将军作主，夫妇重逢。将军以舒娘子为节妇，李渔也认为此妇该为节妇。故事最大的亮点是对节妇的定义及对节妇的处理。传统的观念认为，妇女贞节为第一，舒娘子自己也是如此看。但现实中，存孤事大，贞节亦大。舒娘子在动乱中为保全孩子嫁与别人，以死维护贞节。但自缢被救，仍以节妇名之，戏剧性的结尾突破了节妇必死的观念。女性的贞节为"文"经，而子孙后代为"实"经。在战乱中，只有弃此"文经"而就彼"实经"。小说中的经权意识却也透露出混乱社会中的人性关怀。

以后嗣为大，其他为小的经权故事，也会惹出让人啼笑皆非的事。《娱目醒心编》第二卷《马元美为儿求淑女　唐长姑聘妹配衰翁》认为"若果有大才大识，明于经权常变之道，处常不见其异，处变始见其能"，这样的女子使"祖宗血食赖以延，后代子孙赖以兴，干出来的事，为夫家绝大功臣"。正话中，马元美一家历代单传，他四十岁时才有一子，取名必昌。马必昌娶妻唐长姑，并生有一子。后来疫气流行，马必昌与儿子都死了，马家绝后。为马家后嗣计，唐长姑为公公娶亲妹唐幼姑，并极尽子媳之礼。唐长姑置长幼伦常于不顾，只因为所谓的后嗣。后嗣当前，将十几岁的亲妹嫁与七十岁的公公这样的荒唐事，居然成为小说家的美谈，唐长姑也被视为"明于经权常变的女子"。有论者指出："经权关系是整个儒家伦理思想体系的有机组成部分，主要是说明在异常的情况下，如何采取变通的方式以坚持伦理原则的问题。经权关系具有复杂性与流变性，其基本特征是'经常权变'。处理经权关系的根本原则是'经主权从'，其行为模式是'经权相济'。"①

（四）　妇以夫为天

封建社会，妇以夫为天，夫家利益就是她们最大的利益，在成就夫家的"远大目标"下，任何不合礼教规范的举措均得到体谅与包容。不少女性为完成家庭的责任和使命而"反经从权"。上文中的封氏、李妙惠、舒娘子、唐长姑之举都是以夫家利益为重，只不过表现为孝、为后嗣而已。另有一种专为丈夫的权变之法，也深得小说家推崇。《云仙笑·又团圆》之《裴节女完节全夫》中，李季候只知读书，加上税收重，兼遇荒年，弄得李家朝不谋夕，借贷无门。其妻裴氏自愿被卖，言"不是失志，其实是经权"。到新夫家后，她与新夫分房而卧，勤俭

①　徐嘉：《论儒家"经权相济"的道德模式》，《学海》2004 年第 3 期。

持家，不停纺织，花了三年将银凑齐自赎其身，重归原夫。裴氏处处为丈夫着想，既免夫妇二人死于饥荒，又扶持另外一家兴旺。重归原夫后，不妒不怨，实在可敬可叹。《石点头》之《侯官县烈女歼仇》中，申屠希光为报夫仇，假意应允凶手方六一的求婚，趁机杀死方六一父子后又自刎。小说以申屠希光被封为"侠烈夫人"享受祭祀结尾，表明在理学话语下，世人对女性为夫家而牺牲的"经权"意识与行为的叹赏。

遍观话本小说中的"经权"叙事，有以下特点：

其一，"经"的部分内涵有所变化。传统观念中的贞节是指女性不改嫁或不失身，并把它作为女性的行为规范。后来贞节观愈演愈烈，女性身体与其他男子接触也被视为不贞。但在话本小说"经权"故事中，"男女授受不亲"的禁忌被突破，被称为节妇者，有改嫁后夫的舒娘子、封氏，有多次受辱的蔡瑞虹，有"朱唇绛舌，嫩乳酥胸，金莲玉指"都为人沾染的耿二娘，也有与男子"日则同食，夜则同眠"的黄善聪、刘方。对女性贞节评价的标准，关键是看其心志而不是其形式或结果。

其二，对"经"内涵的重视甚于形式。"男女授受不亲"是形式上的，其本质在于维护女性的贞节。同样，对女性贞节的重视源于对男性社会地位的重视，对男性所有权的重视，其根本是维护男性利益。"权反于经"，女扮男装能真正保全女性贞节，即便其违背了男女授受不亲的禁令也被人赞颂。虽然是改了嫁，失了身，但整体上维护了夫家的权利，也能被称为节妇。

其三，在一定情况下，此经与彼经可以相互转换，不合此经者，则以彼经来解释，从而使权变获得"合法性"。如与男子同眠同食、改嫁、失节、以妹嫁公公，有违贞洁观及伦常观，但以孝道、仁道解之，则又非常合"经"。正如一位学者所言，"经权"解决道德难题，有几个突出特点：一是颠覆"假经"而符合"真经"。这种情况是指表面上违背道德常规（礼仪），实际上维护道德常规的根本精神和根本原则（礼义或仁义）。二是背离"此经"而暗合"彼经"。三是暂违"文经"而契合"实经"。① 此说堪为至论。

其四，经权叙事的主人公绝大部分为女性。在主观层面上，作者宣扬的是妇道，而在客观上，却将封建社会女性机智、能干、勇敢、忍辱负重等美好品质充分展示在纸上。反观其中的部分男性，胆小、迂腐、逃避，与女性形成鲜明的对比。

---

① 平飞：《守经善道与行权合道：儒家经权思想的伦理意蕴》，《江海学刊》2011 年第 2 期。

二、尊身观与小说的情理叙事

早在先秦，身体就受到了儒道两家的重视，中间经历了重心轻身的过程。明中后期，王艮"淮南格物"明确提出其"尊身说"，赋予身体极高的地位。王艮指出，所谓格物，乃是知本，在天下国家与身这两物之间，身为本，天下国家是末。他将身与道并提，说："身与道原是一件，至尊者此道，至尊者此身。尊身不尊道不谓之尊身；尊道不尊身不谓之尊道。须道尊身尊，才是'至善'。"又云："止至善者，安身也；安身者，立天下之大本也。"① "尊身论"包括爱身、敬身、修身、保身等。王艮的尊身论很复杂，有以下三方面：第一，身体为本，身体与道同等重要；第二，要尊身、保身，需要修身、以己度人、爱他人；第三，保身是齐家治国平天下的前提。王艮的尊身论对明中晚期与清初思想产生了深远的影响，也直接影响到话本小说的情理叙事。

（一）尊身与人欲认同

身体包括身与心，尊身是对肉体与精神的双重尊重。生存权是最基本的权利，温饱、食色都是最基本的生理需求。王艮认为"人有困于贫而冻馁其身者，则亦失其本而非学也"②，本即身，身不安则失本，本不立则末不至。受此影响，多数学者都对人的欲望重新定位，肯定物欲需求的正当性，并将其与天理挂钩。李贽高唱穿衣吃饭即是人伦物理。吴廷翰认为，"日用饮食，男女居室，苟得其道，莫非天理之自然。若寻天理于人欲之外，则是异端之说"③。王夫之提出，"人欲之各得，即天理之大同"④，"天理充周，原不与人欲相为对垒，理至处，则欲无非理"，"行天理于人欲之内，而欲皆从理"⑤，"私欲之中，天理所寓"⑥。总之，天理与人欲不是对立而是统一的。"尊身说"在可能的范围内最大限度地承认个体的生存欲望。

小人物——商人、妓女、落魄的读书人、媒人、僧尼、流氓、无赖等不断地

---

① 《王心斋全集》，第37、33页。
② 《王心斋全集》，第13页。
③ 吴廷翰著，容肇祖点校：《吴廷翰集》，中华书局，1984年，第66页。
④ 王夫之：《读四书大全说》，见《船山全书》（第6册），岳麓书社，1991年，第639页。
⑤ 《读四书大全说》，第799页。
⑥ 王夫之：《四书训义》（下），见《船山全书》（第8册），岳麓书社，1991年，第91页。

进入话本小说中。商人的发迹变泰被称羡，市井小人、文弱书生的艳遇被津津乐道，他们的喜怒哀乐都成为小说家描写的对象，奴仆、卑妾、娼妓的德行被高高赞扬。以婚姻为例，小说对女性失节与私奔并非都口诛笔伐，视为罪大恶极。小说对失节过程进行详细交代，揭示女性在此过程的身不由己。如《喻世明言·蒋兴哥重会珍珠衫》中，王三巧的丈夫蒋兴哥离家一年有余，王三巧"足不下楼，甚是贞节"，但因思念蒋兴哥，为陈商所见，进而落入他所设的圈套中。《珍珠舶》第一卷中的冯氏，本来极其正气，但丈夫久离家，婆母与蒋云又再三设计，遂为蒋云所玷污。结果，冯氏虽沦落为娼，还是与丈夫团圆，生二子。在这两个故事中，夫妻离而复合的结局证明了作者对被动失节女性的谅解。《欢喜冤家》中，众多失节妇女都有一个好结果，亦足以说明作者对婚姻中女性情感与生命的尊重。

青年男女正常欲望的追求不再被视为恶而受罚，偶然有轻微的越轨行为也能被理解。在有关婚恋家庭的题材中，青年男女追求正常欲望满足者，无论他们是否遵从"父母之命，媒妁之言"，几乎都能遂愿。有未婚偷期成正果者，如《醒世恒言》第二十八卷中的吴衙内与贺秀娥，《警世通言》第二十九卷中的张浩与李莺莺，《拍案惊奇》卷二十九中的张忠父与罗惜惜，《十二楼》之《合影楼》中的屠珍生与管玉娟等。有密约私奔得善果者，如《喻世明言》第二十三卷中的张舜美与刘素香。尽管是未婚偷期、密约私奔，但由于是正常欲望，故皆成正果。

其他题材的小说中的善恶报应也体现了对正常人欲的认同。《人中画·狭路逢》中，傅星席卷了李天造的银子，结果是将女儿嫁与李天造之子。小说以大量篇幅描写了傅星为救女而贪李天造银子的心理，弱化其负心之"恶"。《鸳鸯针》第一卷中恶人丁全屡次陷害徐鹏子等人，几乎害人性命，结果只是罢职，永不录用。小说借徐鹏子之口说道："这也是前生孽债，将就他些也罢。他费千谋百计，弄个两榜，只望封妻荫子，耀祖光宗，享尽人间富贵，占尽天下便宜，谁知一旦泥首阶前，灰心塞外，也就勾了。若复冤冤相报，何日是了？依我的意思，觑个便还松动他些才是。"同书第二卷，贪官任某多次陷害时大来，最终只是在时大来手下做官，将女儿嫁与宿敌风髯子而已。恶报的温情化背后，是价值观的变化。曾被视为"恶"的东西如钱财、功名等不再是"恶"，而是人性的一个方面，"性无善恶"，人欲自然就无所谓善恶了。

（二）尊身与爱人

王艮提倡尊身，其指向却不是利己主义。恰恰相反，他由尊身而得出"爱人"的观点，认为尊身与爱人是双向的，人与己同等重要。在《明哲保身论》①中，王艮指出保身之道在于爱人而不恶人，敬人而不慢人，是"万物一体"的仁，由保身出发，进而推之爱一家人、一国人、天下人。他说，"知保身而不知爱人，必至于适己自便，利己害人"，如此，则"人将报我，吾身不能保矣"。在爱人、敬人与保身之间，是"本末一贯"的：保身则爱人，爱人则保己。

在话本小说的叙事中，的确有不少尊己身亦爱人，因爱人而保身的情况。尊身，首先是自己生命的保全，然事情往往出乎人之意料，各种各样的自然与社会灾害时有发生，这都得有赖于他人的帮助。有时，在关键时候帮助自己的人往往是自己曾经帮助过的人。《拍案惊奇》卷四，商人程元玉帮一个交不起饭钱的女子交了饭钱，这个女子后来帮助他打败盗贼，使其性命免遭不测，"货钱"失而复得。《二刻拍案惊奇》卷十五中某徽商助一因受骗要跳水女子银两，又经受住此女半夜"踵门叩谢"的诱惑，躲过了一场飞来横祸。该书第二十一卷中，郑兴儿落魄潦倒时受到他人提携，而提携他的那个人，正是还银之人。《云仙笑·胜千金》中的黄乡宦救济百姓饥荒，在动乱中，得到被救济人的帮助，全家幸免于难。《云仙笑·厚德报》中的张昌伯对进入他家的小偷酒食相待，又出钱使之经营，此举后来使他免于被人算计而落入命案的危境。《锦绣衣》第三回《拒美色得美又多金》中的花玉人不淫他人之妾而保身全名，且获功名。小说最后评语云："苏镇住足听时，设使花玉人纳贡氏而淫之，则苏镇必衔恨切骨，而玉人酿杀身之祸矣。呜乎！危矣哉！难矣哉！"

尊身，还在于生命的质量，如功名利禄、子嗣等都获得满足。在众多小说家看来，"爱人"是提高生命质量的途径之一。如施达卿、刘元普行善老来得子（《无声戏》第九回，《二刻拍案惊奇》卷二十），吕玉还金得失子（《警世通言》第五卷），吴知县还妻而生子（《喻世明言》第一卷），施润泽还银而富（《醒世恒言》第十八卷），林善甫还财及第，郑兴儿还银而贵（《二刻拍案惊奇》卷二十一），周必大一力承担失火之罪而有宰相之命。这些行善者，他们的善果表面上是神的操纵，实则是行善之后的心态变化与社会关系发生改变使然。心理学认

---

① 《王心斋全集》，第29页。

为，人的生理状况往往与其心理状态相关，良好的心理有利于提高身体的免疫力，促进身体生理健康。行善积德，可以获得成就感与满足感，从而使人心态平和，"平易恬淡，则忧患不能入，邪气不能袭，故其德全而神不亏"①。"仁人之所以多寿者，外无贪而内清静，心和平而不失中正，取天地之美以养其身，是其且多且治。"② "性即自善，内外百病皆悉不生，祸乱灾害亦无由作，此养性之大经也。……德行不克，纵服玉液金丹，未能延寿。"③ 积德可以养生，自然体魄健康，从而能生子，也能长寿。至于吕玉、施润泽、郑兴儿的善报，则是他们还银之后和失主建立了良好的社会关系使然。

害人、不爱人终害己。小说中的杀人者、欺心者、悭吝者、诈骗者、流氓无赖、忘恩负义者、不忠不义者、不孝不悌者，由于过分以自我为中心，对他人、对社会造成危害，最终也受到相应的惩罚：失去他们所拥有的东西，甚至丧命。王艮将身提到"道"的高度时，又指出道与身一样，都是至尊的，"尊身不尊道不谓之尊身"，"须道尊身尊，才是'至善'"。以此审视小说中的尊身观，又何尝不是如此！

王艮倡导修身立本，其尊身观与尊道并重。所谓的道，仍不离修齐治平，"知安身而不知行道，知行道而不知安身，俱失一偏"④。但是，尊道必须尊身修身，身修方能安人、安百姓、安天下。不修身，无以保身。爱人是心理，也是行为，更是一种修养方式。爱人则不争竞、不巧夺、不欺瞒，严于律己，宽以待人，爱人则会尊重他人，不贪财、不贪色、不使性，如此则家人和、他人安、天下平。（关于自我修养的加强，在第四章第一节已经谈及，可参看）

三、心性论与小说的"气"叙事

在理学家的气论中，人禀气而生，因气成性，因气成身。气是运动的，有善有恶，禀善气为理，恶气为情。但在文学创作中，无论是作家主体的"气"，还是小说人物中的"气"，多侧重于情与情绪。《警世通言·苏知县罗衫再合》中，作者借"气女"之口，单讲"气"的用途："一自混元开辟，阴阳二字成功。含为元气散为风，万物得之萌动。但看生身六尺，喉间三寸流通，财和酒色尽包

---

① 庄周著，郭象注：《庄子》，上海古籍出版社，1989 年，第 83 页。
② 董仲舒：《春秋繁露》，中华书局，1975 年，第 571 页。
③ 孙思邈：《备急千金要方·养性》，上海古籍出版社，1990 年，第 1 页。
④ 《王心斋全集》，第 18 页。

笼，无气谁人享用。"此段话可作理学之解，即气构成万物，形成人身，是生命的征兆。气具有双重性，可生物也可败物。在人，倘若养天地浩然之气，则中正刚直，若受邪气，则逞强好胜，争竞不休，乃至奸诈陷害。有论者认为，人体之气"则近似于美国心理学家马斯洛的'尊重的需要'、'自我实现的需要'，它涉及人的物质与精神的追求、人的情感需要、功利欲望、人格的独立、心灵的自由等需要，以及对道德、真理、正义的追求、执着等等"①。

理胜则气胜，正"气"可促使人完善自我，成就自我。《醒世恒言·徐老仆义愤成家》中的奴仆徐阿寄年老，主人分家时都不愿要他。"活时到有三个吃死饭的，死了又要赔两口棺木"，还不如牛马有利息，因而把他推给了三房寡妇颜氏。对此，徐老仆也十分清楚："元来拨我在三房里，一定他们道我没用了，借手推出的意思。我偏要争口气，挣个事业起来，也不被人耻笑。""那经商道业，虽不曾做，也都明白……待老奴出去做些生意，一年几转，其利岂不胜似马牛数倍！……营运数年，怕不挣起个事业！"他用自己的勤劳与智慧，实现了自己的人生价值，为自己争了一口气，使孤儿寡母"十年之外，家私巨富"。"远近亲邻，没一个人不把他（指徐阿寄）敬重。"

在话本小说中，"酒色财气"经常并言，气多指恶的情绪与情感。《金瓶梅》将"气"作为四贪之一，劝诫人们："莫使强梁逞技能，挥拳掳袖弄精神。一时怒发无明穴，到后忧煎祸及身。莫太过，免灾迍，劝君凡事放宽情。合撒手时须撒手，得饶人处且饶人。"《清平山堂话本·错认尸》说："只因酒色财和气，断送堂堂六尺躯。"《喻世明言》第一卷开头词曰："劝人安分守己，随缘作乐，莫为'酒''色''财''气'四字，损却精神，亏了行止。"②《型世言》第二十九回认为，酒色财气彼此相生，前三者都与"气"相关。"贺拔岳尚气，好争被杀，这是气祸。还有饮酒生气被祸的是灌夫，饮酒骂坐，触忤田蚡，为他陷害。因色生气被祸的是乔知之，与武三思争窈娘，为他谤杀。因财生气被祸的是石崇，拥富矜奢，与王恺争高，终为财累。"③

从"四贪词"及话本小说的诸多叙事看，气主要指逞强使能，容易发怒，不能饶人，从而惹出许多祸端。

---

① 陈维昭：《酒色财气与安身立命——〈金瓶梅词话〉的文化情结》，《汕头大学学报》（人文社会科学版）1991 年第 3 期。

② 《喻世明言》，第 1 页。

③ 陆人龙编撰，陈庆浩校点：《型世言》，江苏古籍出版社，1993 年，第 483 页。

（一）逞强争胜、恃才傲物惹是非

　　理学家主张积极进取，反对争强好胜，恃才傲物。进取是一种积极的人生态度，是对自己的不断激励，他人不是自己攀比的对象，更不是自己的敌人。人己之间可以相容相惜。争强好胜则是以他人为对手乃至敌人，人己关系是对立的。进取是超越自己，争胜是超越他人。超越自己，则可天人一体，仁爱爱人；超越他人，则人己对立，我不爱人，人不爱我。

　　争强好胜，乃根于不容，缺乏与他人和睦相处的精神，缺乏包容万物的胸襟与气度。倘若一味争胜，恃才傲物，则可能自取其辱。其一，强中自有强中手，其二，任何事物都有相生相克之理，强弱没有一定之数。《尚书·君陈》言："无忿疾于顽，无求备于一夫。必有忍，其乃有济；有容，德乃大。""有容乃大"，不逞强，不恃能，自然能学人之长以补自己之短，从而让才、学、识不断提高，最后达到"圣"的境界。反之，逞强争胜只会让自己视域狭窄，人际关系紧张。故而，老子主张"善者吾善之，不善者吾亦善之"（《老子》第四十九章），以此化解人与人之间的困境。

　　《拍案惊奇》卷三入话诗曰："弱为强所制，不在形巨细。蝍蛆带是甘，何曾有长喙？"又议论道："话说天地间，有一物必有一制，夸不得高，恃不得强。"作者引赤足蜈蚣制大蛇，汉武帝时细兽令群人、群虎豹战栗之事，指出人之膂力强弱，智术长短，没个限数。"强中更有强中手，莫向人前夸大口。"头回故事中，一举子生得膂力过人，武艺出众，听一老妇说媳妇不是，不觉双眉倒竖，两眼圆睁道："天下有如此不平之事！恶妇何在？我为尔除之。"气愤愤地要教训那媳妇，然而那媳妇无意间展露的本事令举子惊得浑身汗出，趁机溜走。正话中，刘东山有一身好本事，途遇一个二十多岁少年，忍不住夸逞自家手段："小可生平两只手一张弓，拿尽绿林中人，也不记其数，并无一个对手。"然而少年的膂力、射技远高于刘东山，刘不得不将银子拱手相送。隐姓埋名后再见少年，刘东山吓得魂不附体，面如土色，不觉双膝下跪。小说议论道："可见人生一世，再不可自恃高强。""人世休夸手段高，霸王也有悲歌日。"《二奇合传》第十三回将标题改为"刘东山骄盈逢暴客　戒矜夸"直接点明"骄盈"之害与"戒矜夸"主旨。

　　《贪欣误·云来姐》中石道明课卜极准，"若一课不准，情愿出银一两，反输与那人"。一人被算必死，却因云来姐的帮助躲过一劫。石道明得知事情原委，

"丫头这般可恶，我石道明怎么肯输这口气与他"。失败之后，"愤愤不平，恨着云来"。"毕竟斩除此妇，方消我恨。"石道明因不服气，要与云来姐争胜乃至除去她，却多番受辱。

《云仙笑·拙书生》将才分为几等，反对傲才，盛气凌人，卖弄聪明，主张藏才。自恃多才者，往往妒忌甚至谋陷他人。"为人切莫恃多才，也得天公照顾来。多少心机无用处，总成别友似神差。"小说中的曾氏兄弟认为自己才学高，处处陷害吕文栋，当听闻吕文栋中了解元，曾氏兄弟又心中郁闷，曾杰竟成隔气的症候，加上功名心急，父死丁忧而亡。其弟曾修虽后来中了解元，到底因为恃才傲物，得罪上司，罢职而归。作者认为谦逊、守拙是保身之法，说自己这回小说"直是进学问保身家的劝世明言"。《醉醒石》第六回《高才生傲世失原形》中，作者说道："大凡人不可恃。有所恃，必败于所恃。善泅者溺，善骑者堕，理所必然。是以恃势者死于势，恃力者死于力，恃谋者死于谋，恃诈者死于诈，恃才者死于才，恃智者死于智。"头回中的杜舍人、郑礼臣、萧颖士、陈通方等的故事，都说明人上有人，恃才傲物，或为他人所笑，或为他人所憎，以致宦途淹塞。正话中，李微猖狂放恣，目中无人，自尊自大，对李白、杜甫、高适、岑参等人都不肯逊让一头。然而，"不意走了十科，不得一第"。妒忌心残害了这位高才生，"李微一次不中，便骂一次试官，道他眼瞎，不识文字"。"黄口孺子，腐烂头巾，都中了去。我辈如此高才，沦落不偶，看他们有何面目见我！"愤懑不平之气使李微的行为、心理都发生了巨大变化，最后化身成虎。作者议论道："古今才士，不为少矣，而变虎者，曾未之闻，乃竟以傲放一念致之。世之非才士者，侥幸一第，便尔凌轹同侪，暴虐士庶，上藐千古，下轻来世，其又不知当变为何物耶！"李微化虎的故事，不仅是对恃才傲物者的劝诫，也是对"凌轹同侪，暴虐士庶，上藐千古，下轻来世"的唯我独尊者的劝诫。

(二) 不能忍气致灾祸

忍，是自我欲望的克制，它包括知、情、意、行整个过程。就《忍经·劝忍百箴》所列举的"忍"来看，忍几乎涵盖日常生活的各个方面，涉及各种人伦关系、各种情感体验、各种行为规范及修养。《说文解字》说："忍，能也。从心刃声。"《广雅·释言》："忍，耐也。"《释名·释言语》："仁，忍也，好生恶杀，善含忍也。"中国文化对"忍"的推崇，与仁爱、宽恕、克己等密切相关。"忍"是一种能承受的精神，含有仁义之道。《锦绣衣》第一回议论不忍气之害，云：

> 　　我看世间的人，被"酒、色、财、气"四字，播弄了一生，到头来都是悬崖撒手，自己本身，少不得跌得粉碎。……惟有"色、财、气"三字，自天子以至于庶人，自男子以至于妇女，无不受它的祸孽。……虽有见识透彻的君子，……遇愤怨，一发不能强制。也有守了一生的名节，到老来又被这三字玷污；也有持了白日的公正，到暗地又被这三字混乱。……我见世人，色又占不来，枉费心机，名德又损了；财又取不来，徒伤天理，祸患又到了；气又伸不来，妄露英锋，仇敌又来了。至于事体一败，悔之无及，此时情愿远色，情愿还金，情愿忍气，而覆水已难收矣。

　　人不能无气，气随物而感，变化无端，情亦变化无端，怒气、怨气、忿气、傲气、不平不满之气往往因事因情而生。《说文解字》："忿，悁也。"段玉裁注："忿与愤义不同，愤以气盈为义，忿以悁急为义。""忿懥几件，人心怎能无得？只是不可有耳！凡人忿懥着了一分意思，便怒得过当，非廓然大公之体了。故有所忿懥，便不得其正也。"[1] 循私意而动的气，往往引起人们的不满、不足，从而狂躁、暴烈，让人失去理智，做出损人害己之事。

　　当面临与己密切相关之事时，人不能不动于情，产生喜怒哀乐、爱恨情仇等。负面的气害人害己，当此之时，"忍"字尤为重要。忍含仁恕之道，能忍则仁，仁者能忍。《拍案惊奇》卷二中，姚滴珠忍受不了公婆的辱骂，赌气回娘家，中途却被人拐去。《型世言》第三回中，掌珠因为婆母絮絮叨叨太久，不能忍，听人劝说卖了婆婆，最后落得自己被卖的结局。《八洞天·反芦花》中的甘氏，因为前妻之子只是思念自己母亲，忽略了她的感受，她便心生不快，母子之间产生隔阂。这些都是家庭生活中，缺乏对对方的容忍，赌气导致的危害。

　　忍，需要宽恕。"恕"有两大层次，一是"心理分析技巧"，二是"满怀同情心地对待他人"。[2] 推己及人、将心比心，自然能理解、尊重、包容他人。这样，人我之间不再产生矛盾对立，而是彼此相容的关系。《忍经·劝忍百箴》讲

---

① 　《王阳明全集》，第 98－99 页。

② 　王先需：《中西移情理论之异同》，《沈阳工程学院学报》（社会科学版）2009 年第 1 期。

"唯恕可以成德"①。如若不恕，则生怒气、怨气，有气而不能忍，则伤身害性。"忧恐忿怒伤气。气伤脏，乃病脏"②，"凡怒、忿、悲、思、恐惧，皆损元气"③。小说中不乏因忿而伤身者。前文中的曾杰，就是因忿而"成隔气的症候"。甚至有因怨忿之气而改变形貌者。《二刻拍案惊奇》卷十头回中，方氏化虎，"分明是方氏平日心肠狠毒，元自与虎狼气类相同。今在屋后独居多时，忿戾满腹，一见妾来，怒气勃发，遂变出形相来，恣意咀嚼，伤其性命，方掉下去了。此皆毒心所化也"。《西湖二集》第十五卷中的罗隐因借贷不着，心生怨气，竟思杀人，落得人不人、鬼不鬼之形。方氏、李微化虎，罗隐变形，从医学上讲，仍然是一种疾病。至于忿气，倘若不忍，尤其伤人害人。《醒世恒言》第二十九卷的卢柟才高家富，本县汪知县多次请他都不就。与汪知县约，汪知县有事耽搁，他等得不耐烦："原来这俗物，一无可取，都只管来缠帐，几乎错认了！如今幸尔还好！"于是吃酒解闷，以此得罪汪知县，落得牢狱之灾。小说结尾道："酒癖诗狂傲骨兼，高人每得俗人嫌。劝人休蹈卢公辙，凡事还须学谨谦。"虽然，卢柟取祸是源于其狂傲，但直接导致灾祸者则是等人过久而所生的忿气及其导致的不礼貌的待客行为。《醉醒石》第九回《逞小忿毒谋双命　思淫占祸起一时》中的王小四欲娶陈大姐，不成，心生忿气，为出气，连杀二命。

（三）养气忍气福自来

《照世杯·掘新坑悭鬼成财主》开头有一段议论：

> 你看世上最误事的是人身上这一腔子气，若在气头上，连天也不怕，地也不怕，王法、官法也不怕，霎时就要取人的头颅，破人的家产。及至气过了，也只看得平常。却不知多少豪杰，都在气头上做出事业来，葬送自家性命。……只是气也有禀得不同。用气也有如法、不如法。若禀了壮气、秀气、才气、和气、直气、道学气、义气、清气，便是天地间正气。若禀了暴气、杀气、癫狂气、淫气、悭客气、浊气、俗气、小家气，便是天地间偏气。用得如法，正气就是善气。用得不如

---

① 吴亮、许名奎：《忍经·劝忍百箴》，黄山书社，2002年，第52页。
② 河北医学院校释：《灵枢经校释》（上册），人民卫生出版社，1982年，第143页。
③ 李杲：《脾胃论》，中华书局，1985年，第42页。

法，偏气就是恶气。所以老子说一个元气。孟夫子说一个浩气。元气要培，浩气要养。世人不晓得培气养气，还去动气使气，凿丧这气。故此，范文正公急急说一个"忍"字出来，叫人忍气。

这段关于气禀的议论与程朱气禀说并无二致，但他从气禀成性说论述用气"如法"与"不如法"，联系"若在气头上，连天也不怕，地也不怕，王法、官法也不怕"，仔细思之，还包含着"用得不如法，偏气就是恶气"之意。作者认为"用气如法"，除了培气、养气，还须忍气。

《易·损》："山下有泽，损，君子以惩忿窒欲。"王阳明称："今诚得豪杰同志之士扶持匡翼，共明良知之学于天下，使天下之人皆知自致其良知，以相安相养，去其自私自利之蔽，一洗谗妒胜忿之习，以济于大同。"[①] 王艮在《答朱惟实》中云："行有不得，反求诸己而已矣。能反求，自不怨天尤人，更有何事？"[②] 总之，理学家眼中，"忿"是不善之气，须止（"惩"），须"洗"，须用"反求诸己"的方法去观他人之行，如此，则心静且净，理则明。

《人中画》第一回中，唐秀才持己端正，见一女而动心，其友问是哪一家之女，他说道："偶然动心，自是本来好色之先天，若一问姓名，便恐堕入后天，有犯圣人之戒矣。"同书第二回中的柳春荫始终存气骨，不以穷途易心。此二人存心养性，最终家庭美满，事业如意。其附录《自作孽》第一回中，老秀才黄遵行素性端方，不喜钻谋，任人长短，在人前却从不曾说一句不平的语言。学生汪天隐不义，他也不计较。才学所到，终获功名。《珍珠舶》第二卷劝人修德，不要怨天尤人。金宣十年坎坷，偏能安贫乐道，修养到家，最后功成名就。同书第四卷中，谢宾又父母早死，家业飘零，他反于贫贱体验清风之好、读书之乐，后成善果。

四、批判性：世情故事的现实性与理学关系

思想家创立学说时几乎都是指向理想化层面，指出社会中的人应该如何，不应该如何，这种道德的评判本就含有指向性而非实在性，且现实世界中的人、事、物总与思想家所创立的学说有很大距离。人们在批判不良现状时，又将其归

---

① 《王阳明全集》，第81页。

② 《王心斋全集》，第45页。

于原有的思想文化，于是原有的思想文化一并受到批判。宋明理学发展过程中，每一阶段的思想，都是在对前一思想接受的基础上，分析思考然后有所创新，其创新的过程实际上蕴含着对前一过程的批判。这种批判的目的，不是全盘否定前者，而是推动前者的发展。然而，这种批判性思维，却使人对相同事件有不同的解读，从而呈现出新的趣味与姿态。

程朱理学之弊，在于将心与理对立，推崇天理而压抑人欲，从而导致良知不明，危害不浅："后世良知之学不明，天下之人用其私智以相比轧，是以人各有心，而偏琐僻陋之见，狡伪阴邪之术，至于不可胜说；外假仁义之名，而内以行其自私自利之实，诡辞以阿俗，矫行以干誉，掩人之善而袭以为己长，讦人之私而窃以为己直，忿以相胜而犹谓之徇义，险以相倾而犹谓之疾恶，妒贤忌能而犹自以为公是非，恣情纵欲而犹自以为同好恶，相陵相贼，自其一家骨肉之亲，已不能无尔我胜负之意，彼此藩篱之形，而况于天下之大，民物之众，又何能一体而视之？则无怪于纷纷籍籍，而祸乱相寻于无穷矣！"① 王阳明认为，良知在内心，天理应从内求而不是自外求。李贽十分推崇百姓日用之道和率真之言，他认为圣人也有势利之心："虽有孔子之圣，苟无司寇之任、相事之摄，必不能一日安其身于鲁也决矣。"② 他对社会上的假道学深恶痛绝，说："今之讲周、程、张、朱者可诛也。彼以为周、程、张、朱者皆口谈道德而心存高官，志在巨富；既已得高官巨富矣，仍讲道德，说仁义自若也。"③ 讥讽道学家"阳为道学，阴为富贵，被服儒雅，行若狗彘"④。受此影响，话本小说在展示世俗社会的生活时，对程朱理学也有一定批判。

批判程朱理学"存天理，灭人欲"导致的假道学、伪道学。《豆棚闲话》第五则《小乞儿真心孝义》曰："如今世界不平，人心叵测，那聪明伶俐的人，腹内读的书史，倒是机械变诈的本领，做了大官，到了高位，那一片孩提赤子初心全然断灭。说来的话，都是天地鬼神猜料不着；做来的事，都在伦常圈子之外。"《空青石蔚子开盲》又谓："倒不如我们一字不识，循着天理，依着人心，随你古今是非、圣贤道理，都也口里讲说得出，心上理会得来，却比孔夫子也还明白些。"这两段议论，似乎就是泰州学派"赤子之心"的宣扬。《首阳山叔齐变节》

---

① 《王阳明全集》，第 80 页。
② 李贽：《藏书》，中华书局，1974 年，第 1828 页。
③ 《焚书》，第 135 页。
④ 李贽：《续焚书》（下册），中华书局，1974 年，第 200 页。

写首阳山上许多隐士的假道学、伪斯文："那城中市上的人，也听见夷、齐扣马而谏数语，说得词严义正，也便激动许多的人：或是商朝在籍的缙绅、告老的朋友，或是半尴不尬的假斯文、伪道学，言清行浊这一班。始初躲在静僻所在苟延性命，只怕人知；后来闻得某人投诚，某人出山，不说心中有些惧怕，又不说心中有些艳羡，却表出自己许多清高意见，许多溪刻论头。日子久了，又恐怕新朝的功令追逼将来，身家不当稳便。一边打听得夷、齐兄弟避往西山，也不觉你传我，我传你，号召那同心共志的走做一堆，淘淘阵阵，鱼贯而入。犹如三春二月烧香的相似，都也走到西山里面来了。"首阳山的隐士，不少"是半尴不尬的假斯文、伪道学，言清行浊"之人，"借名养傲者既多，而托隐求征者益复不少"。叔齐在首阳山，"肚腹中也枵得不耐烦"，小说细致地刻画了他下山前的心理，只不过表明，叔齐上山本不是为了什么节义，而是要博得"数一数二的人品"，但名不可得，食不可得时，他的思想发生动摇，享受当前占据了他的内心，遂做出变节的事来。然而，即便如此，他还要带上麻布孝巾掩盖，以防别人盘问，"到底也不失移孝作忠的论头"。遇到禽兽，又振振有词，为自己下山找了个堂皇的理由，并借此批判言行不一、口是心非之人。可以说，叔齐的变节，实则表现的是真实人性。这种真实的人性，在道学家的口中，则是"变节"的道德评判。当然，叔齐本人仍然是口是心非的，未变节之前，他俨然是词严义正的道学家。"有疑先生安身之说者，问焉，曰：'夷、齐虽不安其身，然而安其心矣。'先生曰：'安其身而安其心者，上也；不安其身而安其心者，次之；不安其身又不安其心，斯其为下矣。'"[1] 叔齐隐居首阳山，先不能安其身，继而不能安其心，下山能安其身，继而也能安其心了。倘若从尊身之理来看，叔齐的"变节"应是上道。小说中，叔齐当初坚守隐居，结果却饥饿难忍。结尾又云有功名到手，再往西山收拾其兄枯骨。在道德理想与欲望诱惑之间，在生存与道义的两难抉择之间，造物主关于朝代兴亡是自然之理的训诫，似又调解了此二者的矛盾。叔齐选择了前者，似可以说明保身才可齐家，才可安天下。多数人认为这回小说通过描写叔齐变节，讥讽清初士人的变节行为，讥讽伪道学。然而，倘若从义利观视之，小说揭示了把"义"与"利"视为对立物是"伪"产生的原因。实质上，小说颠覆圣贤，仍然是对程朱理学灭人欲的批判。

游戏圣贤。李贽宣称人人皆可为尧舜，尧舜与途人、圣人与凡人"一"，没

---

[1] 《王心斋全集》，第17页。

有必要过高看待圣人。颜元认为，"圣人亦人也，其口鼻耳目与人同，惟能立志用功，则与人异耳。故圣人是肯做工夫庸人，庸人是不肯做工夫圣人"①。其否定圣人、否定权威的思想，亦可在话本小说中找到。

被游戏的圣贤，除了《豆棚闲话》中变节的叔齐、被妒妇烧死的介之推、推西施入水的范蠡外，还有《二刻拍案惊奇》卷十二中的朱熹。朱熹乃一代大儒，颇受世人尊奉。小说入话云："世事莫有成心，成心专会认错。任是大圣大贤，也要当着不着。""只为人心最灵，专是那空虚的才有公道。一点成心入在肚里，把好歹多错认了，就是圣贤，也要偏执起来，自以为是，却不知事体竟不是这样的了。"然而，从小说正话看，朱熹制造的冤案，并不只是心有"成心"，还由于他的偏执、自私、狭隘。在风水案中，本以"成心"错案，当被上面监司发回重新审理时，"晦翁越加嗔恼，道是大姓刁悍抗拒。一发狠，着地方勒令大姓迁出棺柩，把地给与小民安厝祖先，了完事件"。唐仲友喜的是俊爽名流，恼的是道学先生，对朱熹颇为轻薄。朱熹"见唐仲友少年高才，心里常疑他要来轻薄的。闻得他说己不识字，岂不愧怒"！他有心寻唐仲友的不是，以为唐仲友真的轻薄他，"恼怒再消不得"。在严蕊冤案中，朱熹为学术意见不同，便借题发挥，以便扳倒唐仲友。他将严蕊也拿来收了监，对严蕊朝打暮骂，千棰百拷，要她承认与唐仲友的奸情。小说结尾道："后人评论这个严蕊，乃是真正讲得道学的。"并引七言古风讥讽朱熹："君侯能讲毋自欺，乃遣女子诬人为！虽在缧绁非其罪，尼父之语胡忘之？"小说中，朱熹为言语之间发怒，为一己之私竟然对一无辜弱女子乱用刑法，妄扳他人。小说也借陈亮之口批道学："而今的世界，只管讲那道学、说正心诚意的，多是一班害了风痹病、不知痛痒之人。君父大仇全然不理，方且扬眉袖手，高谈性命，不知性命是什么东西？"将严蕊与朱熹对比，言严蕊的真道学，实则是批判朱熹的假道学。而"成心"云云，乃是替其遮羞而已。

游戏圣贤，也必然游戏经典。袁黄《七十二朝人物演义》以游戏笔墨说四书，表现了对经典极大的"不尊重"。首先，作者援引佛道以证经典。清代张尔岐的《袁氏立命说辨》云："文士之公为异端者，自昔有之。近代则李贽、袁黄为最著……袁氏《立命说》，则取二氏因果报应之言，以附吾儒。"② 其次，作者

---

① 颜元：《颜元集》，中华书局，1987年，第628页。
② 张尔岐：《蒿庵集》，齐鲁书社，1991年，第45页。

有意曲解朱熹注解及经文原意。其第四卷《宰予昼寝》出于《论语·公冶长》："宰予昼寝。子曰：'朽木不可雕也，粪土之墙不可圬也，于予与何诛。'"朱熹注释曰："言其志气昏惰，教无所施也。……言不足责，乃所以深责之。"孔子与朱熹以朽木说宰予昼寝，充满责备与失望。而《七十二朝人物演义》却云："子我从了睡乡之教，颇觉自有得手处。孔子犹恐他不能直证黑甜乡，故把朽木、粪土的譬喻提省他。子我自得了夫子唤省一番，于此道愈加精进。"变否定为肯定，变责备为表扬，极大地颠覆了圣人的原意。第六卷《臧文仲居蔡》出自《论语·公冶长》中："子曰：'臧文仲居蔡，山节藻棁，何如其知也？'"孔子认为臧文仲为大龟建造画满山水的房屋并不是"知"（智）。而《七十二朝人物演义》中却认为孔子之说太过："文仲也非不知，只为救民利物，在鲁国行了无数善政。就是居蔡，虽要趋吉避凶，嫌他奉之太过些了。当初河图洛书，群圣则之，为天下万世利。《易经》上说：'定天下之吉凶，成天下之亹亹者，莫大乎蓍龟。'如使龟不可宝，圣人何故说此。但孔子苛责了他一分，说道：'（臧）文仲居蔡，山节藻棁。'不务名义，鬼神焉得为知。后人观此，不可因这一言之贬，遂掩了他的全美。"查继佐《罪惟录》第十八卷称袁黄"有《史论》及《四书》，极诋程朱，至尽窜注解，更以己意，坐非儒见黜，焚其书"[①]。袁黄认为，"孔子之言句句皆是家常话"，批评宋儒"训诂如举火焚空，一毫不着"。小说有意引佛入儒，颠覆四书原意，应是通过批判宋儒以回归原始儒家之道。

　　人心中都有圣人情结及原儒情结，即便是狂妄的李贽，有时说着否定孔子的话，内心深处仍是尊孔的，冯梦龙、凌濛初等小说家也都如此。晚明社会讲究"实"，讲究修心，但生活却放诞随意。狂之心态的背后，是对当时社会现状的不满，尤其是对打着满口仁义道德之名而行男盗女娼之实的社会现实不满。他们反对过于神化圣人及经典，正是要通过恢复儒家及圣人的本来面目，从而做到名实、理欲的统一，倡导真实的生活。冯梦龙将六经作为史，将六经地位下移；又将"情"作为史，将情上移，将小说上移。下移与上移的交汇，不是反经，从本质上来说，仍然是将经中的天理与人欲相融，为情、为小说找到合理的依据。

　　游戏圣贤、游戏经典的心态，与晚明社会重"实"有关。在阳明心学的倡导下，广大民众的价值观发生了极大的变化。以常人之心看圣贤，人人皆可成圣贤，则圣贤自与人人无异。把圣人从圣的位置上拉到与常人平等的地位，是对人

---

① 查继佐：《罪惟录》（第4册），浙江古籍出版社，1986年，第2336页。

欲与天理的重新反省。也就是说，圣贤也有人情，也有人欲，只是圣贤把握人欲恰到好处，故成了天理。换言之，天理不在人情外。有人认为，否定圣人与经典乃是反理学倾向。将圣人人情化、平民化，不是否定先圣，而是拉近圣人与凡人的距离，使圣人更亲切、更富有吸引力，也说明先圣并非高不可及。袁黄游戏的圣人经典，不是原始的"十三经"，而是程朱理学义理化的经书，或者说是程朱理学的一些迂腐观念。袁黄以自己的见解注《四书》，破朱熹，是从根本上维护传统儒家的道德，重构儒家之秩序。袁黄在《叙》中指出："今世于四子之书，有讲习者则纯乎理而寡趣；学士之韦编几绝，书生之听诵欲卧。叩其事理之源流，圣贤之本末，影猜响觅，有如射覆，所谓理已不备也，安得有趣哉！"① 戏说也好，趣说也罢，对原初的伦理纲常的重视，才是小说家的重心。

第三节　公案故事与理学

中国传统法律受儒家伦理道德观念的深刻影响。公案故事涉及的"刑"与"法"，皆从儒家伦理发展而来。程朱理学将天理作为世界的本源，而法乃是天理的一部分。二程认为，"万物皆只是一个天理，已何与焉？至如言'天讨有罪，五刑五用哉！天命有德，五服五章哉！'此都只是天理自然当如此"②。理为体，法为用，刑赏之法都是为天理而设。程颐说："盖先王之制也，八议设而后重轻得其宜，义岂有屈乎？法主于义，义当而谓之屈法，不知法者也。"③ 朱熹说："法者，天下之理。"④ 天理正，法亦正，也就无所谓"屈法"之说。天理是儒家纲常，刑法与教化都为之服务："盖三纲五常，天理民彝之大节，而治道之本根也。故圣人之治，为之教以明之，为之刑以弼之，虽其所施或先或后，或缓或急，而其丁宁深切之意，未尝不在乎此也。"⑤ 程朱还从人性论方面论证法的必要。他们认为，人之气质有浅深厚薄之不同，故而对待方法亦有"德""礼""政""刑"之不同。"故感者不能齐一，必有礼以齐之。""齐之不从，则刑不可

---

① 《七十二朝人物演义·叙》，第 1 页。
② 《二程集》，第 30 页。
③ 《二程集》，第 585 页。
④ 《晦庵先生朱文公文集》（第 4 册），见朱熹撰，朱杰人等主编：《朱子全书》（第 23 册），上海古籍出版社、安徽教育出版社联合出版，2002 年，第 3360 页。
⑤ 《晦庵先生朱文公文集》（第 1 册），第 656 页。

废。""先立个法制如此，若不尽从，便以刑罚齐之。"① 将法视为天理，使法在本质上获得了正义性，法的手段与方法也因此获得了正义性。

本节研究所言的公案故事，是指话本小说中凡涉及公案的小说。其中，也有侧重描写作案、断案者，也有以其他题材为主而涉及断案者。

一、诉讼与审判的天理原则

传统儒家与宋明理学都主张"无讼"。为了无讼、少讼，理学家甚至提倡严刑峻法。他们认为，刑罚越重，百姓才能越畏惧，也就不敢以身犯险，如此自然风俗大好，"无讼"局面也就形成了。朱熹说道："刑愈轻而愈不足以厚民之俗，往往反以长其悖逆作乱之心，而使狱讼之愈繁。"② 因此，若要讼，则须理由正当，即天理受到威胁或天理需要维护时才可。

话本小说中，诉讼者有三类人，一是受害者本人；二是与之有利害关系的人，如邻居、亲戚；三是专以诉讼获利者。通常情况下，涉及不忠、不孝、不义、杀人害命、偷盗、抢劫、诈骗等事，都可以提起诉讼。而前提是诉讼行为本身要合于天理，即诉讼者与诉讼对象关系要符合身份等级尊卑秩序要求，并且诉讼事实真实。朱熹云："凡以下犯上，以卑凌尊者，虽直不右，其不直者罪加凡人之坐。其有不幸至于杀伤者，虽有疑虑可悯，而至于奏谳，亦不许辄用拟贷之例。"③ 另外，诉讼之事必须都是实情，否则反坐。郑玄阐释孔子"听讼，吾犹人也，必也使无讼乎"道："必使民无实者不敢尽其辞，大畏其心志，使诚其意不敢讼。"④

当案件的一方觉得自己权利受损，"天理"在己方，诉讼身份符合要求时，便提起诉讼。皇甫松中计，以为妻子与和尚有奸情，告到官方，要休妻。大尹明知道证据不足，但还是听从夫便。（《喻世明言》第三十五卷）本来，奸情之事在现在看来只是道德问题，但皇甫松诉讼却合"天理"：因为在理学家看来，妇女要坚守三从四德，以夫为纲，女性的贞节在理学家眼中也被抬高到"天理"地位。朱寡妇的奸夫汪涵宇调戏唐桂梅，唐桂梅打汪涵宇，汪一闪，倒把朱寡妇脸上伤了两处，二人便以唐桂梅打婆婆之事恐吓她。汪涵宇便道："你这妇人，

---

① 《朱子语类》，第 548、549 页。
② 《晦庵先生朱文公文集》（第 1 册），第 657 页。
③ 《晦庵先生朱文公文集》（第 1 册），第 657 页。
④ 《论语注疏》，见《十三经注疏》（下），上海古籍出版社，1997 年，第 2504 页。

怎么打婆婆？这是我亲眼见的，若告到官你也吃不起。"朱寡妇也道："恶奴，你这番依我不依我，若不依我，告到官去打你个死。"唐桂梅仍然不从，朱寡妇便以不孝罪将唐桂梅告到官府。（《型世言》第六回）虽然朱寡妇脸上只有一点轻伤，但她的诉状仍然被受理，除了其奸夫背后给县官塞钱外，还在于诉讼中关于等级关系的规定。朱寡妇的身份是唐桂梅的婆母，她的诉讼身份理当，且由于她的诉讼身份，唐桂梅之行成为卑幼侵犯尊长的"不孝"行为。当"孝"成为天理，也便成为国家大法。以不孝之罪提起诉讼，官府一般都会受理。《拍案惊奇》卷十七中，吴寡妇与道士黄知观通奸，嫌儿子坏其好事，告儿子忤逆请求处死。吴寡妇的诉讼请求也得到受理。上面的三个案件中，提起诉讼的一方本来没有什么正当理由，而且证据并不充分，被提起诉讼的一方都是无辜者，但诉讼者理直气壮地提起诉讼，关键在于他们对天理等级尊卑秩序的巧妙利用。诚如黄知观所言，"此间开封官府，平日最恨的是忤逆之子，告着的，不是打死，便是问重罪坐牢。你如今只出一状，告他不孝，他须没处辨。你是亲生的，又不是前亲晚后，自然是你说得话是，别无疑端"①。法律本为天理服务，但上诉案件中，貌似天理的"非天理"得到了维护，真正的天理却受到了侵害。皇甫松妻子只是疑似有奸，但皇甫松却坚持休妻；唐桂梅的贞节与对丈夫的守信抵不过对婆母"不孝"的罪名。

理学家还阐释了法的"公"性特征。"法者，天下之大公。"② 李觏指出："刑者非王之意，天之意也。非天之意，天下之人之意也。"③ 落实到具体事情上，当局部利益与整体利益发生冲突时，则以维护天下之公义为主。程子曾说："宁狱情之不得，而朝廷之大义不可亏。"④ 在具体审判过程中，天理是断案的基石，惩罚的轻重全依是否对天理构成了威胁以及威胁的程度而定。

有非正当防卫杀人却以轻罪、无罪释放者。《型世言》第五回头回中，冯燕杀与之私通的张婴妻，理由是："天下有这等恶妇，怎么一个结发夫妇，一毫情义也没，倒要我杀他，我且先开除这淫妇。"逃脱后，为不连累张婴，自己出首。贾节度道："好一个汉子，这等直气。"一面放了张婴，一面上一个本道："冯燕奋义杀人，除无情之淫蠹，挺身认死，救不白之张婴，乞圣恩赦宥。"唐主也赦

---

① 《拍案惊奇》，第 297 页。
② 《晦庵先生朱文公文集》（第 5 册），第 3522 页。
③ 李觏：《李觏集》，中华书局，1981 年，第 98 页。
④ 《二程集》，第 1214 页。

免了冯燕。正话中，耿埴与董文妻邓氏通奸，见董文对邓氏极好，而邓氏则对董文恶言恶语，耿埴想："有这等怪妇人。平日要摆布杀丈夫。我屡屡劝阻不行，至今毫不知悔。再要何等一个恩爱丈夫，他竟只是嚷骂，这真是不义的淫妇了，要他何用。"邓氏被杀，无辜之人受牵连，耿埴自首，皇帝却免其死罪："耿埴杀一不义，生一不辜，亦饶死。"故事正如题目曰："淫妇背夫遭诛，侠士蒙恩得宥。"杀人者死，乃是王法，而冯燕、耿埴本是与人通奸者，他们本无可褒奖之处。与之通奸妇人虽有嫌弃丈夫的行为，甚至有杀夫之念，但未付之于行动。淫妇该杀，淫夫更该杀。但是，这些有通奸、杀人之实的淫夫兼凶手，却受到官府的赦免与民众的推崇——因为他们杀的是"淫而不义"的妇女，维护了男性的尊严。在夫纲、贞节等天理面前，女性生命似乎不值一提。《清夜钟》第七回，崔鉴痛母被父妾凌辱，愤而杀之，从地方官到皇帝，都免其轻罚，除了其年龄小（13岁）外，更主要在于"孝"。各级官员在其文书中不约而同提到孝："至孝""义烈""虽冒重罪，志在全母"。小说家也认为，此妾"以娼妇不安分触突主母，自速其死"，又赞崔鉴"至孝是仁，锄娼是勇，杀娼忤父之失小，杀娼全母之事大，智德又备矣"。父妾仍是妾，以庶凌嫡，本是父妾之过。崔鉴虽是子，却是主，等级高于妾。全母这一孝行更为他杀父妾增添了正义性。

轻罪者重罚。《拍案惊奇》卷十七中，黄知观与吴寡妇通奸，吴寡妇嫌儿子达生妨碍他们的往来，想"不问怎的结果了他"，黄知观还劝她。吴氏决意断送儿子，仍告达生忤逆。开封府尹深受理学影响，"生平最怪的是忤逆人"，察觉实情，严刑拷打黄知观，黄知观招认后，又吩咐："把黄妙修拖翻，加力行杖。"将黄知观打得皮开肉绽，还未气绝，又叫几个禁子将他放在棺中，用钉钉了。黄知观固然该打，但罪不至死，更不应被活活钉死。府尹严惩黄知观，乃是恨其行奸在前、坏人闺门、唆杀在后，断人母子情。《警世通言》第三十四卷中，周廷章与王娇鸾私订终身，后周廷章负心另娶，王娇鸾自尽。樊公"深惜娇鸾之才，而恨周廷章之薄幸"。"调戏职官家子女，一罪也；停妻再娶，二罪也；因奸致死，三罪也。"先将周廷章重责五十收监，"用乱棒打杀你，以为薄幸男子之戒"！喝教合堂皂快齐举竹批乱打。下手时"宫商齐响"，着体处血肉交飞；顷刻之间，化为肉酱。樊公如此严惩负心人，不是基于对女性生命的关怀，而是对男子道德品质的谴责以及深层意识中对女性贞节的保护。明初朱元璋发布榜文，戏剧演出的内容之一就是"义夫节妇"。负心行为本身是行为主体的道德缺陷，它严重损害了家庭秩序。自晚明社会始，义夫也被旌表，更是强调夫妇之间的伦理道德。《醒世恒言》第三十九卷中，汪大尹少年得意，聪明能干，巧施妙计戳穿了和尚以求子为幌子奸骗妇女的阴谋。和尚欲谋反，被制服后，汪大尹又叫兵士砍其首级，"须臾之间，百余和尚，齐皆斩讫，犹如乱滚西瓜"。汪大尹的审单阐释了事件的严重性及严惩的理由："看得僧佛显等，心沉欲海，恶炽火坑。用智设机，计哄良家祈嗣；穿墙穴地，强邀信女通情。……乃藏刀剑于皮囊，寂灭翻成贼虐；顾动干戈于圜棘，慈悲变作强梁。……奸窈窕，淫良善，死且不宥；杀禁子，伤民壮，罪欲何逃！反狱奸淫，其罪已重；戮尸枭首，其法允宜。僧佛显众恶大魁，粉碎其骨；宝莲寺藏奸之薮，火焚其巢。庶发地藏之奸，用清无垢之佛。"

有故意错判者。《喻世明言》第二卷头回中，金孝拾金约三十两，准备交给失主时，失主却胡乱说成是五十两。失主为了不给人赏钱，反诬金孝偷藏了所拾部分银两。二人发生争执。县尹道："他若是要赖你的银子，何不全包都拿了？却止藏一半，又自家招认出来？他不招认，你如何晓得？可见他没有赖银之情了。你失的银子是五十两，他拾的是三十两，这银子不是你的，必然另是一个人失落的。"客人道："这银子实是小人的，小人情愿只领这三十两去罢。"县尹道："数目不同，如何冒认得去？这银两合断与金孝领去，奉养母亲；你的五十两，自去抓寻。""金孝得了银子，千恩万谢的，扶着老娘去了。那客人已经官断，如何敢争？只得含羞噙泪而去。众人无不称快。"① 县尹断案，并非糊涂。失主忘恩负义，该惩；金孝见财不忘义，该奖。二人的得与失，都源于其道德高尚与否。县尹判决结果，失主含羞，众人称快，正见得世人对道德的要求高过事实本身的曲直。

由此可见，公案故事中对当事人的惩罚，并不一定以罪的大小为标准，而在是否对天理构成了威胁。当天理与法发生冲突时，取天理为法则。此正是对程子"宁狱情之不得，而朝廷之大义不可亏"的直接阐释。官员判案以天理评判是非者在话本小说中甚多。官员张英妻子与邱继修通奸，张英设计杀妻与侍女，又陷害邱继修。洪院察觉真相："你闺门不谨，一当去官。无故杀婢，二当去官。开棺赖人，三当去官。""夫人失节，理该死。邱继修奸命妇，亦该死。爱莲何罪，该死池中！"判词曰："……张英察出，因床顶之唾干；爱莲一言，知闺门有野合。番思灭丑，推落侍婢于池中。更欲诛奸，自送夫人于酒底。丫环沦没，足为

---

① 《喻世明言》，第43页。

胆寒。莫妇风流，真成骨醉。故移柩而入寺，自开棺以赖人。彼已实有奸淫，自足致死。何故诬之盗贼，加以极刑。莫氏私通，不正家焉能正国。爱莲屈死，罔恤幼安能惜老。"（《欢喜冤家》第四回）判词指出张英的道德缺陷及杀人恶行，最后引申出正家与正国、恤幼与惜老的关联。张英之行，不合天理，亦不合王法。

赵聪父亲偷盗儿子财物，被赵聪当作盗贼杀死。知县张晋道是"以子杀父，该问十恶重罪"。旁边走过一个承行孔目，禀道："赵聪以子杀父，罪犯宜重；却实是夜拒盗，不知是父，又不宜坐大辟。"那些地方里邻也是一般说话。张晋由众人说，径提起笔来判道："赵聪杀贼可恕，不孝当诛。子有余财，而使父贫为盗，不孝明矣！死何辞焉？"判毕，即将赵聪重责四十，上了死囚枷，押入牢里。（《拍案惊奇》卷十三）封建社会，以孝为大。赵聪父亲偷儿子财物起因于赵聪之不孝，不孝是因，偷盗是果。不取拒盗而取不孝，乃循法而从儒家天理。

五秀才诬赖船家偷东西，周新判出实情，训斥曰："做秀才要挣出身，这样无耻无赖，丧尽良心。使尔辈牧民，一定是个赃胚，把百姓嚼尽；使尔辈执政，一定是个国贼，把朝廷弄翻。"叫这五个秀才报了名字，申到提学，发学降青。（《生绡剪》第十四回）

民众对案件的评判依据也不是事实本身，而是其彰善惩恶的效果。冯燕、耿埴等杀人却没有被判刑，民众也很满意。耿埴出家，"其时京城这些风太监，有送他衣服的，助道粮的，起造精舍的"。县尹将钱断给金孝，"众人称快"。张晋判赵聪死刑，民众"见张晋断得公明，尽皆心服"。《喻世明言》第三十八卷中，任珪因妻子与人通奸，杀死妻子与奸夫后，又将妻子一家全部杀死后自首。邻居称赞他"真好汉子"！"众人见他是个好男子，都爱敬他，早晚饭食，有人管顾。不在话下。"《贪欣误》第三回中，刘大姑被诬与人通奸，自缢而死，张家准备私了，"那时合郡绅衿，愤愤不平，齐赴院道，伸白其冤。院道将呈批发刑厅，刑厅请了太尊，挂牌于六月初九日会审。审会之日，人如潮涌，排山塞海而来"。会审结果，诬陷者张阿官依律斩，张阿官的父亲受财枉法，"应从绞赎"，几个同伙拟徒。"是日，审单一出，士民传诵，欢呼载道，感谢神明云。"《生绡剪》第十八回中，韩氏杀子、杀后夫以祭被害前夫，而世人却称其"侠妇"。王秀才父亲被人醉酒殴打成重伤，不久身死。四年后，王秀才杀了仇人自首，"此日县中传开，说王秀才报父仇杀了人，拿头首告，是个孝子。一传两，两传三，哄动了一个县城"。"看的人恐怕县官难为王秀才，个个伸拳裸臂，候他处分。见说申详上司，不拘禁他，方才散去。"（《二刻拍案惊奇》卷三十一）在事实与道德面前，民众不自觉地认同"天理"，选择了后者。

二、天理、刑讯与义理决狱

天理与刑、法的关系，类似于道与技。传统儒家不避刑法，程朱理学等更是重视刑法对天理的维护。程颐解《周易·蒙》时，论述了教化和刑罚的关系，"刑罚立而后教化行"，对于昏蒙者，更要先用刑使其畏惧，然后再使之明。他说："既以刑禁率之，虽使心未能喻，亦当畏威以从，不敢肆其昏蒙之欲，然后渐能知善道而革其非心，则可以移风易俗矣。"立法制刑，教化在其中①。朱熹认为，刑法具有警戒作用，正好作为教化之辅："此先王之义刑义杀，所以虽或伤民之饥肤，残民之躯命，然刑一人而天下之人耸然不敢肆意于为恶，则是乃所以正直辅翼而若其有常之性也。"② 朱熹甚至主张恢复肉刑，其内在理路是③：第一，既然"德"是本体，是神圣不可侵犯的，"刑"是实现"德"的工具，那么"刑"也就具备了道德的意义；第二，既然"刑"的目的是"存天理，灭人欲"，那么在司法中即使伤民之肌肤，残民之躯命，也是合乎义理之必须，因此也没有必要忌讳肉刑；第三，"爱人""宽人"精神已经体现在法律之中，而一旦转变了"纲纪文章，关防禁约"，就有"截然而不可犯"的威严，执法"以严为本"正是在本质上将"以爱人为本"的精神付诸实施；第四，只有执法"以严为本"，才能禁奸止乱，制止犯罪，使人民"被其泽""实受其赐"，使"刑罚可省"，最终实现仁德。而"刑愈轻而愈不足以厚民之俗，往往反以长其悖逆作乱之心，而使狱讼之愈繁"。理学家丘浚特别注重天理人伦之教，他说："刑以弼教，论罪者必当以教为主。""教以天理人伦为本，苟背逆天理，伤害人伦，则得罪于名教大矣，置之于死，夫复何疑。"④ 凡是违背封建伦理的行为，都必须惩罚。反之，理则可以破法。他说："刑以弼教，刑言其法，教言其理，一惟制之以义而已。义所不当然，则入于法，义所当然，则原于理。故法虽有明禁，然

① 《二程集》，第 720 页。
② 《晦庵先生朱文公文集》（第 1 册），第 657 页。
③ 吴晓玲、鲁克敏：《传统儒家德刑关系理论的传承和嬗变——论朱熹德刑关系理论》，《河北法学》2005 年第 1 期，第 74 页。
④ 丘浚著，林冠群等点校：《大学衍义补》（中册），京华出版社，1999 年，第 931、934 页。

原其情而于理不悖，则当制之以义，而不可泥于法焉。"① 小说中的官员普遍偏爱刑法，当与程朱理学的这番说教有关。

古代汉语中，"刑"有"惩罚""用刑"之意。当刑讯被视为天理并用以维护天理时，它便被广泛地用到对犯人的审讯中。话本小说中，除了极少数官员，大部分官员——无论其道德品行、才能如何，都比较青睐这一审讯方法。"三言二拍"中的司法故事与刑讯情况，其中典型刑讯的有 46 例，在描写审案官员进行刑讯时，除了语焉不详的"用刑拷打"或"严刑究问"等文字以外，共有"打（板子）"21 例，"夹棍"30 例，"拶指"7 例。② 即便是清廉官吏，也常用刑。清官或廉吏酷刑拷打、惩罚犯人者，有《珍珠舶》第六卷中的知县，《拍案惊奇》卷十七中的开封府尹，《二刻拍案惊奇》卷十二中的朱熹，《无声戏》第四回中的成都知府，《警世通言》第三十五卷中的况太守，《型世言》第二十三回中的殷知县、第三十三回中的谢县尊，《生绡剪》第三回中的刘理刑、第六回中的县官沈瑶章、第七回中的县官岑苔等。

小说中有不少清官导致的错案、冤案，使真正的天理被蒙蔽。然而，仔细审视这些公案故事，仍然可见天理意识对断案的影响。《拍案惊奇》卷十七中，"那府尹是个极廉明聪察的人，他生平最怪的是忤逆人"。当他见到是不孝状词，人犯带到，"作了怒色待他"。只是此案中达生瘦弱文雅、年纪幼小，言语之间温和，致使府尹生疑，方才免于冤案。小说中，清官因成心而致冤案者甚多。武知县"做人也有操守，明白"，遇人命重情，在诸多证人及证据下，认定姚利仁兄弟杀人（《型世言》第十三回）。府尹听众邻居证词，认定崔宁与陈氏是奸夫淫妇，所以当二人申诉时，两次呵斥"胡说"，"辇毂之下，怎容你这等胡行？你却如何谋了他小老婆，劫了十五贯钱，杀死了亲夫？今日同往何处？从实招来！"（《醒世恒言》第三十三卷）"归安县中尊，虽则一清如水，爱民若子，只是执持一见，不可挽回。"当原告、干证俱质邱大谋奸时，知县"大怒"，严刑考究邱大（《珍珠舶》第六卷）。李判官"却喜有一件的好处，只是不肯要百姓的钱，若打断公事，最要任性，不肯虚心，故此做官，也有喜他的，也有怪他的。喜他的道是清廉，怪他的道是糊涂"（《二刻醒世恒言》第八回）。成都有个

---

① 《大学衍义补》（中册），第934页。
② 徐忠明、杜金：《明清刑讯的文学想象：一个新文化史的考察》，《华南师范大学学报》（社会科学版）2010年第5期。

知府，做官极其清正，有"一钱太守"之名；又兼不任耳目，不受嘱托。"他生平极重的，是纲常伦理之事，他性子极恼的，是伤风败俗之人。凡有奸情告在他手里，原告没有一个不赢，被告没有一个不输到底。"（《无声戏》第四回）这些官员有操守，爱民如子，其道德正是理学人物应有的修养。然而，受理学影响，有些官员往往心执成见，但凡他们认为有违"天理"的人物或行为，便以理推定，以道德左右刑法，最后导致错案、冤案的发生。有论者指出，"有罪推定"在中国盛行，与"以理杀人"的刑审机制相关①。

《尚书·大禹谟》云"刑期于无刑"，此说包含了用刑的正当性与用刑的慎重性，二者是一而二，二而一的关系。"刑期于无刑"也是理学家重刑的目的。儒家关于刑法的理论却为后人用刑提供了依据。虽然不少官员深受理学影响，其道德品质可嘉，但过分相信刑讯手段以及理学有罪推定的思维方式，却导致不少错案、冤案。不仅原有的天理不能彰扬，而且使无辜者蒙冤，真正的凶手逍遥法外，公平、正义再一次受损。本来，从先秦儒学到宋明理学都强调"慎刑"原则，即综合考虑具体情况，反复斟酌，慎重对待，反对肆意用刑。《尚书·大禹谟》云："罪疑惟轻，功疑惟重。与其杀不辜，宁失不经。"朱熹说："（狱讼）系人性命处，须吃紧思量，犹恐有误也。"②简言之，该不该用刑、什么时候用刑、用刑的轻重、用刑的目的都属于"慎刑"的范畴。

不过，官员"慎刑"远不如用刑频繁。话本小说多方暴露了许多官员审讯过程的简单、粗暴，以及对犯人的成见，其中虽有查明真凶者，但更多则是冤案、错案。概而言之，一是心怀成见，不肯静心审案。如知县道："胡说！既是同宿，岂有不知情的？况且你每这些游方光棍，有甚么事做不出来？"叫左右："将夹强盗的头号夹棍，把这光棍夹将起来！"当日把玄玄子夹得一佛出世，二佛生天，又打够一二百榔头。（《二刻拍案惊奇》卷十八）知县主观臆断，认为同宿就该知情，且认定玄玄子是"游方光棍"，而游方光棍又是什么事都可以做出来的。前文中成都知府怀疑蒋瑜有奸情，待其看到美丽的邻居女，亦认为女子妖娆，正像有奸情的样子，便断定她是"淫物"、有奸情。很多清官所判的冤案，多与其心怀成见有关。二是偏重人证、物证，遂认定其人有罪，一旦不承

① 王学钧：《以理杀人与有罪推定——〈老残游记〉对理学化清官的批判》，《明清小说研究》2007年第2期。
② 《朱子语类》，第2711页。

认，就严刑拷问，很多人都屈打成招，如《醒世恒言·陆五汉硬留合色鞋》《醒世恒言·十五贯戏言成巧祸》等。三是官员本身或是受贿，或是被托人情，或是与他人有怨，不问青红皂白，严刑拷打。如《醒世恒言·张廷秀逃生救父》《警世通言·玉堂春落难逢夫》《醒世恒言·卢太学诗酒傲公侯》等。"那些酷吏，一来仗刑立威，二来或是权要嘱托，希承其旨，每事不问情真情枉，一味严刑锻炼，罗织成招。任你铜筋铁骨的好汉，到此也胆丧魂惊，不知断送了多少忠臣义士！"（《醒世恒言》第三十卷）因刑讯拷打所致的冤案、错案在话本公案故事中几乎占了一半。

从话本小说来看，小说家及民众并不反对用刑，只要是刑用对人、用对事，他们一概赞成。尤其是案件断明后，官员对为非作歹者用刑惩处，百姓则视其为青天。但用刑并非只是一种行为，它还有许多其他方面的要求，如断案过程中不是不可以用刑，但是用刑又关乎操守、才力、头脑、心态等，缺少任何一样，都有可能导致审判失去公平、失却人心。小说家再三致意慎刑，主要是鉴于审讯过程中的刑法拷打导致的冤假错案。小说指出，刑讯拷问产生冤假错案是因为官员有以下问题：①无操守（又贪又酷，粗蠢不良）；②无才无头脑（胸中没有灵智）；③恃才德而好刚使气；④轻忽大意，自以为是，武断；⑤缺乏对生命的尊重。在小说家看来，审讯不仅需要官员有品德，也需要官员有才干、胆识、对生活的领悟，以及平心静气的心态、仁爱的情怀。

小说家反对官员以酷刑拷问作为判案的重要手段，认为官员查案不用刑也可使案件明白清楚。《生绡剪》第十四回中，察院官镜在断案时将犯人神情仔细模拟，联系日常生活及人固有的心理，将案情审得清楚明白。官镜审案时不用刑，案件审明白后，将诬赖希图财物者重责五十，以示惩戒。正话中，吉水元"催科委婉，抚字恩勤，除非是奉上批发，薄拟罪名，自己职行一概免供，真个是清官只吃一口水。他又吏情温厚，吏才精敏"，故而能断很多没头没脑的案件。《喻世明言》第二卷中，陈御史"聪察"，接到案件，从金钗钿入手，巧扮商人，查获真凶。《西湖二集》第三十三卷中，周新能从细微处见端倪，行路时，见苍蝇数千集于马前，遂随苍蝇查出死尸，又从小小木布记明察暗访，查出劫贼。其他诸如见异而疑冤，继而发现冤案，审出真凶者甚多。周新断案经验丰富，见微知著，即便是偶然的一句话，也会引起他的注意，然后断出真相。虽然这些官员在断案后对作恶者用刑，但这是惩恶，符合民众善善恶恶的道德审美心理。

当案件涉及风化，涉及当事人恶劣品性时，即便他们已经招供，官员也往往在"大怒"之下，巧妙利用其行刑的权力，先打案犯以解恨。

《生绡剪》第六回中，沈瑶章听闻李心所的杀人恶行，道："这个恶人，无半点人心的！"遂叫左右，重打四十大板。同书第十四回中，盗贼诬赖称与女子有奸，查据得实情，吉水元"喝令皂隶五板一换，不必记数，打死为卒。不上一个时辰，鸣呼尚飨"。"你道这贼狠不狠，他恨女子促醒其夫，故生贼计。以为认定和奸，即不为盗，又泄其恨。令两家构莫大之讼，毕竟这个女子人命开交。"

卜良极淫荡不长进，"看见人家有些颜色的妇人，便思勾搭上场，不上手不休。亦且淫滥之性，不论美恶，都要到手"。他图谋奸占巫氏，被巫氏夫妇设计，县官断定卜良杀人，（大怒）道："如此奸人，累甚么纸笔！况且口不成语，凶器未获，难以成招。选大样板子一顿打死罢！"喝教："打一百！"（《拍案惊奇》卷六）

知县大喝道："你这没天理的狠贼！你自己贪他银子，便几乎害得他家破人亡。似此诡计凶谋，不知陷过多少人了。我今日也为永嘉县中除了一害。那胡阿虎身为家奴，拿着影响之事，背恩卖主，情实可恨！合当重行责罚。"当时喝教把两人扯下，胡阿虎重打四十，周四不计其数，以气绝为止。（《拍案惊奇》卷十一）

知府道："有这等事，真乃逆天之事，世间有这等恶人！口不欲说，耳不欲闻，笔不欲书，就一顿打死他倒干净，此恨怎的消得！"喝令手下不要计数，先打一会，打得二人死而复醒数次。（《喻世明言》第二十六卷）

可见，有些官吏用刑，并非是询问真相时采用的办法，而是真相大白之后实施的惩罚。他们的怒，乃是发自内心的情感，是对天理的认同与维护。

在朱熹等理学家看来，刑法与教化同等重要，"刑以弼教"，刑法是教化的有力补充，其本身也是教化的手段。话本小说部分公案故事中的官员往往视严刑峻法为教化方法，即引起他者的畏惧。"夫律法之设，诛意与诛事兼行者也。以诛意者原情，故谋故者斩，所以诛犯者之凶心也；以诛事者揆法，故非杀讫不问谋，非当时身死不问故，所以防尸亲之图赖也。"① 理学家重视"诛意"，凡故杀、故谋者都予以重惩，此诛心之法亦是诛世人妄动之心，而在词语表达上，则是劝诫、警示、警戒之语。

《十二笑》第二笑中的官判巫晨新与墨震金互换妻子，曰："……乱闺伤化，

---

① 未了、文菡编著：《明清法官断案实录》（上册），光明日报出版社，1999 年，第 34 页。

莫此为甚。按律枷责，以示结弟兄者。"《生绡剪》第十三回王察院审杨五的审词云："杨五谋财害命，漏网多时，鬼恨神冤，岂容不雪。诛一警百，生民免使欺心……"该书第十七回中，宫保杀母遭雷击，县官书道："子之忤逆不孝，雷之诛殛恶人，事固往往有之，特未有弑亲如此之惨，诛恶如此之奇者也。……不谓惨动天庭，怒雷随至。……此天之所以怒彼之切，警世之深，下霹雳而不遽碎其首，而直使母亲提其首而寝诸水滨，以为穷凶极恶之明戒也。……其观保之尸首，听其水陆异处，毋得收殓，以违天刑极怒之意。呜呼善哉，尔百姓其有类于此者，毋曰天道甚疏，报且旋踵矣。危之念之，特为劝示。"判书反复言其凶之恶，称宫保遭雷击之奇，其目的就是要民众以此为戒。小说写道："县官写罢，读了一遍，叫书手大字写数十张，城市乡镇，遍处贴示。"足见其惩戒之心。其结果也颇为见效："海宁一县，父教其子，兄勉其弟，个个把观保新奇的恶报做个榜样，互相警戒。"《醒世恒言》第三十九卷汪大尹诛杀宝莲寺和尚并火烧宝莲寺后，所写审单"一出，满城传诵，百姓尽皆称快"。"民风自此始正。""各省直州府传闻此事，无不出榜戒谕，从今不许妇女入寺烧香。至今上司往往明文严禁，盖为此也！"《二刻拍案惊奇》卷十八中，许巡按当下将玄玄子打了二十板，引"庸医杀人"之律，问他杖一百，逐出境押回原籍。又行文山东六府：凡军民之家敢有听信术士、道人邪说，采取炼丹者，一体问罪，发放了毕。"六府之人见察院行将文书来，张挂告示，三三两两，尽传说甄家这事乃察院明断，以为新闻。好些好此道的，也不敢妄做了。真足为好内外丹事者之鉴。"《西湖二集》第三十三卷中，积年老书手莫老虎专一把持官府，舞文弄法，教唆词讼，无所不至，凡衙门中人无不与之通同作弊。周新道："此东南之蠹薮也。衙蠹不除，则良民不得其生。"遂先将莫老虎毙之狱中，变卖其家私，籴谷于各府县仓中，以备荒年之赈济。凡衙门中积年作恶皂快书手，该充军的充军，该徒罪的徒罪，一毫不恕。"自此之后，良民各安生理，浙江一省刑政肃清。"如此看来，刑法之用，确有弼教之用。

奖惩并用，也是官员教化的方法。赵五虎等人"专一捕风捉影，寻人家闲头脑，挑弄是非，扛帮生事"，挑拨莫小三认亲，妄图挑起莫、朱两家的官司，唐太守了解真相后，"将宋礼等五人，每人三十大板，问拟了'教唆词讼诈害平人'的律，脊杖二十，刺配各远恶军州"。同时，他也表彰了莫大郎，与他一个"孝义之门"的匾额，免其本等差徭（《二刻拍案惊奇》卷十）。沈知县严惩杀人犯李心所，又大行嘉奖为友昭雪的傅四官（《生绡剪》第六回）。奖惩不同，目的一样：彰明天理。而所谓的天理，则是理学家规定的纲常。公案故事中，直接表彰之人，多有杀人者：申屠希光杀方六——家四口及媒人，"郡中衿绅耆老，邻里公书公呈，一齐并进，公道大明。各上司以申屠氏杀仇报夫，文武全才，智勇盖世，命侯官县备衣棺葬于董昌墓下。具奏朝廷，封为侠烈夫人，立庙祭享"（《石点头》第十二卷）。韩氏新婚丈夫为人所杀，韩氏嫁给嫌疑人聂星子并生一子，确证之后，韩氏先杀自己四岁儿子，继而杀聂星子，自首到官，官员赞其烈气，"可敬"。韩氏死后，命造匾立碑，以传不朽（《生绡剪》第十八回）。上述杀人者所杀之人，固有当杀者，但也有无辜者及罪不至死者。官府表彰的，不是其杀人本身，而是从中显示的理学家所宣扬的"义理"：对丈夫的忠诚、节烈，对父的孝，即夫纲与父纲。一批鲜活的生命，成了宣扬纲常的殉葬品。

　　理学讲究审判的"义理原则"，以"义理之所当否"来审讯，"义理决狱"是官员断案的重要手段。"义理之所当否"包含着诉讼双方关系中诉讼者是否有诉讼资格，诉讼证据真伪的判断方法，执刑处罚的结果是否符合义理。"义理决狱"注重儒家义理及其教化之用，正名分，厚风俗，重天理顺人情，"随事情而权其轻重焉。如此，则于经于律，两无违悖"①。"原情定罪"与"原心定罪"并用。官员在审案时，以天理为依据，以法律为准绳，采取多重断案标准。"所谓天理复是何物？仁、义、礼、智，岂不是天理？君臣、父子、兄弟、夫妇、朋友，岂不是天理？"②天理根于人情（人类社会的公情），法因人设，天理、法意与人情事实上是统一的。"凡治天下，必因人情"，"法通乎人情，关乎治理"③。"殊不知法意、人情，实同一体，徇人情而违法意，不可也，守法意而拂人情，亦不可也。"④理想的审判，是天理、法意、人情的统一。

　　"义理决狱"具有很大的灵活性。将义理凌驾于法律之上，则使法律失去了客观性，而审判者主观的义理观使得犯事者应受的处罚或偏重或偏轻。即便是清官如海瑞，其义理观指导下的司法实践亦有所偏颇。他说："窃谓凡讼之可疑者，与其屈兄，宁屈其弟；与其屈叔伯，宁屈其侄；与其屈贫民，宁屈富民；与其屈愚直，宁屈刁顽。事在争产业，与其屈小民，宁屈乡宦，以救弊也。事在争言

---

① 《大学衍义补》（下册），第 950 页。
② 《晦庵先生朱文公文集》（第 4 册），第 2837 页。
③ 《韩非子》，第 165 页。
④ 中国社会科学院历史研究所宋辽金元史研究室校：《名公书判清明集》第九卷《户婚门·取赎》，中华书局，1987 年，第 311 页。

貌，与其屈乡宦，宁屈小民，以存体也。上官意向在此，民俗趋之。为风俗计，不可不慎也。"① 为维护长幼、等级秩序及使财富均平，海瑞不惜"顺"一方而"屈"一方。小说中，不少关于基于"义理"的认同而维护、表彰杀人者，甚而为杀人者周旋。王良杀死叔父，人道其为孝子，"陈大尹晓得众情如此，心里大加矜念，把申文多写得恳切。说先经王俊殴死王良是的，今王良之子世名报仇杀了王俊，论来也是一命抵一命。但王世名不由官断，擅自杀人，也该有罪。本人系是生员，特为申详断决。申文之外，又加上禀揭，替他周全，说孝义可敬，宜从轻典。上司见了，也多叹羡，遂批与金华县汪大尹会同武义审决这事。汪大尹访问端的，备知其情，一心要保全他性命"。"大尹听罢，知是忠义之士，说道：'君行孝子之事，不可以文法相拘。'"（《二刻拍案惊奇》卷三十一）任棨杀五人，临安府大尹吏商量："任硅是个烈性好汉，只可惜下手忒狠了，周旋他不得。"（《喻世明言》第三十八卷）这些官员毫无私利之心，只因"天理"，便想要出脱杀人者。

在司法场域中，"情"包含两个方面，即事实陈述（情节、情况、事实）与价值判断（常情、习俗、道德）②。一些比较精明的官员利用义理决狱与原情定罪确实周全了情与法、天理与人情的关系，做到理、情、法各得其所。即墨县李知县听闻了鬼附身的李氏所言的冤案，接受了告状，随后亲自检验，当堂亲审，案件明白后，强令鬼脱离李氏肉身，恢复李氏的正常生活（《拍案惊奇》卷十四）。按说，鬼附身告状属于怪力乱神之事，知县可以不管。但毕竟涉及人命大事，知县以"情似真而事则鬼。必李氏当官证之"显示了他谨慎求实的态度，弄清楚真相后对李氏原身的维护则又体现出对现实生命的关怀。法意、鬼意、人情多方面都得以兼顾。同样，《二刻拍案惊奇》卷十三中，知县闻说鬼的冤情后，也予以立案，然后仔细询问事件原委，知县听罢，道："世间有此薄行之妇，官府不知，乃使鬼来求申，有愧民牧矣。今有烦先生做个证明，待下官尽数追取出来。"重视教化是儒家的一贯原则，此官闻案而反躬自省，积极将房氏所占资财断归其子，究其原因，一则房氏为了晚夫不顾亲子，二则惩房氏薄情，三则救困存孤。

话本公案故事中，广为人称道的是《乔太守乱点鸳鸯谱》（《醒世恒言》第

---

① 海瑞：《海瑞集》，中华书局，1962 年，第 117 页。
② 崔明石：《话语与叙事：文化视域下的情理法》，吉林大学博士学位论文，2011 年，第 145 页。

八卷),《宿香亭张浩遇莺莺》(《警世通言》第二十九卷),《通闺闼坚心灯火》(《拍案惊奇》卷二十九)。小说中,官员判案,并不固守某一种天理,他们视具体情况,巧妙地化解天理、法律与人情的冲突而达到理、法、情的相融。

《乔太守乱点鸳鸯谱》中,刘璞病重,娶珠姨冲喜,孙寡妇怕害了女儿,故叫儿子孙润男扮女装,代姐出嫁。刘家叫女儿慧娘代兄成婚,夜陪嫂嫂。孙润、慧娘同床而卧,做了真夫妻。事发后,与慧娘有婚约的裴家闹到官府。乔太守举目看时,玉郎姊弟,果然一般美貌,面庞无二。刘璞却也人物俊秀,慧娘艳丽非常。他暗暗欣羡道:"好两对青年儿女!"心中便有成全之意。乔太守见慧娘情词真恳,甚是怜惜。做通了裴家的思想工作后,判道:

> 弟代姊嫁,姑伴嫂眠。爱女爱子,情在理中。一雌一雄,变出意外。移干柴近烈火,无怪其燃;以美玉配明珠,适获其偶。孙氏子因姊而得妇,搂处子不用逾墙;刘氏女因嫂而得夫,怀吉士初非炫玉。相悦为婚,礼以义起。所厚者薄,事可权宜。使徐雅别婿裴九之儿,许裴政改娶孙郎之配。夺人妇人亦夺其妇,两家恩怨,总息风波。独乐乐不若与人乐,三对夫妻,各谐鱼水。人虽兑换,十六两原只一斤;亲是交门,五百年决非错配。以爱及爱,伊父母自作冰人;非亲是亲,我官府权为月老。已经明断,各赴良期。

在这个案件中,孙润、慧娘曾经有"父母之命,媒妁之言",各有婚配。因此,他们二人之行,乃属于"无媒苟合",或者是"合奸",裴家称其为奸夫淫妇并不为过,要求太守断离二人也合法。孙家嫁女,却以子代替,属于"妄冒为婚"。对孙润而言,他的行为属于"奸骗处女"之罪,按律当惩。然而,乔太守并没有简单粗暴地按照律法判孙润、慧娘二人分离,或者惩处孙家的"妄冒为婚"之罪,而是在了解具体情况后,征询慧娘的意见及裴家的意见,对此做了妥善处理。乔太守以父母之爱化解"妄冒为婚",以"相悦为婚,礼以义起"化解"无媒苟合""奸骗处女"之罪,以你娶我妇,我娶你妻——公平原则化解裴家怨气,最终皆大欢喜。"乔太守写毕,叫押司当堂朗诵与众人听了。众人无不心服,各各叩头称谢。""此事闹动了杭州府,都说好个行方便的太守,人人诵德,个个称贤。"

《宿香亭张浩遇莺莺》中,张浩与莺莺彼此爱慕,私订终身。后张浩父以子嗣为重欲为其娶孙氏，张浩不敢抗拒，莺莺知之，诉与陈公，状云："切闻语云：'女非媒不嫁。'此虽至论，亦有未然，何也？昔文君心喜司马，贾午志慕韩寿，此二女皆有私奔之名，而不受无媒之谤。盖所归得人，青史标其令德，注在篇章，使后人断其所为，免委身于庸俗。妾于前岁慕西邻张浩才名，已私许之偕老。言约已定，誓不变更。今张浩忽背前约，使妾呼天叩地，无所告投！切闻律设大法，礼顺人情。若非判府龙图明断，孤寡终身何恃！为此冒耻渎尊，幸望台慈，特赐予决！谨状。"陈公在物证之下，询之张浩，得其真情，断曰："陈公曰：天生才子佳人，不当使之孤另，我今曲与汝等成之。"遂于状笔判云："花下相逢，已有终身之约；中道而止，竟乖偕老之心。在人情既出至诚，论律文亦有所禁。宜从先约，可断后婚。"判毕，谓张浩曰："吾今判合与李氏为婚。""律设大法，礼顺人情"，莺莺大胆为自己的行为辩解，陈公见其真情，以人情至诚而遂二人之愿。

《通闺闼坚心灯火》中，张幼谦与罗惜惜同日而生，自幼在一起读书，旁人见他两个年貌相当，戏道："同日生的，合该做夫妻。"他两个私下密自相认，又各写了一张券约，发誓必同心到老。到十四岁，情窦初开，书信往来。张家向罗家求婚，罗家却要张幼谦功名及第后允婚。张父说要同越州太守到京候差，带了张幼谦同去，而罗家却将罗惜惜许配给辛家。张幼谦与罗惜惜偷尝禁果。罗母看出端倪，撞破奸情，因有辛家事，只有经官。张幼谦供状云：

> 窃惟情之所钟，正在吾辈；义之不歉，何恤人言？罗女生同月日，曾与共塾而作书生；幼谦契合金兰，匪仅逾墙而搂处子。长卿之悦，不为挑琴；宋玉之招，宁关好色？原许乘龙须及第，未曾经打罢黜；却教跨凤别吹箫，忍使顿成怨旷！临嫁而期永诀，何异十年不字之贞？赴约而愿捐生，无忝千里相思之谊。既藩篱之已触，总桎梏而自甘。伏望悯此缘悭，巧赐续貂奇遇；怜其情至，曲施解网深仁。寒谷逢乍转之春，死灰有复燃之色。施同种玉，报拟衔环。

县宰看了供词，大加叹赏，对罗父道："如此才人，足为快婿。尔女已是覆水难收，何不宛转成就了他？"辛家知道，也来补状，要追究奸情。此事辗转被太守知道，太守晓谕辛某道："据你所告，那罗氏已是失行之妇，你争他何用？就断与你家了，你要了这媳妇，也坏了声名。何不追还了你原聘的财礼，另娶了一房好的，毫无瑕玷，可不是好？你须不比罗家，原是干净的门户，何苦争此闲气？"太守即时叫吏典取纸笔与他，要他写了情愿休罗家亲事一纸状词，断罗家归还辛家聘礼。张幼谦、罗惜惜终得团圆。

此案件虽有官员请托而带有人情案的意味，但仍不能否认审判过程本身所具有的对天理与人情的巧妙周旋。张幼谦与罗惜惜二人在特定环境下所萌生的感情，若仅以不符合父母之命、媒妁之言而彻底否定，则会导致两条生命的消亡。张幼谦供状从情从理言其与私奔苟合之异，情深意切。断二人婚配，一则不违背儒家重婚姻信义之理，二则体现好生之德。太守劝辛家息讼，也是情理之言。

孙润、张浩、张幼谦等人最后皆能如愿以偿，首先在于他们的行为对天理并未造成多大的伤害，其情也并非滥淫不贞，屈彼之理而顺此之理，上不悖天理，下不违王法，故能成全美满姻缘。"义理决狱"在民事案件中，充分发挥了其和谐社会的功用。

三、天理与话本公案故事的委曲叙事

话本公案故事承继话本小说的特点，在委曲复杂的叙事中展示作者社会教化的苦心。细读话本中的公案故事，可以发现，作者苦心经营的，不是向民众宣扬法律知识，而是以公案故事为题材，对民众进行教化。"一般说来，公案小说在关注案件本身的具体形态和审理结果的同时，对其所体现的训诫意义似乎更为重视，这也正是公案小说对现实生活中所发生的形形色色的案件进行艺术加工的目的和结果。"①

话本公案故事叙事完整，对案件的前因交代得非常具体。其中，孰是孰非、人物的善恶都得到淋漓尽致的展示，为后文案件的审理作好了充分的铺垫；审案的过程及案件的结果，虽然篇幅不多，却也是小说的重点。无论案件审理结果与读者预期一致还是相反，作者及官员都会利用案件将其教化理念表述出来。

从教化角度考察话本公案故事，有以下三种类型：

（1）作者告诫的内容与公案故事的重点有所偏离，如《醒世恒言》第三十三卷中，刘贵戏言卖小娘子二姐—二姐星夜离家，窃贼杀刘贵—二姐路遇崔宁，与之同行—崔宁与二姐被告谋杀刘贵被斩。刘贵戏言卖妻只是杀人案中的一个小诱因。真正造成这个冤案的，是官员的武断以及严刑拷打。结果，崔宁与二姐变

---

① 夏启发：《明代公案小说研究》，中国社会科学院博士学位论文，2001年，第102页。

成了杀人的奸夫淫妇而被处斩。小说此时议论道："这段冤枉，仔细可以推详出来。谁想问官糊涂，只图了事，不想捶楚之下，何求不得……所以做官的，切不可率意断狱，任情用刑，也要求个公平明允。道不得个死者不可复生，断者不可复续，可胜叹哉！"小说中，官方用严刑拷打所致冤案不是小说批评的重点。小说原名"错斩崔宁"，而冯梦龙将其改为"十五贯戏言成巧祸"。题目改变，批判的重点也相应地发生了改变。入话及结尾部分均告诫勿"戏言"："颦有为颦，笑有为笑。颦笑之间，最宜谨慎。""善恶无分总丧躯，只因戏语酿殃危。劝君出语须诚实，口舌从来是祸基。"同书第二十七卷写李玉英同胞姐弟四人被继母虐待，弟弟被毒杀，己身被诬入狱，妹妹沦落乞讨。李玉英在狱中辨冤，继母受惩。小说开篇大段叙述后母的许多短处，"继母谋害前妻儿女，后来天理昭彰，反受了国法，与天下的后母做个榜样"。当然，继母身份是导致焦氏虐待孩子的原因之一，但只将杀人虐待案归于继母身份，则又有所偏离了。

（2）部分篇目借公案题材宣扬天理如贞节、孝等，忽视了案件本身的性质。《贪欣误》第二回标目为"刘烈女"，小说初引诗讴歌烈女，正话部分写刘大姑受母亲烈女教育的影响，崇敬"烈"，被诬有奸，自缢而亡，同里、同郡人讴歌其烈，官府昭彰其烈。对"烈"的讴歌是全文的主基调，案件中，污蔑者受惩也是为了彰显刘大姑的贞节不容被诬，至于案件所反映的社会问题，不在作者考虑的范围内。再如《型世言》第六回唐桂梅为遮掩婆母丑事，在监狱受尽委屈，还要保自己贞节，两难之下，选择自尽。其中有司受贿、失职、受惩等，都简略带过，其重心仍在对孝妇、节妇的宣扬："妇生不辰，遭此悍姑。生以梅为名，死于梅之林。冰操霜清，梅乎何殊。既孝且烈，汗青宜书。"《警世通言》第三十六卷写蔡瑞虹一家被杀，蔡瑞虹忍辱复仇之事，其中的案件部分更多强调蔡瑞虹的忍辱与复仇，而小说入话诗及议论都与饮酒有关，乃为劝人节饮。结尾则以蔡瑞虹报仇赞其节孝，陈小四等人杀人越货似乎只是为了突出蔡瑞虹的形象而设，只具有情节意义而不具备教育意义。

（3）案件主题与教化主题一致。《型世言》第二十六回入话引诗及朱熹语告诫不要贪色，正话写吴尔辉贪色，光棍将官府及吴尔辉玩弄于股掌中，结尾又云："总之，人一为色欲所迷，便不暇致详，便为人愚弄。若使吴君无意于妇人，棍徒虽巧，亦安能诓骗得他？只因贪看妇人，弄出如此事体，岂不是一个好窥觑良家妇女的明鉴。古人道得好：'他财莫要，他马莫骑。'这便是个不受骗要诀。"由于侧重于劝人莫贪，官府受骗便忽略而过。小说名曰"吴郎妄意院中

花　奸棍巧施云里手”，标题与案件、小说主旨相一致。同书第二十七回批判巧计害人者，指出巧计害人还自害。陈公子先生钱公布利用陈公子贪色，假设人命案，诈陈公子钱财，致使陈公子母亲自缢。真相被察觉后，钱公布连同其妹夫、表兄均身陷囹圄，钱公布用尽心机，要局人诈人，钱又入官，落得身死杖下。小说诗曰：“阱人还自阱，愚人只自愚。青蚨竟何往，白骨委荒衢。”小说主旨及案件诚如小说标题所言，“贪花郎累及慈亲　利财奴祸贻至戚”。

话本公案故事注重对案件原因的叙述，尤其是一些细小事件的叙述，由细小事件引出大案，再回过头来反思小事，则发现小事不小，从而引出加强日常道德修养的劝诫。《醒世恒言·十五贯戏言成巧祸》中讲述一对无辜生命的消亡，小说家由“戏言”入手，劝人出语谨慎。《醒世恒言·一文钱小隙造奇冤》写两小儿赌钱，牵涉出赌钱者母亲的争吵，继而引出十三条人命，其中，有的是自缢，有的是被杀，有的是死于刑讯过程中，有的是被判斩刑。作者说道：“虽然是冤各有头，债各有主，若不因那一文钱争闹，杨氏如何得死？没有杨氏的死尸，朱常这诈害一事，也就做不成了。总为这一文钱起，共害了十三条性命。”将一文钱作为案件的诱因，引出“惩忿窒欲”的正理，告诫世人：“相争只为一文钱，小隙谁知奇祸连！劝汝舍财兼忍气，一生无事得安然。”因戏言而酿祸的故事，还有《八段锦》第七段《戒浪嘴》。小说写应赤口一戏言，致邻居林松怀疑妻子韩氏与其有奸，百般拷打韩氏，韩氏逃走，应赤口被捉入监，出狱后又被杀死。小说道：“看官，你看应赤口，只一场说话不正经，把性命都送了。可见出好兴戎，招尤取祸，都从这一张口起。君子观应赤口之事，亦可以少儆矣。”再如《拍案惊奇》卷六写和尚、尼姑与人往来从而诱发事端，印证入话的观点，即不可与三姑六婆往来。此故事中，和尚杀人，乃为冤案，但作者却将重心转到女性与尼姑等往来遭遇的后果，结尾告诫道：“后人评论此事：虽则报仇雪耻，不露风声，算得十分好了，只是巫娘子清白身躯，毕竟被污，外人虽然不知，自心到底难过。只为轻与尼姑往来，以致有此。有志女人，不可不以此为鉴。”

话本公案故事还重视交代故事发生的特定场合与特定的情景空间。上文中的张幼谦与罗惜惜的故事，特地强调他们同月同日生、一起上学，并描述众人的调侃、两人的戏耍，以此说明二人情之真切。随后写求婚被拒，罗惜惜被许配他人时张幼谦的心理及怨责心态，进一步写促进他们二人“无媒苟合”的外在环境。由此，张、罗二人的情就非一般的苟合。在私情公案故事中，这种情况很多。小说或者展示男女双方的至情，或者展示特殊场合的情不由己，以便区分庸俗的情欲，为天理与人情的结合张本。或者展示一方的困境与另一方的无赖，为后文从轻处理与从重处理作铺垫。如《珍珠舶》第一卷中，蒋云意图赵相妻冯氏，而与赵相假结为兄弟，赵相将母亲、妻子冯氏托付于蒋云后外出甚久。小说细写蒋云如何设计勾搭，冯氏如何堕入蒋云奸计中，蒋云又如何设计使赵相入狱。如此详尽的描写，令人明白赵相之冤、冯氏之不由自主、蒋云之奸诈，则蒋云之被杖死、冯氏与赵相之善终，是天理昭彰，也是人情得尽。

话本公案故事的重点大多是案件的原委或经过，注重案件因果关系，揭示案件发展的必然性。赵六老溺爱赵聪，教育上失当。赵聪妻殷氏专一恃贵自高，且又十分悭吝，惯会唆使丈夫做些苛刻之事。赵六老日渐贫困而赵聪不理，遂而发生父盗子财，子拒盗而杀父的事件（《拍案惊奇》卷十三）。陆五汉凶狠，对母亲也不孝，他见色起意、害人杀命都是情理之中的事（《醒世恒言》第十三卷）。吴氏守寡后遇道士，情欲泛滥，而儿子多番阻其好事，以此告状欲除子。如果没有前面的偷情淫乱，也就不会有状告儿子不孝的行为，整个案件也就不会发生（《拍案惊奇》卷十七）。

"巧合"是话本公案故事叙事常用的一种方法。小说利用"巧合"推动了情节，也展示了事件的真相。在提升小说文学品格的同时，也为"错""误""冤"的发生提供了契机，由此而诱发对官员断案方法的批判。崔宁之冤，在于他巧与二姐同行，更巧在有钱十五贯。而这种"巧"便成了他与二姐通奸的罪证，也给审判官员以误导，最终葬送了两条无辜的人命。《无声戏》第四回中赵玉吾媳妇何氏与蒋瑜之冤，也在一个"巧"，一巧是蒋瑜书房的隔壁就是何氏的卧房；二巧是两个都要避嫌换房却不巧又成隔壁；三巧是赵玉吾送给媳妇的坠子却跑到蒋瑜的房间，蒋瑜将玉坠拿出去卖，蒋、何二人遂被认为有奸；四巧是成都知府最是痛恨伤风败俗之事，蒋、何二人的奸情遂成定案。蒋瑜冤案被洗清，也是巧合。成都知府寡媳的鞋莫名其妙地到了知府的书房，知府夫人以为知府与媳妇有奸，媳妇自缢，知府反省之下，发觉是老鼠所为，以此推之，遂明蒋瑜之冤，重配蒋、何二人。以巧合推进案情发展者，还有《拍案惊奇》卷二中姚滴珠与郑月娥长相的相似，《二刻拍案惊奇》卷三十八中莫大姐的错认、卷三十五中孙小官调情润娘却误调润娘母亲等。

话本公案故事的现实性因素非常明显，非现实性因素大为下降。然而，仍有部分公案故事离不开鬼魂、梦境、异象。这些神异描写除了突出官员的才智，增强小说的趣味性外，还有一层意思，即天理不会被蒙昧。《警世通言》第十三卷写孙押司鬼魂三现身，又投梦给包公，最后冤情得雪。小说最后议论道："寄声暗室亏心者，莫道天公鉴不清。"《拍案惊奇》卷十四入话诗云："从来人死魂不散，况复生前有宿冤。试看鬼能为活证，始知明晦一般天。"头回故事鬼附体索命，"因晓得人身四大，乃是假合。形有时尽，神则常存，何况屈死冤魂，岂能遽散?"①"阴阳一理"，"只因世上的人，瞒心昧己做了事，只道暗中黑漆漆，并无人知觉的；又道是'死无对证'，见个人死了，就道天大的事也完了。谁知道冥冥之中，却如此昭然不爽"。知县断语："……孰意天道昭彰，鬼神不昧……孰谓人可谋杀，又可漏网哉?"以气论鬼不灭，以冤情言气不散，正与程朱理学观点相符。《二刻拍案惊奇》卷十三写鬼附尸诉怨，求人申冤。小说最后议论道："何缘世上多神鬼，只为人心有不平。若使光明如白日，纵然有鬼也无灵。"天网恢恢，疏而不漏，人间法与鬼神法共同维护着天理，保证社会的正常秩序。

---

① 《拍案惊奇》，第 231、232 页。

第六章　理学与话本小说的形式表达

第一节　有意味的形式

"有意味的形式"是英国艺术家克莱夫·贝尔在《艺术》一书中提出的。克莱夫·贝尔说："在各个不同的作品中，线条、色彩以某种特殊方式组成某种形式或形式间的关系，激起我们的审美感情。这种线、色的关系和组合，这些审美的感人的形式，我称之为有意味的形式。'有意味的形式'就是一切视觉艺术的共同性质。"① 有意味的形式不是一般的形式，它带有审美情感。苏珊·朗格在《艺术问题》一书中指出："意味是某种内在于作品之中并能够让我们知觉到的东西。它是由作品清晰地呈现出来的。"② 有意味的形式也被用到小说阐释中。其中，"意味"包含内容、情感、精神境界、生命意义等，"形式"主要包含小说文体、章法、情节、叙述方式、语言等。话本小说受说话的影响，而又根植于宋明理学的氛围中，形成一种"有意味的形式"。

从标题上看，多数话本小说采用主谓宾形式，如《喻世明言》第一卷"蒋兴哥重会珍珠衫"，《警世通言》第一卷"俞伯牙摔琴谢知音"等。有时候，也会适当地增添些修饰语，介绍地点、情状或数量，如"杨八老越国奇逢""裴晋公义还原配""张道陵七试赵升"等。这种标题，介绍了题材，展示了整个故事的前后联系，颇能激起读者的兴趣。有些标题巧设玄机，如"奇（逢、冤）""鬼（断家私）""巧（勘、骗、智）"等，令人急欲探究故事的究竟。有的篇目讲究对偶，使其富于对称美。冯梦龙的"三言"都是单标题，但是，紧挨着的标题却是对偶的。如《喻世明言》第一卷"蒋兴哥重会珍珠衫"与第二卷"陈御史巧勘金钗钿"，第三卷"新桥市韩五卖春情"与第四卷"闲云庵阮三偿冤债"。至于双标题，上句与下句之间通常是对偶的。如《拍案惊奇》卷二"姚滴珠避

---

① ［英］克莱夫·贝尔著，周金环、马钟元译：《艺术》，中国文联出版公司，1984年，第4页。

② ［美］苏珊·朗格著，滕守尧、朱疆源译：《艺术问题》，中国社会科学出版社，1983年，第129页。

羞惹羞　郑月娥将错就错"。《二刻拍案惊奇》《清夜钟》《型世言》都属于这类。大回目下的小标题同样如此。如《天凑巧》《贪欣误》中的标题都属于三字标题下的双标题;《鸳鸯针》共四卷,每卷一个对偶大标题,概括主要题材、主要情节及结果,每卷下四回,均属于对偶标题,概括每一回的故事情节。整个标题都富于对称美。

话本小说由三个部分构成:入话(包括头回)、正话、引诗为证(或议论)结尾。入话部分与结尾引诗为证部分具有独立性,它们本身并不构成正话的任何一个情节单元,去掉它们也不影响故事的完整性。在语言表达上,话本小说骈散相间,一般开头部分咏诗,接着议论诗歌要义或者叙事证诗。正话部分的场景、人物描写等往往用整齐的韵文,而故事的叙述则用散体语言。结尾因表达方式的差异或骈或散,甚为灵活。在小说中,有一个无所不在的叙述人,在不同时候,用不同方式,从不同方面对读者进行干预。与此相应的,则是叙述、议论、描写、抒情相结合的多种表达方式。

话本小说这种特殊的文学样式,将作者的主体性发挥到极致。他既可以隐晦地表达自己的观点,也可以直接跳出来说话,将其观点直接说出。为了表明某一见解,可以在入话中引用多首诗词或多个故事,长篇地议论,从古到今,从正到反,证明自己的观点,甚至在命题、立意、表达上翻空出奇。"把入话故事作为说书场上等候听众的热场手段,对于书面文学已属多余,但参与话本的文人不是删节它,反而强化它、增补它,这就不能不令人设想,他们是想利用这种仪式激发'看官'的哲理思维。他们借助入话故事及其前置诗、后置诗证,引导读者建立某种心理定势,并通过与读者的议论对话,在把入话故事和正话故事进行正反顺逆多种方式的牵合中,引发人们对人间生存形态的联想和哲理反省。"①　入话故事"乃是一种具有丰富的哲理意味和比兴意味的叙事学仪式,它使我国以平易晓畅、'谐于里耳'著称的话本文学的意蕴别具一格地深邃化了"②。

入话部分诗词议论及正话中叙述者的插入语、诗歌及大段议论,小说结尾的引诗为证以评价等,使作品的主体意识非常突出。其中包含着作者的观念及道德评判、审美趣味等,使话本小说的文体形式具有特别的意味。"一个故事用什么

---

① 杨义:《中国古典小说史论》,见《杨义文存》(第六卷),人民出版社,1998年,第247页。
② 《中国古典小说史论》,第250页。

样的语言，如何被叙述出来，往往比故事本身的内容更为重要。"① 诗词、韵文、议论插入故事，乃是话本小说的一种修辞特征。有些议论类似于小品文，文笔俊雅，富有机趣。如《五色石·选琴瑟》中关于"诮那定别字、念别字的可笑处"，《十二楼·夏宜楼》中关于荷花的议论，《无声戏·丑郎君怕娇偏得艳》中关于美妻配丑夫是理之常的妙议等。通过这些修辞，小说家将其情感、观念明确表达出来。然而，话本小说更深的"意味"则是通过小说的结构及叙事表现出来的。白话短篇小说中的道德说教范型有以下几种形式：其一，在入话中奠定作品基调和作品的意义，而这个基调和意义大多与道德说教有关；其二，运用说话人的声音：叙述者站在选定的道德立场上进行直接的道德评判；其三，妖怪叙事和鬼魂叙事；其四，小说家对道德说教的把握还表现在对小说故事的整体性构思上。② 上述形式中，第三、第四点尤其重要。杨义指出，"一篇叙事作品的结构，由于它以复杂的形态组合着多种叙事部分或叙事单元，因而它往往是这篇作品的最大的隐义之所在。他超越了具体的文字，而在文字所表述的叙事单元之间或叙事单元之外，蕴藏着作者对于世界、人生以及艺术的理解。在这种意义上说，结构是极有哲学意味的构成"③。

　　话本小说主题道德化、表达议论化、态度训诫化、结构程式化的特点，固然是受说书的影响而形成的特殊体式的表现，而科举文化、教化意识、理学观念的表达仍是这种体式存在、延续的重要原因。宋明理学对天理的推崇，导致文学哲理意识增强，从而在表现方式上有一定程度的议论化倾向。如"宋人诗主理""宋人主理，作理语""宋人以道理言诗""宋人多好以诗议论"等。在诸多表达方式中，朱熹注重议论之效："韩退之议论正，规模阔大。""欧公文字锋刃利，文字好，议论亦好。""老苏之文高，只议论乖角。""东坡、子由晚年文字……又皆议论衰了。""东坡经解虽不甚纯，然好处亦自多，其议论亦有长处。"④ 这种好议论、讲理趣的习惯也被带入到小说中，而理学重道德、重人文修养的风格也演变成话本小说主题先行及伦理说教的现象。说书场所形成的话本小说体式有

① ［美］浦安迪教授讲演：《中国叙事学》，北京大学出版社，1995 年，第 102 页。

② 《中国近世白话短篇小说叙事发展研究》，第 57—58 页。

③ 杨义：《中国叙事学》，见《杨义文存》（第一卷），人民出版社，1997 年，第 39 页。

④ 《朱子语类》，第 3302、3308、3311、3311、3120 页。

利于小说家个性的展演，而明清八股取士的方法又无形中契合了话本小说的体式①。"（小说的）布局与八股文固定结构存在着对应：每卷的题目后都有一首诗或一首词，是为破题，然后解释这首诗词，这部分相当于承题，解释过后照例安排一个小故事或一番议论，主旨与正文故事相映或相对比，这是起讲。针对这个主旨，会有一首诗加以总结，相当于八股文的缴结。紧接着的正文故事有散有韵，散文部分叙述主体故事即主体部分，类似八股正文。最后有一篇诗歌作为总束，相当于八股文的大结。"② 八股取士以儒家经典为主，以程朱为正，八股形式之下，是理学思想。小说受此影响，"明末清初白话小说领域流行着一股模仿文章的潮流，以文章的观念、写法和读法加之于小说"。小说家 "在叙述故事的过程中开始注重思考故事的内涵，……并自觉担负起社会教化的责任"③。话本小说的有意味的形式，与宋明理学密不可分。

第二节　性气论与话本小说人物的模式化

宋明理学认为，"人之所以生，理与气合而已"④。禀天理而生，则为天命之性；禀气而生，则为气质之性。气之清浊厚薄不同，则人物的善恶亦有差异。天命之性至善，气质之性则因所禀之气的差异而呈现不同的形态。"禀得精英之气，便为圣，为贤，便是得理之全，得理之正。禀得清明者，便英爽；禀得敦厚者，便温和。""性者万物之原，而气禀则有清浊，是以有圣愚之异。"⑤ 气禀不同，也有了善与不善。《朱子语类》第四卷反复论说人之善恶与气禀的关系，"人之性皆善，然而有生下来善底，有生下来便恶底，此是气禀不同"。"天地间只是一个道理。性便是理。人之所以有善有不善，只缘气质之禀各有清浊。""人性虽同，禀气不能无偏重。有得木气重者，则恻隐之心常多，而羞恶、辞逊、是非之心，为其所塞而不发；有得金气重者，则羞恶之心常多，而恻隐、辞逊、是非

---

① 田子爽的《八股文与小说的嫁接——以〈七十二朝人物演义〉为考察文本》（《求索》2011 年第 4 期）论及了八股文对拟话本小说技法的影响，在张永葳的《稗史文心——论明末清初白话小说的 "文章化" 现象》（《北方论丛》2009 年第 5 期）中也有具体论述。

② 田子爽：《八股文与小说的嫁接——以〈七十二朝人物演义〉为考察文本》，《求索》2011 年第 4 期。

③ 张永葳：《稗史文心——论明末清初白话小说的 "文章化" 现象》，《北方论丛》2009 年第 5 期，第 29 页。

④ 《朱子语类》，第 65 页。

⑤ 《朱子语类》，第 77、76 页。

之心，为其所塞而不发。水火亦然。唯阴阳合德，五性全备，然后中正而为圣人也。"① 朱熹根据人的气质的不同，把人分成"圣""贤""不肖"等："气之为物，有清浊昏明之不同，禀其清明之气，而无物欲之累，则为圣；禀其清明而未纯全，则未免微有物欲之累，而能克以去之，则为贤；禀其昏浊之气，又为物欲之所蔽，而不能去，则为愚，为不肖。"② 气禀与物欲二者，对人的气质起着决定作用。明末清初话本小说塑造了不少丰满生动的人物形象。但是，主题先行的思维方式及理学气质善恶论导致多数人物具有类型化、符号化的倾向。

　　明末清初话本小说刻画了一系列类型化的人物形象，通过他们身上的特征，宣扬或贬斥他们的某种品质，从而宣扬理学的天理。

一、类型化人物的表现方法

　　话本小说塑造的类型化人物有很多，如女性群像中的贤妇、智妇、节妇、妒妇；读书人群像中的真儒、假儒；商人群像中的义商、奸商；官吏群像中的清官、酷官、滑吏等。

　　（1）标题立主脑法。李渔在《闲情偶寄》中指出："古人作文一篇，定有一篇之主脑。主脑非他，即作者立言之本意也。传奇亦然。"③ 李渔的"立主脑"并不限于主题思想，也指小说中的主要人物及主要事件。"一本戏中，有无数人名，究竟俱属陪宾，原其初心，止为一人而设；即此一人之身，自始至终，离合悲欢，中具无限情由，无穷关目，究竟俱属衍文，原其初心，又止为一事而设；此一人一事，即作传奇之主脑也。"④ "立主脑"的论述非常切合话本小说的标题。其标题通常由"人物＋事件"构成，在人物或事件前，有时加上形容词进行限制，突出人物或事件的特点。其中，突出人物特点的标题如"西湖二集·巧妓佐夫成名""西湖二集·徐君宝节义双圆""欢喜冤家·杨玉京假恤寡怜孤"等。"巧""节义"即是对人物的定性，"假"则是对事件的定性。这类标题在《型世言》中尤其多，如"烈士不背君　贞女不辱父""悍妇计去媚姑　孝子生还老母""凶徒失妻失财　善士得妇得货"等。有些标题中人物特点比较隐晦，如"石点头·王本立天涯求父"，标题点出中心人物与主要事件，人物特征则可

---

①　《朱子语类》，第 69、68、74 页。

②　《晦庵先生朱文公文集》（第 5 册），第 3590 页。

③　《闲情偶寄》，第 7 页。

④　《闲情偶寄》，第 7 - 8 页。

由"天涯求父"见出其孝。还有标题不出现人物，但事件清楚，人物特征鲜明。如《型世言》第二十回《不乱坐怀终友托　力培正直抗权奸》。标题立主脑，对整部小说具有限制性，人物的性格特征也就被限定了。从话本小说看，"主脑"关涉的人物指向伦理道德，如"孝子""烈妇""烈女""贞臣""恶船家""狠仆人"；事件或指向道德，如"义还原配""义结黄贞女""义愤成家""义婚孤女"，或突出其他特性，如"（滕大尹）鬼断家私""（张淑儿）巧智脱杨生""（乔太守）乱点鸳鸯谱""（任金刚）计劫库""（张知县）智擒盗"等。这种在标题中揭示人物及事件特征的范式，基本上表达了创作主体的精神意趣。对称性的标题（一篇小说或相邻篇目）不但使标题具有形式美，也更利于传达小说家的精神诉求，使标题本身也成为"有意味的形式"。

　　（2）连缀法。即通过多个事件表现一种品质。冯梦龙在《警世通言·叙》中对小说人物刻画方法有所论述："人不必有其事，事不必丽其人。其真者可以补金匮石室之遗，而赝者亦必有一番激扬劝诱、悲歌感慨之意。事真而理不赝，即事赝而理亦真，不害于风化，不谬于圣贤……"李渔认为塑造人物形象时可以虚构，如要塑造一孝子形象，"但有一行可纪，则不必尽有其事，凡属孝亲所应有者，悉取而加。亦犹纣之不善，不如是之甚也，一居下流，天下之恶皆归焉"。"若纪目前之事，无所考究，则非特事迹可以幻生，并其人之姓名亦可以凭空捏造，是谓虚则虚到底也。"① 只要理真，事情、人物不必拘泥于真实与否，而在于其对主旨的作用。众善或众恶归之于所塑造的人物，以突出一类人的品质的方法，在话本小说中多有体现。小说家往往采用多个事件或情节，逐渐显示主人公的优秀品质。如《人中画》第二回写柳春荫"始终存气骨"，小说写了以下情节：夜晚苦读、见尚书不卑不亢、不受花酒财物诱惑、守父孝三年不参加科举、闻孟小姐瞽目仍坚持娶之。不同情节从不同方面将柳春荫勤奋、自尊自爱、孝、诚信等品质一一展示出来。李渔《无声戏·女陈平计生七出》写耿二娘如何机智地与流贼周旋，以全其"节"。耿二娘能全其节，全在于智。为了突出她的智，小说先描写她在娘家及在婆家巧解种种难题的事迹，以见其被称为"女陈平"之不虚。而后再细细叙述她巧与流贼周旋，不仅杀了流贼，还获取了大量财物，"计生七出"以"七"言多。在小说中借助反复的、类似的叙事，不断凸显人物形象者，还有《喻世明言·张道陵七试赵升》《喻世明言·陈希夷四辞朝

---

　　① 《闲情偶寄》，第14页。

命》《警世通言·老门生三世报恩》《拍案惊奇·华阴道独逢异客　江陵郡三拆仙书》等。"七试赵升"对张道陵而言，是反复考验赵升，对赵升而言是在不断经受考验的过程中，突出他作为求道者所应备的优秀品质。"四辞朝命"则以"四辞"表现陈抟对功名利禄的淡薄。

（3）衬托法。为了突出主人公形象，小说通常借助功能性人物，从侧面或反面衬托，将主人公的形象一步一步凸显。《喻世明言·陈从善梅岭失浑家》的主人公是张如春。小说写申阳公法术之高，以突出张如春不畏强权，又以其他妇女顺从申阳公，显示张如春品质之坚，接下来写张如春遭受磨难而心不变。结尾以诗赞颂："三年辛苦在申阳，恩爱夫妻痛断肠。终是妖邪难胜正，贞名落得至今扬。"《人中画·自作孽》将汪天隐与黄遵行进行对比描写，黄遵行为人慈善端方，虽受欺负也不说不平之语。他资助、训导汪天隐，当汪中举，却不趋奉。汪天隐中举后，狂妄自大，对黄遵行不恭，甚至落井下石。二人的品行互衬，善恶相形，各有特色。在多回体话本小说中，往往以相反的人物或故事相互映衬，互相凸显对方之优劣。此外，话本小说人物的相似性，使其相互补充，成为互文性文本。如写如春，则有仇夜珠（都为猿猴所掳，而都坚贞不屈）；写张孝基，则有许武（都是兄友弟爱的楷模）。

（4）增饰法。话本小说中有不少篇目改编自文言小说，在改编过程中有不少增饰。如《警世通言·杜十娘怒沉百宝箱》改编自宋懋澄的《九龠集·负情侬传》，与原作相比，小说的改编体现在以下三个方面：一是改写中添加了美色描写。添加美色描写，突出美色在两性关系中的作用，为情感的生发作铺垫（在其他小说中为劫色、戒色奠基）。美色在故事中直接导致人物命运的改变，乃是故事情节发展的推动力，再则改变了小说的叙事节奏，延长了小说的长度。二是功能性人物孙富的改变。原小说中有关孙富的篇幅极少，《杜十娘怒沉百宝箱》中，孙富不仅有财还有才，咏《梅花诗》、以儒家纲常之道劝诫李甲等，都甚为儒雅。三是增加了功能性人物柳遇春。柳遇春的出现，从侧面、正面突出了杜十娘的情义（小说写柳遇春为李甲各处去借贷。"吾代为足下告债，非为足下，实怜杜十娘之情也。"而十娘沉江后，以物品报答柳遇春，则是从正面写其情义）。再如《警世通言·金明池吴清逢爱爱》补充陆爱爱治好了吴清的病，病促成吴清与陆爱爱的婚事，将情拔得更高，更展示了陆爱爱对于爱情的理解。这些细节或情节、场景的增饰，使其成为"有意味的形式"的一部分。

二、人物类型化形式的"意味"

人物是小说的三要素之一，与情节、环境一道为主题服务。作者通常借助类型化的人物形象，思考社会、思考生活。有时，甚至用谐音方法，赋予人物总体性格特征。如《十二笑》第二笑中的"巫晨新"与"墨震金"，即暗示了他们的"无诚心"与"没正经"。《人中画·狭路逢》中的"傅星"隐喻了他的"负心"。无论小说形象如何鲜明，它仍然服从于作者主观情感、作品的主旨。话本小说主题先行的特点，使人物形象的形式意味更为突出。

（一）悭吝者

明末清初话本小说中有不少悭吝者形象，如《生绡剪》第一回头回中的贾慕怀，《警世通言》第五卷头回中的金钟，《喻世明言》第三十六卷中的张员外，《拍案惊奇》卷三十五中的贾仁，《欢喜冤家》第十二回中的汪监生等。

贾慕怀靠外来之财而富，"一味镂搜刻薄，凡百仁义上方便好事断不做的，及僧道二行如眼中钉，社中些须公干，要他出三分、五分就如拔鼻毛一般"。他又起利放课钱，开暗当，昼夜盘算。生三个儿子，请个先生，还要扳扯别人。妻家兄弟来望，茶也不奉。妻子生病，医生也不请一次。"也没年，也没节。"大斗量进，小斗量出，妻子吃饭不容吃个饱，儿子在家饥不过便出去偷。贾慕怀临死还反复交代如何持家。最后妻死子亡，小儿子沦落为乞丐。小说认为这是暴富小人的悭贪刻薄之报。金钟家财万贯，性至悭吝，平生常有五恨四愿：恨天者，恨他不常常六月，又多了秋风冬雪，使人怕冷，不免费钱买衣服来穿；恨地树木生得不凑趣，生得齐整如意，可以直接做屋柱、做梁、做椽，以省匠人工作；恨自家肚皮不会作家，一日不吃饭，就饿将起来；恨爹娘遗下许多亲眷朋友，来时未免费茶费水；恨皇帝来收钱粮。一愿得邓家铜山，二愿得郭家金穴，三愿得石崇的聚宝盆，四愿得吕纯阳祖师点石为金那个手指头。"数米而炊，称柴而爨"，人称"金冷水""金剥皮"。他买砒霜欲毒杀到家中化斋的和尚，反而毒死了自己的儿子。

张员外之贪吝，与金钟相似，"要去那虱子背上抽筋，鹭鸶腿上割股，古佛脸上剥金，黑豆皮上刮漆，痰唾留着点灯，捋松将来炒菜。这个员外平日发下四条大愿：一愿衣裳不破，二愿吃食不消，三愿拾得物事，四愿夜梦鬼交"。人们见他一文不使，起他一个异名，唤作"禁魂张员外"。主管给穷人两文钱，也被张员外呵斥，除了夺回两文钱外，还将"一笊篱钱都倾在钱堆里，却教众当直打他一顿"。贾仁"开了解典库、粉房、磨房、油房、酒房"，所以"做的生意，就如水也似长将起来"。但是"生性悭吝苦克，一文也不使，半文也不用。要他一贯钞，就如挑他一条筋。别人的，恨不得劈手夺将来；若要他把与人，就心疼的了不得"。在别人穷得卖儿卖女时，他居然还吝啬几个卖孩子的钱。汪监生是个酸涩吝啬之人，银子只放进不放出，家人们一日只给白米六合，丫鬟小使只给半升，如此克减，食用之间，一发不须讲起。

对悭吝者的刻画，小说家不约而同地使用了夸张手法。小说家通过概括叙述与具体描写相结合的方法，尽情渲染悭吝者的"悭吝"。而后再交代他们的结果，使敛财之行与家败之果形成鲜明对比，于是悭吝者及其行为便有了比喻意义。贾慕怀与贾仁的故事，诚如入话部分所言，"方信黄金如土贱"，劝人随遇而安，顺理而行，莫贪非分之财。金钟因悭吝行恶得恶报故事，作为正话"吕大郎还金完骨肉"的反衬，与正话一道劝人积"阴功"。张员外的悭吝故事，则是要求人们知道，钱财如流水，应"恤寡周贫"，贪吝只会惹祸。

小说家对悭吝者的刻画，揭示了"悭吝"使人迷失本性。悭吝者有共同特点：一是爱财，因悭吝而致富；二是吝财，舍不得用；三是为富不仁；四是没有好结果。财乃养命之源，爱财无错，关键在于如何致财、如何用财。明末清初行善的社会语境，要求人们在商业行为和日常行为中关爱他者，并落实到具体行动中。对有财者而言，不应守财而应以财行善，通过爱人来保身。小说家并不反对积累钱财，只是认为钱财要适得其用。而悭吝者则是爱钱太过，忘记了比财更重要的东西——亲情、道义、社会责任。悭吝者往往不行善事，甚至缺乏对亲人最起码的关爱。

理学家主张重义轻利或义利并重，反对损他人之利以成己利。他们认为义利相生。换用王艮的明哲保身理论，则是爱己者爱人，害人者害己。话本小说家通过对悭吝者最后家败人亡的命运叙述，表达了义利相生的观念。吝啬的结果，小则危害自己家人，大则危及社会。《醉醒石》第十回说道："人最可鄙的，是吝啬一条肚肠。最打不断的，是吝啬一条肚肠。论自己，便钱如山积，不肯轻使一文；便米若太仓，不肯轻散一粒。"作者指出悭吝者的下场："宁可到天道忌盈，奴辈利财，锱积铢累的，付之一火一水。盗侵寇劫，或者为官吏攫夺，奸宄诈骗；甚者门衰祚绝，归之族属，略不知恩；或者势败资空，仰之他人，亦不之恤。方知好还之理，吝啬之无益。"以悭吝者受报作为故事结局，与其说是对悭吝的痛恨，不如说是对富人为富不仁的痛恨。"钱如流水去还来，恤寡周贫莫吝财。""既知财多害己，何不早散之？"（《喻世明言》第三十六卷）"假如富人悭吝，其富乃前生行苦所致；今生悭吝，不种福田，来生必受饿鬼之报矣。贫人亦由前生作业，或横用非财，受享太过，以致今生穷苦；若随缘作善，来生依然丰衣足食。"撇开唯心因素，其中所表现的思想却很有道理，即俭能致富，但"不种福田"，不做公益，少行善事，失道寡助，将受到神灵惩罚。该段隐含的另一个寓意是：横用非财，享受太过亦会致贫，但"若随缘作善"，改悭吝之习，广种福田，则仍然钱财不断。《云仙笑·厚德报》的作者认为，浪费及吝啬都不是成家之道。"用之于济人利物，便为当用而用，不但收厚德长者的美名，抑且享安逸掌财的厚利。""大凡钱财要流通于世，不是一人克剥得尽的。若千方百计，得一求十，得十求百，势必至招人怨恨，有家破身亡的日子。可知'钱财如粪土'这句是教人善于出纳，如粪土之生生不穷，即此便是成家的秘诀。"有聚必有散，没有必要守着钱财自甘淡泊。而且，真正的爱惜是"在我所费不多，在人受惠不少"，以财济人利物是"极浪费之中却又不曾浪费"。比起理学家的言语，小说家的这些话、这些故事，更容易让人明白何谓义利相生。

（二）清官

明末清初话本小说中的"清官"主角有《贪欣误》第六回的徐谦，《醉醒石》第十一回中的魏推官，《无声戏》第二回中的成都知府，《二刻醒世恒言》第八回中的李判花，《雨花香·四命冤》中的孔县令。这些清官的共性是，虽然清廉，却导致冤案。

徐谦居官清正不阿，思量要致君尧舜，做个忠良不朽事业，曾有诗赋志，云："立志清斋望显荣，滥叨一第敢欺公。清忠自许无常变，勤慎时操有始终。君亲罔极恩难报，民社虽微愿欲同。矢志不忘期许意，赋归两袖有清风。"以此而受神灵之敬。后因对部下不加约束，以致所管吏员贪金受银，杀无辜之人。神灵将此责任归之于他，减其寿三十年。魏推官做官后，本立意要做好官，但抵不过妻子的贪痴。其妻与家人勾结，受人钱财，一次受人六百金，捉生替死，魏推官拗不过妻子，以致成为事实。他本"异日该抚全楚，位至冢宰"，因这事被神所罚，不得"抚楚"。

理学家倡导心性修养，也倡导在事上下功夫。王阳明多次提到实地用功，他说："'格致诚正'之说，是就学者本心日用事为间，体究践履，实地用功。"①
"人须在事上磨炼做工夫，乃有益。"② 清初，颜元提出"'正谊'便谋利，'明
道'便计功"③。徐谦与魏推官虽爱清官之名，谈禅说理，无不精到，但待下不
严，待内不谨，以致其部属、家人谋财害命，仍属格物未至，践履有差。小说将
家人及其部属的过错归结到这些清官身上，似乎有些不公平，但细想，却也应
当。作为父母官，其家人、部属的行为应为其监察的范围。齐家才能治国，家不
齐，部属不能约束，国怎能得治？而且，家人、部属为非作歹，本是依仗其官
职，魏推官明知妻子的所为却不纠正，徐谦因为为官清正而被他人或部下刁难，
故而放任不管，都是不作为或没有为民父母的使命感。这种只注重自身修养而不
能齐家（从某种程度上而言，部下也属于"家人"）之人，眼中只有自己的"清
名"，而忽视了家庭责任与社会责任，本质上仍然是"求名"的伪道学之属，在
他们的治下出现冤案、命案并不奇怪。他们的命运从反面说明"齐家"之难及
其重要性。

成都知府、李判花、孔县令是另外一种情况。成都知府做官极其清正，却严
刑逼供，让无辜之人屈打成招。孔县令虽清廉正直，但断案有些主观，导致冤
案、命案发生。李判花清廉而又糊涂，连一件小案也判错。毫无疑问，他们是
"清"官。不过，小说中对他们的"清"只是三言两语带过，而叙述的重点是他
们生活或断案过程的"不清"。小说标题暗寓褒贬，如"狂妄终除籍 贪金定损
身"（徐谦），"惟内惟货两存私 削禄削年双结证"（魏推官），"李判花糊涂召
非祸"（李判花），"清官不受爬灰谤 义士难伸窃妇冤"（成都知府）等。"清
官"只是一个符号，而这个符号后面有很多未必为世人所赞许的行为。对"清"
的轻描淡写与对"不清"的浓墨强调，揭示了官员的"清"之名与"不清"之
实的危害。小说写魏推官"有心立名行，无计拒贪痴"，标题为"惟内惟货两存
私"，暗示魏推官之清，是假清；徐谦之清，亦非"独善其身"；李判花清在钱
财而糊涂在审案。"清"是道德操守的一方面，但不是全部。有些官员自以为
"清"，以其固有的道德成见审判诉讼者，对自我的道德自信使其怀疑以致否定
他者的道德，道德上的"唯我独尊"使其武断专行，从深层上讲，仍是贬低他

① 《王阳明全集》，第41页。
② 《王阳明全集》，第92页。
③ 《颜元集》，第671页。

人以突出自己的自私心理，是执拗者，有伪道学的意味。以其道德的"唯我独尊"，他们轻视为官之"技"，缺乏审案的才学、方法，乃至躬行的精神。以"道德"为标高，待人甚为苛刻。当他者没有达到"我"认可的道德要求，便欲诛之而后快。这不仅害己，也害人，乃至于误国。李贽在《焚书·党籍碑》中指出，误国有两种，一种是主意于误国而误国者，他将此名为"残贼小人"，另一种是主意于利国而误国者，此名为"执拗君子"。李贽认为君子误国比小人误国更严重。"小人误国犹可解救，若君子而误国，则末之何矣。何也？彼盖自以为君子而本心无愧也。故其胆益壮而志益决，孰能止之。如朱夫子亦犹是矣。故余每云贪官之害小，而清官之害大；贪官之害但及于百姓，清官之害并及于儿孙。余每每细查之，百不失一也。"① 贪官之弊可以解救，清官自以为道德没有亏欠而自以为是则无法可救，以此，其害也就更大。戴震在《答彭进士允初书》中也论及所谓道德至上，乃是宋明理学之"理"，此理只不过是程朱理学的"一己之见"，执此"一己之见"者害民益烈。"凭在己之意见，而执之曰理，以祸斯民。更溺以无欲之说，于得理益远，于执其意见益坚，而祸斯民益烈。岂理祸斯民哉，不自知为意见也。"② 宋儒自以为不出于欲，自信心无愧怍，"不悟意见多偏之不可以理名，而持之必坚。意见所非，则谓其人自绝于理：此理欲之辨，适成忍而残杀之具，为祸又如是也"③。这些思想在话本小说中也被再三论及。

　　话本小说中清官断错案还暗示了另一种情况，即操守与才能的问题。清官道德操守不错，但其吏才却未必佳。有些官员未必清，却能解决实际问题。《型世言》第二十一回说道："但是做官多有不全美的。或有吏才未必有操守；极廉洁不免太威严。也是美中不美。"实学主张经世致用，凡有益于世者则被肯定，而无益于世者则被否定。对清官的批判中，还有对不清正官员或庸官的肯定。实际上，执道德至上者，其个性执拗而迂腐。话本小说中凡是迂执者，无论他们是否是清官，是否守礼法，但若迂执，则受到诟病。"天下事，被豪爽人决裂者尚少，被迂腐人耽误者最多。何也？豪爽人纵有疏略，譬诸铅刀虽钝，尚赖一割。迂腐，则尘饭土羹而已。而彼且自以为有学有守，有识有体，背之者为邪，斥之者

---

① 《焚书》，第601页。
② 戴震：《戴震集》，上海古籍出版社，1980年，第175页。
③ 《戴震集》，第328页。

为谤，养成一个怯病，天下以至于不可复而犹不悟，哀哉。"① 又云："人有恒言曰'腐儒'。腐儒，言朽败不任也。朽败不任，何以儒为?"②《古今笑》自叙云："人但知天下事不认真做不得，而不知人心风俗，皆以太认真而至于大坏。……后世凡认真者，无非认作一件美事。既有一美，便有一不美者为之对，而况所谓美者又未必真美乎!"③《喻世明言·滕大尹鬼断家私》中的滕大尹廉明但不清正，他借断案侵吞倪太守黄金千两，但他并不因此受报。《西湖二集》第四卷中的赵雄本愚钝，做官后不知做了多少方便的事。因见自己学问不济，极肯荐举人才，十二年之内，荐拔士类，不计其数。滕大尹借断案之机侵吞千两黄金，但因解决了实际问题，仍被视为好官。《生绡剪》第十四回标题名曰"清廉能使民无讼　忠勇何妨权作奴"，同时点明清廉与"权"之重要。反观上述清官，却受到恶报，恶报的程度，则依其判案导致冤狱的程度而定。《贪欣误》第六回中的徐谦本不贪不坏，但因对家人或部属约束不严，以致有杀生替死之事而获恶报。成都知府自己受到"爬灰"的质疑，儿媳身亡。李判花未致人命，但也遭受一个月牢狱之灾。孔县令则因一命引发四条人命，而遭死者索命。"因清官倚着此心无愧，不肯假借、不肯认错，是将人之性命视为儿戏矣。人命关天，焉得不有恶报!"清官的报应，折射了明末清初社会对实际功用的看重，对权变的重视，对"道德至上"论的怀疑。

（三）义仆

明末清初的话本小说中，有不少义仆形象。如《醒世恒言》第三十五卷《徐老仆义愤成家》头回中的杜亮、正话中的徐阿寄，《型世言》第十五回《灵台山老仆守义　合溪县败子回头》头回中的李善、刘信甫，正话中的沈实，《西湖二集》第十九卷《侠女散财殉节》头回中的周大夫之婢、正话中的朵那女，《无声戏》第十一回《儿孙弃骸骨僮仆奔丧》中的百顺、第十二回《妻妾抱琵琶梅香守节》中的碧莲，《五色石》第八卷中的婢女霓裳、书童调鹤，《珍珠舶》第五卷第三回《老苍头杀身救主翁》中的钟义等。这些仆人地位低，但忠于家主，忠于所行之事。他们没有独立身份，却有独立的人格追求，地位卑贱，却人

---

① 　冯梦龙：《古今谭概·迂腐部》，见魏同贤主编：《冯梦龙全集》（第6册），凤凰出版社，2007年，第1页。

② 　冯梦龙编纂：《笑府·腐流部》，海峡文艺出版社，1992年，第14页。

③ 　《冯梦龙集笺注》，第111页。

格高尚。他们身上闪现着理学家所倡导的美德，属于身居下层的真正的道学家。小说以"侠""义""节"形容他们，细细叙述他们的品行，从男到女，自老到少，刻画了一群义仆形象。

义仆首先是仆，其身隶属于主人，没有人身自由。他们身居下位，却在他们所处的地位上成就自己，成就主人，闪现着人格光辉。

徐阿寄为人忠谨小心，朝起晏眠，勤于种作。老主人去世，见小主人行事有不到处，便苦口规谏。徐家三兄弟分家，将其分到孤儿寡母份下。"原来拨我在三房里，一定他们道我没用了，借手推出的意思。我偏要争口气，挣个事业起来，也不被人耻笑。""争口气""不被人耻笑"是徐阿寄对自我价值的体认，也是他行为的动力。面对孤儿寡母、破败的家庭，他不顾年老，外出经商。经过多年的打拼，为主人挣得数万家产，使其富甲一方，又为徐家三女两儿体面地办了婚事，还给徐家两儿捐了太学生的功名。然而，徐阿寄从不居功自傲，自经营以来，"从不曾私吃一些好饮食，也不曾私做一件好衣服。寸丝尺帛，必禀命颜氏，方才敢用"，死后竟无私蓄。朵那女虽为婢女，却自尊自爱，拒绝家主的轻薄："俺心中不愿作此等无廉耻之事，况且俺们也是父精母血所生，难道是天上掉下来的、地下长出来的、树根头塌出来的，怎生便做不得清清白白的好女人？定要把人做话柄，说是灶脚根头、烧火凳上、壁角落里不长进的齷齪货。俺定要争这一口气便罢！"朵那女认为即便是个婢女，也可以清清白白做个好人，她专要为地位卑贱的女性争气。她尽心尽力地服侍主人，照管主人的小孩，主母面临杀身之祸时，她舍财救之，当认为有辱主人叫她掌管财宝的使命时，自刎而死。

这些仆人还具有坚忍不拔的精神、权变的智慧、洞察世事的能力、处理实际问题的才智、舍生取义的品质。他们不贪财，不畏苦，有担当。他们虽为奴仆，却深明义理。他们有代主替死或替难者，有保护、抚养遗孤者，有复兴家业者，有想办法使主人浪子回头者。有人认为，义仆身上表现了奴性，但笔者并不这么看。义仆身份的限制与社会的规定，使他们必须忠于主人。但当主人家庭败落或社会动乱时，他们完全可以挣脱奴仆的身份获得自由。但是这个时候也是主人最需要的时候，他们坚守在主人身边，就不能简单看作是奴性作怪，而是出于一种侠义的救危救难的精神、知恩必报的善良本性，或者将主人家视为自己家和将主人视为亲人的情感。

沈实临危受命，面对败家子小主人沈刚，想尽了办法，终于使沈刚浪子回头。徐阿寄困难时卖身徐家，而得以葬父母，到了徐家，徐家老主人对他很好。

当幼主有不当之处时他便忍不住说教，其理由是"我受老主之恩，故此不得不说"。在众仆人都逃走的情况下，杜亮坚守在萧颖士身边，是对萧颖士才华的倾慕与对主人怀才不遇的同情，而不是图钱财、图出身。李善不与众家奴谋杀幼主反而保全幼主，更是仁人志士所为。在危难时刻挺身而出，挽救主人一家者，正是义仆"义"之所在。他们的行为都是发自内心，率性而为，不带任何伪善的。义仆身上所表现的品质，已经超越仆人对主人忠心这一狭窄的范围，带有普遍的人性美。

小说家以义仆为题材，与社会普遍蓄奴有关。当时，恶奴、凶奴、逃奴等广泛存在。《五色石·凤鸾飞》中说道："从来奴仆之内尽有义人，婢妾之中岂无高谊？每怪近日为人仆的，往往自营私橐，罔顾公家，利在则趋，势败则去。求其贫贱相守，尚且烦难；欲其挺身赴难，断无些理。至于婢妾辈，一发无情，受宠则骄，失宠则怨。她视主人主母，如萍水一般，稍不如意，便想抱琵琶，过别船。若要她到临难之时，拼身舍己，万不可得。世风至此，真堪浩叹。"结尾道："奴婢尽忠于主，即不幸而死，也喜得名标青史，何况天相吉人，身名俱泰。何苦不发好心，不行好事，致使天下指此辈为无情无义。故在下特说此回书，以劝天下后世之为。"写义奴，乃是为社会上的奴隶树立榜样。冯梦龙写徐阿寄，其目的是"劝谕那世间为奴仆的，也学这般尽心尽力做家做活，传个美名；莫学那样背恩反噬，尾大不掉的，被人唾骂。""年老筋衰并马牛，千金置产出人头。托孤寄命真无愧，羞杀苍头不义侯。"

古代社会，臣与仆往往并称。《礼记·礼运》云："仕于公曰臣，仕于家曰仆。"臣与仆本质上相同，只是所仕的对象有别。为臣者忠于君，以天下家国为己任，国有危难，则匍匐救之，君有过时则谏之。为仆者对主人即如为臣者对君王。小说时常将义仆与忠臣并言。《侠女散财殉节》议论道："丫鬟之中，尚有全忠全孝、顶天立地之人，何况须眉男子，可不自立，为古来丫鬟所笑？"结尾又论道："义女殉节，他何曾读《四书》上'虎兕出于柙，龟玉毁于椟中'这两句来，不知不觉率性而行，做将出来掀天揭地，真千古罕见之事，强似如今假读书之人，受了朝廷大俸大禄，不肯仗节死难，做了负义贼臣，留与千古唾骂，看了这篇传，岂不羞死。"《徐老仆义愤成家》入话诗云："犬马犹然知恋主，况于列在生人。为奴一日主人身，情恩同父子，名分等君臣。主若虐奴非正道，奴如欺主伤伦。能为义仆是良民，盛衰无改节，史册可传神。"《儿孙弃骸骨僮仆奔丧》云："前面半篇说子孙不孝，竟是讨逆锄凶的檄文；后面半篇赞百顺尽忠，竟是义士忠臣的论断。……四座之中，人人叹服，个个称奇，道他是僮仆中的圣人，可惜不曾做官做吏，若受朝廷一命之荣，自然是个托孤寄命之臣了。"《妻妾抱琵琶梅香守节》云："但凡无事之时，哓哓然自号于人曰'我忠臣、孝子、义夫、节妇'，其人者，皆有事之时之乱臣、贼子、奸夫、淫妇之流也。"《老苍头杀身救主翁》云："仆事主兮臣事君，谁能重义轻其身。请看长须能救主，愧杀区区负义人。"《灵台山老仆守义　合溪县败子回头》翠玉阁主人题词云："家之老仆，国之耆臣，一也。"《五色石·凤鸾飞》回末总评曰："奴婢呼主人为衣食父母，则事主当如事亲。为人仆者为人臣，则事主当如事君。作者岂独为主仆起见，其亦借以讽天下之为臣为子者乎。"在仆人自己，亦有将自己比作忠臣者。如在主人贾公危难之时，管家钟义说道："我闻古语说得好，主忧臣辱，主辱臣死。念小人向受老爷抬举，洪恩无可补报。今老爷被禁临危，正小人应死之日。愿即进去代替，誓不皱眉。"（《老苍头杀身救主翁》）他穿戴主人衣帽，扮做贾公，临刑代死。由此而言，小说家写义仆，暗含着对忠臣义士的期盼。

由义仆到忠臣的理路再回过头看义仆们的能力与行事方法，不难发现，小说所写的义仆，除了忠于主人之外，还虑事周到，有很强的理事能力。徐阿寄经商，长于审时度势，抓住商机，且又能吃苦。朵那女照管主人一双孩子，毫无差错，管理家财小心仔细，巧计除盗贼。碧莲同六七十岁的老苍头带着一个孩子，每日揽些女工针指不住地做，以养活三人。沈实先将荒山上的柴草砍了卖，又在近处耕种取息，远处种植树木，依时依树木种类而予以砍伐贩卖，当沈刚的狐朋狗友又来诱惑沈刚时，沈实借酒疯要杀人，吓得那些人再也不敢来。小说家极为赞同这种实际而又灵活的行事方法。雨侯评论沈实故事道："楚大夫鬻拳，因其主荒于酒色，劫之以兵，曰兵谏。兵谏也是谏。若拘拘主仆之分，可曰谨饬，却亦终是庸奴。"冯梦龙认为杜亮忠心为主，精神可嘉，但"毕竟还带些腐气，未为全美"。既然臣仆同类，是否也可以理解为小说家要借此暗喻为臣者不能愚忠，而应以富于成效的实际行动为君分忧，为民谋利呢？联系明清之际兴起的实学思潮、小说家对清官的看法，此说应不是无根之谈。

第三节　道与技：理学与话本小说的叙事分析

杨义先生指出："虚构叙事作品结构的开放的吸附性不仅体现在包容作者的人间哲学，在展示作者心目中的世界图式之时形成结构形式；而且体现在结构形式一旦形成，它就具有顽强的规范力量和逻辑力量，对作者的人生经验进行凝聚、剪裁、改装、变形和生发，从而达到世界图式和结构形式的完整性。"① 艺术作品的结构之道与结构之技不是偏离其思想之道，而是技在道中，道通过技呈现。话本小说所蕴含的思想非常丰富，然归其大要，仍不离程朱理学、阳明心学及实学所倡导的主要观点。

一、至情论与话本小说的叙事

阳明心学兴起，"情"的地位也因此被拔高。汤显祖倡导"至情"，冯梦龙进一步提出"情教"："《六经》皆以情教也"，把传统儒学典籍以"情"概括，"情教"乃六经的本质。冯梦龙在《情史·序》中指出，情乃理之维，忠孝节烈之事，从道理上做则勉强，而从情上去做则真切。因此，他说："我欲立情教，教诲诸众生。子有情于父，臣有情于君。推之种种相，俱作如是观。"② 重情思想直接影响了明清之际的话本小说的叙事结构。

彰显"情"的婚恋作品，叙事模式主要有阻滞式、阶梯式③、复仇式、外遇式。

（1）阻滞式。这种模式有两种表现形态，一是"相爱（或婚姻）—经受磨难—团圆"式，二是"缔结婚姻—外遇—团圆"式。前者表现了男女主人公对爱情的坚守，表达对爱情的忠贞；后者表达了对婚姻中因特殊原因而有过失一方的理解，在"情"的包容下，贞洁观被淡化。

在"相爱—经受磨难—团圆"这一模式中，作者讴歌坚守婚姻的义夫节妇，也讴歌追求爱情的青年男女。

小说中的义夫节妇并不是"节义"的模糊代表，他们的节义有着情感基础。《陈从善梅岭失浑家》中，陈从善与妻子如春"夫妻二人，如鱼似水，且是说得着，不愿同日生，只愿同日死"。陈从善要远行，舍不得妻子，如春道："奴一身嫁与官人，只得同受甘苦；如今去做官，便是路途险难，只得前去，何必忧心？"如春被申阳公掠走后，宁愿吃苦也不屈服，陈从善则"思忆浑家，终日下泪"。正是由于这种真挚的感情，夫妻二人一则陷身魔窟千日而始终如一；一则

---

① 《中国叙事学》，第44页。
② 冯梦龙评辑：《情史》，岳麓书社，1986年，第1-2页。
③ "阻滞式"与"阶梯式"说法，主要取自曹萌《明代言情小说创作模式研究》（齐鲁书社，1995年）第一章与第五章。

千方百计寻觅，虽经三载而不放弃，最后因神仙之助而团聚。《拍案惊奇·崔俊臣巧会芙蓉屏》中，崔俊臣与妻子王氏"夫妻两个，真是才子佳人，一双两好，无不厮称，恩爱异常"。在上任途中遇强贼，崔俊臣跳水，生死未卜，王氏逃到尼姑庵，存复仇之志。当高公考验二人时，一不再嫁，一誓不再娶。经历多番磨难，二人方才重聚。

青年男女相爱后，其爱情之路充满坎坷。《警世通言》第二十九卷中，张浩与李莺莺幼时曾共扶栏之戏，花园相见，两情相悦，自约为婚姻，书信往来，进而有肌肤之亲。然李父守官河朔，李莺莺不得不随之同去。张浩叔父以"不孝有三无后为大"要求张浩与孙氏结亲。亏得李莺莺勇敢，自诉于父母与官府，二人才能重聚。《醒世恒言》第二十八卷中，贺秀娥与吴衙内相遇船上，彼此钟情。夜晚跨船私会，吴衙内的船却开走了。贺秀娥将吴衙内藏于船舱，假装有病，食量却大增。贺秀娥父母发觉实情，将吴衙内送回，要求他功名到手再来迎娶。吴衙内果真考中，成就了美满姻缘。

在阻滞式模式中，作者强调双方原有的情感，更注重以外力来考验这种情感。这种外力，是二人之间的阻碍，也突出了二人情感的真挚与坚贞。已经是夫妇者，盗贼与其他外力因素成为阻滞的主要原因；未婚男女的阻滞，主要来自父母的不知情及偷期行为所带来的其他因素的困扰。如李莺莺与张浩相爱，双方父母都不知情，此为第一重阻滞。既已求婚，而李父不允，此为第二重阻滞。双方已有肌肤之亲，而李父为官他乡，二人分别，此为第三重阻滞。张浩迫于叔父威严，另婚配孙氏，此为第四重阻滞。不得已诉于官，此为第五重阻滞。偷期密约，表面是父母阻滞，而深层结构乃是婚约缔结是两个家族大事，婚约必须遵循父母之命、媒妁之言的礼法。最后二人婚姻的缔结，必须得到双方家长的同意乃至政府的支持。小说让父母、官府最终成为他们婚姻的支持者，在某种程度上说明，以爱情为主的婚姻在当时的社会受到包容。

（2）阶梯式。阶梯式模式中，男女因色生情，层层展开，不断推动情节发展，最后大团圆。这类故事突出男主人公对爱情的追求。他们通过自己的努力，获得女性的芳心，最终成就美满姻缘。与阻滞式相比，阶梯式更强调男性的努力。《二刻拍案惊奇》卷三中，权学士尼庵遇丹桂而动心，遂乔装成其表兄白大，乘机接近。其后，借送药之机，再探丹桂心思。经多番努力，终于打动丹桂芳心，也获得了丹桂母亲的认可。《醒世恒言》第三卷《卖油郎独占花魁》中，秦重卖油途中偶见花魁娘子莘瑶琴，心荡神摇，访得花魁底细，便着手准备银子以偿心愿。当真可以一亲芳泽时，莘瑶琴呕吐，秦重拥坐服侍。此际虽未达成秦重初衷，却使莘瑶琴深为感动："心里已有四五分欢喜了。""难得这好人，又忠厚，又老实，且又知情识趣，隐恶扬善，千百中难遇此一人。可惜是市井之辈，若是衣冠子弟，情愿委身事之。"秦重走后，莘瑶琴思绪万千："见他一片诚心，去后好不过意。这一日因害酒，辞了客在家将息。千个万个孤老都不想，倒想秦重，整整的想了一日。"莘瑶琴被吴八公子凌辱，又是秦重救了她。秦重的真心感动了莘瑶琴，"我一向有心于你，恨不得你见面"。她终于决定嫁给秦重。属于阶梯式结构者，还有《莽书生强图鸳侣》（《石点头》第五卷）、《唐解元一笑姻缘》（《警世通言》第二十六卷）。

虽然阶梯式情节也离不开女性的美色，但是男主人公并不是那种肤浅的淫乱之徒。他们追求女性而不是玩弄女性，追求的动力是发自内心的爱恋，其目标是成就姻缘。主人公所重在情，故而不辞辛苦。"夫情近于淫，而淫实非情。今纵欲之夫，获新而置旧；妒色之妇，因婢而虐夫，情安在乎！惟淫心未除故耳！"①突出主人公追求的过程也就是突出他们对情的追求。话本小说中的一些篇目在写男女情爱时，强调真情与深情。如《金明池吴清逢爱爱》："隔断生死终不泯，人间最切是深情。"结尾又说："世上有情皆似此，分明火宅现金莲。"

（3）复仇式。复仇式的基本模式是"相爱（或缔结婚姻）—负心—复仇"。负心者主要为男性。他们与女主人公相爱、缔结婚姻，当身份地位改变，便弃原配，另娶他人。或者受女方之助，而后变心另娶。女方或化鬼复仇，或依靠高官惩处负心人。代表作有《王娇鸾百年长恨》（《警世通言》第三十四卷）、《满少卿饥附饱飏 焦文姬生仇死报》（《二刻拍案惊奇》卷十一）、《穆琼姐错认有情郎 董文甫枉做负恩鬼》（《醉醒石》第十三回）。

这三篇作品中，男主人公追求女方，是在身处异乡，甚至潦倒无依时。周廷章与王娇鸾诗词往来，相互爱恋，曹姨为媒，写成婚书誓约，私结婚姻。两载之间，情爱非常。然周廷章以父之病而别王娇鸾，谁知父亲为其另与魏家约为婚姻。周廷章初不肯，"后访得魏女美色无双，且魏同知十万之富，妆奁甚丰。慕财贪色，遂忘前盟"。"魏氏过门，夫妻恩爱，如鱼似水，竟不知王娇鸾为何人矣。"满少卿投人不遇，盘缠罄尽，走投无路时遇焦大郎，受焦氏父女之助，与焦文姬情投意合。结为婚姻后，郎情妾意，如胶似漆。为助满少卿读书，焦家倾

① 《情史》，第209页。

其所有。然满少卿中第后，依照叔父意思，另娶朱氏女，"见说朱家是宦室之女，好个模样，又不费己财，先自动了十二分火"。及见朱氏模样出色，"德、容、言、工无不具足"。与朱氏你敬我爱，如胶似漆，反把焦文姬当作了外遇，将她所赠之物焚之一炬。即便朱氏要他接焦文姬，也被拒绝。穆琼姐失身乐户，为从良积累了三百多金。遇董文甫，将其认作有情人，将钱与他做生意，又将一百八十余两给他为自己赎身。董文甫却将穆琼姐所赠钱财，一用来做生意，二用来重娶妻子。穆琼姐贫困潦倒，疾病缠身，半载而亡。

男主人公初遇女主人公，尚存真心，发誓不负。但当其地位改变，或者遇到财、色均出众的女子时，便将原有誓言抛之脑后。女方的恩义与情爱，抵不过钱财与美色。小说家对这种薄情寡义之人深恶痛绝。凌濛初叙焦文姬故事时说道："今日待小子说一个赛王魁的故事与看官每一听，方晓得男子也是负不得女人的。有诗为证：由来女子号痴心，痴得真时恨亦深。莫道此痴容易负，冤冤隔世会相寻。""话说天下最不平的，是那负心的事，所以冥中独重其罚，剑侠专诛其人。那负心中最不堪的，尤在那夫妻之间。盖朋友内忘恩负义，拼得绝交了他，便无别话。惟有夫妻是终身相倚的，一有负心，一生怨恨，不是当要可以了帐的事。"《穆琼姐错认有情郎　董文甫枉做负恩鬼》也论道："不知报复是个理，怨恨是个情。天下无不伸之情，不行之理。如今最轻是妇人女子，道他算计不出闺中，就是占他些便宜，使他饮恨不浅，终亦无如我何。不晓得唯是妇人，他怨恨无可发泄，积怨深怒，必思一报。不报于生，亦报于死。"小说中，女主人公似乎都是弱者，但是，她们或凭自己才智让官府惩处负心郎，或自己化为厉鬼直接复仇。周廷章被杖死，满少卿被焦氏索命，董文甫被穆琼姐化成的蛇咬死。负心人受惩，是从反面言情义。

（4）外遇式。外遇式的基本模式是"婚姻缔结—外遇—团聚"。外遇的主人公通常为女性，她们有的是婚姻不幸，有的是丈夫久出不归，有的是遭遇骗局成为他人之配，最后多与丈夫或者情人团聚。

因婚姻不幸而有外遇者。《欢喜冤家》第一回中，花林好酒，娶了花二娘后，"尚兀自疏云懒雨"，与不肖光棍赌钱滥饮，还暗地里将妻子的衣饰偷去花费，气死父母，且又冷淡妻子，花二娘守有夫之寡。恰逢任三乖巧知趣，花二娘遂与之相好。后来花林改过，花二娘收心，夫妇和美。同书第十五回中，王文娶马玉贞，因公事繁忙，很少归家，即便在家，也云稀雨薄。加上王文生性凶暴，常常吃醉了就发酒疯，无端骂马玉贞，甚至动粗。马玉贞遇宋仁，便随宋仁逃走，又做了暗娼。王文找回妻子后，有感于妻子的情义，夫妻二人恩爱如初。

有丈夫久出不归而出轨者。《欢喜冤家》第三回中王文甫娶妻后出外经商久不归，妻李月仙忍不住与章必英偷情，后来发现章必英陷害丈夫，遂举报章必英，为夫鸣冤，夫妇重聚。《珍珠舶》第一卷中，赵相出外经商，将妻子冯氏托于蒋云，蒋云百般诱惑，冯氏堕于蒋云骗术中，蒋云后来将冯氏卖与娼家，一番磨难后，赵相与冯氏夫妻重聚。出轨后，经历一番磨难，最后夫妻团聚者，还有《喻世明言》第一卷中的蒋兴哥与王三巧；《拍案惊奇》卷二中，姚滴珠回家途中被拐，与其他男人生活了一年多，后回到丈夫身边；《欢喜冤家》第十一回中的蔡玉奴避雨被和尚强留在寺庙凌辱多时，淫僧被捉拿，蔡玉奴回到夫家。

有出轨后与有情人团聚者。《珍珠舶》第六卷中，赵诚甫经商，一年有六个月不在家，证空迷恋赵妻陆氏美貌，经常去赵家化斋，将陆氏勾引。陆氏随证空逃走，事情被发觉，陆氏被变卖，一个好后生将她讨取了。"只因赵诚甫没有主意，留着个小艾妻房在家，并无一人照管，竟自经旬累月，出外为客，以致做出这样事来，也罪不得陆氏一个。"《欢喜冤家》第九回中，王小山娶方二姑为妻，却利用方二姑色诱张二官敛财，方二姑与张二官生一子，王小山死后，方二姑干脆嫁给了张二官。《二刻拍案惊奇》卷三十八中，徐德之妻莫大姐与邻居杨二郎偷情，约定出逃却被人欺骗，沦落为娼。最终的结局是，徐德休妻，莫大姐与杨二郎终成眷属。

小说家强调外遇发生的原因，将女性出轨归之于婚姻不幸、丈夫外出长久不归与其他外力作用，以与丈夫团聚或情人团聚作为大团圆的结局，展示了明末清初社会重情思潮下世人对婚姻中情爱与性爱二者的双重关注。小说家突出婚姻中男性的作用。丈夫自身的品行、对待妻子的态度、在两性生活中的能力、在家时间的长短等，都直接影响妻子情感的变化。小说家意识到，女性出轨，丈夫负有主要责任。丈夫在闺门不谨时，应该自我反省，而不是一味将责任推卸到女性一方。丈夫对出轨妻子的包容，说明夫妻感情中贞节并不是唯一的标准。人情化的背后，是对妻子作为活生生的人的肯定。夫妻重聚后，鉴于已有的教训，他们的感情比以前更好，而结果，则是家庭兴旺。情与理并不冲突，破坏他人幸福，满足自己情欲者则是小说家所鞭挞的，上面小说中破坏他人家庭的男性，大多以恶报结束，原因也在于此。

在宣扬至情的部分小说中，有不少神异描写，如精怪、鬼神化为异类复仇等。这些叙事除了增加小说的趣味性外，也有宣扬情教的意味。小说中，鬼神是复仇者、考验者、促成者或嘉奖者，它们有的从侧面衬托爱情的坚贞，有的表达对负义的谴责与对真情的维护，也有的表达对情的坚守与期待。

二、理欲冲突与话本小说的情节模式

明末清初一些思想家虽然受到心学的影响，不再将天理人欲视为对立存在，但由于社会主流思想仍是程朱理学，程朱的"存天理，灭人欲"，"天理存，则人欲亡，人欲胜，则天理灭"① 仍占有广阔的市场。天理与人欲的关系有三种，一是天理胜，人欲服从于天理；二是人欲胜，天理泯灭；三是天理人欲各得其所。其中第一、第三种是小说家所赞成的。围绕天理人欲的冲突，小说的叙事也有所不同。

其一，夸饰人欲，以恶报醒之。小说家先扬后抑，为了说明人欲之害，夸饰人们的人欲享受，以恶报结尾。前后对比，让人醒悟。《锦绣衣》第一卷中的花笑人在色字上要紧，财字上歪念，常与妇女鬼混，敲诈过往客人，恃强凌弱。花笑人因大哥六年不回家，欲将大嫂卖掉，结果既吃了官司，又卖掉了自己的妻子。小说评花笑人道："究竟色占不来，反失其妻；财取不来，又绝其食；气伸不来，几毙其身。"《八段锦》第一段中的云发勾搭上一少年妇人，色欲过度，神思昏乱，患重病。《醒世恒言》第三十五卷中，郝大卿与四尼姑鬼混，淫欲无度，乐极忘归，终亡身于纵欲。《警世通言》第三十八卷中，蒋淑真欲心如炽，强和邻居阿巧，致其死亡。嫁人后，纵欲无度，致丈夫衰惫而死。再嫁，又与他人通奸，被亲夫杀死。

上述故事中，主人公欲求无度，不惜危害自己的亲人与邻居，为了个人的享乐，忘记了自己身为妻子、丈夫、父亲或者兄弟的职责与情义。其结果是亲人关系恶化，失去了财物，乃至生命。不过，有些篇目尽力夸饰欲望，然后报应醒之的模式，却不免有"劝百讽一"之嫌。如《醒世恒言·金海陵纵欲亡身》以大量篇幅写海陵王贪淫，甚至还有详细的性描写，最后虽然海陵王亡身，却并不能达到震撼人心的效果。

其二，克制人欲，以善报表彰之。在这类故事中，主人公都是天理的坚守者，他们临色不乱，临财不贪，临义而为，是程朱理学"存天理，灭人欲"的模范实践者。《人中画》第二回中的柳春荫被人设计，绝色娼妓扮成良家妇女引

① 《朱子语类》，第224页。

诱他，但他毫不苟且。后来又抵御住了一千两银子的诱惑，坚守婚约，不嫌弃对方是瞎女："孟小姐虽瞽于目，未瞽于心，有何害也？"结果，柳春荫高中，所娶女子貌美如花，生了二子，官至尚书。《锦绣衣》第一卷中，苏镇台艳妾贡氏羡慕花玉人，深夜造访自荐枕席，被花玉人拒绝。苏镇台仆人苏勇征讨中得万两黄金，求玉人帮忙窝藏，情愿平分。花玉人不受，劝苏勇献给主人。拒美、拒金事件被苏镇台无意获知，镇台感花玉人义气，将贡氏嫁与他，又将五千金赠予他。小说标题"拒美色得美又多金"，将得美与得金看成是拒美、拒金的奖赏。话本小说中，这类克制自己欲望，最后获得善报者甚多，所获得的奖赏，正是世俗社会所艳羡的，如多子、多寿、多金。众多的拾金不昧、见色不乱者，体现出儒家的道德要求与理学家自我克制的道德实践，其结果则又符合世俗社会付出必有回报的善报观。

其三，于人欲中求天理。人在追求自身欲望满足时，并未忘记"天理"。他们行天理，只是出自内心的良知。《欢喜冤家》第三回中的李月仙，虽和章必英偷情，但对丈夫王文甫有情有义。后来她嫁给章必英，情爱异常，但当得知原夫为章必英所害时，毅然告发章必英，救出原夫。同书第七卷《陈之美巧计骗多娇》中，陈彩贪图邻居潘璘妻犹氏美色，设计害死潘璘，后娶犹氏。陈彩、犹氏朝欢暮乐，如鱼似水。犹氏仍不时照顾原来的公姑。十八年光景过去，犹氏为陈彩生的两子均已成人，夫妻二人情好如初。陈彩无意间泄露谋害潘璘之事，犹氏义无反顾地将陈彩告官，自己空身回潘家，甘处淡泊。

李月仙与犹氏，她们与后夫生活美满。后夫想方设法得到她们，小心呵护她们，她们得到了后夫的爱，在性爱上也得到了极大满足。尤其是犹氏，在夫家地位尤高，且有子有孙，家产庞大。从私欲上而言，她们完全可以满足现有的生活。然而，谋命杀人有害天理，必当受罚。当她们成为唯一的知情人，则负有替原夫讨还公道的责任。在人欲与天理毫无冲突时，她们服从人欲，不违天理。当二者强烈冲突时，她们不假思索地选择天理。

三、天命与天理：关于帝王将相的神异叙事

天命观是中国传统的哲学思想，对国家命运与民众的个体人格都有着重大的影响。历代帝王都自谓受命于天，奉天承命，以表明自己统治的正当性与正统性。话本小说从多方展示帝王将相的善与恶，力图在善的宣扬与恶的揭露中探寻构建理想的政治秩序的妙方。小说家怀揣着梦想，去修补或重建政治秩序，其中

不乏自我个性的张扬，但以醒世、明世、型世为己任的情怀促使他们主要通过神异性叙事，宣扬统治者的合法性：其命合天，其势合天，受天庇佑，凡是忠心为国家服务、为君王卖命者，也受天之保佑，反之，任何反抗统治者权威的行为，都必将受天谴。同样，统治者受命于天，也当以"天命"约束自己。

首先，帝王将相出生不凡。小说介绍帝王将相出生不凡，并没有固定模式。有时由作者叙述出来，如《西湖二集》第五卷介绍李凤娘，先说其出生时神异：飞来黑凤，善于风鉴的道士见到少年李凤娘而言其为天下之母。《喻世明言》第三十七卷写梁武帝来历不凡是累修的结果。"来历不凡"成为整个故事的重点。有时通过他者所见的异象，如《喻世明言》第二十一卷开篇即交代钱婆留来历不凡：钱婆留诞生时其父亲见大蜥蜴与火光冲天，镜山众小儿见钱婆留镜中的帝王之相。中间又以二钟见到头生两角、五色云雾罩定的大蜥蜴再次说明钱婆留之异。同书第十五卷中，阎行首见到了史弘肇异象——雪白异兽。柴夫人能看天象，见郭威所在地面有王气。郭威睡觉时，狱卒看到赤蛇从他鼻中爬出。史弘肇后为四镇令公，而郭威即是后周皇帝。有时又为梦境预示，《喻世明言》第十五卷中，阎招亮梦中到东岳殿，听到炳灵公将一人换铜胆铁心，令回阳世为四镇令公，那人即是史弘肇。帝王将相的来历不凡，富有文学性的表述乃是梦境、星象、显真形、名人转世等。这些神异叙事，表明君主与其大臣都是天命所归，旨在宣扬等级的天然性。《拍案惊奇》卷二十八的一段议论表明了世人对于名士的看法：

> 要知从来名人达士、巨卿伟公，再没一个不是有宿根再来的人，若非仙官谪降，便是古德转生，所以聪明正直，在世间做许多好事。如东方朔是岁星，马周是华山素灵宫仙官，王方平是琅琊寺僧，真西山是草庵和尚，苏东坡是五戒禅师。就是死后，或原归故处，或另补仙曹，如卜子夏为修文郎，郭璞为水仙伯，陶弘景为蓬莱都水监，李长吉召撰《白玉楼记》，皆历历可考，不能尽数。

名士巨卿如此，帝王更不消说。朱元璋当为天子，在话本小说中多有表现。《西湖二集》第一卷入话部分直接评论道："从来得天下正的无过我洪武爷，驱逐犬羊腥膻之气，扫除胡元浊乱之朝，乾坤重辟，日月再朗，这是三代以来第一朝皇帝了。"同书第二十五卷写洪武与永乐为天命所归，先引梁时菩萨化身的宝志公涅槃时的偈语，暗示洪武帝当登帝位。又写永乐乃是真武帝下凡，且以种种异象说明其为天下正统。正话中胡日星推算洪武为天子，洪武帝是位圣人，诸位菩萨、圣僧、神仙都来拥护他以佐太平，洪武帝是孔圣人所受记等。帝王将相身份不一般，自然也就有鬼神相佑。《西湖二集》第二卷写高宗还是康王时出使金国，金人欲害之，却因天逢、天猷、翊圣、真武四将手持器械护卫而不能成功。《醒世恒言》第三十一卷写郑信成仙后，率领神兵保护为金兵所追的康王。《型世言》第三十四回以大量篇幅写周颠仙对朱元璋说"告太平"，又助朱元璋攻打陈友谅，为朱元璋治病等。

帝王将相受鬼神的保护、敬重或畏惧。《西湖二集》第三卷载："阴府中凡是做宰相之人，其名姓都用红色纱笼护住，恐世上人有所损伤。"《醉醒石》第一回中，一寺伽蓝最是灵验，凡遇贵人过往，必三日前托梦报知寺主。魏推官每次经过，伽蓝都报（原因是他将位至冢宰），后因魏推官昧心做了不好的事，"天符已下，不得抚楚"，不再报信。《西湖二集》第二十四卷中，周必大去岳父家，其岳父梦见他门前许多黄巾力士扫雪，问之，言："明日丞相至此，扫雪奉迎。"《清夜钟》第十八卷中，李实甫考后宿一古庙，夜里，几盏纱灯拥一贵人前来，见到李实甫，言："李天官在内，暂且回避。"《西湖佳话·三台梦迹》中，急脚神因将于谦的衣服搴住，遭到于谦怒斥，于是托梦给主持，言因得罪了于少保，要被贬到岭南充军。不仅做官者本人受到神的礼遇，连他们命中的夫人也受到神的保护。《二刻拍案惊奇》卷十五中，徽商娶一女子，这女子命该成为二品夫人，于是，徽商虽娶而不能有。神言警告徽商，此女"非凡人之配，不可造次胡行，若违我言，必有大咎"。"皇天无亲，惟德是依。"鬼神对人的辅佐，暗示这些人是天命之所归，也是有德者。故而，在小说中，凡圣人都有上天保佑之，高官必然有鬼神护佑，或避之，畏惧。有德之官吏乃为鬼神、上天所敬。诸如此类的怪力乱神之说无非说明等级之神圣、官吏设置之神圣。这仍然是理学君命、臣命论的体现。

其次，帝王将相出生不凡，在道德与功业上有非常的表现。一些看似普通之人之所以成为统治者，在于他们的天命，也在于他们的经历与道德力量。如梁武帝是行善者的化身，赵匡胤是仁、义、不淫的代表。《警世通言》第二十一卷以赵匡胤为主角，讴歌赵匡胤之德。赵匡胤未发迹时，是个"铁铮铮的好汉，直道而行，一邪不染"。"任侠任气，路见不平，拔刀相助。"他千里护送被盗贼掳来的京娘，路上与京娘兄妹相称，严守礼节，拒绝京娘以身相许。小说结尾诗云：

"不恋私情不畏强，独行千里送京娘。汉唐吕武纷多事，谁及英雄赵大郎！"对赵匡胤表达了由衷的钦佩之情。对帝王将相建功立业过程的描述是小说的重点。从社会层面上讲，圣人能安定一方；从个体层面来讲，圣人与社会中的他者能和睦相处，且身心康健。其原因在于，圣人"能博施于民而能济众"。小说中的统治者是天之所命，尤其是开国皇帝如朱元璋、赵匡胤、吴越王钱镠等，起于乱世，而行仁义，救民于水火。《西湖二集》第九卷中的韩晋公，是子路转世，见孔子信而改不臣之心："韩公从此悟了前世之因，依从孔子之教，再不敢蒙一毫儿不臣之念，小心谨慎，一味尊奉朝廷法度，四时贡献不绝。"他有一系列举措，如向藩镇诸司进米粮，并亲自带领将士负米，"自此之后，各藩镇都来贡米。京师之人方无饥饿之患，皆李泌之策、韩滉之力也"。韩滉体贴人意，将被强行抢来的女子归其原夫，其宽宏大度之量让人人归心，文武效力，江南半壁江山平安。

最后，得天命者，必依天命而行。天命与民命有一定的关联，"天视自我民视，天听自我民听"（《尚书·秦誓》），顺天而行，天佑民敬。"圣"，《说文解字》曰："圣，通也。"先秦之圣，一指具有高度智慧的人，二指具有美好品德之人，三指生活规范的制作者或人类生活秩序的维护者。"圣"在德福统一的一面超乎常人。① 话本小说中的君臣，既有正面的，也有反面的。其盛衰在于自身行动之气是否与天之气和谐融通。顺天之气，则久远；逆天之气，则短促。顺天命者修德，逆天命者败德。"天命即是天理"②，得天命者必依天理而行，"人主所以有崇高之位者，盖得之于天，与天下之人共戴也，必思所以报民。古之人君视民如伤，若保赤子，皆是报民也"③。理学"存天理，灭人欲"不仅是对老百姓的要求，也是对统治者的要求。当曾受命于天的帝王将相或达公巨卿的行为违背了天理，则"天"也就对其不再眷顾。小说家对金海陵王与隋炀帝的描写，对史弥远与贾似道的描写，均表明纵欲之结果。《醉醒石》第十二回中，和尚明果信星相家之言，以为自己果真有登大宝的命，就思起事当皇帝，事败身杀。标题"狂和尚妄思大宝"已喻褒贬。《拍案惊奇》卷三十一入话中，侯元得到道士的法术，便不顾道士之言，兴兵作乱，被朝廷剿灭。正话中，唐赛儿生来不凡，

---

① 成云雷：《先秦儒家圣人与社会秩序建构》，上海古籍出版社，2007 年，第 8–11 页。
② 《朱子语类》，第 1173 页。
③ 《二程集》，第 264 页。

又会武艺，得天书《九天玄旨》一部，要求她为女主，普救万民。唐赛儿却起事反抗朝廷，身死名灭。

一切"艺术品的目的是表现某个主要的或凸出的特征，也就是某个重要的观念，比实际事物表现得更清楚更完全；为了做到这一点，艺术品必须是由许多互相联系的部分组成的一个总体，而各个部分的关系是经过有计划的改变的"①。有关帝王将相、名士达卿的神异叙事，一方面说明天命所钟，等级身份天定，以维护现有的等级观念，另一方面又以天命约束受天钟情之人，须以天理办事，遵循天理，克制己欲。

第四节　特殊的形式与载道精神

明末清初话本小说出现了一些新的形式，如多回体，以特殊的人物为对象，以场景囊括众多的故事等，《七十二朝人物演义》《豆棚闲话》《西湖佳话》《十二楼》都是这些方面的代表作。新的形式可展示作者的独特个性。"文人参与话本小说发展，与同时代的正统文人参与王纲建设有明显的区别，他们不是阐明道统，而是把儒学伦理世态化，并以佛道幻想作为世俗道德的神秘的心理力量。因此，他们在促进话本小说叙事形态典范化的同时，也显示了自己不同于正统文人的另一种文人精神形态。"② 心学激荡所致的个性主义张扬，使小说家不再囿于以传统形式传播统治者规定的"道"，他们重视小说的形式美，用新说注解传统的"道"。以《豆棚闲话》与《十二楼》为代表的小说更是如此。

一、《豆棚闲话》

浦安迪认为，"整个晚明的文化生活里出现过一个怎样的'批评的时代'"③。晚明的批判意识一直延续到清代。《豆棚闲话》写一群人在豆棚下讲故事，借助"豆棚"，将十二个毫不相干的故事统摄在一起。内容与形式不可分离，特殊的内容需要借助特殊形式加以表现。《豆棚闲话》对历史现实的翻案与反思巧妙地结合了"豆棚"这一特殊说话场景与"闲话"这一特殊的说话方式。从内容到

① 《艺术哲学》，第 28 页。
② 《中国古典小说史论》，第 265 页。
③ 《中国叙事学》，第 198 页。

形式，《豆棚闲话》都可圈可点。

在豆棚这一特殊的场景中，听说书的人，有老有少，有男有女，有做生意的，有田地里做工的，也有城内大儒。说书的内容包括说朝报，说新闻，说故事，说野史。说书者有老成人（教授）、不知名者、少年、城内老儒。说话内容依听话人的要求随意转换。"真实"的场景，"闲话"的方式，杂多的人，令说话者不受拘束，而可以任意畅谈。由儒者开篇（如教授讲第一、二则），另一不知名者（第三、四、五则）、少年（第六、七、八、九则）继之，"那人"随后又以教授及宿儒陈斋长话结束。说话时间从搭豆棚开始到收豆棚结束，历时春、夏、秋三季。小说以儒者起，儒者收，最后一篇有囊括整部小说的意味。

《豆棚闲话》翻案故事甚多。第一则质疑介之推之隐。传统的说法是介之推对功名富贵不在意，辅佐晋文公成功后退隐山上，文公为让他出来，放火烧山。介之推坚决不出，被烧死在山上。但《介之推火封妒妇》中，介之推之"隐"是因为妻子不允许他出山。被烧死，也是他愤懑，以速死为快，自己纵火焚烧使然。小说让"教授"（即老成人）讲述这个故事，对"隐"的行为及心态给予新的诠释，实际上是对社会以道德诠释一切的质疑。第二则唐突西施，耻笑范蠡。西施只不过是肮脏女子，贻害越主，祸害吴国，范蠡也只是个邀功请赏之人，泛舟五湖是为偷享贪污所得的金银财宝，害怕西施泄露他的贪污行径，干脆推她下水。第三则中，做大事业者，居然是"懵懵懂懂"的一个人。回末总评云："读此一则者，不可将愚鲁、伶俐错会意了。"此说甚得作者之心。第四则写"散财"与"兴家"，第五则写小乞儿行孝义，第七则中隐逸典范叔齐被写成假隐逸等。小说不从常态讲述故事，而是从新的视野解读，唐突古人，唐突圣贤。

豆棚场景适合表达非主流的思想，其原因在于，这不是一个正规的说话场域，没有固定的说话者，也没有固定的说话内容，每次说话，似乎都是被他人"拉"出来补无人说话的空缺。其说话的内容，也多是因意外情况惹起的话头引发而来。而往来人甚多，听众也多在变化。有时，为了说明自己不是"胸中有限"，又因为主人家煮豆"请说得好故事的吃"的诱惑，说话者力展己长，往往翻新出奇。从小说看，"豆棚"在乡间与城市之间。小说写道："有在市上做生意回来的，有在田地上做工闲空的，渐渐走到豆棚下，各占一个空处坐下。"豆棚是城市与农村信息交流的地方，地处乡村却又信息灵通，远离了城市喧嚣，也远离了山乡的闭塞不通。说话多在"闲"的时候。从闲处说话、听话，说者与听者都不必装伪道学，而将真实的赤子心呈现。在此之时，不人云亦云，不唯古人、唯圣贤是同，而其归结处，则与圣贤同情。

豆棚是说话的场景，人人都是说书人，人人也可以是听书人。说话者说话不为利，听话者不必付钱。说话人与听话人身份随时转变，不必装着一副训人的面孔。第四则引陶渊明"种豆南山下"之诗，第七则末尾道："我们坐在豆棚下，却像立在圈子外头，冷眼看那世情，不减桃源另一洞天也！"换言之，在作者心目中，豆棚在一定程度上象征着理想生活的图景，是一片桃花源的世界。在这个世界中，只有真实，没有虚伪。说书者将自己真实的想法和盘托出，而不必顾虑伪道学的反驳，即便是其中文盲说书，也获得大家赞赏。唯其如此，对现世生活的反思、对历史的重新评判，才能真真实实和盘托出。在这个空间里，人的心灵是自由的，也是纯净的。第五则说道："譬如人立在府县衙门前，耳边扰扰攘攘，是是非非，肚里就起了无限打算人的念头。日渐习熟，胸中一字不通的，也就要代人写些呈状，一日不去发动，心上痒痒难过，到后来一片善良初念，都变作一个毒蛇窠了。又譬如人走到庵堂庙宇，看见讲经说法，念佛修斋，随你平昔横行恶煞，也就退悔一分。日渐亲近，不知不觉，那些强梁霸道行藏，化作清凉世界。……今日我们坐在豆棚之下，不要看做豆棚，当此烦嚣之际，悠悠扬扬，摇着扇子，无荣无辱。只当坐在西方极乐净土，彼此心中一丝不挂。忽然一阵风来，那些豆花香气扑人眉宇，直透肌骨，兼之说些古往今来世情闲话。"这个纯净自由的空间里，没有伪道学，只有真实的人性、真正的道学心肠。"可见人口中说的言语，大则关乎国运，小则关乎一身。""莫把闲字看得错了，唯是闲的时节，良心发现出来，一言恳切，最能感动。"豆棚是普通民众的豆棚，他们有些可能就是"村鄙之夫"，但具有纯粹的赤子之心，具有真正的人伦精神。他们或许乡土，却不庸俗。第四则末尾说："我们豆棚之下说些故事，提起银子就陋相了。"第五则又说："豆棚之上就有天帝玉皇过的。"说话者很重视说话的内容，他们讲述自己的所见所闻，不故作高深，不说淫邪之语而说有益身心学问之言。

《豆棚闲话》十二则故事的脉络大致可以用否定（第一、二则）—肯定（第三、四、五则）—否定（第六、七、八、九、十则）—肯定（第十一、十二则）来概括。第一则故事否定介之推隐居的真诚性，第二则故事否定西施为国牺牲的精神与谋士范蠡的道德品质，第三、四、五则肯定"懵懵懂懂"者的"痴人"的豪杰精神与卑贱者（乞丐）的孝义之道，第六则批判和尚，第七则以叔齐的变节否定圣人身上的道德性，第八则批判世道的空花阳焰、孽海冤山，第九则揭露官府养贼及流氓无赖的行径，第十则揭露清客的无耻嘴脸，第十一则肯定党都司疾恶如仇的性格，第十二则辟佛老而肯定儒家。但否定之中有肯定，肯定之中又有否定。如第一则肯定介之推对妻子的感情，第二则肯定范蠡对越国的功劳，第三、四则否定所谓的"聪明人"，第五则否定衣冠中人，第六则贬佛教而肯定儒教等。若将《豆棚闲话》十二则故事分成上下两部分，这两个部分则呈对称性结构，即第一、二则与第七、八则对称，主要是调侃历史；第三、四则与第九、十则对称，主要讲豪杰与帮闲无赖；第五、六则与第十一、十二则对称，主要讲儒释道三者（如小乞儿之孝，党都司之烈，陈斋长最后贬释道而倡儒）。最后一则故事《陈斋长论地谈天》有总结性作用。十二则故事从古到今，从现实到虚幻又到现实，从释道到儒家，从不同方面展示了世道人情。在肯定与否定、历史与现实中，艾衲居士思考历史的因果与道德的关系，探求真正的人性。

艾衲居士以调侃历史来质疑道德的真实性，质疑道德与功业的一致性。以下层民众的代表（乞丐）来探究真儒所在，讴歌懵懵懂懂的"痴人"以反对自以为聪明者，借陈斋长之口指出释、道的不足。诚如小说所言，虽是闲话，却不能等闲视之。说话人身份年龄不同，性格各异，说话却都有一番苦心。第一则中说："今日搭个豆棚，到是我们一个讲学书院。"第四则道："只要众人听了，该摹仿的就该摹仿，该惩创的就该惩创，不要虚度我这番佳话便是了。"第十一则中说："也令这些后生小子手里练习些技艺，心上经识些智着。"第十二则中讲些"古往今来的道理"，"则知我不得已之心，甚于孟子继尧、舜、周、孔，以解豁三千年之惑矣！"每一则故事都含有深意。第一、二则戏说古人，反思妇德，第三、四、五则写人伦，第六则抨击佛门，第七则讥讽易代世情等。作者在否定历史与现实的同时，却也在不断地寻求历史的真相，寻求建构真道学的途径。字里行间流露的，是对原始儒家精神的追求。第一则回末总评云："所谓《诗》首《关雎》，书称"釐降"可也。"第六则道："古圣先贤立个儒教，关系极大，剖判天地阴阳道理，正明人伦万古纲常，教化文明，齐家治国平天下，俱亏着他。这是天地正气一脉，不可思议的了。"第十二则，陈斋长说地谈天，"只因近来儒道式微，理学日晦，思想起来，此身既不能阐扬尧、舜、文、武之道于朝廷，又不能承接周、程、张、朱之脉于吾党，任天下邪教横行，人心颠倒，将千古真儒的派，便淹没无闻矣"。艾衲居士借陈斋长之口侃侃而谈，借批评佛教倡导儒教。他说道："只因中国圣人之教化不行，人的欲心胜了，则惑心益胜，不敢向尧、舜、周公、孔子阐明道义，惟向佛子祈求福泽。圣人教人无欲，教人远鬼神以尽人道之常。佛子惟知有已，把天下国家置之度外，以为苦海而全不思议。自以为真空，而其实一些不能空。诱人贪欲，诱人妄求，违误人道之正。"然而，对儒家的坚守中，他反对使人变得奸诈的条条框框的约束，失去了原儒所倡导的真实："如今世界不平，人心叵测，那聪明伶俐的人，腹内读的书史，倒是机械变诈的本头。做了大官，到了高位，那一片孩提赤子初心全然断灭。说来的话，都是天地鬼神猜料不着；做来的事，都在伦常圈子之外。倒是那不读书的村鄙之夫，两脚踏着实地，一心靠着苍天，不认得周公、孔子，全在自家衾影梦寐之中，一心不苟，一事不差，倒显得三代之直、秉彝之良，在于此辈。仔细使人评论起来，那些踢空弄影豪杰，比为粪蛆还不及也。"（第五则）"如今的人，胡乱眼睛里读得几行书，识得几个字，就自负为才子。及至行的世事，或是下贱卑污，或是逆伦伤理，明不畏王章国法，暗不怕天地鬼神，竟如无知无识的禽兽一类。""只因世人心雄意狠，走出娘怀，逞着聪明，要读尽世间诗书；凭着气力，要压倒世间好汉。钱财到手，就想官儿；官儿到手，就想皇帝。若有一句言语隔碍，便想以暗箭蓦地中伤；若有一个势利可图，便想个出妻献子求媚。眼见得这些焰头上根基都是财筑起的，强梁的口嘴都是势装成的，雄威的体面都是党结就的。"（第八则）"豆棚"场景的特殊性，令小说家畅想桃源般的世界，没有战争，自由、闲适、无机心、无争竞。

豆棚毕竟不是桃花源。作者以豆棚作为说话场景，让各色人在这个场景中畅所欲言，在看似自由闲适的氛围中享受生活。然而，明清易代却是无法回避的现实。这场鼎革发生的原因何在？道德与改朝换代是否有必然联系？改朝换代后如何去适应？作者以"闲话"的形式，说明道德与运势无关，朝代更替是"天地造化之气"运行的结果，而民众死伤，也是造化之气"有余者损之"，是"齐物主"的意思。回末总评指出作者此篇乃是讽刺假隐居、假清高之人。然在作者，其真心未必在于讽刺。叔齐下山，看到的不是战乱，而是"顺民"在新朝的适应。叔齐梦中种种，反映了他内心的挣扎。齐物主之语，释疑解难。清取代明已成事实。生杀一理，"天下涂炭极矣"中自然有生机。如果不识天时，东也起义，西也起义，于国无补，徒害生灵。在道德上，叔齐是应被谴责的，而事实上，他下山投靠新朝又是明智的。与其忠于已经覆灭的王朝，不如适应新朝，重新做"致君泽民"的事业。

二、《十二楼》

李渔是明清鼎革时期独具个性的小说家之一，其小说善于引入园林美学，讲究结构框架，且对创新十分讲究。《闲情偶寄·演习部》说："才人所撰诗赋古文，与佳人所制锦绣花样，无不随时更变。变则新，不变则腐；变则活，不变则板。"①《十二楼》又名《觉世名言十二楼》，"觉世名言"的命名与明清之际其他小说命名一样，突出教化为上的意图。李渔自幼受到儒家传统教育，曾获得"五经童子"的美誉。然而李渔又受晚明心学影响，看重人的自然本性与作为个体的物欲需求，反对礼教对人的束缚与压抑，寻求个性解放的道路。他不愿拾人牙慧，常用机变的叙事与议论，对儒家所倡导的人伦物理进行新的解说。

《十二楼》每篇以楼命名，将在不同场景发生的故事以楼缀在一起。每篇长短不一，最短两回，最多六回。古典诗词中频繁使用楼这一意象，楼既是活动的场景，也是文人表达他们复杂意绪的场所。楼类似于山，可仰观天，俯察地，俯仰之间察天地之情。楼作为生存空间与观望视角，统领有限与无限。开放地看，有限与无限通过门道达到二者合一；保守地看，一旦通道受阻，二者则被隔离。意象楼主要表现两个主题：闺怨与羁旅怀乡。与此相应的是生命幽思和理想壮志。以楼作为故事的发生场景，言情写意，甚为便利。李渔反对存天理灭人欲，推崇情，重视伦理道德，这些思想在《十二楼》中都得到体现。

（一）楼：风流与道学合一

小说以楼作为场地演绎爱情的篇目有《合影楼》《夏宜楼》《拂云楼》《鹤归楼》《十巹楼》五篇。李渔主张将道学与风流合一，反对纯道学，也反对只有风流而不讲道学。在他看来，真风流本就含有道学之意。"若还有才有貌，又能循规蹈矩，不做妨伦背理之事，方才叫做真正风流。风者，有关风化之意；流者，可以流传之意。"②李渔指出，道学先生太迂腐板滞，活动处少，与风流的字义不甚相合，只有才人韵士做事如风之行、水之流，"一毫沾滞也没有，一毫形迹也不着，又能不伤风化，可以流传，与这两个字眼切而且当，所以拿来称赞他"。遵循礼法而又行事灵活才是真风流。《合影楼》写道学家管提举女儿玉娟与屠观

---

① 《闲情偶寄》，第63页。
② 《无声戏》，第239页。

察儿子珍生的恋爱故事。管提举与屠观察本是连襟，管提举古板拗执，屠观察风流奢华，二人意见不合，遂把一宅分为二，互不往来。两座水阁也被墙隔开。珍生和玉娟在自家的阁楼上乘凉，偶见隔墙下水中对方的倒影，此后每日对影问答，做了一对影子夫妻。经历一番纠葛，最后成就美满姻缘。大团圆结局的获得，全靠路子由这位同具道学、风流气质之人。"他的心体，绝无一毫粘滞。既不喜风流，又不讲道学。听了迂腐的话也不见攒眉，闻了鄙亵之言也未尝洗耳。正合着古语一句：'在不夷不惠之间。'"小说最后写路子由批评管提举之道学害人，"只因府上的家范过于严谨，使男子妇人不得见面，所以郁出病来"。也肯定了道学对玉娟守贞不失节之功。又言屠观察："不可因令公郎得了便宜，倒说风流的是，道学的不是，把是非曲直颠倒过来，使人喜风流而恶道学，坏先辈之典型。"玉娟与珍生姻缘完聚后，屠、管两家也推倒了墙，重归一宅，和乐美满。李渔在小说开头说道："我今日这回小说，总是要使齐家之人，知道防微杜渐，非但不可露形，亦且不可露影，不是单阐风情，又替才子佳人辟出一条相思路也。"《合影楼》反对禁欲，说明男女之情防不胜防，但小说没有流于单纯的情欲描写，而是以理释情，情不违礼。睡乡祭酒杜濬眉批说："不喜风流，倒是真风流；不讲道学，才是真道学。当今之世，只少一位路公，使道学、风流合而为一，不致有门户之忧耳！"杜濬之说，深得李渔之心。

风流与道学统一的理想也是其他小说的追求。《夺锦楼》反对父母对儿女婚姻的包办，作者认为，"不能慎之于始，所以不得不变之于终"。父母在许婚之前，一定要慎重。钱小江夫妇不和，各自为政，各为两个如花似玉的女儿选了女婿，出现二女四婿的局面。到官府，二女见到父母所选的奇丑女婿痛哭。刑尊批评钱小江夫妇视儿女终身之事为儿戏，以有父命无媒妁，有母命无父命均不符合"父母之命媒妁之言"的古训，用"引经折狱"的方法将这荒唐的婚事断为无效，尊理循情，叫官媒重新为二女寻夫婿，以佳人配才子。《夏宜楼》中，作者称"但凡戏耍亵狎之事，都要带些正经，方才可久"，在亵狎中做出正经事业来。小说中瞿吉人追求詹娴娴，巧用望远镜。詹娴娴是真道学，尊理守法，嫁得如意佳婿。《拂云楼》中，侍女能红用计助裴七郎娶到韦小姐，同时也让自己成为裴七郎之妾。韦小姐道学，却让能红得了头筹。"据能红说起来，依旧是尊崇小姐，把他当做本官。只当是胥役向前，替他摆了个头踏。殊不知尊崇里面却失了大大的便宜。世有务虚名而不顾实害者，皆当以韦小姐为前车。"

道学与风流的结合是小说的审美追求，小说在人物刻画中融入这种理想，也在故事的整体安排中体现这种理想。《合影楼》中管、屠两家结姻明显象征理学与道学的统一。《夏宜楼》中道学小姐与风流才子成姻。《拂云楼》中的能红为侍妾后对小姐"输心服意，畏若严君，爱同慈母，不敢以半字相欺，做了一世功臣，替她任怨任劳，不费主母纤毫气力"。同样，韦小姐讲道学，裴七郎风流倜傥，二者的结合也意味着风流与道学的融合。《十巹楼》中的姚子穀大有才名，婚姻却颇坎坷，第十次所娶居然是最初所娶之人。小说名称看似极香艳，但主人公并不以窃玉偷香为能事。小说虽写姚子穀的十次婚姻，重点却是与第一位妻子的悲欢离合，这种"自始至终"的婚姻因为"十巹"而有了道学与风流合一的意味。韩南曾指出："李渔小说常是表现概念的。"①《鹤归楼》中段玉初与郁子昌即为概念化形象。孙楷第指出李渔"以段、郁二人代表两个态度，甚有思致。郁大概就是'欲'字，郁子昌就是'欲自昌'。段玉初乃'断欲于初'耳"②。段玉初最终与妻子重聚而郁子昌与妻天人永隔，与他们对待生活的态度有关。段玉初性体安恬，其惜福之心及巧妙地冷淡夫妻情的做法与郁子昌将婚姻看得极重有所不同，他们的妻子心性也就有异。段玉初遵从"天理"，对欲自觉节制的手段保全了妻子，从而重拾夫妻之情。天理与人欲的兼顾也可以说是道学与风流的兼顾。

（二）楼：为善如登

"十二楼"最早见于《史记·封禅书》："方士有言'黄帝时为五城十二楼，以候神人于执期，命曰迎年'。"班固的《汉书·郊祀志下》也说："黄帝时为五城十二楼。"应邵注曰："昆仑玄圃五城十二楼，仙人之所常居。"《十二楼》并不以刻画神仙之居所为主旨，其楼却有寓意。杜濬在《十二楼·序》中指出："语云：'为善如登。'觉道人将以是编偕一世人，结欢喜缘，相与携手，徐步而登此十二楼也。使人忽忽忘为善之难，而贺登天之易，厥功伟矣！"杜濬之说指出了李渔小说的娱乐与劝解特征。

"善"的内涵非常丰富，它是生命的本性，也是维护、尊重生命本性的社会行为与习惯，让生命从个体到群体，最大限度地得到完善。中国传统社会中，天

---

① ［美］韩南著，尹慧珉译：《中国白话小说史》，浙江古籍出版社，1989 年，第 176 页。

② 孙楷第：《李笠翁与〈十二楼〉——亚东图书馆重印〈十二楼〉序》，见李渔撰，萧容标校：《十二楼》，上海古籍出版社，1986 年，第 359 页。

理就是善，善也是天理的表现。明清之际的社会巨变，令思想家们反思心学的弊端，反思程朱理学的功用，心学与道学合一越来越为众人所接受。《十二楼》将劝善寓意于谐趣中，戏谈之中传达经传之理。李渔认为，天下之理甚多，不必非得从圣贤口中说出才是天理、至理。"天下之名理无穷，圣贤之论述有限。若定要从圣贤口中说过，方是名理，须得生几千百个圣贤，将天下万事万物尽皆评论一过，使后世说话者如蒙童背书，梨园演剧，一字不差，始无可议之人矣，然有是理乎！"① 个体表达的理，也许不是儒家圣贤之语，却与儒家圣贤之意相符。李渔教化社会的方式，不是纯理学家的说教，而是擅长于"以通俗语言，鼓吹经传；以入情啼笑，接引顽痴"。"其说咸可喜。""推而广之，于劝惩不无助。"（《十二楼·序》）

《十二楼》表现的为善之方依故事不同而形态各异。《合影楼》说男女相慕之情不可消除，除非防得森严，使"不见可欲，使心不乱"。"惩奸遏欲之事，定要行在未发之先。未发之先，又没有别样禁法，只是严分内外，重别嫌疑，使男女不相亲近而已。"珍生与玉娟影子相会相恋，更说明连影子也要防。然而，影子恋爱之事，又说明防得越严，反冲力越大。真正的为善之方，是道学与风流合一。《夺锦楼》以父母之命、媒妁之言阐释婚姻要慎重，不能拿儿女婚事当儿戏。《夏宜楼》告诫女孩子不能随意暴露身体，以致"慢藏海盗，冶容海淫"。《三与楼》贬斥唐玉川谋夺虞素臣楼房的行径，称赏虞素臣"三与"境界与其友的侠义行为。《归正楼》劝人回头行善，作恶之人行善，更能获得神灵嘉奖。《奉先楼》重视子嗣生命甚于贞节。《鹤归楼》劝人惜福，用退一步法看问题。《闻过楼》讴歌友情、赞扬诤友等。李渔用风趣的语言阐释生活中的道理。如《鹤归楼》以无情证有情，用退一步法以保全妻子性命的论说；《归正楼》言恶人改过等。其新颖的说教因故事不同而随时生发。《归正楼》中，以晴雨之喻劝恶人行善之易，以"全做""半做"言行善方法等，富于理趣。《拂云楼》以能红为主人公，写其机智圆滑，成就小姐与自己姻缘。能红身上体现了作者的理学与风流合一的理想。但作者又教人防查婢子厉害，不使内外交通，闺门玷污。"却不知做小说者，颇谙春秋之义。""故此回小说，原为垂戒而作，非示劝也。"小说结尾说道："世固有以操、莽之才，而行伊、周之事者，但观其晚节何如

① 李渔：《笠翁一家言文集》，见《李渔全集》（第1卷），浙江古籍出版社，1991年，第442－443页。

耳!"以趣味为主,以趣劝善,的确让人忘记"为善如登"的艰难,而乐于享受其中的快乐了。

为善如登,为恶如崩。登高则难,崩下则易。为善如登山,步行艰难且难以持久。为使人忘却登山的艰辛,李渔虚构十二楼,让人在攀登虚拟的楼台中忘却辛苦而体验攀登之乐。李渔说道:"劝惩之意,绝不明言,或假草木昆虫之微,或借活命养生之大以寓之者,即所谓正告不足,旁引曲譬则有余也。实具婆心,非同客语,正人奇士,当共谅之。"① 李渔曾写诗表明心迹道:"尝以欢喜心,幻为游戏笔。著书三十年,于世无损益。但愿世间人,齐登极乐国。纵使难久长,亦且娱朝夕。"②"极乐国"与"十二楼"有相通之处,李渔希望通过书教化世界,然而其教化又非那种极庄重严肃的说教,而是寓教于乐,希望民众在娱乐中领悟大道,然而娱乐色彩过重,却令人忘记其大道而只重故事本身、娱乐本身了。

第五节　关于宋明理学与话本小说衰落的思考

话本小说在经过明末清初的繁荣之后,从康熙后期开始呈现出明显的萧条状态,到雍正、乾隆时期完全进入了衰落期。关于话本小说消亡的原因,学者们作了多方探索,归其大要有以下观点:一是康熙以后,盛世光环下的高压避祸、经世、顺世心理使创作主旨发生了相应的变化,劝善成为主要倾向,话本小说走向衰落成为必然③;二是劝诫过多导致小说审美缺失④。鲁迅先生言:"宋市人小说虽亦间参训喻,然主意则在述市井间事,用以娱心;及明人拟作末流,乃告诫连篇,喧而夺主,且多艳称荣遇,回护士人。"⑤ 郑振铎说道:"后期的话本,充满了儒酸气、道学气、说教气,有时竟至不可耐。初期的活泼与鲜妍的描绘,殆已完全失之。这些后期的著作,最足代表的,便是李渔的十二楼及更后来的娱目醒心编。"⑥"到了乾隆间,娱目醒心编的刊布,话本的制作遂正式告了结束,话本

---

① 《闲情偶寄·凡例》,第4页。
② 李渔:《笠翁一家言诗词集》,见《李渔全集》(第2卷),浙江古籍出版社,1991年,第25-26页。
③ 见吉玉萍的《明清社会心理与拟话本小说的兴衰》(《河南社会科学》2012年第11期)、《从创作主旨的改变看明清拟话本小说的式微》(《河南社会科学》2010年第6期)。
④ 秦军荣、李显梅:《话本小说"头回"的演变史考察》,《小说评论》2011年第5期。赵勖:《明末清初多回体拟话本小说创作》,湖南师范大学硕士学位论文,2004年。
⑤ 《中国小说史略》,第161-162页。
⑥ 《西谛书话》,第94页。

的作者也遂绝了踪影。"① 苗怀明也说道："话本小说自雍正、乾隆后走向消亡，其中有多种因素，作品所赖以生存延续的审美娱乐成分的丧失以及说教分量的加重是一个很关键的因素，它直接使这种文学样式窒息。"② 这些论述大致都涉及一个问题：话本小说的兴盛与消亡在一定程度上与宋明理学在明末清初时的发展相关。

话本小说的兴盛期在明末，此时，阳明心学颇为盛行。心学本身张扬了人的主体性，但仍归于道德提升，故小说教化意味虽然浓厚，但还富有生活气息，在个人情感的表达与道德说教之间尚能统一。到了清康熙后期，程朱理学加强，小说的说教功能也被强化，《锦绣衣》《警寤钟》《珍珠舶》《十二楼》《五色石》《八洞天》《照世杯》等议论性文字稍长。文学审美渐渐退让于道德说教，经世致用的求实精神超越小说审美，小说的文学功能弱化而劝善功能强化，进而导致话本小说消亡。令人困惑的是，社会心理、道德训诫等确然是话本小说消亡的因素，但中篇小说也有同样的社会处境与道德训诫精神，其入话部分也有大段议论者（如《吴江雪》《驻园春小史》《肉蒲团》《赛花铃》《生花梦》《山水情》《醒名花》《痴人福》等）。为何它们没有消亡而话本小说就消亡了呢？

明清之际的话本小说体式比较固定，通常是一篇一回，前有入话，后有结尾诗，基本沿袭说书体式。话本小说没有了说书场的氛围，没有了等待听众的需要。然而，小说入话部分的议论越来越多。而所议论的，不外乎酒色财气之害、听天由命之类的老生常谈。清初话本小说形式出现变化，一是朝着微缩化发展，二是朝着中篇发展。

先看朝着微缩化发展的情况。这类小说以醒心为主而忽视其娱目性，"告诫连篇，喧而夺主"，篇幅朝着微缩化发展。代表作有石成金的《雨花香》与《通天乐》。《雨花香》四十篇中，如果除开议论性引言及小说后面的附录，正话故事在一千字以下的有十八篇，其中，五百到七百字的有九篇，字数最少者五百二十九字。一千至三千字的十八篇，超过三千字的只有四篇，字数最多的只有四千八百三十五字。《通天乐》十二篇中，最多的是两千四百字，一千字以下六篇，一千至两千字之间的五篇，字数最少者六百二十九字。由此可见，石成金的小

① 《西谛书话》，第 95 页。
② 苗怀明：《清代拟话本公案小说的演进蜕变及其文学品格》，《古典文学知识》2004 年第 2 期，第63 页。

说，总体上以篇幅短小者为主。然而，石成金的小说故事虽短小，但每篇前面都有大段的议论，部分篇目后面附录相关的劝善诗文甚多，如《雨花香·自作孽》前面有老夫娶少妻的大段议论，后面附录有《求嗣真铨》。《雨花香》后面有附录者共七篇，如《惺斋十乐》（第一种）、《为官切戒》（第四种）、《风流悟》（第十五种）等。《通天乐》十二篇每篇前面有议论，后面都附有相关诗文，如《快乐心法》《莫愁诗》《骄傲论》等。故事微缩化而议论抒情过多，直接影响了小说的故事性。这些故事短而议论过多的形式，导致话本小说作为"小说"问题特征的丧失，其故事演变成为论证论点的一个例证。篇幅压缩之后，小说的叙事技巧受到限制，故事粗糙，变成简短的事件叙述，小说似乎成了"文"。当小说特征丧失，其消亡也就为期不远了。

再看朝着中篇发展的情况。小说重视通过"娱目"以"醒心"，对"娱目"的看重导致叙事的曲折变化，进而导致小说向多回体发展。如《鸳鸯针》《照世杯》《人中画》《都是幻》《警寤钟》等达到六回之多。据王庆华博士统计分析，"清前期单卷或单回演一故事者以八千字以上的篇幅为主，比明末文人化文体大约增加二千字。而且，许多作品在篇幅上已接近章回化体制者，只是未划分章回而已"。一些话本小说篇幅达到一万二千字。① 陈大康先生认为，"这些作品（中篇小说）的具体创作又表明，它们是以拟话本为直接的基础发展起来的，有些作品中甚至拟话本的形式特征还依稀可辨"②。与中长篇小说不同的是，话本小说入话部分有的有头回，通常除了诗歌，还有紧跟诗歌生发的议论，如《锦绣衣·换嫁衣》共六回，第一回入话部分《南柯子》后，紧接有两百多字议论酒色财气之害，后面几回再无入话与结尾议论，叙事中间很少有作者的直接参与。《锦绣衣·移绣谱》也为六回，其体例同《换嫁衣》，然最后一回多了一两句议论以概括整个故事的主旨："看了这一本小说，你道是溺女的好，还是不溺女的好？呆人看了也该明白，狠人看了也该回头哩。"《人中画》第三、四卷入话部分只有诗歌而无议论，除了结尾有一两句议论外，整个体例与中长篇小说相同。《照世杯》第一、二、四回入话部分有长段议论，而第三回结尾有两句议论，除掉这些议论，整个体例也与中篇小说同。

"娱目醒心编"这个题目似乎说明了清初话本小说在审美与道德方面的追

---

① 王庆华：《话本小说文体形态研究》，华东师范大学博士学位论文，2003 年，第 84 页。
② 陈大康：《通俗小说的历史轨迹》，湖南出版社，1993 年，第 191 页。

求。《娱目醒心编》共十六卷，每卷二至三回不等，属于多回体话本小说。《娱目醒心编》力图将话本小说回归于"话本"，体式上回归于头回、诗词与议论。其入话部分的头回很长，如卷一、卷三、卷四、卷九、卷十三、卷十四、卷十五、卷十六等，头回就占了一回，除卷一外，其他头回故事与正话平分秋色。作者将"娱目"置于"醒心"之前，可见甚为注意小说的娱乐性。实际上，这部小说在"娱目"方面是失败的。小说名为"娱目醒心"，欲为醒心，却又要"娱目"为先。两难之下，小说艺术性受损极大，失去了它应有的魅力。《娱目醒心编》的失败并不在于它的道德训诫，对道德训诫处理的方法以及由此带来的形式上的变化才是其失败的主要原因。与此相反的是，中篇小说虽然也注重传达理学之旨，却真正以"娱目"为先。相当一部分中篇章回小说直接承袭了话本小说的篇章体制，以篇首诗词加议论性引言或头回故事的方式开篇，如《山水情》《醒名花》《十美图》《吴江雪》《合浦珠》《听月楼》《金石缘》等。话本小说侧重"娱目"后，就会拉长篇幅，朝着多回体的中长篇发展，虽在第一回中有大段议论，但与整部小说相比，所占比例仍然很小。当成为中长篇时，它也失去了"话本小说"这一特性，就不是话本小说了。

概言之，在同样的社会处境与道德训诫精神下，话本小说的消亡不是因为训诫和教化精神本身，而是因为对"娱目"与"醒心"侧重程度的差异及处理方式导致话本小说体式产生改变。当小说家将说教意图融化在详尽委曲的叙事中，而不是直接跳出来发表议论时，小说便向中长篇发展。这样的小说，尚有可观之处。当小说家急功近利，动不动就大发议论，议论在小说中的比例大大增加时，故事就变成议论的依据。一旦篇幅缩短，小说中的人物、情节都相对简单，文学审美减弱，也就无可观之处了。夏志清说："作者与读者对小说里的事实都比对小说本身更感兴趣，最简略的故事，只要里面的事实吸引人，读者都愿意接受。"① 以《雨花香》《通天乐》为代表的话本小说篇幅短小，且叙事单调，里面的事实就非常有限。即便清中期《娱目醒心编》重回话本小说的头回传统并有加强的态势，但小说中篇化趋向和微缩化趋向已成定势时，它无力改变这种现状，且这部小说头回加强的态势并没有改变其情节简单化的趋向，自然也就无法挽回话本小说衰落的命运了。

---

① ［美］夏志清著，胡益民等译：《中国古典小说史论》，江西人民出版社，2001 年，第 14 页。

参考文献

一、小说

[1] 冯梦龙编，顾学颉校注：《醒世恒言》，人民文学出版社，1956年。

[2] 冯梦龙编，严敦易校注：《警世通言》，人民文学出版社，1956年。

[3] 冯梦龙编，许政扬校注：《喻世明言》，人民文学出版社，1958年。

[4] 抱瓮老人辑：《绘图今古奇观》，齐鲁书社，1985年。

[5] 华阳散人编辑，李昭恂校点：《鸳鸯针》，春风文艺出版社，1985年。

[6] 冯梦龙评辑：《情史》，岳麓书社，1986年。

[7] 李渔撰，萧容标校：《十二楼》，上海古籍出版社，1986年。

[8] 李落、苗壮校点：《生绡剪》，春风文艺出版社，1987年。

[9] 李致忠、袁瑞萍点校：《七十二朝人物演义》，书目文献出版社，1988年。

[10] 凌濛初著，陈迩冬、郭隽杰校注：《拍案惊奇》，人民文学出版社，1991年。

[11] 东鲁古狂生编，秋谷标校：《醉醒石》，上海古籍出版社，1992年。

[12] 西湖渔隐主人撰，于天池、李书点校：《欢喜冤家》，北京师范大学出版社，1992年。

[13] 艾衲居士编辑，张道勤校点：《豆棚闲话》，江苏古籍出版社，1993年。

[14] 笔炼阁主人原著，萧欣桥校点：《五色石》，江苏古籍出版社，1993年。

[15] 陆人龙编撰，陈庆浩校点：《型世言》，江苏古籍出版社，1993年。

[16] 墨憨斋主人等编，曹亦冰等校点：《十二笑·贪欣误·天凑巧》，浙江古籍出版社，1993年。

[17] 天花主人编次，李伟实校点：《云仙笑》，江苏古籍出版社，1993年。

［18］无名氏著，吴为校点：《一片情》，见侯忠义主编：《明代小说辑刊》（第一辑），巴蜀书社，1993 年。

［19］西泠狂者笔，江木校点：《载花船》，江苏古籍出版社，1993 年。

［20］徐震原著，丁炳麟校点：《珍珠舶》，江苏古籍出版社，1993 年。

［21］草亭老人编，汪原放校点：《娱目醒心编》，上海古籍出版社，1988 年。

［22］嗤嗤道人撰，钟毅校点：《警寤钟》，春风文艺出版社，1994 年。

［23］天然痴叟原著，弦声校点：《石点头》，江苏古籍出版社，1994 年。

［24］周楫纂，陈美林校点：《西湖二集》，江苏古籍出版社，1994 年。

［25］坐花散人编辑，侯忠义校点：《风流悟》，春风文艺出版社，1994 年。

［26］风月主人书，胡胜、王颖校点：《人中画》，春风文艺出版社，1994 年。

［27］鹭林斗学者编撰，鲁燕标点：《跨天虹》，齐鲁书社，1996 年。

［28］凌濛初著，陈迩冬、郭隽杰校注：《二刻拍案惊奇》，人民文学出版社，1996 年。

［29］迷津渡者编次，沂人标点：《锦绣衣》，齐鲁书社，1996 年。

［30］石成金集著，王巍校点：《雨花香》，春风文艺出版社，1994 年。

［31］酌元亭主人编次，董莲枝校点：《照世杯》，春风文艺出版社，1994 年。

［32］心远主人著，吴地侃点校：《二刻醒世恒言》，中国文联出版公司，1998 年。

［33］李渔：《无声戏》，人民文学出版社，1989 年。

二、古籍

［1］何心隐著，容肇祖整理：《何心隐集》，中华书局，1960 年。

［2］李贽：《焚书》，中华书局，1974 年。

［3］王畿：《王龙溪全集》，清道光二年刻本影印，华文书局，1970 年。

［4］张廷玉等：《明史》，中华书局，1974 年。

［5］张载著，章锡琛点校：《张载集》，中华书局，1978 年。

［6］陆九渊著，钟哲点校：《陆九渊集》，中华书局，1980 年。

［7］程颢、程颐著，王孝鱼点校：《二程集》，中华书局，1981 年。

［8］朱熹：《四书章句集注》，中华书局，1983 年。

［9］朱熹撰，黎靖德编，王星贤点校：《朱子语类》，中华书局，1986 年。

［10］吴廷翰著，容肇祖点校：《吴廷翰集》，中华书局，1984 年。

［11］顾炎武著，黄汝成集释：《日知录集释》（外七种），上海古籍出版社，1985 年。

［12］黄宗羲著，沈芝盈点校：《明儒学案》，中华书局，1985 年。

［13］王廷相著，王孝鱼点校：《王廷相集》，中华书局，1989 年。

［14］罗钦顺著，阎韬点校：《困知记》，中华书局，1990 年。

［15］黄宗羲等编：《宋元学案》，见沈善洪主编：《黄宗羲全集》，浙江古籍出版社，1992 年。

［16］王守仁撰，吴光等编校：《王阳明全集》，上海古籍出版社，1992 年。

［17］冯梦龙著，田汉云、李廷先校点：《春秋定旨参新》，见魏同贤主编：《冯梦龙全集》（第 22 册），江苏古籍出版社，1993 年。

［18］冯梦龙著，李廷先等校点：《四书指月》，见魏同贤主编：《冯梦龙全集》（第 21 册），江苏古籍出版社，1993 年。

［19］冯梦龙著，李廷先等校点：《麟经指月》，见魏同贤主编：《冯梦龙全集》（第 20 册），江苏古籍出版社，1993 年。

［20］颜茂猷：《迪吉录》，见四库全书存目丛书编纂委员会编：《四库全书存目丛书》（子部第 150 册），齐鲁书社，1995 年。

［21］王艮撰，陈祝生等校点：《王心斋全集》，江苏教育出版社，2001 年。

［22］朱熹撰，朱杰人等主编：《朱子全书》，上海古籍出版社，安徽教育出版社联合出版，2002 年。

［23］袁了凡著，净庐主人译：《了凡四训》，百花文艺出版社，2007 年。

［24］凌濛初：《诗逆》，见魏同贤、安平秋主编：《凌濛初全集》（壹），凤凰出版社，2010 年。

［25］凌濛初：《言诗翼》，见魏同贤、安平秋主编：《凌濛初全集》（壹），凤凰出版社，2010 年。

［26］凌濛初：《圣门传诗嫡冢》，见魏同贤、安平秋主编：《凌濛初全集》（壹），凤凰出版社，2010 年。

三、论著

[1] 谭正璧编：《三言二拍资料》，上海古籍出版社，1980年。

[2] 唐大潮等注译：《劝善书今译》，中国社会科学出版社，1996年。

[3] 钱穆：《朱子新学案》，巴蜀书社，1987年。

[4] 马积高：《宋明理学与文学》，湖南师范大学出版社，1989年。

[5] 姜广辉：《理学与中国文化》，上海人民出版社，1994年。

[6] 曹萌：《明代言情小说创作模式研究》，齐鲁书社，1995年。

[7] 袁啸波编：《民间劝善书》，上海古籍出版社，1995年。

[8] ［美］浦安迪教授讲演：《中国叙事学》，北京大学出版社，1995年。

[9] 丁锡根：《中国历代小说序跋集》，人民文学出版社，1996年。

[10] 韩经太：《理学文化与文学思潮》，中华书局，1997年。

[11] 杨义：《中国叙事学》，见《杨义文存》（第一卷），人民出版社，1997年。

[12] 许总：《宋明理学与中国文学》，百花洲文艺出版社，1999年。

[13] 朱汉民：《宋明理学通论——一种文化学的诠释》，湖南教育出版社，2000年。

[14] 刘毓庆：《从经学到文学——明代〈诗经〉学史论》，商务印书馆，2001年。

[15] 吴光正：《中国古代小说的原型与母题》，社会科学文献出版社，2002年。

[16] 中国实学研究会主编：《实学文化与当代思潮》，首都师范大学出版社，2002年。

[17] 陈来：《宋明理学》，辽宁教育出版社，1991年。

[18] 葛荣晋：《中国实学文化导论》，中共中央党校出版社，2003年。

[19] 吴震：《阳明后学研究》，上海人民出版社，2003年。

[20] 谢国桢：《明末清初的学风》，上海书店出版社，2004年。

[21] 龚鹏程：《晚明思潮》，商务印书馆，2005年。

[22] 游子安：《善与人同——明清以来的慈善与教化》，中华书局，2005年。

[23] 朱恒夫：《宋明理学与古代小说》，上海古籍出版社，2005年。

［24］程国赋：《三言二拍传播研究》，中国社会科学出版社，2006 年。

［25］罗宗强：《明代后期士人心态研究》，南开大学出版社，2006 年。

［26］宋若云：《逡巡于雅俗之间——明末清初拟话本研究》，中国社会科学出版社，2006 年。

［27］张勇：《中国近世白话短篇小说叙事发展研究》，云南大学出版社，2006 年。

［28］陈大康：《明代小说史》，人民文学出版社，2007 年。

［29］朱海燕：《明清易代与话本小说的变迁》，华中科技大学出版社，2007 年。

［30］蔡方鹿：《宋明理学心性论》，巴蜀书社，2009 年。

［31］刘勇强：《中国古代小说史叙论》，北京大学出版社，2007 年。

［32］吴震：《明末清初劝善运动思想研究》，"国立"台湾大学出版中心，2009 年。

［33］杨国荣：《心学之思——王阳明哲学的阐释》，中国人民大学出版社，2009 年。

［34］赵兴勤：《理学思潮与世情小说》，文物出版社，2010 年。

［35］［日］酒井忠夫著，刘岳兵等译：《中国善书研究》（增补版），江苏人民出版社，2010 年。

［36］潘立勇：《一体万化——阳明心学的美学智慧》，北京大学出版社，2010 年。

［37］宣朝庆：《泰州学派的精神世界与乡村建设》，中华书局，2010 年。